Fördewölfe

Yvonne Asmussen wurde 1967 in Hamburg geboren. Bevor sie das Schreiben zu ihrem Beruf gemacht hat, hat sie als Ärztin gearbeitet. Sie lebt mit Mann und Kindern in Hamburg, verbringt aber rund ein Drittel des Jahres in der Zweitwohnung in Flensburg zum Arbeiten und Entspannen. Außerdem ist sie stolze Besitzerin einer Harley Davidson.

YVONNE ASMUSSEN

Fördewölfe

KÜSTEN KRIMI

emons:

Bibliografische Information der Deutschen Nationalbibliothek
Die Deutsche Nationalbibliothek verzeichnet diese Publikation in der Deutschen Nationalbibliografie; detaillierte bibliografische Daten sind im Internet über http://dnb.d-nb.de abrufbar.

FSC® www.fsc.org
MIX
Papier aus verantwortungsvollen Quellen
FSC® C083411

Umschlagmotiv: photocase.com/der-Begnadete
Umschlaggestaltung: Tobias Doetsch
Gestaltung Innenteil: César Satz & Grafik GmbH, Köln
Lektorat: Dr. Marion Heister
Druck und Bindung: CPI – Clausen & Bosse, Leck
Printed in Germany 2015
ISBN 978-3-95451-498-4
Küsten Krimi
Originalausgabe

Für die wichtigsten Menschen in meinem Leben:
Jens-Michael, Marie-Madeleine und Joshua

Besser das Wenige, das der Gerechte besitzt,
als der Überfluss vieler Frevler.

Ps 37,16

Prolog

Das Gelände glich einem Schuttplatz: Sand, Steine, zerbrochene Ziegel, gelegentlich eine Holzlatte, zerfetzte Plastiktüten, dazwischen Grasbüschel, Löwenzahn und ein paar Sträucher. Irgendwann hatte das Anwesen einer Firma für Nähmaschinen gehört. Im Hintergrund stand noch das Gebäude mit dem Namen des Inhabers. Jetzt war es eine Ruine. Die Fenster waren zersplittert, weil jemand sie offensichtlich als Zielscheibe benutzt hatte. Ein Teil des Daches war eingestürzt, aus dem Schornstein wuchs eine junge Birke. Die Natur holte sich zurück, was die Menschen nicht mehr haben wollten. Aber die rote, drei Meter hohe Ziegelmauer stand noch und schirmte das Grundstück von der Straße ab.

Ein idealer Ort.

Er streifte ziellos über das Grundstück, während die anderen wahrscheinlich noch beim Gyros saßen. Er hatte sich vorzeitig verabschiedet, gesagt, er wolle noch mal nachsehen, ob auch wirklich alles in Ordnung war. Natürlich war das nur ein Vorwand gewesen. Ihm war nicht danach, eine neue Geschäftsbeziehung zu feiern, und der Geruch von gegrilltem Fleisch und Knoblauch hatte ihm Übelkeit verursacht. Immer wieder hatte er daran denken müssen. Vielleicht hatten die anderen das bemerkt. Möglicherweise akzeptierten sie es einfach. Gesagt hatten sie jedenfalls nichts.

Er stolperte über einen Ziegelstein, blieb ein paar Schritte weiter mit dem Hosenbein an herumliegendem Stacheldraht hängen. Egal. Hauptsache, er war jetzt allein. Er musste nachdenken. Durchatmen. Einen klaren Kopf bekommen.

Eigentlich war er nicht so. Eigentlich konnte er Richtig von Falsch unterscheiden. Oder wenigstens hatte er das immer geglaubt. Doch konnte etwas beides sein, richtig und trotzdem falsch? »Unsere Kumpels verlassen sich darauf, dass wir unseren Job erledigen«, hatte sein Freund gesagt. »Außerdem willst du doch auch die Kohle. Dafür muss man sich manchmal ins Zeug legen. Mit aller Konsequenz.« Das war ihm natürlich auch bewusst. Aber das alles war ganz anders geplant gewesen. Es sollte ein ganz einfacher Deal werden. Es war alles anders gekommen. Was blieb, war das Gefühl, eine Grenze überschritten zu haben, endgültig, ohne die Möglichkeit der Rückkehr.

Er blieb stehen.

Hier war es passiert, an diesem Gebüsch. Gebüsch? Eher ein Haufen Gestrüpp, das vor sich hin wucherte, weil sich niemand mehr um das Gelände kümmerte. Es war verlassen und lag brach. Meistens jedenfalls. Manchmal trafen sich hier aber auch im Schutz der Mauer Männer, um Geschäfte miteinander abzuwickeln.

Und gelegentlich brachten sie dabei jemanden um.

Wieder sah er die hervorquellenden Augen des Mannes, den feuchten Fleck im Schritt, als er sich vor Angst in die Hose gepinkelt hatte.

Dann der Schuss.

Das Blut.

Er hielt die Luft an, blies sie nach einer Weile ganz langsam wieder aus. Aber die Erinnerung blieb.

Die Sonne war schon lange untergegangen, und jetzt verschwand auch der letzte Rest Tageslicht. Es war dunkel. Nur die weißgetünchte Mauer, die das Clubhaus des »Wizards of Doom MC« von dem brachliegenden Grundstück abgrenzte, schimmerte noch bleich. Die schmale, kaum befahrene Straße schien weit weg zu sein. Meilenweit. Das spärliche Licht der wenigen Straßenlaternen, das über die Mauer und durch die offene Toreinfahrt drang, war kaum mehr als ein Lichtschimmer am Horizont. Und hier, hinter dem Gebüsch, sah er davon gar nichts mehr. Es war still. Der Wind strich sanft durch das Gras, verfing sich in einer Plastiktüte. Es raschelte.

Ein Tier?

Hier trieb sich bestimmt zahlreiches Viehzeug herum: Kaninchen, Mäuse, Ratten.

Wieder Rascheln.

Es dauerte eine Weile, bis er registrierte, dass dieses Rascheln die Regelmäßigkeit von Schritten hatte. Schritte, die sich näherten.

Er war nicht allein!

Ob ihm einer der anderen gefolgt war? Trauten sie ihm nicht?

Er duckte sich hinter dem Gebüsch und wartete.

Eine dunkle Gestalt näherte sich. Eine Taschenlampe leuchtete auf. Der Lichtkegel huschte kurz über Gras und Gestrüpp, dann erlosch er wieder. Er hatte die Gestalt nicht erkennen können. Hatten die anderen bemerkt, dass mit ihm etwas nicht stimmte, und ihm seinen Kumpel hinterhergeschickt?

Ein Klicken, dann ein Blitz. Wer auch immer es war, derjenige machte Fotos!

Aber warum? Hatte er etwas gesehen?

Die Erkenntnis ließ ihn erstarren. Eine Gänsehaut lief über seine Haut. Sie waren beobachtet worden!

Richtig oder falsch?

Es blieb nicht viel Zeit zum Philosophieren. Er musste handeln. Und zwar schnell.

Seine Hand tastete über den Boden, bis er eine Holzlatte fand. Er erhob sich, schlich leise ums Gebüsch herum. Der Schnüffler bemerkte ihn nicht. Zu sehr war er mit dem Fotografieren beschäftigt. Jetzt kniete er sich sogar hin.

Er packte die Latte fest mit beiden Händen. Ein Splitter drang in seine Haut, er spürte es kaum. Das Adrenalin in seinem Blutkreislauf ließ ihn nichts empfinden. Er sah nur den Knienden vor sich, wie er den Kopf leicht nach vorne beugte, ein Delinquent vor dem Scharfrichter.

Motorengeräusche näherten sich, das Blubbern und Dröhnen schwerer Motorräder. Die Meute kam. Er musste sich beeilen, wenn er nicht gesehen und gehört werden wollte. Er würde sich in dem alten Fabrikgebäude verstecken und später die Kamera an sich nehmen. Doch zuerst musste er den Kerl aufhalten.

Halt still, dann ist es gleich vorbei, dachte er. Und vielleicht tut es nicht einmal weh.

Dann schlug er zu.

Freitag, 12. Juli

1

Es waren diese Fotos, sie bekam sie nicht aus ihrem Kopf.

Jessica Pohlmann sah aus dem Seitenfenster. Der Flensburger Hafen, die alten Segelyachten, der Getreidespeicher am Ostufer, das Glitzern der Abendsonne auf dem glatten Wasser des Hafenbeckens. Das alles glitt zügig an ihr vorüber, ohne einen Eindruck zu hinterlassen. Stattdessen sah sie die Fotos vor sich.

Den silberfarbenen Wagen.

Die Männer.

Die Plastikplane.

Und …

Sie schüttelte sich, rieb sich die Nase, presste die Lippen zusammen und starrte auf die Tasche auf ihrem Schoß. Zwecklos. Die Bilder ließen sich nicht vertreiben.

Sie war nicht dabei gewesen, als ihr Partner Mark Hoffmann die Aufnahmen gemacht hatte. Mitten in der Nacht hatte er sie angerufen, und sie war zu ihm gefahren. Stundenlang hatten sie sich die Fotos an seinem Laptop angesehen, über ihrem gesammelten Material gebrütet. Und diskutiert, was sie tun sollten. Am Morgen waren sie sich schließlich einig gewesen. Sie wollten weitermachen.

Jessica war dreiunddreißig. Sie bezeichnete sich selbst gern als tough und karrierebewusst, auch wenn sie in ihren selbstkritischen Stunden nach drei Gläsern Rotwein zugab, dass sie damit stark untertrieb. Seit drei Jahren arbeitete sie beim »Flensburger Wochenboten«, einer Wochenzeitung. Sie interviewte die Stadträte, das Handballteam, Frauen, die in Eigeninitiative einen Kindergarten gegründet hatten, oder fragte ein Geburtstagskind darüber aus, wie es geschafft hatte, bei guter Gesundheit hundert Jahre alt zu werden. Doch diese Geschichten aus dem Alltag einer Achtzigtausend-Einwohner-Stadt füllten sie nicht aus. Sie war hungrig. Sie war auf der Jagd. Hier wartete jetzt ihre große Chance auf sie.

Und sie bekam diese Fotos nicht aus ihrem Kopf.

»Du wirkst nervös, Jessica«, sagte Mark und lenkte den Wagen in die Batteriestraße. »Hast du jetzt doch Bedenken? Willst du zur Polizei gehen? Noch können wir umkehren. Oder wir reden mit den Herrschaften dort vorne.«

Er deutete auf die beiden Streifenwagen, die mit Blaulicht rechts und links der Batteriestraße parkten und die durchfahrenden Fahrzeuge anhielten.

Jessica sah Mark an. Er wirkte angespannt und blass, irgendwie krank. Einer der Kerle hatte ihn gestern niedergeschlagen – mit einer Holzlatte oder einem Knüppel, so genau wusste Mark das nicht mehr. Vielleicht hätte er doch einen Arzt aufsuchen sollen. Seine Hände lagen auf dem Steuer. Sie schienen dabei ein wenig zu zittern.

Allerdings zitterten ihre Hände auch. Jessica dachte über Marks Vorschlag nach. Er klang verlockend. Einfach den Wagen wenden, zur Polizei gehen. Die Fotos zeigen. Und alles erzählen, was sie herausgefunden hatten. Eigentlich war das sogar ihre Pflicht. Ihre Hände waren feucht, und sie fühlte … Angst?

Oh ja, sie hatte Angst. Was sie und Mark vorhatten, war ohne Zweifel gefährlich. Ein Besuch im Reich der Finsternis. Und die einzigen Waffen, die sie zu ihrer Verteidigung hatten, waren Kamera und Smartphone. Es war Wahnsinn. Einerseits. Andererseits, wenn sie beide jetzt kniffen – was wurde dann aus der Story?

»Das meinst du nicht wirklich ernst, oder?«

Er warf ihr einen Blick zu, und ein Lächeln huschte über sein Gesicht.

»Nein.«

»Gut.«

Zwei Polizisten traten vor ihnen auf die Straße und hielten sie an. Mark öffnete das Seitenfenster.

»Moin«, sagte er fröhlich. »Was ist denn hier los? Ein Straßenfest oder eine Demo?«

Die Polizisten antworteten nicht auf die Frage, doch Jessica entging der Blick nicht, mit dem der Beamte Mark, sie und das Innere des Wagens begutachtete, während sein Kollege etwas in ein kleines Gerät tippte. Wahrscheinlich das Kennzeichen von Marks Wagen. Sie wurden überprüft.

»Was wollen Sie hier?« Es klang nicht sehr freundlich.

»Ich wohne hier«, erklärte Mark.

»Ausweis und Fahrzeugpapiere.«

Mark zog beides aus seiner Brieftasche und reichte es dem Polizisten durch das Fenster.

»Alles in Ordnung«, sagte der Polizist mit dem Gerät in der Hand.

Sein Kollege gab Mark die Papiere zurück, warf noch einen Blick auf die Rückbank, dann nickte er.

»Fahren Sie durch«, sagte er.

Mark schloss das Seitenfenster und fuhr weiter. Jessica lehnte sich in ihrem Sitz zurück. Am Straßenrand standen zahlreiche Motorräder, eins neben dem anderen. Wie eine Reihe Soldaten, die sich für die Parade herausgeputzt hatten.

Mark reduzierte die Geschwindigkeit auf Schritttempo. Die parkenden Motorräder verengten die Fahrbahn. Breitschultrige Männer in T-Shirts und Kutten, muskelbepackt, tätowiert, manche mit kahlrasierten Schädeln, standen in kleinen Gruppen zusammen, rauchten, unterhielten sich, lachten. Und taxierten jeden Neuankömmling.

Und mit denen willst du dich anlegen? Du musst verrückt sein.

Sooft Jessica und Mark auch in den vergangenen Wochen hier vorbeigekommen waren, immer war das dunkelgrüne Tor geschlossen gewesen. Jetzt standen beide Flügel offen. Der flammenumgebene Totenkopf mit den Reißzähnen und den langen gewundenen Hörnern blickte von dem Bogen über der Toreinfahrt auf die Besucher herab, eingerahmt von den Worten »Wizards' Cave«. An der weißgetünchten Hauswand stand in dunkelgrüner Farbe »Wizards of Doom MC Flensburg«. Sie hatten das Clubhaus des berüchtigten Rockerclubs erreicht. Langsam fuhren sie daran vorbei.

Jessica sah sich um.

»Du solltest ein Foto von dem Tor machen. Ich habe Feuer im Hof gesehen, vielleicht von Feuerkörben oder Fackeln. Im

Abendlicht und mit Feuerschein wirkt das Clubzeichen viel bedrohlicher als bei Tag.«

»Ja, das Licht ist großartig.« Mark verzog das Gesicht und rieb sich die Stirn. »Das wird eindrucksvolle Fotos geben. Hier können wir aber nicht parken, ist alles voll. Was hältst du vom Parkplatz beim Ostseebad? Wir gehen dann zu Fuß zurück.«

»Du hast recht. Außerdem können wir uns dann unauffälliger unter die Leute mischen.« Jessica versuchte, über die Schulter durch die Heckscheibe zu schauen. »Hattest du den Eindruck, dass die Wizards ihre Gäste kontrollieren?«

Mark schüttelte den Kopf.

»Keine Ahnung. Ich habe auf die Straße geachtet. Ich will keinen dieser Brüder auf dem Kühler sitzen haben.«

»Unser Informant hat gesagt, dass sie immer Leute draußen stehen haben. Um die Motorräder zu bewachen und ungebetene Gäste fernzuhalten.« Jessica drehte sich wieder um. »Ich schätze, wir werden es herausfinden.«

»Ja. Schon bald.«

Sie passierten wieder Polizisten, die das andere Ende der Batteriestraße kontrollierten, dann bog Mark auf den staubigen Parkplatz am Ostseebad ein, auf dem etwa ein Dutzend Autos standen. Viele Hundebesitzer kamen hierher, weil sich die Tiere an dem Hundestrand und auf der angrenzenden Wiese nach Lust und Laune austoben konnten. Jessica und Mark blieben eine Weile sitzen und sahen zu, wie ein Mann einen nassen Golden Retriever im Kofferraum seines Kombis trocken rieb.

Mark drückte zwei Aspirin aus dem Blister und spülte die Tabletten mit einem Schluck aus der Wasserflasche hinunter.

»Immer noch Kopfschmerzen?«, erkundigte sie sich besorgt. Er nickte und rieb sich wieder die Stirn. »Du hättest doch ins Krankenhaus gehen sollen.«

»Dann hätten mich die Ärzte aber gefragt, wie ich zu der Beule gekommen bin. Und ich hätte alles erzählen müssen. Was wäre dann aus der Story geworden?«

»Du hättest dir auch irgendeine Geschichte ausdenken können. Dass du in der Dusche ausgerutscht bist, zum Beispiel.«

»Stimmt.« Mark massierte seine Schläfe. »Das kann ich ja morgen nachholen. Jetzt gibt es Wichtigeres zu tun.«

Jessica nickte. Der Mann mit dem Golden Retriever schlug die Kofferraumklappe zu und ging zur Fahrerseite seines Wagens.

»Meinst du, du würdest den wiedererkennen, der dich niedergeschlagen hat?«

Mark zuckte mit den Schultern.

»Ich habe ihn kaum gesehen. Es war dunkel, und der Kerl kam von hinten. Vielleicht anhand seiner Statur …« Er schüttelte den Kopf und verzog das Gesicht. »Ich fürchte, nein.«

»Und wenn sie dich erkennen? Was machen wir dann?«

»Den Notruf wählen.« Er grinste schief. »Und beten, dass die Polizei schnell genug ist. Sonst wird man unser Foto in Zukunft auf der Website der bei der Arbeit getöteten Journalisten sehen.«

Jessicas Hände wurden wieder feucht, ihr Herz klopfte heftig.

Nein. Wir sollten das nicht tun. Es ist zu gefährlich. Wir hätten vorher die Polizei informieren sollen. Dann hätten sie uns möglicherweise mit Mikrofonen ausgestattet, und überall wären Polizisten in Zivil postiert, die sofort hätten eingreifen können. Wir sollten aufhören, bevor es zu spät ist.

»Mark?« Ihre Stimme klang so dünn, dass sie es selbst kaum glauben konnte. »Lass uns umdrehen. Wir gehen doch zur Polizei.«

»Nein, verdammt noch mal!« Er schlug mit der Faust auf das Armaturenbrett. Sein Zornausbruch kam so plötzlich, dass Jessica erschrocken zusammenzuckte. »Wir arbeiten jetzt seit sieben Wochen an der Sache. Tag und Nacht. Wir haben Kontakt zu diesem Aussteiger aufgenommen. Wir sind zu allen möglichen Tageszeiten um das Clubhaus herumgeschlichen. Ich wurde bei der Recherche sogar niedergeschlagen. Und jetzt stehen wir so knapp davor, Jessica, so knapp.« Er hielt ihr seine Hand vor das Gesicht, zwischen Daumen und Zeigefinger waren höchstens zwei Millimeter Platz. »Ich bin sechsunddreißig. Ich habe keine Lust, für den Rest meines Lebens Fotos vom Fischmarkt und der Rumregatta für die Lokalzeitung zu machen.«

Jessica nickte. Mark war wie sie. Hungrig. Wahrscheinlich harmonierten sie deshalb so gut, und das nicht nur bei der Arbeit.

»Das wird die Story des Jahres. Unsere Story, Jessica. Danach können wir uns aussuchen, für welche Zeitung oder welches Magazin wir arbeiten wollen. Oder ob wir zum Fernsehen gehen.«

»Und wir werden ein Buch über unsere Recherchen schreiben.« Jessica erwiderte sein Lächeln. Sie straffte ihre Schultern und hob ihr Kinn. »Also los. Du hast alles? Akku geladen, Speicherkarten dabei? Tele?«

Mark nickte und klopfte auf die Taschen seiner Lederjacke.

Sie stiegen aus und warfen die Autotüren zu. Jessica hörte das Klicken der Zentralverriegelung, während sie noch einmal ihr Smartphone überprüfte. Der Balken für den Ladezustand war voll.

Mark nahm zwei weitere Tabletten und warf den leeren Blister weg. Er strauchelte.

»Alles in Ordnung?«, fragte Jessica.

»Ja. Nur eine Kuhle. Ich bin gestolpert.«

Dann machten sie sich Hand in Hand auf den Weg zur »Wizards' Cave«.

Jessica und Mark wurden nicht angehalten. Weder von den Polizisten, die sich ausschließlich auf die Kontrolle von Motorrädern und Autos zu konzentrieren schienen, noch von den Wizards. Sie gingen an drei Männern vorbei, die um eines der Motorräder herumstanden. Ihre Arme waren tätowiert, auf den Lederwesten stand das Logo der Wizards. Jessica blickte zu dem Totenkopf hinauf, der sie boshaft angrinste. Sie war nervös. Und für eine Sekunde der Schwäche wollte sie wieder umdrehen. Doch Mark hatte ihr seine Hand auf den Rücken gelegt und schob sie vorwärts. Dann hatten sie auch schon das große grüne Tor passiert. Sie waren drin. Mitten in der Höhle der Wizards. So nahe waren sie dem berüchtigten Rockerclub noch nie gewesen.

Eigentlich sah es hier aus wie auf jedem Grillfest: Es waren Stehtische und Bierzeltgarnituren aufgebaut, an denen zahlreiche Gäste saßen. Auf einem großen Schwenkgrill wurden Würste und Steaks gegrillt, der Getränkeausschank war in einem Marktwagen untergebracht. Das ganze Szenario erinnerte Jessica an das Fest eines Schützenvereins in einem Dorf, in das sie mit Freunden am Ende einer Wanderung durch Zufall hineingestolpert war.

Wenigstens beinahe.

Denn hier feierte kein harmloser Schützenverein ein fröhliches Sommerfest. Aus den Lautsprechern an der Hauswand erklang statt Schlager- oder Volksmusik harter Rock. Der Anteil der anwesenden Frauen war niedrig. Die meisten männlichen Gäste trugen Kutten und T-Shirts mit den Abzeichen der Wizards oder anderer Rockerclubs und waren tätowiert. Und obwohl sie lachten, Hände schüttelten und sich über Sport und Motorräder unterhielten, hatte Jessica keinen Zweifel daran, dass jeder Einzelne von ihnen sofort und ohne Pardon zuschlagen konnte. Diese Männer waren gefährlich. Selbst wenn an diesem Abend keine Messer und Schusswaffen unter den Kutten versteckt sein sollten. Und sie fragte sich, wie viele der Männer den Tagesablauf in deutschen Gefängnissen wohl aus eigener Erfahrung kennen mochten.

Bestimmt nicht wenige.

»Wie wollen wir vorgehen?«, fragte Mark leise, während sie sich an den in kleinen Grüppchen zusammenstehenden Leuten vorbeischoben.

»Erst einmal orientieren«, sagte Jessica und beobachtete, wie eine Frau am Schwenkgrill eine grüne Karte auf den Tisch legte und mit zwei Grillwürsten in der Hand wieder abzog. »Wir besorgen uns eine von diesen Karten und holen uns etwas zu trinken. Und dann sehen wir weiter.«

»Okay. Ich glaube, am Eingang saß einer mit einer Kasse. Ich bin gleich wieder da.«

Mark verschwand und Jessica sah sich um. Der Hof war deutlich größer, als sie erwartet hatte. Es gab sogar einen Verkaufsstand unter einem offenen Zelt, an dem T-Shirts mit den Zeichen der Wizards verkauft wurden. Von ihrem Informanten wusste sie, dass es sich dabei um sogenanntes »Supporter«-Zeug handelte, Unterstützer-Ware, mit der man die Wizards of Doom finanzieren und für sie Werbung machen konnte. Sofern man es denn wollte. Die richtigen Shirts mit dem originalen Schriftzug und Totenkopf der Wizards gab es so nirgends zu kaufen. Sie waren ausschließlich den Mitgliedern des Clubs vorbehalten.

Mark kam zurück und wedelte mit einer grünen Karte vor ihrem Gesicht herum.

»Zehn Euro kostet das Ding. Mit Kleingeld geben sich die Burschen offenbar ungern ab. Der an der Kasse kam kaum mit dem Herausgeben der Karten nach. Ich habe ein paar ziemlich dicke Bündel Scheine in der Kassette gesehen. Was denkst du, was fahren die Wizards heute ein?«

Jessica zuckte mit den Schultern, versuchte, die Zahl der Gäste abzuschätzen.

»Keine Ahnung. Fünftausend vielleicht? Der Abend muss sich ja lohnen.«

Sie gingen weiter zum Getränkestand und reihten sich vor dem Tresen ein.

Es war ein milder Juliabend mit einem azurblauen Himmel. Der Wind, der am Tag die Sommerhitze erträglich gemacht hatte, war kaum noch spürbar. Feuerkörbe auf dem Hof verbreiteten stimmungsvolles Licht. Die Gäste schienen sich zu amüsieren. Aus den Lautsprechern an der Hauswand erklang gerade »Highway to Hell«. Diesen Song kannte sogar sie.

Jessica sah ein paar Stufen, die zum Clubhaus hinaufführten. Die Tür stand offen, und sie konnte einen kurzen Blick ins Innere werfen – eine Bar, ein paar Hocker, Regale mit Flaschen. Dann waren sie auch schon an der Reihe. Der junge Mann mit den raspelkurzen dunklen Haaren und dem Supporter-T-Shirt lächelte sie an.

»Na, was möchtet ihr beiden denn?«

»Ein Bier«, sagte Mark.

»Und ein Wasser, bitte.«

Kurz darauf stand beides in durchsichtigen Plastikbechern vor ihnen, und fünf Euro wurden auf ihrer Karte abgestrichen.

»Die Organisation klappt, das muss man ihnen lassen«, sagte Mark, faltete die grüne Pappe in der Mitte, steckte sie in seine Jackentasche und reichte ihr den Becher. »Wollen wir uns hinsetzen?«

»Nein. Wir müssen die Zeit nutzen.« Jessica deutete mit dem Kopf zur offenen Tür des Clubhauses. »Versuch doch mal, ob du da hineinkommst. Das ist bestimmt interessant. Vielleicht kannst du auch ein paar Fotos machen.«

»Gut. Und du?«

»Ich versuche, die Hausherren aufzutreiben.«

»Du bist aber vorsichtig, ja?«

»Natürlich.« Jessica lächelte zuversichtlich. »Du aber auch. Vergiss nicht, etliche Bereiche des Clubhauses sind für Außenstehende tabu. Wenn sie dich dort erwischen sollten …«

»Dann erzähle ich einfach, ich hätte nach den Klos gesucht.«

Sie musste lachen. »Hoffentlich nehmen sie dir das ab!«

»Wir werden sehen. Viel Glück!«

Er gab ihr noch einen Kuss, dann stand Jessica allein zwischen den Partygästen. Ihre Aufregung war wie weggeblasen. Stattdessen befand sie sich im Zustand gespannter Aufmerksamkeit. Sie nahm jedes Detail ihrer Umgebung – das Licht, den Geruch von Holzkohle, Grillfleisch, Bier und Nikotin, das Lachen, die Stimmen der Männer und Frauen – überdeutlich wahr.

Jessica Pohlmann war auf der Jagd.

Ein Mann hob seine Hand, ein anderer nickte ihm zu, streckte Mittel- und Zeigefinger aus, der andere lächelte, nickte, wiederholte das Zeichen. Kommunikation über zehn Meter und etliche Köpfe hinweg. Ein anderer Mann ging mit zwei Bechern Bier an einem der Tische vorbei, berührte kurz den dort Sitzenden mit dem Ellenbogen, beugte sich hinunter. Seine Lippen bewegten sich.

Was raunte er dem anderen wohl ins Ohr? Wurde gerade ein Handel abgeschlossen? Ging es um eine Drogenbestellung? Oder Waffen? Sie holte ihr Smartphone aus der Jackentasche und tat, als würde sie etwas nachschauen. Tatsächlich machte sie ein paar Fotos. Dabei war sie so vorsichtig wie möglich und rechnete trotzdem damit, erwischt zu werden. Aber sie hatte Glück. Wahrscheinlich fiel es in dem Gedränge nicht auf. Außerdem hantierten auch noch andere mit ihren Smartphones herum.

Sie wandte sich um und sah, wie Mark ungehindert im Clubhaus verschwand.

Sehr gut.

Dann hatte sie endlich gefunden, was sie suchte. Die Wizards aus Flensburg. Zwanzig Mann gehörten laut ihrem Informanten zum »Chapter«, wie die Rocker ihre Vereinsableger nannten. Ein halbes Dutzend von ihnen saß an einem der Tische. Sie trugen ihre schwarzen Lederwesten mit den Aufnähern, aber Jessica hätte sie auch so erkannt. Ihr Informant hatte sie mit beschrifteten Fotos gründlich vorbereitet.

Der rothaarige Typ, der mit dem geflochtenen Bart aussah wie ein Komparse in einem Wikingerfilm, musste Rüdiger Schmidt sein. Der mit dem auf der Glatze eintätowierten Emblem der Wizards ihm gegenüber war vermutlich Philipp Hartwig, der »Secretary«, wie der Schriftführer des Clubs genannt wurde. Die anderen konnte sie aus der Ferne nicht unterscheiden. Außer einem: Berthold Dinklage, der »President«.

Ihn erkannte sie an den grauen Haaren und dem Vollbart. Untereinander hatten sie Spitznamen. Aber sie war der Meinung, dass es den Rockern einen Teil ihrer Härte nahm, sie bei ihren richtigen Namen zu nennen. Es riss ihnen die Maske herunter, mit der sie in der Öffentlichkeit Angst und Schrecken verbreiteten.

Ihr Herz begann zu klopfen. Nun war es so weit! Wären die Männer allein gewesen, hätte sie möglicherweise den Mut verloren. Dann hätte sie sich damit begnügt, die Rocker aus der Ferne zu beobachten. Aber das Glück war ihr hold. Es saßen auch Frauen am Tisch.

Jessica hob ihr Kinn und ging zu den Wizards. Sie hörte ihr Gelächter, ihre Stimmen, die Frauen unterhielten sich. Der Aschenbecher auf dem Tisch war gut gefüllt.

»Darf ich mich setzen?«

Zwei der Frauen drehten sich zu ihr um, die Männer musterten sie kurz. Mit einem Lächeln, das keiner erwiderte, setzte sie sich. Die Stimmung am Tisch war schlagartig abgekühlt.

»Hören Sie«, sagte einer der Männer, den Jessica aufgrund seiner schwarzen Haare und seines Augenbrauenpiercings als Stefan Lohse identifizierte. Laut Informant kümmerte er sich um die Motorräder des Clubs und organisierte Ausfahrten. »Road Captain« nannten die Rocker das. »Dort drüben finden Sie noch einen Platz. Hier ist nichts mehr frei.«

Er deutete zu einer Ecke des Hofes, seine Stimme klang höflich und ruhig. Oder war da auch ein drohender Unterton? Die Frau neben ihm rückte dichter an ihn heran und schlang einen Arm um seine Taille, als wolle sie klarstellen, dass dieser Mann zu ihr gehörte.

Jessica strich sich eine Strähne aus dem Gesicht und ließ die Worte an sich abprallen. Sie hatte mit Ablehnung gerechnet und hatte nicht vor, sich so schnell vertreiben zu lassen.

»Ich bin zum ersten Mal hier«, sagte sie und lächelte in die Runde.

»Ach nee, das hätte ich jetzt nicht gedacht«, brummte Schmidt. »Und jetzt schwing deinen Arsch zu einem anderen Tisch rüber, der hier ist besetzt.«

Jessica spürte die Blicke der Männer, die sie ganz genau taxierten.

»Nette Feier«, sagte sie und nippte an ihrem Wasser. »Und super Wetter. Sind Sie alle vom Flensburger Club?«

Sie erhielt keine Antwort. Die Mienen verdüsterten sich. Ein weiterer Mann kam dazu. Er stellte einen Becher Cola vor eine zierliche Frau am anderen Ende des Tisches, tauschte mit ihr einen Kuss und ein Lächeln, mit Dinklage ein paar geflüsterte Worte, dann setzte er sich mit einem Becher Bier Jessica gegenüber neben Schmidt. Der Mann war groß, mindestens einen Meter neunzig. Sein dunkles Haar trug er zu einem Pferdeschwanz gebunden, auf seinen bloßen Armen waren Zeichen der Wizards und keltische Ornamente tätowiert. Auf der linken Seite seiner Kutte war unter dem Aufnäher »Road Captain« einer, auf dem »Glasgow« stand.

Das muss er sein, dachte Jessica. Neil McKinnley, auch genannt Duke.

Ihr Informant hatte sie vor dem Schotten gewarnt. Sein Vorstrafenregister sei lang. Außerdem sei er gewalttätig, würde sich vor der schottischen Polizei hier in Flensburg verstecken, möglicherweise wegen eines Mordes …

Für einen kurzen Moment wurde sie jetzt doch nervös.

»Guten Tag«, sagte sie und streckte ihm die Hand entgegen. »Ich bin Jessica Pohlmann.«

»Who gives a fuck?«

Ungerührt trank er einen Schluck Bier und wischte sich den Schaum von der Lippe. Der Blick, mit dem er sie musterte, gefiel ihr gar nicht.

Reiß dich zusammen und mach deinen Job! Verwickle sie in ein Gespräch. Vielleicht findest du etwas heraus. Wenn nicht, verschaffst du Mark wenigstens Zeit, sich im Clubhaus umzusehen.

»Ich habe hier auch Kutten der Wizards aus Hamburg und Dänemark gesehen. Und …«

»Sieh mal an, die Dame kann lesen!«

Schmidt lachte. Es war ein Lachen mit einem deutlich drohenden Unterton.

»Und ich habe auch Kutten von anderen Motorradclubs gesehen. Wie viele Clubs sind denn hier? Und wissen Sie eigentlich, wie viele Partygäste heute da sind?«

»Motorradclubs. Kutten. Partygäste«, äffte Schmidt sie nach. »Da kann sich aber jemand gewählt ausdrücken.«

»Und neugierige Fragen stellen«, sagte Lohse.

»Ja, das ist mir auch schon aufgefallen.« Schmidt beugte sich vor, die Ellenbogen auf dem Tisch aufgestützt, und grinste sie an. Es sah aus wie das Zähnefletschen eines Wolfes.

Jessica lief es kalt den Rücken hinunter. Wahrscheinlich war jetzt die Zeit für den Rückzug gekommen.

»Wer hat Sie eigentlich eingeladen?«, fragte Dinklage mit eisiger Stimme.

»Sie. Ich habe Ihren Flyer gesehen«, antwortete sie, zog aus ihrer Tasche einen der Handzettel, die die Wizards gedruckt hatten. »Da steht ›everybody welcome‹ – zu Deutsch ›jeder willkommen‹. Ich bin sicher, dass die Leser des Flensburger Wochenboten sich sehr dafür interessieren werden, wie die Wizards in unserer Stadt diese Worte auslegen.«

Die Augen des Präsidenten verengten sich zu schmalen Schlitzen.

»Flensburger Wochenbote?«

»Ja. Den kennen Sie doch bestimmt.« Sie zog ihren Presseausweis hervor. »Jessica Pohlmann, Mitarbeiterin des Flensburger Wochenboten.« Sie hielt die Plastikkarte hoch.

Jessica wusste nicht, was sie mehr erschreckte. Das ihr von McKinnley förmlich entgegengespuckte »Fucking breed!« oder die Ladung Bier, die er ihr gleichzeitig über die Bluse schüttete.

Sie sprang auf, fiel dabei fast über die Sitzbank und versuchte, sich das Bier von den Armen und der Bluse zu wischen. Der nasse Stoff klebte an ihrer Haut, das Bier rann an ihr hinunter und wurde von der Hose aufgesogen. Es stank.

»Ich wollte nur mit Ihnen reden!«, sagte sie in einer Mischung aus Angst und Wut. Sie fühlte sich in vielerlei Hinsicht beschmutzt.

Plötzlich standen alle.

»Dann hätten Sie sich einen Termin geben lassen sollen«, erklärte Dinklage eisig und gab irgendjemandem ein Handzeichen. Im nächsten Augenblick verstummte die Musik. »Wir haben keine Presse eingeladen. Verpissen Sie sich.«

In der Luft schien es zu knistern. Alle Augen waren auf sie gerichtet, einige der anderen Partygäste kamen näher.

»Was ist los?«, hörte sie jemanden fragen.

»Wir haben die verfickte Presse hier«, erklärte Lohse. Es klang, als redete er von einem Läusebefall.

»Aber nicht mehr lange«, sagte Dinklage eisig. »Wir erteilen Ihnen hiermit Hausverbot.«

Hartwig und Lohse griffen nach ihren Armen.

»Lassen Sie mich sofort los!«, sagte Jessica, obwohl sie ihren ganzen Mut zusammennehmen musste. »Sie behindern die Pressefreiheit. Ich gehe zur Polizei!«

»Da haben Sie es nicht weit«, erwiderte Dinklage. »Die Bullen stehen ohnehin vor der Tür.«

Die Griffe um ihre Arme wurden fester. Es begann, wehzutun.

»Was meinen Sie, was die Leser denken, wenn ich im Wochenboten schildere, wie die Wizards ihre Gäste behandeln?«

Dinklage lachte.

»Erstens sind Sie nicht unser Gast. Und zweitens ist es uns scheißegal, was Ihre Leser denken. Da kann man sowieso nicht mehr viel kaputtmachen.«

Jessica fuhr sich mit der Zunge über die Lippen. Ihre Kehle war wie ausgedörrt und ihr Hirn war leer. Was sollte sie tun? Und was war mit Mark? Er war immer noch im Clubhaus!

Sie musste die Rocker in jedem Fall von ihm ablenken. Aber wie?

»Okay, ich habe verstanden«, sagte sie und hob beschwichtigend ihre Hände. »Ich gehe. Wenn Sie mich loslassen, gehe ich.«

Die Griffe lockerten sich.

»Handy her!«, forderte Dinklage.

»Warum, ich …«

»Handy!«

Jessica zuckte unter dem Gebrüll zusammen und zog das Gerät aus ihrer Tasche hervor.

Dinklages Daumen fuhr rasch über das Display.

»Wusste ich es doch«, sagte er und warf ihr das Smartphone wieder zu. Gerade eben konnte sie es noch auffangen. »Glauben Sie nicht, Sie wären die Erste, die auf die Idee kommt, hier heimlich Fotos zu schießen. Begleitet die Schlampe nach draußen.«

»Fuck! Es waren zwei!«, sagte McKinnley plötzlich. »Da war noch so ein Arsch dabei.«

»Bist du sicher?«

»Yeah. Aber wo könnte dieser fucking Punk sein?«

»Bestimmt im Clubhaus, Bro«, sagte Schmidt. »Die Tusse hat gerade eben dorthin geschielt.«

Jessica erschrak. Sie war sich dessen gar nicht bewusst gewesen.

»You're right. Schau dir ihr Gesicht an.«

Schmidt und der Schotte tauschten einen Blick, nickten sich zu und machten sich mit langen schnellen Schritten auf den Weg zum Clubhaus. Jessicas Herz begann zu klopfen.

Himmel noch mal, tu etwas, Jessica! Wenn sie Mark dort finden, werden sie ihn zusammenschlagen. Oder noch Schlimmeres!

»Ich gehe nicht ohne meinen …«

In diesem Augenblick kam ein junger Mann aus dem Clubhaus die Stufen heruntergerannt. Er schob sich an den Partygästen vorbei.

»Christina, du sollst kommen, schnell. Du wirst da drin gebraucht.«

Die Frau, die Christina hieß, lief los, und Jessica nutzte die Irritation der Rocker, um ihr zu folgen. Sie hastete die Stufen hoch, gelangte zur Tür, durchquerte den Barraum, ließ ihren Blick nur flüchtig über den riesigen Totenkopf an der Wand gleiten, streifte kurz das Gewehr über der Tür. Die Wizards hatten Waffen. Und sie waren bereit zu töten.

Mark, wo bist du?

Sie folgte dieser Christina einen schmalen dunklen Flur entlang auf eine offene Stahltür zu. Und dann stand sie in einer Werkstatt. Es roch nach Öl, Gummi und Metall. Die Wände waren mit Regalen vollgestellt, auf denen sich Lackdosen, Maschinen und Ersatzteile stapelten. An einer an die Wand geschraubten Sperrholzplatte hingen verschiedene Werkzeuge. In der Mitte war ein Motorrad aufgebockt, ein pechschwarzes Ungetüm, dem die Räder fehlten. Auf dem grauen Estrich lagen verstreut schwarze Plastikteile, die Jessica ohne Schwierigkeiten als Überreste einer Kamera identifizierte. Vier Männer starrten auf etwas hinunter, das zu ihren Füßen auf dem Boden lag und neben dem die Frau kniete.

Es war Mark.

Und er bewegte sich nicht.

2

»Ich habe ihn nicht einmal angefasst!« Hugger fuhr sich durchs Haar und starrte fassungslos auf den Mann, der vor ihm lag. »Ich habe ihm nur die Kamera aus der Hand gerissen. Und dann ist er umgefallen. Einfach so.«

Duke glaubte ihm aufs Wort. Hugger wirkte wie jemand, der nicht auf die Reihe bekam, was gerade passiert war. Er selbst hatte eine ungefähre Vorstellung. Auf dem Boden lagen verstreut die Überreste der Kamera, unter der Hebebühne etwas Blaues, Rechteckiges.

Duke hob das Ding auf und steckte es sich in die Hosentasche. Sichern, bevor die Bullen kamen. Lange würde das bestimmt nicht dauern. Auf dem Flur näherten sich rasche Schritte. Vielleicht waren sie das sogar schon.

Aber es war Christina.

»Was ist los?«, fragte sie und ging sofort neben dem am Boden liegenden Mann in die Knie, tastete ihn ab, hob seine Lider.

»Er ist einfach umgefallen.«

Christina warf Hugger einen kurzen Blick zu.

»Einfach so?«

»Ja.«

»Nein! Mark! Was haben Sie mit ihm gemacht, Sie …«

Hinter ihnen war die Frau aufgetaucht, die Journalistin. Sie schlug ihre Hände vor das Gesicht. Dann hatte sie sich offenbar wieder gefasst. Sie wedelte mit ihrem Smartphone, machte Fotos und tippte auf dem Display herum. Vermutlich rief sie die Polizei an. Einen Krankenwagen würde der Typ dringender brauchen. Sein erster Impuls war, die Journalistin nach draußen zu befördern. Doch Christinas Stimme hielt ihn zurück.

»Er atmet nicht.« Sie legte ein Ohr auf die Brust des Mannes, schüttelte den Kopf. Ihr Gesicht war ernst. »Duke, du musst ihn beatmen.«

»Ich?«

»Ja. Bei dreißig bist du zwei Mal dran. Okay?«

Duke holte tief Luft. Er hasste so etwas. Trotzdem kniete er sich neben den Mann auf den Boden, legte seine Hände um Kinn und Stirn und überstreckte vorsichtig den Kopf. So nahe hatte er diesem Kerl eigentlich nicht kommen wollen.

»Wir haben den Typen hier beim Schnüffeln erwischt«, sagte Hugger, während Duke Luft in den Mann hineinblies und Christina seinen Brustkorb mit gleichmäßigen Stößen bearbeitete. »Ich habe nach seiner Kamera gegriffen und sie auf den Boden geworfen. Und dann ist der Typ umgekippt. Wie ein gefällter Baum. So war es doch, Mütze?«

Mütze nickte knapp.
»Hat schon jemand den Notarzt gerufen?«, fragte Christina.
»Ja.«
Das war die Stimme der Journalistin. Möglicherweise war sie doch nicht ganz so blöd. Jetzt kümmerte sich endlich Red um sie und drängte sie in den Flur.
Christina keuchte, ihr Gesicht war gerötet.
»Soll ich dich ablösen?« Duke wusste aus eigener Erfahrung, wie anstrengend so eine Herzdruckmassage war.
Ihre Blicke trafen sich. Und plötzlich wusste er, dass es bereits zu spät war. Sie bearbeiteten einen Leichnam.
»Hör nicht auf!«, wies Christina ihn an, obwohl ihre Augen ihm etwas anderes sagten.
Er machte weiter. In diesem Moment war Christina hier der Boss. Sie hatte Ahnung. Möglicherweise gab es Hoffnung. Auch wenn sie selbst nicht daran zu glauben schien. Und so blies er Luft in den Mund eines Toten, während sie jeden Stoß mit dem Handballen zählte.
»… sechsundzwanzig – siebenundzwanzig – achtundzwanzig – neunundzwanzig – dreißig.«
Pusten.
»… vier – fünf – sechs – sieben …«
Pusten.
»Was ist denn mit ihm?«, fragte Bert. Duke hatte ihn nicht kommen sehen.
Christina schüttelte den Kopf, ihre Stirn begann zu glänzen.
»… zwölf – dreizehn – ich – weiß – es – nicht – achtzehn – neunzehn …«
Duke und Bert sahen sich an, und auch der President schien zu begreifen. Sein Mund formte ein lautloses »fuck«.
Ja. Fuck.
»… siebenundzwanzig – achtundzwanzig – neunundzwanzig – dreißig.«
Pusten.
Ein toter Journalist im Clubhaus der Wizards.
Pusten.

Von dieser Schlagzeile würden die Aasgeier von der Presse noch lange zehren.

Christina schwitzte.

Es war nicht allein die Anstrengung der Wiederbelebungsversuche, sondern das Wissen – oder besser die Vermutung –, dass ihre Maßnahmen umsonst waren.

Warum auch immer. Der Mann hatte keine sichtbaren äußeren Verletzungen, die von einem schweren Schlag oder Sturz herrühren konnten. Keine geschwollene Nase, keine aufgeplatzte Lippe, keine Wunde am Kopf.

Und trotzdem hatte der Mann einen Atemstillstand und entrundete Pupillen – Verdacht auf Hirnstammeinklemmung. Ein geplatztes Aneurysma?

Das sah nicht gut aus, gar nicht gut.

Draußen hatte jemand die Musik wieder aufgedreht, die Party ging weiter. Gerade wurde »Knockin' on Heaven's Door« von Guns N' Roses gespielt.

Na prima, das passt ja.

Sie spürte, wie ein Schweißtropfen an ihrer Schläfe hinunterrann. Endlich erklangen Schritte auf dem Flur, und zwei weißgekleidete Gestalten mit orangefarbenen Westen tauchten auf. Sanitäter.

Christina hob den Kopf, erkannte die beiden. Frank und Olli. Zwei nette Kerle, mit denen sie schon ein paarmal im Rahmen ihrer Weiterbildung zur Notfallmedizinerin im Notarztwagen unterwegs gewesen war.

»Moin Christina«, sagte Frank und stellte seinen Koffer neben ihr ab. »Was haben wir? Schlägerei?«

»Nein.« Das hatte wenigstens Hugger gesagt. »Atemstillstand, entrundete Pupillen, rechts mehr als links. Wo ist der Kollege?«

Olli verzog das Gesicht.

»Ich fürchte, du bist der Kollege vor Ort, Christina. Es wurde nur ein RTW angefordert. Sollen wir …«

Sie schüttelte den Kopf. »Damit vergeuden wir nur Zeit. Ich fahre mit.«

Frank öffnete den Koffer und hielt ihr einen Guedeltubus und das Laryngoskop hin.

»Ich übernehme.«

Christina nahm den Tubus und rutschte auf Knien weiter, während Olli den Ambubeutel herausholte.

»Duke, ich mache weiter.« Sie nickte ihm zu.

Er ließ den Kopf des Mannes los, stand auf, trat einen Schritt zurück und versenkte seine Hände in den Hosentaschen.

Den Kehlkopf zu spiegeln, den Tubus in den Mund einzuführen und den Beutel anzuschließen war eine Sache von Sekunden. Dann nahm sie ein Stethoskop aus dem Koffer und horchte die Brust des Mannes ab.

»Ich habe einen Herzschlag!«

Christina fixierte mit einer Hand den Tubus am Kinn, während sie mit der anderen langsam und gleichmäßig den Beutel zusammendrückte und wieder losließ. Olli war verschwunden, um die Trage zu holen.

Vielleicht bestand doch noch Hoffnung.

Mit dem Daumen schob sie vorsichtig das Augenlid hoch. Und sah in eine weite, lichtstarre Pupille.

Oder auch nicht.

Olli kam mit der Trage zurück und legte sie auf dem Boden ab.

Wieder hörte sie das Herz ab. Ja. Da bewegte sich etwas.

Christina sah die beiden an.

»Los, bevor er es sich wieder anders überlegt.«

Sie hoben den Mann auf die Trage, Olli und Frank nahmen die Griffe, während Christina den Beutel weiter betätigte.

»Ich fahre mit ins Krankenhaus«, sagte sie zu Duke, der sich mit der Hand durch das Haar fuhr. Ein bisschen sah es aus, als steckte er sich etwas hinein.

»Meine Lady.« Er strich ihr kurz mit dem Handrücken über die Wange. »Ruf an, wenn was ist oder ich dich abholen soll. Ja?«

Er gab ihr einen Kuss. Ernst und nachdenklich. Natürlich wusste er, dass Ärger auf die Wizards zukommen würde. Eine Menge Ärger.

Sie gingen durch den schmalen Flur nach draußen.

Auf der Straße näherte sich das Heulen von Sirenen. Zwei Mannschaftswagen der Polizei hielten mitten auf der Straße.

Vier Streifenpolizisten sicherten das Tor der Wizards, ließen nur sie und die Sanitäter passieren.

»Ein Verletzter?«, erkundigte sich einer von ihnen.

»Das war keine Schlägerei«, sagte Christina und hoffte einfach, dass es stimmte. Wäre ihr Bruder Thomas hier, würde er ihr etwas vom Ehrenkodex und Zusammenhalt der Rocker erzählen, dass sie immer dichthielten und dass man den Männern deshalb nicht trauen durfte.

Aus den Mannschaftswagen sprangen vermummte, schwer bewaffnete Männer. Ein Mann mit schusssicherer Weste ging hin und her und sprach in ein Funkgerät. Ein Sondereinsatzkommando.

Frank und Olli schoben die Trage in den Krankenwagen, Christina kletterte hinterher.

Eine Minute später waren sie mit Blaulicht auf dem Weg ins Diako. Über ihnen hörte sie einen Hubschrauber kreisen.

3

Mark Hoffmann. Das war der Name des Mannes. Wenn sie Hugger glauben wollte, war er »einfach so« umgefallen. Doch die CT-Bilder des Mannes straften diese Worte Lügen.

Christina stand neben ihrem Oberarzt Sebastian Finkenstad, dem diensthabenden Chirurgen und dem Neurologen und starrte auf den Monitor.

Auf dem Bild war die rechte Hirnhälfte kaum noch vorhanden, das Gehirn war nach links verschoben, verdrängt von etwas, das sich im CT als dunkle Raumforderung darstellte. Blut. Der Mann hatte eine massive Blutung im Schädel. Und das passierte nicht »einfach so«.

»Vielleicht ein Aneurysma?« Das war eine Hoffnung, ein Strohhalm, an den sich Christina immer noch klammerte. Vielleicht hatte Hugger die Wahrheit gesagt, und die Wizards hatten mit dem Zustand des Mannes nichts zu tun.

Doch Dr. Breitenreither, der Neurologe, schüttelte langsam den Kopf.

»Schwer zu sagen, aber ich glaube eher nicht. Die Lage des Hämatoms spricht dagegen. Außerdem ist mir bei der Untersuchung eine Beule am rechten Occiput aufgefallen. Das würde zur Ausbreitung des Hämatoms passen. Ich tippe auf Subarachnoidalblutung infolge eines Schädeltraumas. Aber …« Er hob die Hände, um sie gleich darauf wieder in seine Kitteltaschen zu versenken. »Nagelt mich nicht fest.«

»Prognose?«

Die vier Ärzte sahen sich an. Jeder von ihnen wusste, dass es eine rhetorische Frage war.

Schädeltrauma. Jemand hatte Mark Hoffmann niedergeschlagen. Hugger? Mütze? Oder …

Ihr Mund wurde trocken.

Christina sah durch die Scheibe in den Röntgenraum, wo Mark Hoffmann intubiert und beatmet auf der Untersuchungsliege des Computertomografen lag. Hier waren vier Ärzte aus drei Fachrichtungen. Das Wissen und die technischen Möglichkeiten der modernen Medizin standen uneingeschränkt zur Verfügung. Und trotzdem nutzte es nichts. Die Blutung hatte zu einer Einklemmung des Hirnstamms geführt, von dem aus das Atemzentrum gesteuert wurde.

Ohne die Hilfe der Geräte wäre Mark Hoffmann schon seit über einer Stunde tot. Oder er war es längst. Je nachdem, wie man Leben und Tod definierte.

Breitenreither nickte der MTA zu, die sofort von ihrem Hocker am Bedienpult aufsprang und in den Röntgenraum ging, gefolgt von zwei Krankenpflegern.

»Hat er einen Spenderausweis?«

Sie sahen einander nicht an, schauten nur durch die Scheibe in den CT-Raum, in dem die MTA gerade die Untersuchungsliege hinunterfuhr.

»Nein.« Der Chirurg sprach leise. »Jedenfalls hat er keinen

dabei. Aber das würde uns auch nicht helfen. Im Labor hat er eine Gerinnungsstörung.«

Schweigend sahen sie zu, wie die zwei Pfleger den Patienten auf die Trage hoben und ihn mit dem mobilen Beatmungsgerät und den Monitoren hinausschoben.

»Neuro-Intensiv«, sagte Breitenreither, und einer der Pfleger nickte.

»Macht das Sinn?«

»Vorläufig ja.« Breitenreither zog die Schultern hoch. »Sind die Angehörigen schon verständigt?«

»Nein. In der Notaufnahme wartet ein Polizist. Ich gebe ihm Bescheid. Sollen die doch die Angehörigen ausfindig machen. Ich bin nicht scharf darauf, den Unglücksboten zu spielen.« Der Chirurg verzog das Gesicht. »Wenn die Kerle sich wenigstens gesunde Organspender aussuchen würden, um sie zu Klump zu schlagen. So hat wirklich niemand etwas davon.«

Christina schluckte.

Die Kerle, von denen der Kollege sprach, waren Männer, die sie kannte, die sie mochte. Hugger. Mütze. Bert. Und natürlich Duke.

Sie gingen langsam hinaus. Auf dem Flur blieben die Pfleger mit der Trage stehen, der Monitor, der die Herzaktionen des Patienten aufzeichnete, piepste aufgeregt.

»Tachyarrythmie«, sagte einer der beiden Pfleger.

Christina warf einen Blick auf den Monitor, über den eine deformierte EKG-Kurve huschte.

»Frequenz hundertsechsundvierzig, Blutdruck siebzig zu vierzig. Weiter fallend.« Ein durchdringendes Piepsen erklang.

»Kammerflimmern!«

Im nächsten Augenblick waren alle beschäftigt. Christina klappte den Notfallkoffer der Radiologen auf, entnahm ihm eine Fertigspritze Adrenalin. Sebastian aktivierte den Defibrillator.

Schocken.

Für ein paar Schläge setzte ein Rhythmus ein, dann wieder Kammerflimmern.

Christina spritzte das Adrenalin, Sebastian schockte wieder.

Über den Monitor lief eine deformierte EKG-Kurve. Dann gab es keine Ausschläge mehr. Nulllinie. Der Piepton wurde schrill.

Sebastian begann mit der Herzdruckmassage.

Nichts.

Es piepte, dass Christina glaubte, der Ton würde ihr Trommelfell zerschneiden.

Zweite Ampulle.

Nach zwanzig Minuten gaben sie auf, stellten den Monitor ab und schalteten das Beatmungsgerät aus.

Christina sah Sebastian kurz an, dann die Uhr über der Tür zum CT.

»Zeitpunkt des Todes dreiundzwanzig Uhr zwölf.«

»Alles in Ordnung, Christina?« Sebastian stieß sie an. Seine Stirn war schweißnass. »Dich trifft keine Schuld. Du hast alles richtig gemacht. Aber bei dieser massiven Blutung hatte er nicht einmal den Hauch einer Chance.«

»Man sollte meinen, dass man sich im Laufe der Jahre daran gewöhnt.«

»Das ist ein Gerücht, das sich hartnäckig hält. Man gewöhnt sich nie daran. Man geht nur im Laufe der Zeit anders damit um. Der eine besser, der andere schlechter.«

Die Pfleger ließen die Schultern hängen. Einen Patienten zu verlieren war immer schwer erträglich.

»Wohin soll er jetzt? In die Aufnahme?«

»Nein«, sagte Christina sofort.

Der Gedanke, dass der Tote in einem nur von dünnen Vorhängen abgetrennten Bereich der Station lag, während rechts daneben ein Patient mit Gallenkoliken und links ein betrunkener Obdachloser mit Kopfplatzwunde lag, war unerträglich.

»Aber die Polizei wird ihn sehen wollen und möglicherweise direkt in die Rechtsmedizin nach Kiel fahren. Schließlich wurde jetzt aus Körperverletzung ein Tötungsdelikt. Das CT muss frei bleiben. Und hier im Flur können wir ihn kaum stehen lassen.«

»Wie ist es mit dem Vorbereitungsraum?« Christina deutete auf die Tür gegenüber vom CT. Dort bereiteten die Radiologen

Patienten vor, die für Katheter-Untersuchungen kamen. »Dort ist es ruhig, und die Polizei kann ihre Arbeit machen, ohne dass die anderen Patienten es mitbekommen.«

Der Chirurg nickte. »Gute Idee.«

Die Pfleger seufzten, packten ein und schoben die Trage in den dunklen Vorbereitungsraum.

Christina sah ihnen nach. Ein Tötungsdelikt. Mark Hoffmann war gestorben, weil jemand zugeschlagen hatte. Wer? Hugger? Mütze? Oder beide gemeinsam?

4

Er schlenderte die Uferpromenade entlang. Eigentlich hatte er geglaubt, kurz vor Mitternacht allein am Hafen zu sein. Flensburg war schließlich eine kleine Stadt, kaum achtzigtausend Einwohner. Aber weit gefehlt. Jugendliche zogen in Horden zu den Tanzclubs und Diskotheken, die sich auf der anderen Straßenseite aneinanderreihten. Auf den Bänken saßen Gruppen von jungen Leuten zusammen, viele mit Bier-, Cola- und Wodkaflaschen, manche hatten sogar tragbare CD-Player dabei. Spaziergänger kamen ihm entgegen, Hundebesitzer, Radfahrer, eng umschlungene Paare. Von einem roten Dreimaster erklangen Bässe und Tanzmusik, und zwischen den Masten prangte in blinkender Leuchtschrift »Rock the boat«.

Mal was Neues, dachte er. Eine Diskothek auf einem alten Schiff. Das gibt's nicht überall.

Er wich einem hübschen blonden Mädchen aus, das taumelte und sich kichernd an einem Jungen festhielt, der ihr Freund war. Oder gern ihr Freund gewesen wäre, wenn er dessen Blick richtig deutete. Die Kleine konnte kaum älter als sechzehn sein, aber sie war zweifelsohne betrunken. Kinder!

Auf dem Weg zu einer Fußgängerampel überquerte er Schienen, die ins Nirgendwo führen mussten. Vielleicht war früher hier eine Bahn entlanggefahren. Er hatte jedenfalls bei seinen Streifzügen durch die Stadt bisher keine gesehen.

Ein knallroter Cadillac Cabrio fuhr vorbei, aus den Lautsprechern erklang »Fun Fun Fun« von den Beach Boys, und für einen kurzen Augenblick kam er sich vor, als wäre er in Kalifornien. Die Stimmung, selbst die Temperaturen hätten dazu gepasst. Von wegen kühles Norddeutschland. Immer noch lächelnd betrat er die Lobby des Hotels.

»Guten Abend«, sagte die junge Frau an der Rezeption, als er an den Tresen trat.

»Zimmer 410. Sagen Sie mal, ist das hier in Flensburg immer so?«

»Was meinen Sie?«

»Dass so viele Leute um diese Zeit unterwegs sind!«

»Oh!« Sie lachte. Sie hatte ein schönes, warmes Lachen, das einem Fremden sofort das Gefühl vermittelte, zu Hause zu sein. Sie einzustellen war eine gute Wahl gewesen. Er hätte das auch getan. »Es ist Freitagabend. Partytime! Aber natürlich hat es auch mit dem Wetter zu tun. Wenn es regnet, und das tut es hier oft genug, sind deutlich weniger Leute draußen unterwegs.«

Er nickte. »Habe ich mir schon gedacht. Aber es wundert mich. Traut man der Stadt gar nicht zu.«

»Flensburg?« Wieder lachte sie. »Diese Stadt ist zwar klein, aber quicklebendig. Das liegt an den vielen Studenten und Touristen, vielleicht auch an der Nähe zur Grenze. Aber machen Sie sich keine Gedanken. Die Fenster in den Zimmern schließen ausgezeichnet. Sie werden bestimmt nicht in Ihrer Nachtruhe gestört. Möchten Sie morgen früh geweckt werden?«

»Nicht nötig, vielen Dank.«

»Gern. Gute Nacht!«

»Ihnen auch.«

Er lächelte ihr zu und ging zum Fahrstuhl, der ihn innerhalb weniger Sekunden in den vierten Stock brachte. Er schloss die Zimmertür hinter sich und trat im Dunkeln ans Fester. Vor ihm breitete sich der kleine Hafen aus. Die Lichter der Restaurants und Laternen spiegelten sich auf der glatten Wasseroberfläche der Förde, auf den hölzernen Stufen an der Hafenspitze saßen junge Menschen beisammen. Einige tanzten sogar.

Als er den Auftrag bekommen hatte, hatte er sich unter Flensburg nichts vorstellen können. Eine Stadt an der dänischen Grenze, mehr hatte er nicht gewusst.

Aber die Stadt gefiel ihm. Hier würde er es ein paar Tage aushalten können.

Samstag, 13. Juli

5

Beim Aufstehen am nächsten Morgen fühlte Christina sich wie gerädert. Sie hatte sich die ganze Nacht im Bett hin und her gewälzt. Gegrübelt. Nachgedacht. Noch im Krankenhaus hatte einer der Polizisten sie befragt. Wie sie Mark Hoffmann aufgefunden hatte. Wie sie die Situation einschätzte. Wie es ihrer Vermutung nach zu der tödlichen Verletzung gekommen war. Sie hatte wahrheitsgemäß geantwortet. Und ein paar Details verschwiegen. In der Nacht hatte sie versucht, eine Erklärung für Mark Hoffmanns Tod ohne Huggers und Mützes Beteiligung zu finden. Ihr war nichts eingefallen. Was blieb, war ein Toter. Und die Wizards, die diesen Tod zu verantworten hatten.

Nicht die Wizards, korrigierte Christina sich und füllte den Wasserkocher auf. Sondern Hugger und Mütze.

Aber es machte keinen Unterschied. Ihr Gewissen plagte sie.

Über ihr rauschte das Wasser in den Leitungen. Duke war offenbar auch schon aufgestanden. Ungewöhnlich für ihn. Es war nicht einmal halb acht. Vielleicht hatte er auch nicht schlafen können.

Sie hatte ihn in der Nacht kommen hören, irgendwann um halb drei. Sie hatte seinen Schritten gelauscht, vor ihrer Tür war er stehen geblieben. Ein Laut, ein Lichtschimmer, und er wäre zu ihr gekommen, hätte sie getröstet und vielleicht sogar ihr Weltbild wieder geradegerückt. Doch sie hatte im Dunkeln gelegen, an die Decke gestarrt und gehört, wie er kurz darauf die Treppe hoch zu seiner Wohnung gestiegen war. Sie wollte allein sein, nachdenken. Möglicherweise hatte er das geahnt.

Christina holte Brötchen aus dem Tiefkühlfach und setzte Kaffee auf. Sicher kam er gleich runter.

Sie legte gerade die frisch aufgebackenen Brötchen in den Korb, als es an der Tür klopfte.

Duke stand in der Tür, sein Gesicht blass, aber rasiert. Er hatte dunkle Ränder unter den Augen. Er sagte nichts, sondern nahm sie einfach in seine Arme. Zuerst wollte sich Christina dagegen wehren. Doch sie gab jeden Widerstand auf. Es tat gut, ihn zu spüren und sich von ihm halten zu lassen.

»Wie geht es dir?«, fragte er leise.

»Beschissen.« Und ohne dass sie etwas dagegen tun konnte, liefen ihr die Tränen über das Gesicht. »Er ist … der Mann von gestern ist …«

Duke nickte.

»I know. Sie haben es uns gestern auf der Wache gesagt. Wir …« Sein Handy klingelte. »Fuck.« Er runzelte die Stirn, holte aber trotzdem das Gerät aus der Hosentasche heraus. »Yeah? …« Er nickte. »Sehe ich genauso. Warte mal. Christina, macht es dir etwas aus, wenn die Bros kommen? Hierher?«

»Ich …« Sie strich sich das Haar aus dem Gesicht. Ist das nicht ein bisschen viel verlangt? Ich habe der Polizei nicht alles gesagt, was ich denke. Soll ich jetzt auch noch zum Mitwisser werden?

»Wir müssen reden. Und hier haben wir alle mehr Platz als oben in meiner Wohnung.«

»Was ist mit dem Clubhaus?«

»Abgesperrt.« Er verzog kurz das Gesicht. »Crime scene. Wie heißt das?«

»Tatort«, übersetzte Christina.

»Wie die Fernsehsendung? Egal. Ins Clubhaus können wir nicht. Außerdem haben wir Fragen an dich.«

Sie holte tief Luft. Dann nickte sie.

»Wenn ich Zeit habe, mich vorher anzuziehen?«

»Sure.« Er hob das Handy wieder an sein Ohr. »Alles klar … In einer halben Stunde, okay?« Ein kurzer Seitenblick traf sie. »Reicht das? … No, I'm talking to Christina.«

»Ja, es reicht.« Sie ging ins Schlafzimmer, holte ein paar Sachen aus dem Kleiderschrank und verschwand im Bad.

Aus dem Spiegel blickte sie ihr müdes Gesicht an. Was hatte neulich Marion, Berts Frau, zu ihr gesagt? »Denk gut darüber nach. Eine Beziehung hast du nie mit einem Wizard allein, sondern immer mit dem ganzen Club. Auf Gedeih und Verderb.«

Bisher hatte sie nur den Spaß und den Zusammenhalt genossen – auf gemeinsamen Rides, bei Partys im Clubhaus oder bei befreundeten MCs. Und bei den notwendigen Reparaturen am Haus Fördeblick, wo immer die anderen Member zum Helfen zur Stelle waren.

Jetzt lernte sie die Schattenseite kennen.

Eine Dreiviertelstunde später war ihre Wohnung voller Männer. Big J hatte mehrere Tüten mit Brötchen mitgebracht, Bert hatte Aufschnitt dabei und Marmelade. Die Kaffeemaschine lief bereits zum zweiten Mal, auf dem Küchentisch lagen benutzte Messer, Butter und eine leere Milchpackung. Christina hätte einiges dafür gegeben, in der Küche bleiben zu können. Kaffee kochen, Brötchen schmieren, für Nachschub sorgen. Doch sie wurde im Wohnzimmer verlangt, wo sechzehn tätowierte, muskulöse Männer saßen und sie auffordernd ansahen. Männer, die eisern entschlossen waren, Hugger und Mütze zu decken. Und Duke war einer von ihnen, ein Teil des Rudels. Von dieser Seite hatte sie ihn noch nicht gesehen.

Sollte sie den Wizards erzählen, was sie wusste? War das zulässig? Behinderte sie dadurch die Arbeit der Polizei, die Beweisaufnahme? Machte sie sich strafbar? Half sie den Wizards, einen Mord zu vertuschen?

Diese Gedanken schossen ihr alle gleichzeitig durch den Kopf, während sie die Zeitung anstarrte, die in der Mitte des Wohnzimmers auf dem Parkett lag.

Die Schlagzeile war nicht zu übersehen: »Fotograf des Flensburger Wochenboten stirbt nach Rocker-Schlägerei«.

»Der Mann hatte eine schwere Gehirnblutung«, antwortete sie auf die Frage, woran Mark Hoffmann gestorben war. »Eine Blutung infolge einer Schädelverletzung.«

Sechzehn Augenpaare schienen sie förmlich zu durchbohren.

»Daran gibt es keinen Zweifel?«

Christina schüttelte den Kopf.

»Bei der Untersuchung fiel uns eine große Beule am Hinterkopf auf.«

Etliche Männer runzelten die Stirn.

»Hugger hat ihn nicht angefasst«, sagte Duke.

»Und Mütze auch nicht«, erklärte Red, in dessen riesiger Hand der Kaffeebecher mit Bart Simpson drauf wie Puppengeschirr wirkte.

»Hat einer von beiden ihn vielleicht mit der Kamera am Kopf erwischt?«, fragte Big J. »Das war ja ein ziemlich großes, schweres Teil.«

»No.« Das war Duke.

»Hugger hat ihm das Ding aus der Hand gerissen und auf den Boden geworfen. Dabei ist die Kamera kaputtgegangen«, sagte Red.

Duke und Red. Sie waren die Ersten am Tatort gewesen. Vielleicht hatten sie Hugger und Mütze geholfen, Spuren zu beseitigen und sich eine Geschichte zurechtzulegen? Sie sah Duke an. Er wich nicht aus, hielt ihrem Blick stand.

»Wenn der Kerl ...«

»Er heißt Hoffmann«, sagte Christina. »Mark Hoffmann. Und er ist tot. Ein Schlag auf den Schädel hat zu einer massiven Blutung geführt und ...«

»Vielleicht ...«

»Ich habe die CT-Bilder gesehen. Seine gesamte rechte Hirnhälfte war wegen des Hämatoms nicht mehr vorhanden und ...«

»Möglicherweise fehlte sie schon vorher?«

Renegade lachte kurz auf, bekam einen Rippenstoß von Big J und verstummte.

Christina spürte, wie ihr vor Zorn das Blut in die Wangen stieg, ihre Hände begannen zu zittern.

»Sobald die Bullen wieder aus dem Haus sind, nehmen wir uns die Geschichte noch einmal vor. Und schauen uns an, was Duke ...«

»Sein Gehirnstamm wurde eingeklemmt«, unterbrach Christina Bert laut. »Dadurch wurde das Atemzentrum beschädigt. Der Mann ist erstickt. Mark Hoffmann ist nicht ›einfach so‹, sondern eines gewaltsamen, schrecklichen Todes gestorben. Und dafür ist jemand verantwortlich!«

Duke löste sich vom Regal, an dem er gelehnt hatte, nahm ihre Hand und zog sie auf die Füße. Sanft, aber bestimmt.

»Lady, ich glaube, du solltest nach draußen gehen. Das ist alles ein bisschen viel.« Er legte ihr einen Arm um die Schultern und führte sie zur Wohnungstür. Dann strich er mit dem Handrücken zärtlich über ihre Wange und küsste sie sanft auf die Stirn. »Mach einen Spaziergang. Atme tief durch. Versuche, an etwas anderes zu denken. Nur eine halbe Stunde.«

Wie sollte sie an etwas anderes denken? Und plötzlich hatte sie einen Verdacht. Wollte Duke sie aus dem Weg haben, damit die Wizards eine Strategie erarbeiten konnten, um Hugger und Mütze zu schützen und den Mord an Mark Hoffmann zu vertuschen?

»Duke?«

»Yeah.«

»Haben Hugger oder Mütze Mark Hoffmann niedergeschlagen?«

»Nein.«

»Woher weißt du das? Warst du dabei?«

»No. Ich glaube ihnen.«

»Warum? Nur weil sie Wizards sind?«

Einen Augenblick war er still und sah sie an.

»Ja«, sagte er schließlich ernst und nachdenklich. »Mir reicht das.«

Ich wünschte, ich könnte dasselbe sagen, dachte Christina und zog die Tür hinter sich zu.

6

In der Redaktion war der Teufel los. Das Telefon klingelte mit dem Handy um die Wette, die Mailbox quoll über. Dabei war es noch nicht einmal neun Uhr. Mal einzeln, mal in kleinen Grüppchen kamen die Kollegen, um Jessica ihr Beileid auszusprechen, zu hören, wie es bei den Wizards gewesen war, wie und warum Mark gestorben war. Sie bekam Kaffee angeboten, Schokoriegel, Visitenkarten von Psychotherapeuten und zahllose gute Ratschläge. Sogar Felicitas Lange, ihre liebste Feindin und Redakteurin des Politik- und Wirtschaftsressorts beim Flensburger Wochenboten, kam auf ihren Loafers angeschlichen.

»Tut mir leid, das mit Mark«, säuselte sie, setzte sich auf die Kante von Jessicas Schreibtisch und zupfte an dem Blumenstrauß, den der Chef besorgt hatte. »Es ist schrecklich, einen Kollegen auf diese Art zu verlieren.«

»Ja, furchtbar«, sagte Jessica schnell.

Selbst in ihren eigenen Ohren klang ihre Stimme erschreckend kalt und abweisend. Augenblicklich meldete sich ihr Gewissen. Sie hatte Mark doch geliebt! Aber sie hätte es nicht ertragen, jetzt wieder die alte Geschichte von dem Partner zu hören, der im Irak einem Bombenanschlag zum Opfer gefallen war. Dabei stimmte die Story nur zur Hälfte. Jessica hatte recherchiert. Der angebliche »Partner« war ein Journalist, mit dem Felicitas ein Jahr lang an der Uni gemeinsam ein Seminar besucht hatte.

»Danke für dein Mitgefühl.«

»Dein Artikel ist ja auch ganz annehmbar geworden. Der Alte hat sogar die heutige Auflage erhöht. Mit ein bisschen Glück könnte das ein Schritt auf der Karriereleiter werden.«

Jessica spürte das Verlangen, Felicitas ihren Kaffee ins Gesicht zu schütten, um zu sehen, wie die braune Brühe ihre weiße Bluse durchtränkte und ihr das falsche Lächeln vom Gesicht wusch. Aber sie beherrschte sich. Sie hatte die ganze Nacht durchgearbeitet, den Leitartikel für die heutige Ausgabe geschrieben, an ihrer Story gearbeitet, die Fragen der Polizei beantwortet, sich Notizen gemacht. Und nach den Fotos gesucht.

Vergeblich.

Das Telefon klingelte.

»Entschuldige mich, Felicitas, aber …«

»Ja, natürlich, Jessica, du bist beschäftigt. Ich werde dich nicht von der Arbeit abhalten.« Die Redakteurin erhob sich vom Schreibtisch und winkte ihr zu. »Genieße deine fünfzehn Minuten Ruhm!«

Miststück, dachte Jessica und nahm den Hörer ab. Es war der

Redakteur einer anderen Flensburger Zeitung, der sie interviewen wollte. Sie schaffte es, ihn abzuwimmeln, und legte auf.

Müde stützte sie die Ellenbogen auf die Schreibtischplatte und verbarg ihr Gesicht in den Händen.

Welche Ironie. Jahrelang hatte sie gestrampelt für diesen Erfolg, auf ihre Chance gewartet, hatte jeden noch so lächerlichen Auftrag angenommen in der Hoffnung auf das große Los. Mit Mark hatte sie die Vision geteilt, eines Tages den Durchbruch zu schaffen. Jetzt war es so weit. Endlich. Doch er konnte nicht mehr daran teilhaben. Und sie sich nicht darüber freuen.

Alles wegen dieser Fotos. Wenn sie die finden würde, könnte sie möglicherweise die schuldigen Wizards identifizieren und überführen. Und dann würde die versammelte Presse Deutschlands auf sie schauen. Das wäre ein angemessenes Denkmal.

Jessica wischte sich die Tränen vom Gesicht.

Wo hatte Mark die Fotos? Irgendwo mussten sie doch sein? Sie hatte bereits auf seinem PC hier im Büro gesucht und nichts gefunden. Möglicherweise hatte er das brisante Material nicht mit in die Redaktion gebracht. Oder doch? Vielleicht bewahrte er irgendwo die Speicherkarte oder einen USB-Stick mit den Fotos auf. Jedenfalls hatte Mark immer Sicherheitskopien seiner Fotos gemacht. Ganz gleich, ob es Bilder von der Rumregatta oder vom Ferienprogramm des Museumsbergs waren. Sie konnte sich nicht vorstellen, dass er ausgerechnet bei diesen wichtigen Fotos darauf verzichtet hatte.

Sie ging zu seinem Schreibtisch und zog die oberste Schublade auf. Ein paar Kugelschreiber, Bleistifte und Permanentmarker, eine Packung Taschentücher, eine Schachtel mit den Pfefferminzbonbons, die er so mochte.

Gemocht hatte, korrigierte sie sich und kämpfte bei dem Gedanken wieder mit den Tränen.

Reiß dich zusammen! Mark kannst du nicht mehr helfen. Du kannst nur noch seine Arbeit fortsetzen und dafür sorgen, dass die Kerle für immer ins Gefängnis wandern. Dann könnte man in seinem Tod vielleicht sogar so etwas wie einen Sinn erkennen.

Sie öffnete die nächste Schublade. Wieder nichts.

Wo hatte Mark die Sicherheitskopien aufbewahrt?

Sie ließ sich auf ihren Schreibtischstuhl fallen und rieb sich die Stirn. Sie war müde, ihre Augen brannten. Vielleicht sollte sie nach Hause …

Das Telefon klingelte wieder.

»Pohlmann?«

»Alte Fotze!«

Die Stimme aus dem Hörer klang dumpf. Jessica setzte sich kerzengerade auf. Noch bevor der Anrufer weitersprach, war ihr klar, was das werden sollte. Und von wem der Anruf kam.

»Mit wem spreche ich?«

»Scheißegal. Wir kennen dich. Und wenn du das Geschmiere nicht sein lässt, geht dein Auto in Flammen auf. Verstanden?«

»Was …«

Das Besetztzeichen erklang. Der Anrufer hatte aufgelegt.

Jessica ließ sich in ihren Stuhl zurücksinken und begann zu zittern. Sie wusste, dass viele der Kollegen Drohanrufe erhielten – dem einen Leser passte das Wetter nicht, einem anderen die Sportnachrichten, jemand anderes hatte an einer Filmkritik etwas auszusetzen. Aber noch nie war sie selbst bedroht worden. Und das, nachdem sie den Artikel über Marks Tod veröffentlicht hatte. Zufall? Nein.

Sie wusste, wer sie da angerufen hatte. Vermutlich war keiner der Wizards selbst ans Telefon gegangen. Bestimmt hatten sie einen Gehilfen mit dem Anruf beauftragt, einen dieser Hangarounds, wie sie die Männer nannten, die sich in ihrem Umfeld herumtrieben und noch beweisen mussten, dass sie Rocker-Potenzial hatten.

Aber hielt sie das davon ab, weiter nach den Fotos zu suchen? Nein. Jetzt erst recht.

Die Frage war nur, ob sie den Anruf der Polizei melden sollte. Man würde sie sicherlich zu schützen versuchen. Andererseits würde Polizeipräsenz ihre Arbeit nur behindern. Schon in der Nacht hatte sie die Wahrheit ein bisschen biegen müssen, um ihre Anwesenheit bei der Sommerparty der Wizards zu erklären.

Also, was tun?

Die Polizei kann ich auch noch heute Abend oder morgen verständigen, dachte sie. Zuerst muss ich die Fotos finden. Aber wo sind sie? Vielleicht bei Mark zu Hause?

Ja, das war einen Versuch wert.

Jessica stand auf und schnappte sich ihre Handtasche. Seit einem halben Jahr hatte sie den Schlüssel zu Marks Wohnung. Jetzt war das mehr als ein glücklicher Umstand. Es war Fügung.

»Wo willst du hin?«, erkundigte sich Carsten von der Sportredaktion.

»Ich brauche frische Luft«, sagte sie. »Ich bin völlig erledigt.«

Er nickte verständnisvoll.

»Klar, das wäre wohl jeder. Melde dich, wenn du etwas brauchst«, sagte er und wandte sich schon wieder seinem Bildschirm zu.

Jessica überquerte den Parkplatz und kramte aus der Handtasche den Autoschlüssel hervor. Vor ihrem Wagen blieb sie stehen und zögerte. Sie dachte an den Drohanruf. Sollte sie das Risiko eingehen und ins Auto steigen? Möglicherweise hatten die Wizards dort bereits eine Brandbombe angebracht und sie mit der Zündung gekoppelt oder mit der Zentralverriegelung?

Unsinn!, schalt sie sich selbst. Das gibt es nur in Hollywood. Die Wizards sind keine ausgebildeten Terroristen oder Spezialagenten. Sondern einfach ein Haufen gewalttätiger, motorradfahrender Dealer und Zuhälter.

Außerdem war der Anruf erst vor wenigen Minuten erfolgt. Sie konnte sich nicht vorstellen, dass die Rocker bereits Aktionen gegen sie geplant hatten.

Trotzdem schaute sie unter dem Wagen nach, öffnete vorsichtig die Tür. Sie warf ihre Handtasche auf den Beifahrersitz, schnallte sich an und steckte den Schlüssel ins Zündschloss. Wieder zögerte sie. Ihr Herz klopfte bis zum Hals, und ihre Hände hinterließen feuchte Flecken auf dem Kunstleder des Lenkrads.

Dann endlich drehte sie den Schlüssel und hielt unwillkürlich die Luft an.

Der Motor startete. Ganz normal.

Sie atmete erleichtert aus, legte den ersten Gang ein und fuhr zu Marks Wohnung.

7

Mit einem perfekten Zischen durchschnitt der Golfschläger die Luft. Der Ball flog über das Grün, direkt auf die weiße Fahne zu, die Loch sieben markierte.

Sie waren zu dritt. Er selbst, sein Freund Mitch und der »Major«, wie er sich ihnen vorgestellt hatte. Doch er hatte ihn gleich erkannt. Es gab Gesichter und Stimmen, die man sein Leben lang nicht vergaß.

Mitch lächelte zufrieden und trat vom Abschlag zurück. Jetzt war er an der Reihe.

Seine Hand zitterte leicht, als er seinen Ball auf das Tee legte. Er nahm Maß, richtete sich aus, korrigierte seine Haltung, machte zwei, drei Probeschläge, um schließlich durchzuziehen – so, wie er es bereits Hunderte von Malen getan hatte. Dass er nicht optimal getroffen hatte, konnte er zuerst hören und dann sehen: Der Ball beschrieb eine Linkskurve und landete irgendwo im kleinen Wäldchen zwischen den Bäumen.

»Mist!«, schimpfte er und konnte sich gerade noch davon abhalten, mit seinem Schläger ein paar Furchen in das Grün zu hacken. Es war nicht sein erster Fehlschlag an diesem Tag. So schlecht hatte er selten gespielt.

»Der Nächste wird besser«, sagte Mitch und klopfte ihm beschwichtigend auf die Schulter. »Willst du den Ball suchen?«

»Nein«, sagte er und stopfte frustriert den Schläger in die Tasche. »Ich gebe den Ball verloren.«

Der Major hob eine Augenbraue. »Golf ist kein Sport wie jeder andere. Golf ist Meditation, Konzentration. Zen. Der Gegner ist nicht das Grün, der Ball oder das Loch, nicht einmal der Mitspieler, sondern immer nur das eigene Ich.« Er lächelte. »Ich fürchte, Sie sind nicht eins mit sich.«

Er schnaubte. Wie konnte er auch? Sobald er die Augen

schloss, sah er den armen Teufel vor sich, wie er schwitzend und zitternd dastand und den Major um sein Leben angefleht hatte.

»Es war nicht richtig«, sagte er und starrte auf die weiße Fahne an Loch sieben.

»Meinen Sie?« Der Major senkte seine Stimme. Sie klang immer noch ruhig und freundlich. Seine Augen ruhten auf ihm. Kühle blaue Augen. Er erschauerte. Schon lange hatte er nicht mehr in so kalte Augen gesehen. »Ich kann nicht zulassen, dass jemand in meinem Namen und hinter meinem Rücken eigene Geschäfte abwickelt und anschließend sogar noch darüber redet. Sie können selbstverständlich nichts dafür. Sie wussten ja nicht, was dieser Mann vorhatte. Aber auch Sie waren durch ihn in Gefahr.« Zwei Männer gingen mit ihren Taschen an ihnen vorbei. Der Major winkte ihnen zu. »Moin Paul! Moin Gerd!«

Er kniff die Augen zusammen. Mindestens einer der beiden kam ihm bekannt vor.

»Freunde von Ihnen?«, fragte er.

»Golf- und Geschäftspartner«, erwiderte der Major freundlich. »Denken Sie immer daran, dass wir keine andere Wahl hatten.«

»Tatsächlich? Ich habe da meine Zweifel.«

Der Major lachte.

»Natürlich hatten wir die, Sie haben vollkommen recht. Ich bitte Sie, diese Ungenauigkeit zu entschuldigen. Man hat immer eine Wahl. Aber haben Sie mal darüber nachgedacht, wie die Alternative ausgesehen hätte? Sie wären aufgeflogen. Ihre Freunde wären nicht nur enttäuscht, sondern müssten auch die Konsequenzen Ihres Versagens tragen. Und für Sie selbst bliebe nur der Weg ins Gefängnis.«

»Wir hätten auch einfach zahlen können. Alles, was er wollte, war …«

»Zehntausend mehr und ein bisschen Anerkennung, wie er es nannte, ich weiß.« Der Major sprach sanft und geduldig weiter. Diese ruhige Stimme verursachte ihm eine Gänsehaut. »Es wäre nicht dabei geblieben, glauben Sie mir. Jetzt hätten ihm die zehntausend gereicht. Aber nächsten Monat hätte er wieder etwas gewollt. Und danach noch mehr. Erpresser sind selten zufrieden. Je leichter man es ihnen macht, umso unverschämter werden sie. Und kann ich noch jemandem vertrauen, der mir einmal in den Rücken gefallen ist?« Der Major schüttelte den Kopf. »Nein. Es gab keine vernünftige Alternative.«

»Hey, ich finde die Lösung ja auch nicht gerade optimal«, sagte Mitch und legte ihm eine Hand auf die Schulter. »Aber es war wirklich das Beste, was wir in der Situation tun konnten!«

Vernünftig. Ja, es hatte alles so vernünftig geklungen. Doch alles, woran er selbst denken konnte, war, wie Mitch dem Handlanger des Majors empfohlen hatte, dem Mann die Waffe an die Schläfe zu halten. Weil es dann nach einem Selbstmord aussehen würde.

Er schüttelte die Hand des Freundes von sich ab.

»Versuchen Sie, Ihren Kopf zu leeren und sich auf das Spiel zu konzentrieren!«, empfahl der Major, während er mit großer Sorgfalt einen Schläger aus dem Golfbag wählte und ihn in der Hand wog. »Dann wird es Ihnen gleich besser gehen.«

Der Major legte seinen Ball ab, stellte sich in die richtige Position, richtete seinen Blick in die Ferne auf Loch sieben, nahm Maß, dann holte er aus. Der Schläger beschrieb einen vollkommenen Bogen. Der Ball flog auf die weiße Fahne zu, kam auf, sprang wieder hoch, kam wieder auf, rollte über das Grün und verschwand direkt an der Fahne im Loch.

»Ein Hole-in-one«, sagte der Major mit triumphierendem Lächeln. »Befreien Sie Ihren Geist!«

Doch so einfach war das nicht.

»Macht ohne mich weiter, ich gebe auf«, sagte er und schulterte die Golftasche. »Ich bin heute kein guter Partner. Außerdem habe ich noch eine Verabredung.«

»Wie Sie meinen«, sagte der Major und reichte ihm die Hand. Eine schlanke, sehnige Hand, gepflegt und gebräunt von zahlreichen Aktivitäten im Freien: Golfen, Segeln, Reiten. Und gelegentlich Menschen-Erschießen. »Ich wünsche Ihnen, dass Sie Ihr inneres Gleichgewicht wiederfinden und die Notwendigkeit unserer Entscheidung akzeptieren können.«

Das Lächeln des Majors trieb ihm den Schweiß aus allen Poren. Aber es war nicht das Gesicht, nicht das Lächeln, das er all die Jahre nicht hatte vergessen können. Es waren diese Augen. Diese kalten, erbarmungslosen Augen.

»Sagen Sie, kennen wir uns nicht irgendwoher? Ich denke schon die ganze Zeit darüber nach.«

Es kostete ihn alles an Selbstbeherrschung, was er aufbringen konnte, um gleichmütig mit den Schultern zu zucken.

»Ich wüsste nicht woher«, sagte er, und ihm gelang sogar ein Lächeln. »Aber ich wurde das schon oft gefragt. Möglicherweise habe ich das typische Durchschnittsgesicht.«

»Möglich.« Wirklich überzeugt schien der Major nicht zu sein, aber er wandte sich wieder seinem Golfbag zu. »Einen schönen Abend.«

»Danke.«

Er nickte Mitch zu, drehte sich um und ging über das Grün davon, die ruhige, sanfte Stimme des Majors im Ohr.

»Ich wünsche Ihnen, dass Sie Ihr inneres Gleichgewicht wiederfinden und die Notwendigkeit unserer Entscheidung akzeptieren können«, wiederholte er leise für sich die Worte, und ihm wurde übel. Eine offene Warnung hätte kaum deutlicher sein können.

8

Wie zu Hause, dachte Duke, als er mit den anderen Wizards das Clubgelände betrat. Die Bullen haben ganze Arbeit geleistet.

Gleich nachdem Bert den Anruf erhalten hatte, dass »der Tatort freigegeben« war, waren sie zum Clubhaus gefahren. Auf dem Hof standen noch der Getränkewagen und das Verkaufszelt mit den Supporter-Klamotten. Zum Glück waren die Shirts und Jacken in Folien verpackt, denn die Ninja-Turtles vom SEK hatten etliche Kartons mit der Ware auf den Boden entleert und den Verkaufstisch umgeworfen. Wenigstens hatten die Typen daran gedacht, die Glut im Schwenkgrill zu löschen.

Wie zu erwarten gewesen war, hatten die Cops das ganze Haus zum Tatort erklärt. Allerdings grenzte es für Duke fast an ein Wunder, dass die Spurensicherung die Untersuchungen schon abgeschlossen hatte. Er wusste von einem Chapter der Wizards in Aberdeen, wo sich die Typen in einem ähnlichen Fall alle Zeit der Welt genommen hatten, um jeden Zentimeter vom Keller bis zum Dach zu fotografieren, zu bepudern und mit Kamm und Pinzette nach Fasern und Haaren abzusuchen. Sechs Wochen hatte das gedauert. Und als die Brüder ihr Clubhaus endlich wieder betreten durften und mit dem Aufräumen begonnen hatten, hatte ihnen der Eigentümer den Mietvertrag fristlos gekündigt – zum Schutz seines Gebäudes bei zu erwartenden weiteren Polizeieinsätzen. Eine Ironie, über die sie gelernt hatten zu lachen, wenn sie nicht gerade zu wütend dafür waren.

Phil zerrte ungeduldig an dem rot-weißen Absperrband, das noch am Türrahmen hing, und riss dabei auch den Lack von der Zarge.

»Fuck. Das müssen wir wieder lackieren«, murmelte er und zupfte sich einen der Klebestreifen von der Hand.

»Nicht nur das«, sagte Bert dumpf und trat als Erster ins Haus. »Wenigstens haben sie die Eingangstür diesmal nicht aufgesprengt.«

Zum Ausgleich hing die Tür des Memberraums nur noch an einer Angel.

Wieder einmal waren die Turtles gründlich gewesen. Die Spur der Verwüstung zog sich durchs ganze Haus, bis hin zu Küche, WC und Vorratsraum. Flaschen, Gläser und Geschirr waren aus Regalen und Schränken gefegt worden, Stühle und Sessel waren umgeworfen, Bilder hingen schief an der Wand oder lagen mit zersplitterten Gläsern und kaputten Rahmen auf dem Boden neben verstreuter Asche, zertretenen Brötchen und zermanschten Grillwürsten. Das hier war nichts, was sie überraschte. Jeder Einzelne von ihnen hatte schon mehrfach solche Szenarien erlebt, mal im Clubhaus, mal in den eigenen vier Wänden. Doch gewöhnt hatte sich keiner daran, und der Aggressionspegel stieg deutlich. Nicht nur Duke biss die Zähne aufeinander und ballte die Fäuste.

Bert trat an den Tresen und wischte darüber, an seinem Zeigefinger blieb der Puder der Spurensicherung kleben. »Jetzt heißt's aufräumen, Bros. Und danach Besprechung im Memberraum.«

Sie holten Putzeimer, Schaufeln und Besen, Lappen und den Staubsauger aus der Besenkammer und verteilten sich auf das Haus. Duke und Steve nahmen sich gemeinsam die Clubwerkstatt vor. Hier sah es aus wie in jedem Raum: Keines der Werkzeuge hing mehr an seinem Platz, Schrauben, Schellen und Muttern waren aus ihren Kästen geschüttet und überall verteilt worden. Was auf den Regalen gestanden hatte, lag jetzt größtenteils auf dem Boden. Eine Dose mit Grundierung war ausgelaufen, ebenso ein Kanister mit Verdünner. Es stank abscheulich nach Lösungsmitteln.

»Verdammte Scheiße!«

Steves Schrei ließ Duke herumfahren. Der Bruder griff sich mit beiden Händen in die schwarzen Haare, sein Gesicht war wutverzerrt.

»Was zur Hölle soll das? Scheißbullen!« Er versetzte einem Regal einen frustrierten Tritt. Eine Lackdose fiel um und rollte über das Brett. Scheppernd schlug sie auf dem Boden auf.

»Hey, Steve, was ist los?«

Steve deutete zu der aufgebockten Harley, und Duke verstand sofort. Es hatte den Turtles nicht gereicht, das Haus zu verwüsten. Sie hatten sich außerdem das Bike vorgenommen: Der Tank war zerkratzt, und im Sitz steckte ein Schraubenzieher.

»What the fuck!«

Es war Mützes Maschine. Sie hatten sie gerade vor einer Woche lackiert. Eine Airbrush mit Lasur, sodass der Totenkopf der Wizards nur bei bestimmtem Lichteinfall sichtbar war. Das Bike sollte jetzt nur noch neue Reifen bekommen.

Duke fuhr mit den Fingerspitzen über den Tank mit der aufwendigen Lackierung. Hausfriedensbruch, Sachbeschädigung, Vandalismus … Ein Wizard würde dafür ohne Umwege in den Knast wandern.

»Fass mal an«, sagte er zu Steve und wünschte sich ein passendes

Ziel für seine Faust. Das Gesicht eines Bullen wäre ein guter Anfang. »Das sind keine oberflächlichen Kratzer. Die Kerben gehen durch.«

Auch Steve ließ seine Finger über den Tank gleiten, dann trat er gegen eine der herumliegenden Dosen, sodass sie quer durch die Werkstatt flog.

»Also bis aufs Metall runterschleifen und alles noch mal von vorn. Und der Sitz muss auch neu gepolstert und bezogen werden.« Er schüttelte wütend den Kopf. »Was soll das? Warum zur Hölle …«

»Ihre Art von Spaß«, erwiderte Duke. »Bei uns können sie mal die Sau rauslassen. Zu befürchten haben sie ja nichts.«

Wie denn auch? Die Turtles waren immer vermummt, ohne Namen auf der Kleidung. Da standen nicht einmal Nummern, die eine Identifizierung erlaubt hätten. Man hätte also schon einem von ihnen die Sturmhaube vom Kopf reißen müssen – was am Boden liegend mit einem Stiefel im Genick und mit auf den Rücken gefesselten Händen schier unmöglich war. Und wenn es doch mal jemandem gelang? Würde er anschließend garantiert nichts darüber erzählen können. Duke bezweifelte, dass derjenige eine Überlebenschance haben würde.

Er legte seine Hand auf den Sitz und musste daran denken, was mal ein Bruder gesagt hatte: »Unsere Bikes, das sind wir.«

Selbstredend war das auch den Bullen bekannt. Vor diesem Hintergrund bekam die zerstörte Maschine noch eine ganz andere Bedeutung. Und zwar eine, für die es keine Paragrafen im Strafgesetzbuch gab. Er zog den Schraubenzieher heraus.

Jetzt sollten ihm am besten keine Bullen über den Weg laufen. Dann würde er ihnen mal einen echten Grund liefern.

Obwohl sie sechzehn Mann waren, schufteten sie volle fünf Stunden. Und selbst dann waren nicht alle Spuren beseitigt. Das zersplitterte Türblatt des Memberraums stand im Hof neben Kartons voller beschädigter Dosen, Müllbeuteln mit zusammengekehrten Scherben und einem zerbrochenen Barhocker.

Duke und Steve stellten die letzten beiden Stühle wieder an

den langen Konferenztisch, als nach und nach die anderen Brüder im Memberraum auftauchten.

»Wie lange wird es dauern, eine neue Tür einzubauen?«, fragte Bert.

Red fuhr mit einer Hand über die Zarge. Er war Tischlermeister.

»Ich fahre heute noch in den Baumarkt und fange an.«

»Ich komme mit«, sagten Renegade und Phil gleichzeitig.

Red nickte. »Morgen Nachmittag können wir den Memberraum wieder abschließen.«

Bert klopfte ihm auf die Schulter, dann gingen sie alle hinein.

»Dann wollen wir doch mal sehen.« Big J ließ sich auf einen der Stühle fallen und klappte seinen Laptop auf.

Phil drehte die Jalousien zu. Im Raum wurde es schummrig. Sie rückten die Stühle zurecht und drehten sich zu der weißen Wand an der Stirnseite des Raumes.

Duke zündete sich eine Zigarette an und streckte die Beine aus. Er war fest davon überzeugt, dass Hugger und Mütze die Wahrheit gesagt hatten. Und er war jetzt gespannt, ob die Aufzeichnung der in der Deckenleuchte der Werkstatt versteckten Spycam ihnen Aufschluss darüber geben konnte, was gestern Abend passiert war.

An der Wand erschien die Clubwerkstatt. Die Tür hatte sich gerade geöffnet. Hoffmann kam herein. Duke kniff die Augen zusammen. Täuschte er sich oder wankte der Mann? Unterdessen sah sich Hoffmann über die Schulter, lehnte die Tür vorsichtig an. Dann holte er seine Kamera und ein Objektiv aus der Tasche. Es gelang ihm nicht sofort, das Objektiv festzuschrauben, es fiel ihm aus der Hand. Umständlich bückte Hoffmann sich. Dann begann er zu fotografieren.

Was? Die Harley? Die Werkzeuge? Was war so besonders an einem Satz Schraubenschlüsseln und Knarren? Doch wenn man wollte, ließ sich aus allem eine Schlagzeile machen. Duke konnte es förmlich hören: »Privat sind sie Spießer – der Ordnungsfimmel der Rockergang«. Wenn man schon nichts fand, mit dem man die Bevölkerung in Angst und Schrecken versetzen konnte, konnte man sich wenigstens über die MCs lustig machen.

»Motherfucker«, zischte Steve hinter Duke, und er konnte dem Bruder nur recht geben.

Hoffmann beugte sich über den Werktisch, um einen der Aschenbecher zu fotografieren – es war ein zum Gefäß gearbeiteter Schädel aus Polyresin, von denen ein gutes Dutzend im ganzen Clubhaus verteilt gewesen waren, unter anderem auch hier im Memberraum. Lediglich fünf davon hatten den Sturm des SEKs überstanden. Die Überreste des Exemplars, das Hoffmann fotografiert hatte, hatten er und Steve vor etwa einer Stunde zusammengefegt.

Doch in dem Video stimmte etwas nicht. Duke runzelte die Stirn. Taumelte Hoffmann? Er schien das Gleichgewicht zu verlieren. Dabei stieß er an den Hocker, der fast umkippte. Sie konnten nichts hören, die Überwachungskamera hatte keine Tonspur, aber Hoffmann zuckte sichtlich zusammen. Offenbar hatte er Lärm gemacht. Hastig und ungeschickt stellte er den Hocker wieder an den Werktisch. Und im nächsten Moment ging die Tür auf. Hugger kam herein, Mütze folgte ihm.

Hoffmann wich ein paar Schritte zurück, die Kamera baumelte an ihrem Gurt an seinem Handgelenk. Schwankte er? Er schien nicht ganz gerade zu stehen.

Hugger ging auf Hoffmann zu, streckte die Hand aus, bekam die Kamera zu fassen, schleuderte sie auf den Boden und trat mit dem Absatz nach. Plastikteile flogen nach allen Seiten und verteilten sich auf dem Estrich. Hoffmann wich zwei Schritte zurück. Dann kippte er um, steif wie ein Brett. Einfach so. Aus heiterem Himmel.

Big J hielt die Aufzeichnung an. An der Wand sahen sie Hoffmann auf dem Boden liegen, Hugger und Mütze waren in der Bewegung nach vorn erstarrt und mindestens zwei Meter von ihm entfernt.

»What the hell …«, flüsterte Duke.

»Fuck.«

»Das glaube ich nicht.«

»Hugger hat ihn gar nicht angefasst. Er ist ihm nicht einmal nahe gekommen«, sagte Steve und deutete aufgebracht zu der Videoaufzeichnung.

»Ruhig, Bro, wir sehen es auch«, beschwichtigte ihn Bert und strich sich nachdenklich durch seinen Vollbart.

»Aber warum?« Renegade schüttelte den Kopf und spielte mit seinem Feuerzeug. »Warum ist der Typ umgefallen? Keine Reaktion, keine Reflexe! Wie ausgeknockt.«

»Mit ihm stimmte etwas nicht.« Duke schnippte nachdenklich Asche in einen der übrig gebliebenen Schädel und rekapitulierte in Gedanken Hoffmanns Bewegungen. Der unsichere Gang, das leichte Schwanken, die Tollpatschigkeit beim Umgang mit dem Objektiv.

»Los, das Ganze noch mal von vorn«, sagte Big J und gab einen Befehl in seinen Laptop ein.

Duke starrte gebannt auf den Film. Wie Hoffmann hereinkam, langsam zum Werktisch ging. Nein, er ging nicht, er taumelte, touchierte kurz die Hebebühne und stützte sich dann links an einem Regal ab. Jetzt sah er es ganz klar.

»Stopp!«

Big J hielt die Aufzeichnung an.

»Da. Seht ihr das auch? Der Kerl schwankt.«

»Fuck, du hast recht, Duke«, sagte Bert grimmig und stützte die Ellenbogen auf den Tisch. »Mister Hoffmann torkelt. Wahrscheinlich zugekifft. Oder total besoffen. Und jetzt will man es Hugger und Mütze in die Schuhe schieben.«

»Und was machen wir jetzt damit?«, fragte Phil. »Vering davon erzählen?«

Torsten Vering war der Anwalt der Flensburger Wizards und in diesem Moment an der Seite von Hugger und Mütze auf der Wache, um sicherzustellen, dass das Verhör rechtmäßig zuging.

Big J nickte.

»Ich rufe ihn gleich an«, sagte Phil.

»Ja, tu das. Aber er soll noch warten, bis er den Bullen von dem Video erzählt«, wandte Bert ein. »Hoffmann ist bestimmt schon auf dem Weg nach Kiel. Ich schlage vor, erst die Untersuchung von Dr. Quincy dort abzuwarten. Vielleicht kommen die Cops von selbst dahinter, dass Hugger und Mütze nichts mit seinem Tod zu tun hatten.«

»Und dann erfahren sie nichts von der Kamera«, ergänzte Renegade.

»Richtig.« Berts Blick glitt über die Männer. »Wer ist dafür? Du auch, Duke? Du steckst schließlich mit drin.«

Alle hoben die Hand.

»Okay. Dann wäre das erledigt. Warten wir also die Ergebnisse aus Kiel ab. Und was hast du noch für uns, Bro?«

»Die Speicherkarte von Hoffmanns Kamera«, sagte Duke und schob das kleine blaue Ding zu Big J. »Sie lag auf dem Boden, und ich habe sie … gesichert.«

Glücklicherweise hatten die Bullen bei der Leibesvisitation nur seinen Körper abgetastet und seine Taschen geleert. Hätten sie sein Haar durchsucht, wären sie bestimmt überrascht gewesen, die Speicherkarte oberhalb seines Zopfgummis zu finden.

Big J nahm sie.

»Dann gucken wir uns mal an, welche hübschen Fotos Hoffmann geschossen hat«, sagte er und schob sie in einen Schlitz an seinem Laptop. Es dauerte ein bisschen, dann erschienen Bilder vom Clubhaus an der Wand – von der Werkstatt, von der Küche, vom Flur und …

Duke glaubte, seinen Augen nicht zu trauen.

»What the fuck? Der hat tatsächlich das Klo fotografiert! Was hat er da finden wollen?«

»Den Beweis, dass Wizards immer noch die größten Haufen scheißen!«, sagte Red trocken, und sie mussten alle lachen.

Dann kam ein Foto von einem Gebüsch, von Gras oder anderem Gestrüpp. Es sah aus wie in der Nacht mit Blitzlicht aufgenommen.

»Offenbar ist er auch Landschaftsfotograf!«

Wieder Gelächter.

Eine Zigarettenkippe.

»Was soll das denn jetzt?«, fragte Steve.

»Kunst? Keine Ahnung. Aber mach weiter, Big J. Wenn wir schon mal dabei sind …«

Schlagartig änderten sich die Fotos. Sie schienen von weiter weg aufgenommen zu sein. Ein Wagen war zu sehen, es war eine silbergraue Mittelklasse-Limousine. Der Kofferraum war aufgeklappt, und darin lag etwas, das in eine dunkle Plane gewickelt war. Es war so groß, dass es gerade eben in den Kofferraum zu passen schien. In Dukes Nacken begann es zu kribbeln, und er spürte, wie eine Gänsehaut über seine Arme kroch. Das Ding sah aus wie ein Mensch. Und so, wie er verschnürt war, war dieser Mensch tot.

Auf dem nächsten Foto hoben zwei Männer dieses Ding hoch. Dann lag es auf dem Boden.

Je weiter die Fotos zurückgingen, umso stiller wurde es im Raum. Dukes Herz begann zu hämmern. Schließlich tauchte wieder das Foto von der Werkstatt im Clubhaus auf.

Big J schaltete zurück und ließ diesmal die Fotos in der richtigen Reihenfolge durchlaufen. Sie wurden Zeugen einer Hinrichtung. Auf einem wild zugewachsenen Grundstück hatten sich fünf Männer versammelt. Zwei von ihnen standen etwas abseits, zwei standen sich gegenüber. Diese beiden schienen miteinander zu reden, wobei der eine dem Fotografen den Rücken zukehrte, während das angstverzerrte Gesicht des anderen deutlich zu sehen war. Der fünfte Mann stand dicht daneben. Er hielt etwas, eine Art Teppichrolle, dem Mann an die rechte Schläfe. Was in dem Ding drinsteckte, zeigten die nächsten Fotos.

Der Mann kippte zur Seite, der Schütze zog aus der Teppichrolle eine Waffe, beugte sich über den Toten, drückte sie ihm in die Hand und wickelte die Teppichrolle darum. Es sah aus, als ob er einen weiteren Schuss abfeuerte. Dann lud er offenbar die Waffe nach. Schließlich wurde die Leiche in die Plane gewickelt und in den Kofferraum verfrachtet. Und irgendwie war klar, dass es sich nicht um Fotos von einem Filmset handelte.

Das da war echt.

Duke rieb sich die Nase, ihm war übel. Hoffmann hatte gute Arbeit geleistet, das musste man dem Fotografen lassen. Sogar den Augenblick des Schusses hatte er minutiös eingefangen. Die Deformierungen im Gesicht, die das Projektil bei seinem Flug durch den Schädel des Mannes verursacht hatte, waren deutlich zu sehen.

»Heilige Scheiße«, sagte Bert schließlich und strich sich wieder durch den Bart.

Ja, besser hätte es wohl keiner sagen können.

»Was nun?« Renegade sah in die Runde.

»Kopier das Zeug«, sagte Bert.

»Wird bereits gemacht«, murmelte Big J und zog einen USB-Stick von seinem Schlüsselbund. »Und dann kommt das Ding an einen sicheren Ort.«

»Habt ihr eine Ahnung, wo die Fotos gemacht wurden?«, fragte Duke.

Red nickte und stützte die Ellenbogen auf.

»Auf der Hundewiese. Direkt nebenan.« Er zeigte auf das Foto an der Wand. »Das Gebäude hinter dem Wagen ist die Lagerhalle da drüben. Und da sieht man einen Teil der Mauer.«

»Du hast recht«, sagte Bert. Er hatte sich vorgebeugt, seine Hände lagen gefaltet auf der Tischplatte. »Also keine hundert Meter vom Clubhaus entfernt.«

»Fuck. Und wir haben nichts mitgekriegt.«

»Guck mal auf das Datum und die Uhrzeit«, sagte Steve und deutete an die Wand. »Donnerstag um einundzwanzig Uhr dreißig waren wir an der Förde unterwegs. Alle Mann. Kein Mensch war hier.«

Wieder war es still. So still, dass Duke seinen Herzschlag hören konnte. Er war wütend. Es war die Wut eines Mannes, der morgens aus der Tür gehen will und mitten auf seiner Fußmatte einen riesigen Hundehaufen vorfindet, gepaart mit dem Wunsch, den Verantwortlichen zu finden und ihm den Haufen als Burger zu servieren.

»Wer will sich mit mir drüben umsehen?«, fragte er in die Stille hinein.

Steve nickte, Big J auch.

»Okay«, sagte Bert. »Aber seid vorsichtig. Und nehmt die Hunde mit. Das fällt nicht so auf. Ich wette, dass vor der Tür in einem Auto ein paar Zivilbullen mit Fernglas hocken und jeden unserer Schritte beobachten.«

Rusty, Berts American Bulldog, lag vor Duke und wartete schwanzwedelnd darauf, dass er endlich den Ball warf.

Duke nahm den vor Rustys Schnauze liegenden Ball auf und warf ihn mit aller Kraft weg. Rusty verfolgte die Bewegung mit dem Kopf, rührte sich aber nicht.

»Go!«

Mit der Kraft von vierzig Kilo Muskelmasse raste die Bulldogge los, dem weit fliegenden Ball hinterher.

»Hast du schon etwas gefunden?«, fragte er Steve, der gerade die Leine vom Halsband seines Hundes loshakte.

Steve gab dem Australian Shepherd einen Klaps, und sofort lief Bruce laut bellend los, Rusty und dem Ball hinterher. Big Js Bullmastiff folgte den beiden auf Handzeichen, und dann war der Ball vorerst vergessen. Die drei Hunde jagten einander, schlugen Haken, bremsten, dass Staubwolken aufwirbelten, und überschlugen sich.

Pure Lebensfreude. Duke lächelte. Er mochte Tiere – Katzen, Vögel, Pferde. Aber mit Hunden kam er besonders gut klar.

»Hier muss es gewesen sein«, sagte Big J und deutete mit dem Kopf auf eine Fläche vor ihnen.

Zwischen vereinzelten Grasbüscheln waren schwach die Abdrücke von Autoreifen zu erkennen. Blutspuren gab es nicht. Wegen der Plane.

»Das waren keine Amateure«, sagte Steve düster und strich mit der Stiefelspitze ein paar Grasbüschel zur Seite. »Möglicherweise haben sie nicht nur die Hülse, sondern auch das Projektil eingesammelt.«

»Ich glaube nicht, dass sie sich die Mühe gemacht haben, danach zu suchen«, sagte Big J. »Den Fotos nach zu urteilen haben die ein Vollmantelgeschoss benutzt.«

»Du meinst, wegen der Austrittswunde?«

Big J nickte. »Sah nicht sehr groß aus.«

Duke verzog das Gesicht bei dem Gedanken an das entsprechende Foto.

»Diese Vollmantelgeschosse nehmen viel Energie auf. Und auf so einem Gelände wie hier können sie weit fliegen, an einer

Mauer abprallen oder in einem Stamm stecken bleiben. Theoretisch könnte das Ding überall sein, irgendwo auf dem Grundstück. Um das Teil zu finden, braucht man entweder irre viel Glück oder einen Metalldetektor. Die Zeit werden sie sich kaum genommen haben. Die mussten schnellstmöglich die Leiche entsorgen und hoffen, dass hier niemand etwas mitbekommen hat.«

»Lasst uns wenigstens nachsehen.«

Gemeinsam schlenderten sie durch das Gras, die Hände in den Hosentaschen und suchten den Boden ab, während die Hunde sich gegenseitig über das Gelände jagten.

»Da ist sie«, sagte Steve plötzlich. »Das ist der Jackpot. Ich habe sie gefunden.«

Big J reichte ihnen eine Schachtel Zigaretten, sie bedienten sich. Sie standen zusammen wie drei Männer, die ein bisschen plaudern wollten, während die Hunde sich amüsierten. Das jedenfalls würden die beiden Bullen in dem schwarzen Fiesta schräg gegenüber vom Clubhaus denken, wenn sie sie durch ihr Fernglas beobachteten. In Wirklichkeit aber sahen sie das Projektil an, das zu ihren Füßen im Gras lag.

»Etwas geht mir nicht aus dem Kopf«, sagte Duke und blies langsam den Rauch in den Himmel.

»Was?«

»Wieso hat der Killer ihm die Knarre noch mal in die Hand gedrückt? Warum hat er nachgeladen? Und warum ein Vollmantelgeschoss, mit dem Risiko, dass es jemand hier findet?«

»Gute Frage«, murmelte Big J. »Ich hätte wohl eher eine 22er verwendet, mitten zwischen die Augen. Leiser Schuss, kleines Einschussloch, die Kugel bleibt stecken, Tod tritt sofort ein. Ende.«

»Exactly«, stimmte Duke zu. Dann schnalzte er mit der Zunge. »That's it! Es sollte wie ein Selbstmord aussehen!«

»Klar.« Big J lächelte grimmig. »Die Leiche taucht irgendwo auf, und alles sieht aus, als hätte sich der Kerl selbst erschossen. Es fehlt nur ein Schuss im Magazin, und das Fehlen des Projektils fällt beim Vollmantelgeschoss noch nicht einmal auf. Perfekt.«

»Nur, was hat Hoffmann damit zu tun?«, fragte Steve. »Warum hat er die Fotos überhaupt gemacht? Hat er gewusst, dass etwas passieren würde? Und wieso sind die Typen nicht später zurückgekommen, um doch nach der Kugel zu suchen?«

»Vielleicht haben sie das ja sogar getan«, sagte Duke. Dann fiel sein Blick auf ein kurzes Kantholz im Gras. Plötzlich tauchte ein Gedanke auf. »Irgendwann später in der Nacht. Und dabei sind sie gestört worden.«

»Von wem denn? Als wir um halb zwölf vom Ride zurückkamen, wären uns Typen mit Taschenlampen hier auf dem Grundstück aufgefallen. Und ein Jogger oder Spaziergänger um die Zeit? Ich weiß nicht.«

»Kein Jogger oder so. Jemand, der die ganze Scheiße beobachtet hat. Der Fotos gemacht hat. Und anschließend hier herumschnüffelt, um irgendwelche Spuren zu finden.«

»Du meinst Hoffmann.«

»Yes. Ich frage mich ...« Duke inhalierte tief und stieß das Kantholz mit dem Fuß an. Tatsächlich wäre so etwas ein ideales Werkzeug, um jemanden niederzuschlagen. Und hier lag bestimmt noch mehr geeignetes Material herum. Aber dann wäre der Fotograf eingewickelt in einer Plane geendet. Oder ... Ein weiterer Gedanke tauchte auf. »Hoffmann macht – warum auch immer – diese Fotos hier auf dem Gelände. Und dann taucht er mit der Reporterin bei uns auf der Party auf. Wieso?«

»Ja, warum?«

»Weil dieser Motherfucker und seine Bitch glauben, dass wir es gewesen sind. And maybe ...« Duke nickte nachdenklich. »Könnte es nicht sein, dass Hoffmann deswegen sterben musste? Er hat sich nach der Sache offenbar auf dem Gelände herumgetrieben und nach Spuren gesucht. Vielleicht wurde er erwischt. Und jetzt will man es uns in die Schuhe schieben. Oder besser Hugger und Mütze. Damit Hoffmann auf keinen Fall mit dem anderen Mord in Verbindung gebracht wird.«

»Und wie will man das gemacht haben?«

Duke runzelte die Stirn.

»Keine Ahnung. Ich werde Christina fragen. Vielleicht kann

sie etwas mit diesem Torkeln anfangen und findet eine Erklärung dafür. Drugs. Gift oder …« Er gab dem Kantholz einen Tritt, sodass es ein Stück weiterrollte. »Irgendetwas.«

»Tja, Bro. Klasse Theorie. Aber wenn die Typen solche abgebrühten Profis sind – warum haben sie dann Hoffmann nicht gleich erledigt und in einer Plane entsorgt? Und vor allem: Warum haben sie ihm die Kamera mit den Fotos dagelassen?«

Duke zuckte mit den Schultern.

»Who knows.«

Sie riefen die Hunde, die ohne zu zögern zu ihnen rannten.

»Was ist jetzt mit dem Projektil?«, fragte Steve, während er Bruce wieder anleinte. »Sollen wir es mitnehmen?«

»Nein«, sagten Duke und Big J gleichzeitig.

»Die Bullen sollen das Ding hier finden.«

»Falls die Leiche jemals auftaucht und die Cops nicht von einem Selbstmord ausgehen«, sagte Duke und tätschelte nachdenklich Rustys großen Kopf.

9

Christina saß mit ihrer Vermieterin Käte Claasen unter dem Apfelbaum an einem kleinen Eisentisch. Ein schwacher Wind fuhr durch die Zweige und ließ die Schatten über den Tisch tanzen. Die Johannisbeeren leuchteten dunkelrot, eine schwarz-weiße Katze döste auf der blau gestrichenen Gartenbank in der Sonne. Es duftete nach einer spätblühenden Rosensorte und nach Heu, weil Duke den Rasen gemäht hatte.

Das war gestern gewesen. Sie war gerade vom Dienst nach Hause gekommen. Als sie fertig umgezogen war, hatte er bereits auf der Bank gesessen, geraucht und einer Katze das Fell gekrault.

Gestern.

Yesterday, all my troubles seemed so far away …

Richtig. Gestern war noch alles in Ordnung gewesen.

Sie nippte an ihrem Tee. China Chun Mee, ein schlichter grüner Tee, dessen hellgoldene Farbe in dem hauchdünnen Porzellan schön zur Geltung kam. Auf dem Boden der Tasse konnte sie sogar das Zeichen der Geisha erkennen. Das durch das Laub fallende Sonnenlicht erzeugte blinkende Reflexe auf dem Tee. Jäh geblendet schloss Christina die Augen.

»Hast du heute schon Zeitung gelesen?«, fragte sie. Endlich, nachdem sie mit Käte eine halbe Stunde lang über belangloses Zeug geplaudert hatte, fasste sie sich ein Herz und sprach an, was ihr wirklich auf der Seele lag. Gestern. Der tote Mark Hoffmann. Die Reaktion der Wizards darauf. Und Dukes Umgang mit der Wahrheit.

»Ja.« Käte nickte und stellte ihre Tasse so sorgfältig ab, wie die Dreiundachtzigjährige alles tat – Geschirrspülen, Blumengießen, Brotschneiden oder barfuß durch ihren Garten gehen. »Aber erzähle es mir trotzdem. Ich glaube nicht alles, nur weil es gedruckt wurde.«

Christina erzählte von dem Abend, dem Erscheinen der beiden Journalisten und wie sie schließlich zu dem Verletzten gerufen worden war und dass sie nichts mehr hatte tun können. Von Mark Hoffmanns Tod im Krankenhaus. Und vom Leugnen der Wizards, dafür verantwortlich zu sein. Käte hörte zu, schwieg, ihre blauen Augen waren voller Aufmerksamkeit auf Christina gerichtet.

»Weißt du, es ist immer schlimm, wenn man einen Patienten ›verliert‹. Wenn man um ein Leben kämpft und letztlich den Kürzeren zieht. Es ist bitter, dass Jahre des Studiums, der Weiterbildung, der Erfahrung nicht immer ausreichen. Aber das ist es nicht. Wenigstens nicht nur.« Sie holte tief Luft. »Es ist Dukes Beteiligung daran.«

»Er war dabei?«, fragte Käte.

»Nicht direkt. Er kam dazu, als Mark Hoffmann bereits zu Boden gegangen war. Aber er nimmt Hugger und Mütze in Schutz. Er sagt, er glaubt ihnen, dass sie Mark Hoffmann nicht angefasst haben. Dass er einfach so umgefallen ist, wie sich die beiden ausgedrückt haben.«

»Und? Besteht die Möglichkeit, dass es so gewesen sein könnte?«

Christina stutzte.

»Nein, es ist …« Sie dachte kurz nach. »Doch. Sicher gibt es die eine oder andere Ursache für eine massive zerebrale Blutung. Zum Beispiel ein geplatztes Aneurysma. Gerinnungsstörungen. Vielleicht auch irgendwelche exotischen Drogen. Aber das ist unwahrscheinlich. Viel wahrscheinlicher ist, dass Mark Hoffmann einen Schlag auf den Schädel erhalten hat, der zu einer Blutung führte, die aufgrund einer vorhandenen Gerinnungsstörung tödlich war.«

»Aber es wäre möglich?«

»Ja«, gab Christina widerstrebend zu. »Mit einer Wahrscheinlichkeit von eins zu einer Million.«

»Ich verstehe.« Käte nickte. »Wie wahrscheinlich ist es, dass ein Stromzähler Einheiten misst, obwohl kein Strom fließt?«

Christina schüttelte verwirrt den Kopf. Käte war mit ihren dreiundachtzig Jahren noch erstaunlich fit. Vor zwei Monaten hatte sie sogar einen Herzinfarkt überlebt, nachdem sie in ihrer Wohnung überfallen worden war. Aber manchmal fragte sich Christina, ob die alte Dame nicht mittlerweile doch senil wurde. Denn was hatte ein Stromzähler mit Mark Hoffmann und den Wizards zu tun?

»Das gibt es nicht.«

»Das hätte ich bis vor Kurzem auch gesagt. Trotzdem lag gestern auf meinem Küchenboden ein Stromzähler mit abgetrennten Kabeln. Und du kannst dir nicht vorstellen, wie ungläubig der Elektriker das Zählerrädchen angestarrt hat, als es sich auch nach einer Viertelstunde noch weiterdrehte.« Käte lächelte, und ihr Gesicht legte sich in zahllose Falten. »Ganz gleich, wie unwahrscheinlich etwas sein mag, es kann eintreffen. Meistens tut es das nicht. Aber manchmal eben doch. Das ist das Prinzip der Wahrscheinlichkeit. Warum sollten Hugger und Mütze nicht die Wahrheit sagen? Und was würdest du von Duke halten, wenn er angesichts dieser Sache seine Freunde einfach fallen lässt?« Käte legte ihr eine Hand auf den Arm. »Du kennst Duke besser als ich. Aber ich halte ihn für einen ehrlichen, aufrichtigen Mann. Was nicht bedeuten soll, dass er alles erzählen würde. Oh nein, er hat seine Geheimnisse. Aber wenn du ihm eine Frage stellst, wird er sie wahrheitsgemäß beantworten. Oder dir zu verstehen geben, dass du keine Antwort bekommst.«

Christina schwieg und trank ihre Tasse leer. Käte hatte ihr eine ganze Menge Stoff zum Nachdenken gegeben.

Eine Stunde später kam Duke nach Hause. Christina öffnete ihm die Tür und schmiegte sich an ihn. Er fühlte sich so gut an. Sie spürte seine Muskeln unter dem dünnen Baumwollstoff des T-Shirts, die Bewegungen seines Brustkorbs mit jedem Atemzug. Seit sie über Kätes Worte nachgedacht und zu einem Schluss gekommen war, ging es ihr wieder besser. Vielleicht hatten Hugger und Mütze wirklich die Wahrheit gesagt. Und falls sie gelogen haben sollten, änderte sich jedenfalls nichts an Dukes Aufrichtigkeit.

»Alles gut, Lady?«, sagte er. »Du warst vorhin …«

Sie löste sich aus seiner Umarmung und sah ihm ins Gesicht. Er wirkte angespannt, nachdenklich, vielleicht sogar nervös. Locker ließ ihn die Sache jedenfalls auch nicht.

»Ich war erschüttert, Duke. Im wahrsten Sinne des Wortes. Erschüttert. Schockiert. Und …« Sie dachte kurz nach. »Es kam mir so falsch vor. Mark Hoffmann hatte eine Hirnblutung. Eine schwere Hirnblutung. Und es scheint, als ob niemand anderes dafür verantwortlich sein kann als Hugger und Mütze.«

»Es scheint? Es gibt also die Möglichkeit, dass etwas ganz anderes dahintersteckt?« Er war ernst. »Listen, Christina. Dieser Hoffmann ist vorher getorkelt. Getaumelt.«

»Wer sagt das? Hugger?«

Duke schüttelte den Kopf. »Nein. Er wurde beobachtet. Ein paar Leute haben das gesehen. Sein Gang wirkte seltsam. Unsicher. Wie total zugekifft oder besoffen.«

»Hat er verwaschen gesprochen? Hatte er Wortfindungsstörungen?«

»Pardon?«

»Hat er Wörter verwechselt oder konnte sich nicht daran erinnern, wie etwas heißt?«

Duke zuckte mit den Schultern. »Das weiß ich nicht. Was könnte das denn sein?«

»Duke. Wenn zu dir jemand kommt und sagt: In meiner Garage steht mein Bike, das macht so ein komisches Geräusch. Was würdest du demjenigen antworten?«

»Keine Ferndiagnosen. Richtig?«

»Richtig. Hoffmann hatte offenbar eine Gerinnungsstörung, das heißt, dass sein Blut flüssiger war als normal, vielleicht durch Drogen ausgelöst. Möglicherweise hatte er die Hirnblutung schon vorher. Das Blut hat sich immer weiter ausgebreitet und schließlich zur Einklemmung des Hirnstamms geführt, mit bekanntem tödlichen Ausgang. Möglicherweise. Aber ich weiß es nicht.«

Duke sah sie an.

»Was brauchst du, um sagen zu können, ob es so war?«

Christina lachte.

»Den Obduktionsbefund? Der könnte helfen.«

Duke murmelte etwas, das wie »That should be possible« klang. Aber vielleicht hatte sie sich auch nur verhört.

»Und war es sehr schlimm im Clubhaus?«

Er lachte auf.

»Ein paar Dinge haben die Turtles wohl übersehen und ganz gelassen.« Dann küsste er sie. »Ich habe Hunger. Wollen wir Pizza essen gehen?«

»Ich koche heute. Es gibt spanisches Omelett.«

»Cool.«

Sie stellte sich auf die Zehenspitzen und gab ihm einen Kuss, dann ging sie zur Küche. An der Tür drehte sie sich noch mal um und sah, wie Duke auf dem Weg ins Wohnzimmer sein Handy aus der Hosentasche zog.

10

Pünktlich zur verabredeten Zeit hatte der Fahrer ihn am Hotel abgeholt. Kaum dreißig Minuten später waren sie bereits am Ziel, außerhalb von Flensburg, irgendwo auf dem Land, die Förde in unmittelbarer Nähe. Sie fuhren eine asphaltierte Privatstraße, eine Allee aus imposanten Eichen, entlang und hielten schließlich vor einem alten stattlichen Haus, dessen weißer Putz in der Abendsonne leuchtete.

Er stieg aus. Es roch nach Meer und Pferdemist. Schwalben kreischten über seinem Kopf, aus einem lang gestreckten Gebäude erklang Stampfen und Schnauben. Ein Pferd streckte seinen Kopf aus der offenen Luke seiner Box und sah ihm mit aufgestellten Ohren entgegen.

»Der Major erwartet Sie schon«, sagte der Fahrer, der sich ihm als Simon vorgestellt hatte, und stieg ihm voraus die breite Treppe zum Gutshaus hinauf.

Sie traten in eine geräumige, mit Jagdtrophäen geschmückte Halle.

»Hier entlang«, sagte Simon.

Er öffnete eine hohe Tür zur Linken, und sie betraten ein großzügiges Wohnzimmer. Ein schlanker, hochgewachsener Mann in einem gut sitzenden Anzug kam auf ihn zu.

Das ist er also, dachte er und war überrascht. Den Schilderungen nach hätte er den Major deutlich älter geschätzt. Aber der Mann vor ihm war höchstens Mitte fünfzig, sonnengebräunt. Ein Mann, der viel Zeit im Freien verbrachte und auf seinen Körper achtete.

»Herzlich willkommen!«, sagte der Major. Sein Händedruck war erfreulich fest und kurz. »Ich hoffe, Sie hatten eine angenehme Reise?«

»Ja. Danke.« Er erfasste seine Umgebung mit einem Blick. Antiquitäten, moderne Möbel, schwere Samtvorhänge, Ölgemälde und Fotografien an den Wänden, alles geschmackvoll arrangiert. Der Raum atmete gleichermaßen Wohlstand und Geschichte. Das Prunkstück aber war das ausgestopfte Krokodil über dem Kamin.

»Ein Erbstück meines Großvaters, ein Andenken aus dem Afrikafeldzug«, sagte der Major, der offenbar seinem Blick gefolgt war. »Im Hotel sind Sie gut untergebracht?« Er nickte zur Antwort. »Möchten Sie etwas trinken? Whisky? Cognac?«

»Nein, danke. Wenn es Ihnen nichts ausmacht, sehe ich es mir gern zuerst an.«

Der Major lächelte. »Sie sind offenbar neugierig. Das kann ich verstehen.«

»Nun, ehrlich gesagt, mir wurden schon viele Neuerungen angepriesen, die letztlich kaum mehr als dezente Modifikationen waren. Insofern ...« Er zuckte mit den Schultern. »Ich habe keine großen Erwartungen. Obwohl sich Mike alle erdenkliche Mühe gegeben hat, mir den Mund wässrig zu machen.«

»Der gute alte Mike«, sagte der Major nachdenklich und schenkte sich eine bernsteinfarbene Flüssigkeit in ein Nosing-Glas. Im Raum breitete sich der scharfe Heftpflastergeruch eines Islay-Whiskys aus. Er trank einen Schluck. »Warten Sie ab, bis Sie es gesehen haben. Kommen Sie.«

Mit dem Glas in der Hand ging der Major voran in die Halle, öffnete eine Tür unter der breiten Treppe und führte ihn in den Keller zu einem fensterlosen, von Neonlicht erhellten Raum.

»Bitte«, sagte der Major und deutete auf den Tisch. Auf dem Boden stand ein länglicher Aluminium-Koffer. »Das ist es.«

Er trat näher und umrundete den Tisch, um das Gewehr von allen Seiten zu betrachten.

Nein, er hatte wirklich nicht viel erwartet. Zu oft hatte man ihm gegenüber schon Neuerungen angepriesen, die keine waren. Aber das hier war etwas ganz anderes. Das war ein Blick in die Zukunft. So etwas bekam man sonst nur in Science-Fiction-Filmen zu Gesicht.

Der mattschwarze vollkommen reflexfreie Lauf war gut einen Meter lang. Die Abschussvorrichtung ruhte auf einem üblichen justierbaren Zweibein. So weit ein ganz normales Scharfschützengewehr.

Ab da wurde es speziell. Schaft, Schulteranschlag sowie die Halterungen für die Sensorplatte waren aus Karbon anstatt Kunststoff. An der Unterseite des Laufs befand sich ein dünner Röhrenkanal, dessen Sinn er nicht sofort erfasste. Außerdem fehlte das Zielfernrohr. Dafür lag ein Gerät, das einer großen Skibrille ähnelte, neben dem Gewehr auf dem Tisch. Und da war noch etwas anderes. Etwas, das er nicht sofort benennen konnte. Dieses Gewehr elektrisierte ihn, sodass sich die Haare auf seinen

Armen aufstellten und es in seinem Nacken zu kribbeln begann. Er machte einen zweiten Rundgang um den Tisch.

»Das SR Hades 11, wie wir es nennen, verfügt über eine Zieloptik, die ein herkömmliches Fernrohr überflüssig macht«, erklärte der Major und deutete auf die dünne Röhre. »Hier ist ein Glasfaserkabel untergebracht, das eine Mikrokamera mit der Zieloptik verbindet. Die Sensoren für Wind und Licht, Herz- und Atemfrequenz des Schützen sowie die Infraroterkennung sitzen auf der Abschusskomponente. Das erleichtert das Anvisieren des Ziels erheblich.«

»Anvisieren?« Er nahm die Maske in die Hand. »Wie soll man dadurch etwas anvisieren können?«

»Nicht mit Ihren eigenen Augen. Der Cyberspace der Optik übernimmt das. Das ist sicherlich ungewohnt. Aber stellen Sie sich das vor: keine optische Ablenkung mehr, volle Konzentration! Unser Entwicklungsingenieur ist ein genialer Kopf.« Der Major lächelte. »Als willkommener Nebeneffekt reduziert sich das Gewicht dadurch von elf auf sieben Kilogramm. Und jetzt kommen wir zur Munition. Ich muss sagen, ich weiß nicht, was mir besser gefällt!« Der Major schob ihm lächelnd eine Pappschachtel zu. »Bitte. Bedienen Sie sich.«

Er öffnete sie. Acht Geschosse lagen in der Box, voneinander getrennt durch kleine Stege auf fester Pappe, damit sie nicht aneinanderscheuerten. Er nahm eine der Patronen heraus. Sie sah ungewohnt aus, obwohl sie die übliche Form hatte. Er wog sie in der Handfläche, hielt sie zwischen Daumen und Zeigefinger und runzelte die Stirn.

»Welches Kaliber ist das?«

»8,2 mm.«

»8,2?«

»Ebenfalls eine Entwicklung unseres Ingenieurs. Im Gegensatz zu herkömmlicher Munition ist der Treibkäfig nicht aus Kunststoff, sondern besteht aus speziell gepresster Pappe. Er zerlegt sich erst nach dreihundertdreißig bis sechshundert Metern. Dadurch erlangt das Geschoss eine weitaus höhere Stabilität, und die Bestandteile der Pappklaue zu finden ist so gut wie unmöglich.

Außerdem sind sie zu hundert Prozent biologisch abbaubar und lösen sich innerhalb kurzer Zeit vollständig auf. Bei dem Geschoss wiederum handelt es sich um ein übliches 4-mm-Doppelkerngeschoss, wie Sie es kennen. Der vordere Teil aus Wolfram sorgt für einen optimalen Durchtritt in den Schädelknochen. Der hintere Teil erledigt dann im Gehirn den Rest. Ein Austritt des Geschosses ist unwahrscheinlich.«

Er hörte sich die Erklärungen des Majors aufmerksam an.

Das war also die Veränderung gegenüber einem herkömmlichen Scharfschützengewehr, die er nicht hatte einordnen können. Ein größerer Innendurchmesser. 8,2 Millimeter. Ein guter Schachzug. Gängige Munition würde man bei diesem Gewehr nicht verwenden können. Kundenbindung nannte man das wohl. Andererseits … Wenn die Munition tatsächlich die Eigenschaften aufwies, die der Major gerade geschildert hatte, würden sich Sniper auf der ganzen Welt um die Dinger reißen.

»Das ideale Gerät für …«

»Spezialaufträge. Genau.« Der Major lächelte. »Was sagen Sie nun zu unserem SR Hades 11?«

Er legte seine rechte Hand um die Abschussvorrichtung, ließ die Fingerspitzen der linken vorsichtig über den Lauf gleiten. Seine Herzfrequenz hatte sich beschleunigt. Er war aufgeregt wie schon lange nicht mehr.

»Wann kann ich es testen?«

»Montag«, sagte der Major. »Wir haben für Montag einen Test auf meinem privaten Schießstand geplant. Aber ich schlage vor, dass Sie das Hades 11 mitnehmen. Die Zieloptik ist sicher gewöhnungsbedürftig. Machen Sie sich zuerst damit vertraut.«

Er nickte langsam und öffnete den Koffer, der mit seinen Ausmaßen ebenso eine Kameraausrüstung hätte beherbergen können. Aufmerksam zerlegte er das Gewehr in seine Einzelteile, hielt den Lauf, wog die mechanische Komponente in der Hand, drehte die gerändelten Knöpfe des Zweibeins. Kein Haken, kein Quietschen, alles glitt mühelos ineinander. Er legte die Teile in die passenden Aussparungen im Schaumstoff und ließ die Schnallen des Koffers zuschnappen.

Eine Weile stand er da und betrachtete den schimmernden Alukoffer, der nicht ahnen ließ, was er in seinem Inneren verbarg.

Unglaublich. SR Hades 11. Aber den Koffer musste man tarnen. Die Reflexionen waren zu auffällig. Eine herkömmliche Armeetasche, groß genug, um den Koffer aufzunehmen, würde möglicherweise Abhilfe schaffen.

»Jetzt hätte ich gern etwas zu trinken«, sagte er.

Der Major nickte und grinste breit.

»Es freut mich, dass es Ihnen gefällt.«

11

Thomas Martens hatte Besuch von einem alten Freund. Mit Jörg Kessler hatte er den Wehrdienst in Leck hinter sich gebracht und anschließend in Hamburg die Polizeischule besucht. Sie waren gemeinsam in den Urlaub gefahren, hatten Kneipentouren gemacht, nächtelang geredet oder schweigend am Hafen gesessen. Seit Jörg in Schottland lebte, hatten sie nur noch selten Kontakt – gelegentlich eine E-Mail, selten ein Telefonat. Dass er beruflich mit einem Kollegen in Flensburg zu tun hatte, war ein echter Glücksfall. Und obwohl sie sich seit zehn Jahren nicht mehr gesehen hatten, war die Vertrautheit sofort wieder da. Sie hatten alte Geschichten aufgewärmt, über den strunzdummen Unteroffizier Koch gelästert, viel gelacht und sich an die Party erinnert, die sie heimlich in der Wäscherei der Kaserne organisiert hatten.

Jetzt saßen sie auf der Terrasse, eine Flasche kühles Flensburger in der Hand und zelebrierten das wohlige Schweigen zwischen Freunden. Im Haus rumorte Stefanie herum und brachte die Kinder ins Bett. Nach einem ganzen Tag zwischen Sandkiste und Planschbecken waren beide so schmutzig, dass an der Wanne kein Weg vorbeiführte. Aus dem Badezimmer drangen Lachen und Geschrei.

»Du hast eine nette Familie«, sagte Jörg und trank einen Schluck aus seiner Flasche. »Eine tolle Frau, zwei fabelhafte Kinder, Häuschen, einen Garten … Du hast es geschafft, mein Freund.« Sein Lächeln geriet traurig.

»Du hast doch selbst Familie«, entgegnete Thomas. »Wie viele Kinder? Drei? Und deine Frau …«

»Claire hat sich letztes Jahr scheiden lassen.« Jörg wippte mit dem Knie. »Ich hab's dir nie gemailt, weil … Ich glaube, ich will es selbst immer noch nicht wahrhaben. Sie hat einen anderen. Er arbeitet bei einer Versicherung, ist abends pünktlich zu Hause und geht sonntags mit den Kindern zum Fußballspielen.«

»Das tut mir leid.«

Thomas erinnerte sich noch gut daran, wie Jörg Claire in einem Spanienurlaub kennengelernt hatte, das war gleich nach ihrem Wehrdienst gewesen. Claire war zu Jörg nach Hamburg gezogen. Doch kurz nach Abschluss der Ausbildung an der Polizeischule waren sie nach Glasgow gegangen, weil die Schottin sich in Deutschland nicht wohlgefühlt hatte.

Jörg zuckte mit den Schultern.

»Shit happens«, sagte er und trank wieder einen Schluck. »Ehrlich gesagt, es kam nicht überraschend. Allerdings fressen mich die Kosten für die Scheidung fast auf. Anwalt, Gericht, Unterhalt für die drei Jungs … Na, ich will dich nicht mit meinem Zeug langweilen.«

Thomas betrachtete den Freund nachdenklich. Hatte Jörg sich in den vergangenen Jahren verändert? Klar, älter war er geworden. Die privaten Sorgen hatten Spuren in seinem Gesicht hinterlassen. Aber da war auch noch etwas anderes. Er wirkte härter, verschlossener. Möglicherweise lag es am Job. Und er überlegte, ob Jörg gerade das Gleiche von ihm dachte.

»Willst du nicht wieder zurück nach Deutschland?«, fragte Thomas. »Gute Polizisten können wir immer gebrauchen. Nicht nur hier in Flensburg. Auch in Hamburg. Eigentlich überall. Ich wette, du würdest sofort einen Job finden.«

Jörg lächelte, dann schüttelte er den Kopf.

»Meine drei Jungs dürfen jedes zweite Wochenende bei mir verbringen, weißt du? Besuchsrecht. Das möchte ich nicht aufgeben. Um nichts in der Welt. Außerdem …« Er drehte die Flasche in der Hand. »Schottland ist toll. Schöne Landschaft, nette Leute. Und der beste Whisky der Welt.« Sie mussten lachen. »Nee, ich habe mich gut dort eingelebt. Ich habe Freunde da. Super Kollegen. Einen echt lockeren Chef.« Er nickte. »Läuft eigentlich alles. Bis auf die Sache mit Claire. Aber man kann nicht alles haben.«

»Da magst du recht haben …«

Im Wohnzimmer klingelte das Telefon.

Thomas verdrehte die Augen. Stefanie war immer noch im Bad mit den Kindern beschäftigt, also musste er ran.

»Ich bin gleich wieder da«, sagte er. Er ließ Jörg auf der Terrasse allein und griff nach dem Hörer. »Martens?«

»Hier ist Peer«, meldete sich sein Kollege. »Das Präsidium hat mich gerade angerufen. Wir sollen zum Institut für Rechtsmedizin nach Kiel. Es geht um den Fall Mark Hoffmann.«

»Oh nein«, stöhnte Thomas. »Jetzt? Hier sitzt gerade ein Freund, der eigentlich in Schottland wohnt und nur alle Jubeljahre nach Deutschland kommt. Können die nicht einfach den Befund faxen und gut ist?«

»Das habe ich auch gefragt, aber der zuständige Rechtsmediziner will uns etwas vor Ort zeigen. Es scheint wichtig zu sein.«

»Mist. Na gut, ich bin in einer halben Stunde bei dir.«

»Nee, Tom, heute hole ich dich ab. Ausgleichende Gerechtigkeit.«

»Okay, dann bis gleich.«

Er legte auf, betrachtete bedauernd die erst halb geleerte Bierflasche und trat auf die Terrasse hinaus.

»Tut mir leid, Jörg, ich muss los. Das war gerade mein Partner.«

»Ein Fall?«

Thomas nickte. »Körperverletzung mit Todesfolge. Der Rechtsmediziner hat offenbar etwas gefunden.«

Jörg lächelte, stand auf und nahm sein Baumwolljackett von der Stuhllehne.

»Kein Problem, Tom, ich kenne das.«

Sie gingen zur Wohnungstür.

»War schön, dich mal wieder gesehen zu haben«, sagte Jörg.

»Hättest du Lust, morgen mit deinem Kollegen zum Mittagessen zu kommen? Bei dem Wetter könnten wir grillen.«

»Hey, gute Idee!« Jörg drückte seine Hand. »Wann?«

»Halb zwölf?«

»Wir sind da. Bis morgen und grüß deine Frau!«

Thomas schloss die Tür hinter Jörg.

»Dein Sohn ist wirklich der Hit«, sagte Stefanie, als sie die Treppe herunterkam. »Stell dir vor, er behauptet doch steif und fest, dass er nicht baden muss, weil er erst Montag gebadet hat. Was sagst du dazu?«

»Dass er nicht nur mein Sohn ist«, erwiderte Thomas lächelnd. »Ich soll dich von Jörg grüßen.«

»Oh, ist er schon gegangen? Musste er weg?«

»Er nicht, aber ich. Peer hat gerade angerufen, wir müssen nach Kiel.«

»Geht's um den toten Fotografen?«

»Ja. Vielleicht hat der Rechtsmediziner etwas gefunden, das die Schuld der beiden Verdächtigen beweist. Ich bin schon gespannt.« Er nahm seine Jacke von der Garderobe. »Übrigens kommen Jörg und sein Kollege morgen Mittag zum Grillen. Ich habe sie eingeladen.«

Stefanie verzog das Gesicht. »Das hättest du vielleicht vorher mit mir absprechen sollen.«

»Wieso? Sonst stören dich spontane Gäste auch nicht. Und die Gefriertruhe ist voll.«

»Darum geht es nicht. Christina und Duke kommen morgen. Ebenfalls zum Grillen.«

»Aha.« Thomas spürte, wie seine Laune augenblicklich sank.

»Ich hatte es dir erzählt.«

»Habe ich wohl verdrängt.« Auf der Straße vor dem Haus hielt ein Wagen und hupte zweimal. »Das ist Peer, ich muss los. Mach dir keinen Kopf, Steffi, das kriegen wir schon hin. Und wenn es McKinnley nicht gefällt …«

»Er heißt Duke. Oder Neil. Warum kannst du ihn nicht wenigstens beim Vornamen nennen? Er ist Christinas Lebensgefährte!«

»Eben. Sie muss mit ihm klarkommen, nicht ich.«

»Deine Schwester ist alt genug, um eigene Entscheidungen zu treffen!«

»Manchmal bin ich da nicht sicher. Es kommt ja nicht von ungefähr, dass sie ausgerechnet Ärztin geworden ist. Christina hat ein Helfersyndrom, wenn du mich fragst. Und dieser McKinnley ist ihr neues Sozialprojekt.«

Stefanie stemmte die Hände in die Hüften.

»Du gehst zu weit, Thomas. Merkst du das eigentlich? Was hat Duke dir getan?«

»Ich kenne seine Polizeiakte. Ich kenne sie sogar auswendig. Ich weiß, wozu dieser Kerl fähig ist. Das haben er und die ganze Bande gestern Abend wieder hinreichend bewiesen.«

»Du warst nicht dabei, Thomas, du kannst nicht wissen …«

»Na, wunderbar, meine eigene Frau ist eine Rocker-Sympathisantin! Lass dich doch tätowieren! Wie würde dir das gefallen?«

»Thomas!«

»Gut, lass den Kerl kommen. Ich bringe jedenfalls meine Handschellen mit.«

»Du bist unmöglich.«

»Tatsächlich? Ich bin nur Realist. Im Gegensatz zu euch vergesse ich nämlich nicht, wer dieser Mann ist.« Auf der Straße hupte Peer ungeduldig. »Ich muss los.«

Stefanie wollte ihm einen Kuss geben, doch er drehte den Kopf weg.

»Wann bist du wieder da?«

»Keine Ahnung. Ich rufe an, wenn wir in Kiel fertig sind.«

»Viel Erfolg!«

Thomas öffnete die Gartenpforte und stieg zu Peer in den Wagen, ohne sich umzudrehen. Dabei wusste er, dass Stefanie noch an der Tür stand, um ihm zu winken. Sie tat das immer.

»Alles in Ordnung mit dir?«, erkundigte sich Peer. Thomas warf seinem Kollegen einen finsteren Blick zu. »Du siehst aus, als … Okay, schon verstanden. Ich kenne das auch.« Peer startete den Wagen. »Frauen sind doch irgendwie alle gleich.«

12

Der Abend war so mild, dass sie auf der Terrasse essen konnten. Spanisches Omelett. Bis vor einiger Zeit hätte Duke nicht gewusst, was das war. Bis Christina ihn an einem denkwürdigen Tag, nachdem ein SEK seine Wohnung verwüstet und die Bullen ihm wegen einer unbedachten Bemerkung ein blaues Auge verpasst hatten, zum Essen eingeladen hatte. Es hatte Tapas gegeben. Er sah es immer noch vor sich: eine auf dem Boden liegende Decke mit zahlreichen kleinen Schalen und Platten voller Köstlichkeiten, dazu Kerzenlicht. Und sie. Im Nachhinein war ihm klar, dass er sich genau an diesem Abend in Christina verliebt hatte. Das blaue Auge hingegen war längst Geschichte.

Er schob sich gerade ein Stück Kartoffel in den Mund, als sein Handy wieder klingelte. Er legte sein Besteck beiseite und zog das Gerät aus der Tasche.

»Yeah?«

Es war Con, eine Computerspezialistin, die sich um den Internetauftritt der Wizards kümmerte und ihnen auch bei ungewöhnlicheren Problemen half. Und auch diesmal hatte sie ihn nicht enttäuscht. Sie hatte den Befund der Rechtsmedizin aus Kiel bereits an Christinas E-Mail-Adresse geschickt.

»Du warst schnell!«

Con lachte.

»Das Computersystem des Instituts für Rechtsmedizin ist nicht gerade das Pentagon. Wenn ich das nicht hinkriegen würde, müsste ich mir Gedanken über einen beruflichen Neustart machen.«

»Was ist mit …?«

»Ja, das ist auch erledigt. Die Videoaufzeichnung habe ich ebenfalls deiner Lady gemailt.«

»Great.«

»Wenn's noch Fragen gibt, meldest du dich.«

»Klar. Danke, Con.«

Er drückte auf die Beenden-Taste und versenkte das Handy wieder in der Hosentasche.

»Alles in Ordnung?«

Christina kannte Con. Sie waren gemeinsam bei ihr in Schleswig gewesen und hatten von ihr entscheidende Hinweise bekommen, wer die alte Käte Claasen aus Haus Fördeblick hatte vertreiben wollen.

»Das wird sich zeigen. Wenigstens geht es einen Schritt voran.« Er nahm wieder das Besteck in die Hand. »Du hast übrigens eine Mail bekommen. Es ist wichtig für uns – natürlich besonders für Mütze und Hugger. Kannst du sie dir gleich mal ansehen?«

»Klar.«

Keine Fragen. Kein »Worum geht's?« oder »Was hat Con damit zu tun?«. Sie vertraute ihm. Oder doch nicht? Heute Morgen, da war etwas in ihrem Gesicht und ihrer Körperhaltung gewesen … Zweifel. Sie hatte Zweifel gehabt. An den Wizards. An Hugger und Mütze. Und an ihm.

Er griff über den Tisch nach ihrer Hand.

»Hey, Lady. Du weißt, dass ich dir vertraue, ja?« Sie sagte nichts, sah ihn nur an mit diesen Augen, die immer wieder ihre Farbe wechselten. Jetzt waren sie blau. Scotlandblue. »Aber das hier hat etwas mit dem Club zu tun, mit den Brüdern. Und was mit dem Club zusammenhängt, bleibt dort, verstehst du? Das ist eine Sache des Vertrauens unter Brüdern. Ich würde dich nicht belügen, Christina. Niemals. Aber ich kann und will dir nicht alles erzählen. Also zwinge mich nicht dazu. Bitte.«

Sie schwieg. Zwischen ihren Augenbrauen entstand eine kleine Falte, die immer dann auftauchte, wenn sie grübelte.

»Nein. Das würde ich nicht tun«, sagte sie schließlich. »Allerdings muss ich zugeben, dass mir diese Angelegenheit sehr nahegeht. Bisher habe ich euren Zusammenhalt bewundert. Wenn einer ein Problem hat, sind die anderen sofort da. Wenn einer mitten in der Nacht mit seiner Harley irgendwo an der Mecklenburger Seenplatte liegen bleibt, kann er sicher sein, dass sofort einer von euch kommt und ihn aufsammelt. All das. Ich finde das großartig. Vielleicht beneide ich euch sogar ein bisschen darum, weil ich solche Gemeinschaft bisher nicht erlebt habe. Aber das mit Mark Hoffmann ist eine ganz andere Sache. Der Mann ist gestorben. Und so wie es aussieht, ist er gestorben, weil einer von euch zugeschlagen hat.« Sie schien auf einen Einwand zu warten, aber er ließ sie reden. »Und sogar in dieser Lage ist da kein Rankommen an euch. Ihr steht so dicht zusammen …«

Duke lächelte.

»Side by side, shoulder to shoulder.«

»Ja. Da passt kein Blatt Papier zwischen. Ich kann ja verstehen, dass du Hugger und Mütze glaubst. Dieses Vertrauen ehrt dich. Aber wenn sie dich angelogen haben? Wenn sie Mark Hoffmann doch niedergeschlagen haben? Würde es für dich einen Unterschied machen?«

Er dachte kurz nach.

»Ja und nein. Ich würde immer noch versuchen, sie zu unterstützen, ihnen wenn möglich Strafe zu ersparen. Aber anschließend würde ich ein Gespräch mit ihnen über Vertrauen und Ehrlichkeit unter Brüdern führen. Und ihre Tage im Club wären gezählt. Brüder anlügen? No go. Definitely.«

»Dennoch wärst du prinzipiell bereit, eine Straftat zu vertuschen. Richtig?«

Duke schüttelte den Kopf.

»Nein. Man kann nicht weglaufen, irgendwann kommt's heraus. Ist so. Aber klar, natürlich würde ich versuchen, ihnen den Gang in den Knast zu ersparen. Zum Beispiel, indem ich ihnen einen erstklassigen Anwalt besorge und indem ich meine Klappe halte. Aber in diesem Fall spielt das keine Rolle. Hugger und Mütze lügen nicht.«

»Da bist du sicher?«

»Yepp. Sie haben nichts mit dem Tod dieses Fotografen zu tun.«

Christina sah ihn lange an, dann lächelte sie. Und da war wieder dieses Leuchten in ihren Augen.

»Ich glaube, ich habe gerade wieder etwas Neues gelernt«, sagte sie und drückte seine Hand. »Dann werde ich jetzt mal meinen Laptop anschalten. Abräumen können wir später.«

Sie gingen zu ihrem Schreibtisch. Es dauerte, bis der Computer hochgefahren war.

»So, jetzt die Mailbox …« Christina klickte auf irgendetwas, dann drehte sie sich überrascht zu ihm um. »Das ist der Befund aus der Rechtsmedizin über die Obduktion von Mark Hoffmann! Con hat tatsächlich …«

»Ja«, sagte Duke kurz, stellte sich hinter sie und starrte auf den Bildschirm.

Die Buchstaben verrieten ihm nichts, ebenso gut hätten es die Zeichen Außerirdischer sein können. Vielleicht hätte man früher etwas gegen seine Legasthenie tun können. Es gab Programme, Therapieansätze, Übungen. Aber er hatte sich geweigert – aus Protest gegen seinen Vater, aus Trotz gegenüber Millicent, dessen zweiter Frau. Er war stolz und bockig gewesen. Und jetzt? Er hatte wenig Lust, mit fast vierunddreißig noch das Lesenlernen anzufangen. Er kam auch so gut zurecht.

»Was steht da?«

Christina las den Befund halblaut vor. Doch das Medizinerdeutsch machte die Sache kaum besser. Er verstand immer noch kein Wort. Dann öffnete sie den zweiten Anhang. Es war das Video aus der Clubwerkstatt. Schweigend sah sie es sich bis zum Schluss an. Schließlich atmete sie tief ein und schloss die Augen. Ganz offensichtlich erleichtert.

»Was da steht?«, sagte Christina schließlich und drehte sich im Stuhl zu ihm um. Sie nahm sein Gesicht in ihre Hände und küsste ihn, dabei schimmerten ihre Augen feucht. »Es tut mir leid, dass ich euch nicht geglaubt habe. Ihr habt recht.«

»Womit?«

»Hugger und Mütze haben mit Hoffmanns Tod nichts zu tun. Der Befund zusammen mit dem Video lässt nur einen Schluss zu: Mark Hoffmann hatte eine Subarachnoidalblutung infolge einer Kopfverletzung, die er sich zu einem anderen Zeitpunkt zugezogen haben muss. Als er den Memberraum betreten hat, muss die Blutung bereits so ausgedehnt gewesen sein, dass er neurologische Ausfälle hatte. Das hätte ihm ebenso gut beim Bäcker, im Kino oder zu Hause passieren können. Hugger und Mütze trifft keine Schuld.«

»Ich wusste es. Und steht da, wie Hoffmann zu der Kopfverletzung kam?«

»Nein«, sagte Christiane. »Vermutlich ein Schlag mit einem stumpfen Gegenstand, zum Beispiel einem Knüppel.«

Oder einer Holzlatte, dachte Duke und rieb sich das Kinn. Warum hatten die Burschen Hoffmann, den lästigen Zeugen, da liegen lassen und ihn nicht ebenfalls fachgerecht entsorgt? Das war ein Fehler.

Ist nicht mein Problem!

»Und erkennen auch die Bullen anhand des Berichts, dass Hugger und Mütze unschuldig sind?«

»Ja, sogar die!« Sie schmunzelte, als sie das sagte.

»Great.«

Duke atmete erleichtert aus. Soeben hatten die Wizards die Fußmatte mit dem Hundehaufen in den Müll entsorgt. Sollten sich andere darum kümmern, wer der Hundebesitzer war, welcher Rasse sein Hund angehörte und was das Vieh vorher gefressen hatte. Die Tür der Wizards war wieder sauber. Und sie würden darauf achten, dass es auch so blieb. Sie würden das Nachbargrundstück im Auge behalten, so viel war sicher.

Christina lächelte schief. »Ich nehme an, dass es keinen Sinn hat, euch vorzuschlagen, dieses Video der Polizei zu zeigen?«

»Bingo.«

Christina schüttelte den Kopf.

»Ihr macht euch das Leben unnötig schwer, wisst ihr das?«

»Schwer vielleicht. Aber nicht unnötig. Nur konsequent.« Er küsste sie. »Danke. Ich muss kurz telefonieren. Und danach …«

»Ja?«

»Genießen wir den Abend. Nur du und ich.«

»Ohne Handy?«

Duke lächelte und nickte. »Sure.«

»Ich nehme dich beim Wort.«

13

Die Wohnung fühlte sich leer an. Schmerzhaft leer.

Jessica lag regungslos da und starrte an die Decke. Mark hatte sogar noch das Bett gemacht, die Decke glatt gestrichen, den Pyjama zusammengefaltet und unter das Kopfkissen gelegt.

Sie hatte ihn immer damit aufgezogen, dass er für einen Fotografen erstaunlich ordentlich war, geradezu pedantisch.

Bei dem Gedanken daran lief ihr wieder eine Träne über die Wange. Gestern war er noch da gewesen. Und heute war die Wohnung leer.

Mark war tot.

Die Polizei hatte mit ihr gesprochen. Sie hatte ihnen erklärt, dass sie eine Reportage über das Sommerfest der Wizards machen wollten. Mark sei ins Vereinsheim gegangen, um Fotos zu schießen und dort wohl mit den Rockern aneinandergeraten. Und sie hörte immer noch, was einer der Polizisten leise zu seinem Kollegen gesagt hatte.

»Na, Paparazzi im eigenen Haus hat wohl keiner gern.«

Jessica richtete sich auf und starrte auf das große gerahmte Foto an der Wand. Es zeigte eine Szene aus der Fußgängerzone in Flensburg: Ein Musiker spielte auf einer verschrammten Geige, während Leute mit vollen Einkaufstüten vorbeigingen. Mark hatte es immer als sein bestes Werk betrachtet. Und es war wirklich gut. Es war verdammt gut. Dafür hätte Mark einen Presseaward verdient. Aber ein Fotograf einer Lokalzeitung, der den Bürgermeister beim Besuch der Rumregatta fotografierte, hatte nicht einmal die Chance, in die Auswahl zur Nominierung zu kommen.

Paparazzi.

Zum Glück hatte Mark es nicht mehr hören können.

Sie wischte sich mit den Händen die Tränen vom Gesicht. Es war dieses Wort gewesen, »Paparazzi«, das sie endgültig darin bestärkt hatte, der Polizei nichts von den Fotos und dem Mord zu sagen. Sie würde selbst herausfinden, was dahintersteckte, und damit beweisen, dass Mark kein gewöhnlicher Fotograf gewesen war, und schon gar kein Paparazzo. Wenn sie die Wizards endgültig überführt hatte, würde sie die Story ihm widmen.

Aber dafür brauchte sie die Fotos.

»Wo hast du sie versteckt, Mark?«

Der Klang ihrer eigenen Stimme in der Stille der Wohnung ließ sie erschauern.

Sie ging zu seinem Schreibtisch und schaltete den Laptop an. Der Gedanke an Viola schoss ihr durch den Kopf, Marks Ehefrau. Noch-Ehefrau. Oder besser Gerade-eben-Witwe. Die Scheidung war bereits eingereicht. Sollte sie Viola eine Kondolenzkarte schicken?

Nein. Niemals.

Viola würde sich auch lieber die Zunge abbeißen, als ihr gegenüber ihr Beileid auszusprechen. Dabei hatte Mark mit Jessica in den vergangenen acht Monaten mehr verbunden als mit Viola während sechs Jahren Ehe.

Der Laptop meldete sich mit einem fröhlichen Klingeln betriebsbereit. Jessica gab das Passwort ein. Ja, auch das hatte Mark ihr anvertraut. Im Gegensatz zu Viola, die sich nie für seine Arbeit interessiert hatte.

Jessica fand Fotodateien. Zahllose Fotodateien, die ihr wieder die Tränen in die Augen trieben, weil mit jedem Datum, mit jedem Bild Erinnerungen verknüpft waren. Erinnerungen an die gemeinsame Arbeit, an geglückte Reportagen, misslungene Interviews, lustige Begebenheiten, traurige Momente. Und an Stunden zu zweit.

Gewaltsam riss sie sich los. Sie hatte eine Aufgabe. Die nostalgische Reise konnte sie irgendwann nachholen. Jetzt musste sie die Fotos finden.

Nach einer Stunde brach sie die Suche erfolglos ab. Wo auch immer Mark die Fotos aufbewahrte, auf seinem Laptop waren sie nicht. Vielleicht hatte er sie auf einem anderen Medium gespeichert? Ein USB-Stick? Ja, bestimmt. Mark hatte ihr erzählt, dass er die wichtigen Dateien grundsätzlich auf einem USB-Stick sicherte.

Der Schreibtisch hatte keine Schubladen, aber auf der Tischplatte stand ein Schälchen mit drei USB-Sticks. Jessica probierte alle aus. Wieder vergeblich. Die Fotos des Mordes blieben verschwunden.

Morgen, dachte sie. Ich werde morgen wiederkommen und weitersuchen. Vielleicht fällt mir in der Nacht noch etwas ein.

Sie stand auf und sammelte ihre Sachen zusammen – Handtasche, Autoschlüssel. An der Wohnungstür drehte sie sich noch einmal um, und für einen winzigen Augenblick hoffte sie, dass Mark aus der Küche kam. Oder aus dem Bad, mit feuchten, strubbeligen Haaren und einem Handtuch um die Hüften. Doch die Wohnung war leer und still.

Totenstill.

Jessica drehte sich um, zog die Tür hinter sich zu und schloss ab.

Auf dem Weg vom Parkplatz zu ihrer Wohnung wurde Jessica erst bewusst, wie müde sie war. Sie fühlte sich ausgelaugt, erschöpft, kraftlos. Mühsam kämpfte sie sich die leichte Steigung zur Duburg hinauf. Sie brauchte zwei Anläufe, bis sie das Schloss traf, und die Haustür des Altbaus kam ihr noch schwerer vor als sonst. Sie drückte sie mit den Schultern auf. Im Treppenhaus roch es nach Pizza und einer Fertigsauce, der asthmatische Pudel der alten Frau im Parterre links kläffte heiser, der Labrador aus dem zweiten Stock antwortete wütend.

Jessica schleppte sich die Stufen in die erste Etage hinauf, stolperte fast über einen Stapel Werbeprospekte. Dann stand sie vor ihrer Wohnungstür und war schlagartig wach.

Vor zwei Jahren hatte der Eigentümer die ursprünglichen, aus dem Baujahr stammenden Kassettentüren durch modernere braune Haustüren ersetzt. Jessica hatte dieses Nussbaumimitat nie gemocht. Aber es war besser gewesen als das, was sie jetzt sah:

Mitten auf dem Türblatt hatte jemand mit grüner und weißer Farbe einen Galgen gemalt, an dem ein Strichmännchen hing. Ein Pfeil und der daneben geschriebene Name ließen keinen Zweifel daran, wer baumeln sollte: »JESSICA«. Darunter stand »WoD 9 LIFES«.

Sie schluckte. Grün und weiß, die Farben der Wizards, ihre Signatur und die Anspielung auf den Wahlspruch der Rocker: »Ein Wizard hat neun Leben«. Der Anruf in der Redaktion fiel ihr wieder ein. Mit zitternder Hand zog sie das Handy aus ihrer Tasche und wählte die Nummer der Polizei.

Es war Zeit, etwas zu unternehmen. Das hier ging entschieden zu weit.

14

Thomas und Peer gingen einen spärlich erleuchteten Flur entlang. Ihre Schritte hallten von den Wänden. Die Rechtsmedizin war schon bei Tag und unter der Woche, wenn hier überall Leute herumliefen, die Türen der Labore und Büros offen standen und Telefone klingelten, ein unangenehmer Ort. Aber an einem Samstagabend nach zehn Uhr war es hier regelrecht unheimlich.

Eine Tür stand einen Spalt offen. Licht schien auf den Gang, und leise sang ein Tenor »Nessun dorma«.

Peer klopfte an die Tür.

»Guten Abend, Professor …«

Ein Mann mit militärisch kurz geschnittenen Haaren blickte von seinem Schreibtisch auf. Eine rote Lesebrille war ihm bis auf die Nasenspitze gerutscht.

»Guten Abend! Sind Sie die Herren von der Kripo Flensburg?«

»Ja. Peer Petersen und ich bin Thomas Martens.«

»Angenehm. Sören Effenberger. Wir kennen uns noch nicht.« Der Arzt stand auf und streckte ihnen die Hand entgegen. »Sie fragen sich bestimmt, weshalb ich Sie hergerufen habe. Ich bin der Ansicht, dass sich vieles vor Ort besser erklären lässt als im schriftlichen Befund, der bei medizinischen Laien doch hauptsächlich Fragen aufwirft. Und bei der Obduktion von Mark Hoffmann habe ich ein paar sehr interessante Entdeckungen gemacht, die ich Ihnen nicht vorenthalten möchte. Am besten gehen wir gleich in den Seziersaal. Ich habe dort alles vorbereitet.«

Thomas schluckte, während sie dem Arzt den Flur entlang folgten. Dies war ein Teil seiner Arbeit, auf den er gern verzichtete. Er hatte nichts dagegen, einen Befund zugefaxt zu bekommen und anschließend den zuständigen Rechtsmediziner mit Fragen zu löchern – am Telefon. Der Anblick der Leichen am Fundort reichte ihm.

Professor Effenberger öffnete eine Stahltür mit gut geölten Angeln. Nahezu lautlos schwang sie auf.

Kaltes Neonlicht empfing sie, und unwillkürlich zog Thomas fröstelnd die Schultern hoch. Hier war es bestimmt fünf Grad kälter als im restlichen Haus. Gefühlt war die Temperatur sogar noch niedriger, eher im Tiefkühl-Bereich.

In der Mitte des gekachelten Raumes standen zwei Metalltische. Auf dem linken zeichnete sich unter einem weißen Laken ein Körper ab.

Mark Hoffmann, vermutete Thomas.

Auf dem rechten standen mehrere Schalen aus Edelstahl, in der Mitte war ein Tuch ausgebreitet.

Professor Effenberger nahm einen grünen Kittel aus einem Schrank und bot auch Thomas und Peer einen an.

»Danke nein«, wehrte Peer ab und sprach Thomas damit aus der Seele.

Effenberger streifte sich Latexhandschuhe über und stellte sich an den Tisch mit den Schalen.

»Kommen Sie ruhig näher«, sagte er und winkte sie heran. »Von dahinten können Sie doch gar nichts sehen.«

Zögernd traten sie an den Tisch. In den Schalen lagen rosabraunfarbene Klumpen, die Thomas irgendwie an die Auslagen einer Schlachterei erinnerten. Er schluckte.

»Herr Hoffmann verstarb an einer ausgedehnten Subarachnoidalblutung infolge eines Schlags auf den Hinterkopf, die zur Einklemmung des Hirnstamms führte. Der Tod trat durch Lähmung der Atmung ein.«

»Also haben die Wizards ihn tatsächlich gestern bei der Party niedergeschlagen?«

Effenberger blinzelte ihn über den Rand seiner Brille an.

»Ob die Herrschaften vom Motorradclub dafür verantwortlich sind, kann ich Ihnen bedauerlicherweise nicht sagen. Das ist Ihr Job, meine Herren. Wenn sie es waren, sind sie und Herr Hoffmann allerdings schon früher aufeinandergetroffen.«

Thomas stutzte.

»Aha? Wie meinen Sie das, Professor?«

Effenberger hob einen Finger, in seine Augen trat ein Funkeln.

»Deshalb habe ich Sie gerufen, meine Herren. Dieser Fall ist höchst interessant. Als ich mich dem bedauernswerten Herrn Hoffmann widmete, fiel mir zuerst auf, in welch hervorragendem gesundheitlichen Zustand er sich zum Zeitpunkt seines Todes befand. Sechsunddreißig, schlank, sportlich. Aufgrund der Muskelverteilung würde ich auf Langstreckenläufer tippen. Aber ...« Er nahm etwas aus einer der Schalen und breitete es auf dem Tuch aus.

Sieht aus wie ein Schmetterling am Stil, dachte Thomas.

»Das sind Magen und Speiseröhre, aufgeschnitten, sodass wir die Innenseite betrachten können«, sagte Effenberger und deutete mit einem dünnen Edelstahlstift auf einige Stellen. »Hier sind überall frische Schleimhauteinblutungen. Kein Hinweis auf ältere Läsionen oder ein Ulkus. Im Mageninhalt fanden sich etwa fünfzig Milliliter Bier sowie eine nicht vollständig aufgelöste Tablette, die sich als handelsübliches Aspirin entpuppte. Im Labor hatte Herr Hoffmann eine Gerinnungsstörung, eine metabolische Acidose, Blutalkoholspiegel und Drogenscreening waren unauffällig. Stattdessen fand sich ein bereits toxischer Salicylsäure-Spiegel. Was sagt uns das?«

Thomas stellte sich vor, dass Effenberger genau so seine Studenten ansah, wenn sie bei ihm eine Vorlesung hatten. Er zuckte mit den Schultern.

»Herr Hoffmann hat offenbar in recht kurzer Zeit sehr viel Acetylsalicylsäure zu sich genommen. Und da frage ich mich, weshalb mag er das wohl getan haben? Der Mann war fit, Herz und Gefäße in bestem Zustand, Gelenke tadellos, kein grippaler Infekt. Warum nimmt ein gesunder Mann Kopfschmerztabletten? Na?«

»Weil er Kopfschmerzen hat?«

»Richtig!« Effenberger lächelte. »Und zwar so starke Kopfschmerzen, dass die übliche Dosis von fünfhundert bis tausend Milligramm nicht mehr ausgereicht hat. Er musste mehr nehmen, deutlich mehr, sodass sogar seine Gerinnung streikte.« Er schüttelte bedauernd den Kopf. »Ich gehe davon aus, dass Herr Hoffmann die Kopfverletzung erlitt, daraufhin Kopfschmerzen bekam und zur Selbstmedikation griff. Tragisch, das Ganze, sehr tragisch. Wäre er vernünftig gewesen und zu einem Arzt gegangen, läge er jetzt nicht hier.«

Thomas starrte auf den ausgebreiteten Magen.

»Was glauben Sie, wann der Schlag erfolgt ist?«

»Das ist schwierig zu sagen, ich muss erst noch die Gewebeproben untersuchen. Das Ausmaß der Schleimhautentzündung wird mir da sicher einen genaueren Anhaltspunkt liefern. Doch ich gehe von vierundzwanzig bis achtundvierzig Stunden vor Eintritt des Todes aus. Mindestens. Es könnte natürlich auch schon länger sein. Allerdings nehme ich an, dass die Schleimhautläsionen dann ausgeprägter wären. Aber wie gesagt, ich muss noch die Proben auswerten.«

»Und womit wurde er erschlagen?«, fragte Peer.

»Habe ich das noch nicht erwähnt? Ein stumpfer Gegenstand war es. Ein Knüppel vielleicht.«

»Ein Baseballschläger? Ein Teleskopschlagstock?«

Thomas und Peer warfen sich vielsagende Blicke zu. Rocker-Waffen. Bei Kontrollen wurden solche Gegenstände immer wieder gefunden.

Der Professor runzelte kurz die Stirn.

»Baseballschläger ja, Teleskopschlagstock nein. Die Aufschlagfläche wäre zu klein. Und wie gesagt, es war ein stumpfer Gegenstand. Herr Hoffmann hatte keine Platzwunde. Unglücklicherweise, muss man sagen, sonst hätte er sich vermutlich einem Arzt anvertraut.«

Thomas dachte nach.

»Und seine Umgebung hat davon nichts gemerkt?«

»Nicht zwingend. Subarachnoidalblutungen sind tückisch. Sie können bis zu zweiundsiebzig Stunden unbemerkt bleiben – der Verletzte empfindet vielleicht diskreten Schwindel oder Übelkeit. Oder Kopfschmerzen, wie im Fall von Herrn Hoffmann.« Professor Effenberger neigte seinen Kopf. »Die Schmerzmitteleinnahme könnte allerdings aufgefallen sein. Wenn Sie seine Angehörigen oder Kollegen befragen, können die Ihnen vielleicht mitteilen, wann er damit anfing, Acetylsalicylsäure zu schlucken. Haben Sie noch Fragen, meine Herren?«

Peer und Thomas sahen sich an, dann schüttelten sie die Köpfe.

»Nein, derzeit nicht.«

»Wenn Ihnen noch etwas einfällt, rufen Sie einfach an. Den vorläufigen Befund habe ich bereits Ihrer Dienststelle zugemailt. Sobald die restlichen Ergebnisse da sind, gebe ich Ihnen Bescheid.« Er sah wieder auf den ausgebreiteten Magen. »Wenn die Blutung nicht zur Einklemmung des Hirnstamms geführt hätte, wäre er eher früher als später wegen der Vergiftung im Krankenhaus gelandet. Und was lernen wir daraus, meine Herren?« Der Professor sah sie auffordernd an und beantwortete seine Frage selbst. »Zwei Dinge: Nichts auf dieser Welt ist harmlos, nicht einmal ein Aspirin. Und Männer gehen oft zu spät zum Arzt. Einen schönen Abend noch.«

»Danke, Herr Professor.«

Thomas und Peer gingen wieder durch den Flur zurück zum Ausgang.

»Was sagt uns das?«, fragte Peer, als er sich hinter das Steuer seines Wagens zwängte.

»Dass wir eine Menge Arbeit vor uns haben«, sagte Thomas, zog die Beifahrertür zu und schnallte sich an. »Aus einer glasklaren Kneipenschlägerei mit Todesfolge ist ein undurchsichtiger Mordfall geworden.«

»Noch dazu der Mord an einem Journalisten. Doppelt schlimm. Die Presse wird uns die Bude einrennen. Und außerdem kommen Tausende von Leuten in Frage. Wer mag schon Reporter?«

Thomas nickte.

»Aber auch wenn der Kreis der Verdächtigen größer geworden ist – die Wizards sind noch nicht raus aus dem Spiel.«

»Führst du immer noch einen Privatkrieg gegen deinen Schwager?«

»McKinnley ist nicht mein Schwager.«

Peer lachte.

»Wart's ab! Wir sprechen uns in ein oder zwei Jahren.«

»Dann nutzen der Kerl und seine Harley hoffentlich längst wieder schottischen Asphalt ab.«

»Ich wäre mir da nicht so sicher, Tom. McKinnley gefällt Flensburg. Und deine Schwester.«

Thomas warf ihm einen wütenden Blick zu, und Peer startete eilig den Wagen.

»Wie wollen wir vorgehen?«

»Die beiden Wizards müssen wir laufen lassen, sonst macht uns ihr Anwalt die Hölle heiß. Ich schlage vor, wir befragen zuerst die Ehefrau, danach die Kollegin. Und dann schauen wir mal.«

15

Die Wiese war wunderschön. Das Gras wuchs knöchelhoch, rote, weiße und blaue Wiesenblumen schaukelten im Wind. Bienen summten, und Schmetterlinge flatterten umher, das Sonnenlicht funkelte auf Tautropfen. Er stand barfuß im feuchten Gras, die Hosenbeine hochgekrempelt, und hatte Lust, einmal quer über die Wiese zu laufen. Am Rand standen ein paar Büsche, und dazwischen sah er einen See in der Sonne blitzen. Dorthin wollte er, Hände und Füße in das kühle Wasser halten, vielleicht schwimmen.

Er wollte losgehen und stellte überrascht fest, dass es nicht möglich war. Er konnte sich nicht rühren, seine Füße waren wie festgeklebt. Er sah nach unten und merkte, dass er auf etwas Grünem stand, das nicht zur Wiese gehörte. Es sah aus wie faltiges Plastik, fühlte sich aber an wie klebriger Schleim. Es gelang ihm, den Fuß ein Stück vom Boden zu heben. Dicke, zähe Schleimfäden klebten an seiner Sohle und hielten ihn zurück, als wollten sie ihn nicht gehen lassen. Er zog vergeblich.

Schließlich verlor er das Gleichgewicht und stürzte mit dem Gesicht voran in die grüne Masse. Sofort riss er den Kopf hoch, doch die Schleimfäden klebten bereits an seinem Hals. Sie zerrten an ihm mit erstaunlicher Kraft. Er kämpfte dagegen an, doch sie packten sein Kinn, als hätten sie sich in Finger verwandelt. Ihm wurde bewusst, dass es – dieses Ding, dieser Schleim, dieser Blob – lebte. Und dass es ihn wollte. Kurz fühlte er eine widerlich klebrige Feuchtigkeit auf seinen Lippen.

Er wollte schreien. Doch der grüne dickflüssige Schleim drang sofort in Mund und Nase ein. Irgendwo in der Nähe hörte er den Major lachen. Dann war das Zeug auch in seinen Ohren.

Keuchend schreckte er hoch und griff sich an den Hals.

Ein Traum, sagte er sich und sog gierig die Luft ein. Nur ein Traum.

Durch die Vorhänge sickerte das Licht einer Straßenlaterne und erzeugte seltsame Schatten. Er konnte ein vorbeifahrendes Auto hören, das Scheinwerferlicht streifte kurz das Fenster. Im Zimmer wurde es heller, dann verschwand beides, Licht und Geräusch. Er setzte sich auf und wischte sich den kalten Schweiß von der Stirn. Sein Handy sagte ihm, dass es kurz nach ein Uhr war. Er hatte geschlafen. Eine halbe Stunde, vielleicht ein bisschen mehr. Und er hatte wieder geträumt. In immer neuen Variationen träumte er davon.

Es war nicht der Schuss. Und er träumte auch nicht von dem Toten. Das Gesicht mit den angsterfüllten Augen, die zitternde, ums Leben flehende Stimme, den dumpfen Aufprall des Körpers auf den Boden. Das sah und hörte er, sobald er wach war. Nein. Es war die Plane. Dieses grüne rechteckige Stück witterungsbeständige Folie. Sie suchte ihn heim. Verfolgte ihn in immer neuen Gestalten.

Diesmal war es Schleim. Dicker, klebriger, alles verschlingender Schleim. Und da war dieses Gefühl zwischen seinen Fingern, auf seinen Handflächen. Als klebten die zähen grünen Fäden immer noch daran. Ihm wurde schlagartig übel.

Er sprang auf, stürzte ins Badezimmer und drehte den Wasserhahn auf. Heißes Wasser, er brauchte richtig heißes Wasser! Und Seife. Desinfektionsmittel. Eine Nagelbürste. Die war nicht vorhanden, aber seine Haarbürste würde wohl den gleichen Zweck erfüllen.

Er schrubbte sich die Hände. Die Bürste riss ihm die Haut an den Knöcheln auf, die Seife brannte in den winzigen Wunden, und das Wasser war so heiß, dass er sich fast verbrühte. Er biss die Zähne zusammen. Gab es nicht Naturvölker, die genau darauf setzten? Oder waren es die alten christlichen Mystiker? Reinigung. Und Schmerz. Schmerz als Teil der Reinigung.

Als er sich schließlich die Hände abtrocknete, war der Seifenspender am Waschbeckenrand fast leer, und auf dem Handtuch zeigten sich ein paar rosa Flecken. Seine Hände pochten, die Haut war glühend rot.

Und immer noch fühlte er sich schmutzig. Besudelt.

Er schaltete das Licht aus und warf sich wieder aufs Bett, ohne einen Blick in den Spiegel geworfen zu haben. Er hätte den Anblick seines Gesichts nicht ertragen.

Sonntag, 14. Juli

16

Irgendwo klingelte ein Telefon. Noch einmal.

Nur widerwillig öffnete Christina die Augen. Neben ihr hörte sie Duke auf dem Boden nach seinem Handy tasten.

»Yeah?«

Seine Stimme klang noch tiefer und rauer als sonst. Wieder der Klingelton.

»Ist deins, Lady.« Dukes Handy rutschte über das Parkett, als es ihm aus der Hand glitt.

Tatsächlich, er hatte recht. Christina griff nach ihrem Telefon. Es war Viertel nach neun. Sie stand auf und schloss die Schlafzimmertür hinter sich, bevor sie den Anruf annahm.

»Hallo?«

»Guten Morgen, Christina, entschuldige bitte. Habe ich dich geweckt?«

»Guten Morgen, Steffi. Ja, ich war noch im Bett.« Christina unterdrückte ein Gähnen, ging ins Wohnzimmer und stellte sich ans Fenster. Von hier aus konnte sie den hinteren Teil des Gartens sehen – das taufeuchte Gras, den Apfelbaum und Käte, die barfuß ihren morgendlichen Rundgang durch den Garten machte, achtsam einen Fuß vor den anderen setzend. »Aber kein Problem. Ist ja nicht gerade mitten in der Nacht. Was hast du denn auf dem Herzen? Sollen wir noch etwas mitbringen?«

Sie hörte, wie ihre Schwägerin am anderen Ende der Leitung tief Luft holte.

»Thomas hat ganz spontan einen Freund und dessen Kollegen zum Grillen eingeladen.« Stefanie machte eine Pause. »Die beiden sind Polizisten. Aus Glasgow.«

»Aus Glasgow? Sind die etwa wegen Duke hier?«

»Ich glaube nicht.« Die Antwort kam zögernd. »Aber ich möchte es auch nicht ausschließen.«

»Mist.«

»Ich sag dir, ich war gestern Abend so sauer auf Thomas, du kannst es dir nicht vorstellen! Und nun kommt noch die Krönung: Thomas ist mit einem Fall beschäftigt und weiß noch nicht, ob er überhaupt beim Grillen dabei sein kann.«

»Tja, das ist eben sein Job.«

»Darum geht es mir auch nicht. Aber kannst du dir vorstellen, wie gemütlich es wird, wenn hier zwei Polizisten aus Glasgow mit Duke zusammentreffen, die ihn möglicherweise kennen?«

Ja, das konnte Christina sich lebhaft vorstellen.

»Und nun? Sollen wir besser nicht kommen?«

»Um Himmels willen, nein! Erstens seid ihr schon länger eingeladen, und zweitens sehe ich nicht ein, warum ausgerechnet ihr beide zurückstecken sollt. Ihr gehört schließlich zur Familie. Und ich mag Duke, das weißt du.«

Christina schmunzelte. Ja, das wusste sie. Stefanie hatte Duke vom ersten Augenblick an gemocht. Zum großen Ärger von Thomas, der Duke immer noch mit »McKinnley« ansprach, wenn er überhaupt ein Wort mit ihm wechselte.

»Nein. Ich wollte nur, dass Duke Bescheid weiß, damit er frei entscheiden kann. Natürlich freue ich mich riesig, wenn er kommt, und die Kinder freuen sich auch. Friederike hat schon gesagt, Duke soll ihr diesmal einen ganzen Zoo zeichnen. Aber wenn er unter diesen Umständen lieber zu Hause bleiben möchte, kann ich das sehr gut verstehen.«

»Gut, ich werde es ihm sagen. Und dann rufe ich dich noch mal an, okay?«

»Ja, wunderbar.«

Christina legte auf und ging ins Schlafzimmer zurück. An der Tür blieb sie einen Augenblick stehen und betrachtete Duke, der im Halbschlaf das ganze Bett in der Diagonale für sich eingenommen hatte.

Es war noch kein halbes Jahr her, seit ihr ehemaliger Lebensgefährte Lars ihr wegen eines lukrativen Jobangebots in den USA den Laufpass gegeben hatte. Daraufhin hatte sie sich umorientiert und war nach Flensburg gezogen. Ebenso gut hätte man auch von Flucht sprechen können. Als sie dann in diese Wohnung gezogen war, hatte sie sich ein ein Meter vierzig breites Bett gekauft, nur für sich.

Dann war Duke über ihr eingezogen.

Manchmal konnte sie ihr Glück kaum fassen, wenn sie morgens neben ihm aufwachte und sein dichtes, dunkles Haar ihre Wange kitzelte. Sie hatte das Gefühl, wieder frei atmen zu können. Sie hatte viele neue Leute kennengelernt und tat Dinge, von denen sie am Anfang dieses Jahres nicht geglaubt hätte, dass sie ihr gefallen könnten. Sie liebte es, mit ihm Motorrad zu fahren. Sie trug Lederjacken, Jeans und T-Shirts und fühlte sich pudelwohl darin. Sie hörte sogar wieder Rockmusik, was sie zuletzt als Siebzehnjährige getan hatte.

Dabei hatte ihre Beziehung zu Duke auch Schattenseiten. Nicht selten gab es Ärger – mit der Polizei, mit der Presse, mit anderen Motorradclubs. Ihre Eltern und Freunde beäugten Duke misstrauisch und vorsichtig. Eine Freundin hatte sich sogar ganz zurückgezogen, weil sie nichts mit Männern zu tun haben wollte, die »Frauen ausbeuten«. Und »distanziert« war eine sehr höfliche Umschreibung dafür, wie Thomas sich Duke gegenüber verhielt.

Aber sie liebte Duke.

Trotzdem traute sie sich noch nicht, ein neues Bett zu kaufen. Die schlimmen Erfahrungen mit Lars waren noch zu frisch.

Sie kniete sich neben Duke auf die Matratze, strich ihm das lange Haar aus dem Gesicht und küsste ihn auf die Stirn. Er lächelte. Dann drehte er sich auf den Rücken und fuhr ihr mit den Händen durch das Haar. Schlanke, sensible Hände, die geschickt mit dem Schraubenschlüssel umgehen konnten, die wunderbare Kunstwerke schufen: Bleistift- und Kohlezeichnungen, Airbrushings und Acrylgemälde. Die aber auch zupacken und unbarmherzig zuschlagen konnten, wenn es seiner Meinung nach notwendig war.

Er blinzelte verschlafen.

»Alles gut, Lady?«

»Das war Steffi. Thomas kann wahrscheinlich nicht beim Grillen dabei sein, er arbeitet gerade an einem Fall.«

Duke grinste.

»Und? Wo ist das Problem?«

»Er hat überraschend zwei Freunde eingeladen. Polizisten.« Dukes Gesicht verdüsterte sich. »Die beiden kommen aus Glasgow.«

»Oh, fucking hell! Was wollen die denn? Sind die wegen mir hier?«

»Steffi weiß es nicht. Sie wollte dich vorwarnen.« Christina zeichnete mit einem Finger sein Gesicht nach. »Was machen wir?«

»Zwei Bullen aus Glasgow. Da vergeht mir jetzt schon der Appetit.« Er runzelte die Stirn. »Vorschlag. Ich bringe dich hin, du leistest deiner armen Sister-in-law Gesellschaft, und ich gehe ins Fitnessstudio. Irgendwann so gegen sechs hole ich dich wieder ab.«

Christina dachte kurz nach.

»Gut, so machen wir es. Ich sage Steffi Bescheid.«

Sie wollte aufstehen, doch Duke ergriff ihr Handgelenk, zog sie aufs Bett zurück, nahm sie in die Arme und küsste sie. Seine Lippen waren warm und weich, und seine Zunge kitzelte sie am Hals, sodass sie lachen musste.

»Das hat Zeit, Lady.«

17

Jessica schloss die Tür von Marks Wohnung auf.

»Bitte«, sagte sie zu den beiden Polizisten und wollte ihnen den Vortritt lassen.

»Nein. Gehen Sie ruhig voran«, sagte der schlankere der beiden. Martens hieß er.

Sie wartete, bis beide eingetreten waren, und schloss dann die Tür. Wieder empfand sie die seltsame Stille und Leere der Wohnung. Dabei war sie schon oft in Marks Abwesenheit hier gewesen – wenn sie aus der Redaktion kam und er beim Joggen war, zum Beispiel.

Aber Mark kommt nicht mehr. Nie wieder. Wahrscheinlich ist es das.

Sie zog fröstelnd ihre Schultern hoch.

»Frau Pohlmann, wir sehen uns nur kurz um.«

»Ist schon gut. Es gehört ja wohl dazu.«

Die beiden Polizisten waren gegen halb elf zu ihr gekommen, um mit ihr zu sprechen. Dass sie mit Mark zusammen gewesen war, hatten sie offenbar bereits von Viola erfahren. Sie hatten sogar gewusst, dass sie einen Schlüssel zu seiner Wohnung hatte.

»Sie haben hier mit Herrn Hoffmann gewohnt?«

Jessica schüttelte den Kopf. »Ich war nur gelegentlich hier, meistens am Wochenende oder nach Redaktionsschluss. Wir haben hier auch gearbeitet.«

Martens nickte.

»Zeigen Sie uns bitte die Räume?«, fragte Petersen, sein korpulenter Kollege.

»Natürlich.« Jessica deutete auf die Tür links neben der Garderobe. »Da ist das Bad, rechts die Küche. Geradeaus das Wohnzimmer und von da aus kommt man ins Schlafzimmer. Und dann gibt es noch einen kleinen Balkon.«

Gerade groß genug für einen Klappstuhl und ein Stativ, dachte sie.

Die beiden Polizisten streiften sich Handschuhe über und teilten sich auf – Petersen ging ins Bad, Martens in die Küche.

»Möchten Sie einen Kaffee?«

»Nein, danke.« Martens lächelte und öffnete den Geschirrschrank. »Hatte Herr Hoffmann feste Gewohnheiten?«

»Ja. Er entsprach nicht unbedingt dem Klischee des chaotischen Fotografen. Er war sehr penibel. Jeden Abend ist er joggen gegangen. Immer zehn Kilometer, immer die gleiche Strecke.«

Martens hielt in der Bewegung inne. »Auch immer zur gleichen Uhrzeit?«

»Ja, fast. Das hing natürlich auch von der Arbeit ab.«

Petersen kam in die Küche.

»Im Bad ist nichts. Gibt es irgendwo einen Medikamentenschrank?«

»Nein. Er hat ein paar Medikamente dort in der Schublade aufbewahrt.« Sie deutete auf eine der Küchenschubladen. »Aspirin, Schnupfenspray. Das Übliche eben.«

Jessicas Magen zog sich zusammen. Die beiden Polizisten hatten sie bereits nach den Schmerztabletten gefragt. Sie hatte seine Kopfschmerzen nicht ernst genug genommen. Wenn sie nur darauf geachtet hätte, dass Mark ungewöhnlich viel Tabletten geschluckt hatte! Möglicherweise hätte sie ihn überreden können, zum Arzt zu gehen. Und dann …

»Entschuldigen Sie mich, ich muss an die frische Luft.«

Sie öffnete die Balkontür und trat hinaus. Vom fünften Stockwerk aus hatte man einen guten Blick über die Batteriestraße, die Lagerhallen und Betriebe, die hier angesiedelt waren. Und das Gelände der Wizards. Sie konnte das Clubhaus sehen, den gepflasterten Hof. Das Grundstück daneben mit der alten Lagerhalle und dem heruntergekommenen Fabrikgebäude.

Von hier aus hatte Mark am Donnerstag die Fotos mit dem Teleobjektiv gemacht. Dann war er hinuntergegangen, um sich auf dem Gelände umzusehen. Er hatte angenommen, dass alle Männer weggefahren waren. Aber mindestens einer von ihnen war zurückgekommen. Derjenige hatte Mark erwischt und niedergeschlagen. Umgebracht. Mark war umgebracht worden. Die Polizei suchte seinen Mörder. Und sie wusste, wo sich der Kerl versteckte: in dem weißen Clubhaus der Wizards. Erneut kämpfte sie mit sich. Sollte sie den Polizisten davon erzählen?

Nein. Mark hätte die Story gewollt, die ganze Story. Dafür war er sogar gestorben.

Wenn sie nur die Fotos finden würde! Dann könnte sie sich die Bilder noch einmal genau ansehen und möglicherweise sogar die Beteiligten identifizieren. Sie hatte sie schließlich gesehen, bei der Party am Freitag.

»Frau Pohlmann?«

»Ja.« Sie ging wieder ins Wohnzimmer. Martens deutete auf den Schreibtisch.

»Dürfen wir den Computer mitnehmen?«

»Selbstverständlich.«

Er steckte den Laptop in eine Tüte und verschloss sie.

»Vielleicht finden wir darauf einen Hinweis, wer Mark Hoffmann niedergeschlagen haben könnte.«

Nein, dachte Jessica. Da habe ich schon gesucht.

»Hat Mark Hoffmann dieses Foto gemacht?« Petersen stand im Schlafzimmer vor dem gerahmten Bild.

»Ja. Er war ein großartiger Fotograf. Er hätte Besseres verdient als den Flensburger Wochenboten.« Jessica betrachtete das Bild. Tränen traten ihr in die Augen. Plötzlich kam es ihr vor, als stünde Mark hinter ihr und flüsterte ihr ins Ohr: »Das Bild!«

Sie wandte sich rasch um. Da war niemand, die beiden Polizisten waren schon wieder im Wohnzimmer. Sie kniff die Augen zusammen und sah das Foto an. Mark war stolz auf diese Arbeit gewesen. Der Straßenmusiker hatte die Augen geschlossen, versunken in seiner Musik. Aber eine Frau mit drei Einkaufstüten wandte im Vorbeigehen den Kopf Richtung Kamera. Sie sah Jessica an, als wollte sie ihr etwas mitteilen. Dann fiel ihr der ungewöhnlich breite schwarze Rahmen auf. Wenn Mark nun den USB-Stick mit den wertvollsten Bildern, die er jemals gemacht hatte, hinter diesem Bilderrahmen versteckt hatte?

Breit genug war der Rahmen.

Jessica bekam vor Aufregung feuchte Hände.

»Wir sind jetzt fertig, Frau Pohlmann«, sagte Petersen und legte einen Zettel auf den Schreibtisch. »Unterschreiben Sie bitte noch die Quittung?«

Sie setzte ihre Unterschrift auf das Formular, ohne es zu lesen. Sie wollte nur, dass die beiden so schnell wie möglich verschwanden und sie hinter dem Bilderrahmen nachsehen konnte.

»So. Das Original ist für Sie«, sagte Petersen, trennte den Durchschlag ab. Dann reichte er ihr eine Visitenkarte mit seinem Namen und einer Telefonnummer. »Sollte Ihnen noch etwas einfallen …«

»Werde ich mich bei Ihnen melden«, versprach sie.

»Eine Frage habe ich noch«, sagte Martens und drehte sich an der Tür um. »Hat Herr Hoffmann eigentlich seine Fotos auf irgendwelchen Medien gespeichert? Wir haben bei seiner Kamera nämlich keine Speicherkarte gefunden. Das finde ich bei einem Berufsfotografen ungewöhnlich.«

»Er hat Speicherkarten benutzt, aber nicht regelmäßig«, sagte

Jessica rasch. »Es kam meist darauf an, wie viele Fotos er machen wollte. Bei einem Großereignis waren es natürlich mehr als bei einem runden Geburtstag in einem Altenheim. Am Abend hat er immer alle Fotos auf seinen Laptop überspielt. Das war Routine.«

»Ach so, das wollte ich nur wissen. Auf Wiedersehen.«

Jessica schloss hinter den beiden Polizisten die Tür, wartete, bis ihre Schritte im Flur verhallt waren, und stürzte dann ins Schlafzimmer. Ihre Hände zitterten, als sie das Bild von der Wand nahm und umdrehte. Tatsächlich. Dort hing ein USB-Stick, mit Klebeband an der Innenkante des Bilderrahmens fixiert. Jessica löste das kleine flache Ding und hängte das Bild wieder auf. Dann sank sie auf das Bett. Ihre Hand umschloss den Stick, als wäre es ein Stück von Mark. Und war es das etwa nicht? Es war sein Vermächtnis.

Ihr Herz schlug schneller, als sie an die letzte Frage des Polizisten dachte. Natürlich hatte Mark eine Speicherkarte dabeigehabt. Sie hatte ihn ja noch im Wagen auf dem Parkplatz danach gefragt. Außerdem hatte er immer eine dabei. Selbst wenn sie ins Altenheim fuhren, um einen Artikel über die neu bepflanzten Beete zu schreiben. Aber wenn die Polizei die Speicherkarte nicht gefunden hatte, wo war sie dann? War sie hinausgefallen, als einer der Rocker die Kamera auf den Boden geschmettert hatte? Hatten die Wizards sie etwa gefunden?

Wahrscheinlich war es so. Es gab keine andere Erklärung.

Jetzt konnte sie nur hoffen, dass Mark in seiner Aufregung und aufgrund seiner Kopfschmerzen nach dem Überspielen der Fotos auf den USB-Stick nicht vergessen hatte, die Speicherkarte zu löschen. Oder dass die Wizards sie weggeworfen hatten, ohne sich die Fotos vorher anzusehen.

18

Christina schwang sich hinter Duke auf den Sozius. Er mochte es, wenn sie hinter ihm auf dem Bike saß, sich an ihn schmiegte, ihre Hände auf seinem Bauch oder seinen Hüften lagen. Es war eine besondere Form der Nähe, ähnlich wie bei gutem Sex.

»Ready?« Er drehte leicht den Kopf. Sie hatte ihr Visier heruntergeklappt und lächelte.

»Ja.«

Duke ließ den Motor an. Das tiefe satte Grollen ließ ihn unwillkürlich grinsen, die Vibrationen der Maschine breiteten sich in seinem ganzen Körper aus. Langsam rollte er von der Einfahrt auf die Straße, dann hob er seine Füße auf die Fußrasten und gab Gas.

Der Hafen flog an ihnen vorbei. Die »Alexandra« blies zum Klang der Schiffssirene eine Wolke schwarzen Rauchs in die Luft, und einen Moment lang roch es nicht nur nach Förde und Autoabgasen, sondern auch nach der Kohle, mit der der alte Dampfer betrieben wurde. Gelegentlich klackte es, wenn Christinas Helm beim Kuppeln an seinen stieß.

An der nächsten Ampel musste er anhalten. Neben ihm stand ein Pkw, ein gewöhnlicher Mazda. Der etwa vierzigjährige Fahrer und seine Beifahrerin starrten ihn an – misstrauisch, ängstlich und auch ein bisschen feindselig. Er erwiderte den Blick, und hastig sahen sie weg.

Die Ampel wurde grün. Duke gab Gas, der Motor grollte, und ehe der Pkw-Fahrer auch nur in den nächsten Gang geschaltet hatte, hatte er ihn weit hinter sich gelassen. In einer weichen Linkskurve bog er in den Hafendamm ab, um auf der K 26 nach Mürwik zu fahren.

Christina rückte noch näher an ihn heran. Die Straße vor ihm war frei.

19

Fünf Mal hatte er an diesem Vormittag das Hades 11 bereits zusammengebaut und wieder zerlegt. Handgriffe, die zur Routine gehörten und ohne Nachdenken auch um drei Uhr morgens und mit Kopfschmerzen funktionieren mussten. Die Mechanik ließ auch beim sechsten Mal keine Wünsche offen. Jetzt ruhte das Gewehr auf dem Zweibein, das er auf dem Schreibtisch des Hotelzimmers deponiert hatte. Das Fenster war geöffnet, ein warmer Sommerwind bauschte die Vorhänge.

Der Major hatte recht gehabt, die Zieloptik war etwas gewöhnungsbedürftig. Sie war wie eine Brille konstruiert, aber deutlich schwerer. Verkabelt mit dem Gewehr maß sie die Windrichtung, die Lichtverhältnisse und koordinierte diese Parameter mit seinem Puls und seiner Atemfrequenz. Wenn das Ziel in idealer Schussposition war, sah er auf der Innenseite der Brille einen grünen Punkt. So weit, so gut. Die Sicht unterschied sich allein schon durch die Farben, Rot und Grau überwogen. Dafür hatte er sich nie zuvor so eins mit einem Gewehr gefühlt. So musste es Tauchern nach Erfindung des Atemgeräts ergangen sein.

Stehende Objekte hatte er bereits ins Visier genommen, jetzt suchte er nach einem bewegten Ziel. Der Kolben drückte gegen seine Schulter, als er die Straße am Hafen absuchte.

Da.

An der Ampel stand ein Motorrad, eine mattschwarze modifizierte Harley, deren Grollen er bis zu seinem Hotelzimmer hören konnte.

Die Ampel schaltete auf Grün, und die Harley bog ab. Einen Moment war das Motorrad aus der Sicht, als es unter der Eisenbahnbrücke hindurchfuhr, dann tauchte es auf der anderen Seite wieder auf. Er sah das Kennzeichen.

Ein Brite. Welch eine Überraschung.

Er folgte der Harley, die die Straße auf der anderen Uferseite entlangfuhr. Sorgfältig richtete er die Optik auf den Helm des Bikers aus, bis direkt an der Stelle, wo sich das Ohr befand, der grüne Punkt erschien.

Er atmete ein. Die Harley fuhr weiter, er konnte ihr mühelos folgen, der Punkt blieb an der richtigen Stelle. Er atmete aus. Der Abzug klickte.

»Hoka hey.«

20

Ein Polizeiwagen überholte sie. Duke konnte die abschätzenden Blicke sehen, mit denen die Cops ihn und sein Bike musterten. Und er ahnte, was kommen würde. Tatsächlich schob sich der Streifenwagen vor ihn in die Spur. Der Bulle auf dem Beifahrersitz hielt die rot blinkende Kelle aus dem Fenster.

Kontrolle. Immer wieder das gleiche Spiel.

Fuck.

Duke bremste ab und hielt am Kantstein. »Bleib sitzen, bis die etwas anderes sagen, okay?«

»Okay.« Christina nickte.

Die beiden Bullen stiegen aus und kamen zu ihnen geschlendert.

»Moin!« Der erste Cop schob seine Mütze ein Stück in den Nacken und nickte ihnen zu. »Schalten Sie den Motor ab, Führerschein und Fahrzeugpapiere!«

Duke stellte den Motor ab, zog seine Geldbörse aus der Hosentasche und klappte sie auf. Mit einem hundertmal erprobten Griff hatte er die gewünschten Papiere in der Hand und reichte sie dem Bullen.

»Steigen Sie ab«, sagte der andere Polizist, während sein Kollege aufmerksam die Papiere studierte.

Duke ließ Christina zuerst absteigen, dann klappte er den Seitenständer aus, kippte die Harley mit eingeschlagenem Lenker nach links und stieg selbst ab. Er nahm den Helm ab und schob sich die Sonnenbrille aufs Haar.

Warten.

Und locker bleiben. Er wollte keinen Ärger. Schon gar nicht, wenn Christina dabei war.

Der erste Cop reichte seinem Kollegen Dukes Ausweis und begann, mit den Fahrzeugpapieren in der Hand um die Harley herumzugehen.

»Neil McKinnley?«

»Ja.«

»Sie kommen aus Glasgow?«

»Ja.«

Duke versuchte, den anderen Bullen nicht aus den Augen zu lassen, der sich jetzt vor die Maschine hockte und den Motor begutachtete.

Tja, Butthead. So was hast du bestimmt noch nicht gesehen!

»Machen Sie hier in Flensburg Urlaub?«

»Ja.«

Das war nur ein Teil der Wahrheit. Der Rest ging den Bullen erstens nichts an, und zweitens hätte er ihm sowieso nicht geglaubt.

»Gefällt es Ihnen hier?«

Was sollte das hier werden? Ein Interview vom Tourismusverein? Duke verschränkte die Arme vor der Brust und setzte ein freundliches Lächeln auf.

»Ja.«

Der andere Cop stand umständlich aus der Hocke wieder auf, betrachtete die Auspuffanlage, dann reichte er Duke die Fahrzeugpapiere.

»Alles in Ordnung.«

Es klang bedauernd. Anscheinend hatte er gehofft, etwas Illegales zu finden.

»Freut mich.«

Der andere gab ihm seinen Ausweis zurück.

»Sie können weiterfahren. Schönen Sonntag.«

»Thanks.«

Die beiden Cops stiegen in ihren Wagen und fuhren los, während Duke seine Papiere wieder verstaute.

»Was sollte das?«, fragte Christina.

Er zuckte mit den Schultern.

»Den beiden Clowns von der Rennleitung war wohl langweilig.«

In Mürwik standen sie vor dem rot verklinkerten altmodischen Reihenhaus von Christinas Bruder, das Duke immer ein bisschen an die Arbeitersiedlungen in Glasgow erinnerte.

Stefanie begrüßte sie und umarmte Christina. Der Geruch von Holzkohle zog durch die geöffneten Terrassentüren durch das Haus.

»Wie schön, dass du da bist! Ich fühle mich ehrlich gesagt unwohl, so allein mit Thomas' Freunden. Ich kenne die beiden doch gar nicht!« Sie umarmte Duke. »Möchtest du nicht doch bleiben? Thomas hat gerade angerufen. Er ist in etwa einer Stunde da. Wir haben genug Fleisch.«

Einen kurzen Moment schwankte Duke. Stefanie war eine verflixt gute Köchin, und er bekam allmählich Hunger. Dann aber schüttelte er lächelnd den Kopf. Auch wenn es schade um das Fleisch und Steffis leckeren Kartoffelsalat war. Sein Bedarf an Kontakt mit Bullen war für das ganze Wochenende gedeckt.

»No. Ich gehe ins Fitnessstudio.« Er wandte sich an Christina. »Wann soll ich dich abholen? Um sechs?«

»Sechs ist in Ordnung, sonst rufe ich dich an. Okay?« Christina legte eine Hand auf seine Wange und küsste ihn. Wie er diese Frau liebte! Er verlängerte den Kuss und spielte mit dem Gedanken, wieder mit ihr aufs Bike zu steigen und nach Hause zu fahren.

»Viel Spaß.« Christina gab ihm noch einen Kuss.

»Euch auch.«

Bevor er sich umdrehte, sah er durch den Flur und das Wohnzimmer auf die Terrasse. Dort stand einer der beiden Gäste aus Glasgow. Ein Cop. Seine Silhouette hob sich gegen das Sonnenlicht ab, das durch die dunkelrote Markise fiel. Der Kerl stand da mit gesenktem Kopf und einer Flasche Bier in der Hand. Ob er ihn sah? Duke bezweifelte es und war im selben Moment froh. Er konnte das Gesicht des Mannes zwar nicht sehen, doch der Typ kam ihm bekannt vor.

Wahrscheinlich hatten sich ihre Wege in Glasgow schon mal gekreuzt. Bestimmt nicht im Guten. Ein Wizard traf einen Bullen normalerweise nicht beim Billardspielen.

Erleichtert ging er zu seinem Bike.

Die Entscheidung, auf das Grillen zu verzichten, war richtig.

Zwei Stunden später saß Duke auf einem der braunen Plastikstühle vor der kleinen Eckkneipe. Die Sonne schien ihm ins Gesicht, und von hier aus hatte er einen großartigen Blick auf den Museumshafen und die Touristen, die an der Promenade entlangspazierten. Er schob sich die Sonnenbrille aufs Haar, streckte sich auf dem Stuhl aus, so gut es eben ging, und verschränkte die Hände im Nacken.

Die Kneipe in dem uralten weißgetünchten Haus mit den schiefen Sprossenfenstern war eine Institution in Flensburg. Man wusste nie, ob der Laden schon oder noch geöffnet hatte. Der Schankraum war klein und verräuchert, der Wirt zapfte ein perfektes Bier, und Biker waren sogar mit Patch willkommen. Aus dem Lautsprecher aus dem Inneren erklang ein alter Song von Lynyrd Skynyrd, Möwen schrien klagend, Autos fuhren vorbei, Kinder lärmten. Gelegentlich erklang das typische Donnern der Big Twins.

Perfekt.

Das Schaben der Stuhlbeine auf dem Pflaster ließ Duke hochschrecken, und er stellte fest, dass er tatsächlich eingedöst war.

Felix schob mit dem Knie einen der Stühle zur Seite und stellte zwei Gläser auf den Tisch. Ihr bernsteinfarbener, von einer Wolke weißen Schaums gekrönter Inhalt leuchtete verlockend in der Sonne.

Duke nahm die Füße von dem Pflanztrog, in dem bestimmt seit Urzeiten keine Blumen mehr wuchsen, sondern nur noch Kippen ausgedrückt wurden, und setzte sich aufrecht. Felix ließ sich auf den Stuhl neben ihm fallen und hob sein Glas.

»Cheers!«

»Cheers!«

Duke trank voller Genuss, stellte das Glas ab und wischte sich den Schaum von Lippen und Nasenspitze. Deutsches Bier war eine Klasse für sich, und das Flensburger spielte da unbestritten in der oberen Liga mit. Aber das, was der Wirt dieser kleinen Kneipe zapfte, war eine Offenbarung.

»Tut mir leid, dass es mit dem Training heute nicht geklappt hat«, sagte Felix und stellte sein Glas ebenfalls ab.

»No problem«, sagte Duke und dehnte seinen Nacken.

Felix war ebenfalls Taekwondoka. Seit Duke im April nach Flensburg gekommen war, trafen sie sich regelmäßig, um gemeinsam zu trainieren. Doch heute war das Training irgendwie nicht in Gang gekommen, und nach einer Stunde hatten sie es abgebrochen. Dabei wollte er Felix nicht die alleinige Schuld geben. Er selbst war auch nicht bei der Sache gewesen. Immer wieder hatte er an Hoffmanns Fotos denken müssen – an den in Plastik eingewickelten Körper. Und an den Schuss.

»Jeder hat mal einen schlechten Tag. Ärger?«

Felix nickte und trank wieder einen Schluck. Dann fuhr er sich durch das kurz geschnittene Haar, sah sich um, wippte nervös mit dem Knie.

»In der Firma. Einer meiner Kollegen ist weg.«

»Weg?«

»Ja, verschwunden. Auf und davon. Von einem Tag auf den anderen.«

Am Nebentisch stand ein Mann auf, um zu gehen. Kannte er den Kerl oder weshalb starrte der ihn an? War das etwa noch ein Cop? Duke sah zu, wie der Typ Richtung Museumshafen verschwand, und runzelte die Stirn. Er hatte den Eindruck, dass er dem Mann nicht zum ersten Mal begegnet war.

»Wie ist dein Kollege denn verschwunden?«

Felix zuckte mit den Schultern.

»Bisher weiß niemand etwas Genaues.«

»Vielleicht hatte er einfach die Schnauze voll und sonnt sich jetzt auf den Bahamas?« Duke setzte sich die Sonnenbrille wieder auf. »Bist du mit ihm befreundet?«

»Nein. Er ist ein Arbeitskollege. Sonst nichts.« Felix drehte das Glas langsam in seinen Händen. »Allerdings gibt es in der Firma ein ziemliches Gewese darum, weißt du? Wir sind alle mehr oder weniger Geheimnisträger. Und wenn da einer verschwindet – noch dazu ohne Ankündigung –, dann ist bei uns der Teufel los!«

»Geheimnisträger.« Duke dehnte das Wort. Er hatte sich nie gefragt, womit Felix eigentlich sein Geld verdiente. »Muss ich mir jetzt Sorgen machen? Bist du ein Bulle oder so was?«

»Natürlich nicht. Ich arbeite bei Köhler & Sohn.«

»*Dem* Köhler & Sohn?«

Felix nickte.

»Genau. Dem Waffenfabrikanten. Das Werk liegt etwas versteckt im Industriegebiet auf dieser Seite der Förde. Ich arbeite dort als Ingenieur. Ich mache ballistische Tests und so.«

Sieh an. Felix, der »Normalo«, war Ingenieur in einer Waffenfabrik!

Duke musste lachen.

»Also wenn jetzt der Bruder meiner Lady hier wäre, würde er dich ganz genau unter die Lupe nehmen. Immerhin sitzt ein Mitarbeiter von Köhler & Sohn mit einem Wizard am Tisch und trinkt ein Bier. Das riecht doch förmlich nach illegalem Waffenhandel!« Er lachte wieder, als er sich Thomas' Gesicht vorstellte. »Sorry. Ich lache nicht über dich. Also dein Kollege ist weg?«

»Ja. Natürlich wurde die Polizei bereits eingeschaltet. Das passiert immer, wenn von uns jemand unentschuldigt fehlt. Sogar bei Sekretärin und Pförtner. Offenbar hat man bisher keine Spur von ihm. Er hat am Donnerstagabend gegen sieben Uhr das Büro verlassen. Und dann nichts mehr. Er ist nicht zu Hause aufgetaucht, nicht bei Freunden oder seiner Mutter. Niemand hat ihn gesehen. Nichts. Als wäre er vom Erdboden verschluckt. Das macht mich nervös, weißt du?«

»Warum?«

»Ich weiß nicht. Er ist irgendwie nicht der Typ für so was. Einfach verschwinden, die Brücken hinter sich abbrechen, meine ich. Wenn Wolfgang vorhätte, alles hinzuwerfen und den Rest seines Lebens auf den Bahamas zu verbringen, wüsste davon die ganze Firma bis hin zum Reinigungspersonal. Und vermutlich stünde es auch in der Zeitung.«

»Was denkst du …? One moment, please.« Sein Handy vibrierte in der Hosentasche. Er zog es heraus und starrte auf das Display. Zeichen reihten sich aneinander. Hieroglyphen. Tanzende Striche, Punkte, Bögen. »What the fuck?« Duke schüttelte genervt den Kopf, tippte rasch ein paar Fragezeichen hintereinander ein und schickte die Nachricht zurück. »Was denkst du, wo dein Kollege steckt?«

»Ich weiß es nicht. Aber es beschäftigt mich.« Felix lachte auf. »Ist irgendwie komisch. Ich habe ja kaum etwas mit ihm zu tun. Ich mag ihn nicht einmal besonders. Aber irgendwie …«

»Es sticht wie eine Reißzwecke im Arsch, oder?«

Felix musste lachen, und Dukes Handy meldete sich wieder.

»Yeah?«

»Hier Phil. Sorry, Bro. Das mit der SMS war blöd. Ich hab's total vergessen.«

»Ist okay, kann vorkommen. What's up?«

»Hugger und Mütze sind wieder frei. Wir treffen uns im Clubhaus.«

»Wann?«

»Um vier, also in einer Stunde.«

»Geht klar. Bye.«

Er legte auf und grinste. Offenbar hatten die Bullen weit und breit keinen Grund gefunden, Hugger und Mütze länger festzuhalten. Vielleicht konnten die Wizards dann die ganze Angelegenheit vergessen. Einschließlich dieser Fotos.

»Sorry, ich habe dich unterbrochen. Du machst dir Sorgen?«

»Sorgen?«, wiederholte Felix nachdenklich. »Weißt du was? Ich habe kein gutes Gefühl dabei. Ganz und gar nicht.«

21

Jessica saß in der Küche am Tisch, vor ihr stand der aufgeklappte Laptop, an dessen Seite Marks USB-Stick vor sich hin blinkte.

Endlich hatte sie die Fotos gefunden.

Der Kaffee im Becher neben ihr war kalt. Sie hatte ihn vergessen, während sie sich Foto für Foto ansah, Ausschnitte vergrößerte und versuchte, jemanden wiederzuerkennen. Die Männer trugen dunkle Jacken oder Hemden ohne Abzeichen, das Opfer ein kurzärmliges Hemd. Aber keiner kam ihr bekannt vor. Vielleicht waren es irgendwelche Handlanger. Es gab eine ganze Reihe von Motorradclubs, die sich im Dunstkreis der Wizards of Doom tummelten und für die feinen Herren auf den fetten Harleys die Drecksarbeit erledigten.

Sie vergrößerte das Gesicht des Opfers. Es war angstverzerrt. Der Mann ahnte, was auf ihn zukam. Wie alt mochte er sein?

Nicht mehr ganz jung. Vierzig, vielleicht Anfang fünfzig. Jessica ertrug die Verzweiflung auf diesem Gesicht nicht mehr, klappte den Laptop zu und stand auf.

Mit dem Kaffeebecher in der Hand trat sie ans Küchenfenster und sah in den Hinterhof hinaus, wo zwei Männer gerade einen Grill aufbauten.

Wer war der Mann auf dem Foto?

Warum war er umgebracht worden?

Und wo war seine Leiche?

Jessica dachte nach. Der Mord schien weniger ein gewöhnlicher Mord denn eine Hinrichtung zu sein. Möglicherweise war der Mann Mitglied eines verfeindeten Motorradclubs, vielleicht ein Wild Rascal. Der Krieg zwischen den beiden Clubs um Territorien, Prostituierte und Drogen tobte schon lange. Manchmal begnügten sich die Rocker nicht damit, mit Fäusten, Baseballschlägern und Messern aufeinander loszugehen.

Ebenso gut konnte es sich auch um eine clubinterne Bestrafungsaktion handeln. Möglicherweise hatte der Mann eines der obersten Gesetze der Gang gebrochen und die Wizards an die Polizei verraten. Auf solche Vergehen stand der Tod, hatte ihr Informant erzählt. Und dass der Mord mit den Wizards of Doom zu tun hatte, stand für sie außer Frage. Wer sonst würde es wagen, unmittelbar vor der Haustür der berüchtigten Rockergang einen Mord zu verüben?

Jessica lehnte den Kopf gegen die Fensterlaibung.

Wie sollte sie jetzt vorgehen? Zuerst musste sie natürlich die Archive durchforsten. Möglicherweise fand sie irgendwo ein Foto des Toten, auch wenn die Chance gering war. Die Rocker achteten peinlich darauf, wer sie fotografierte. Und auf den wenigen Fotos, die der Presse gestattet worden waren, waren meist nur die Rücken mit den Clubzeichen zu sehen. Sie konnte natürlich auch ihren Informanten fragen und ihm das Foto zeigen. Ja, das war eine gute Idee.

Sie nahm ihr Handy und tippte die Nummer ein.

»Ja?« Das Wort klang eher wie ein Bellen.

»Jessica Pohlmann. Ich …«

»Einen Moment. Ich bin gleich wieder da.« Es klang, als würde er durch ein Zimmer gehen, und ihr wurde klar, dass er nicht mit ihr geredet hatte. »Jetzt. Was gibt's?«

Er klang nicht sehr erfreut. Außerdem sprach er leise, als wollte er nicht gehört werden.

»Entschuldigen Sie, wenn ich störe. Ich wollte fragen, ob wir uns heute treffen können?«

»Heute …« Im Hintergrund hörte sie eine leise Stimme. »In Ordnung. Am Hafen um neun an der üblichen Stelle.«

»Das passt mir gut. Danke.«

Ob er das noch gehört hatte, konnte sie nicht sagen. Er hatte bereits aufgelegt.

Sie legte das Handy auf den Tisch und starrte in den Hof.

Wunderbar, vielleicht konnte er etwas zur Klärung dieser Geschichte beitragen.

Gedankenverloren nippte sie an dem Kaffee und verzog das Gesicht. Sie hatte vergessen, dass er kalt und abgestanden war. Angewidert goss sie ihn in die Spüle.

22

Noch bevor Duke in der Auffahrt zum Clubhaus stehen blieb, öffnete sich das Tor wie von selbst – was nichts mit Zauberei oder ausgefeilter Technik zu tun hatte. An einem Sonntagnachmittag war die Batteriestraße so gut wie ausgestorben. Selten kamen Autos auf dem Weg zum Ostseebad vorbei, gelegentlich Radfahrer, Jogger oder Spaziergänger. Da konnten Kevin und Marc, die beiden Prospects, die mit dem Tordienst beauftragt waren, eine Harley schon von Weitem hören.

Er nickte den beiden zu, ließ sein Bike auf den Hof rollen und stellte es neben Reds Maschine ab, die sich anstelle eines gewöhnlichen Seitenständers auf eine Adlerkralle aus poliertem Edelstahl stützte.

Duke hängte seinen Helm an den Lenker und ging die Stufen zum Clubhaus hoch. Die Tür zum Barraum stand offen. Die

Musik war leiser als gewöhnlich, Phil hantierte hinter der Bar mit Colaflaschen und Gläsern, der Duft von Kaffee stieg ihm in die Nase.

»Hi, Duke.«

Er drückte Phils erhobene Hand. Dann begrüßte er die anderen Brüder, die sich bereits auf die Stühle und Sessel verteilt hatten. Zum Schluss waren Hugger und Mütze dran. Die beiden saßen auf dem roten Sofa, direkt unter dem riesigen Wandgemälde, das den flammenumgebenen Totenkopf der Wizards zeigte.

Phil kam hinter dem Tresen hervor und stellte zwei Becher mit Kaffee vor die beiden hin, während Steve und Renegade Cola und Gläser auf den Tisch in die Mitte stellten.

Duke ging zum Tresen und holte ein paar Aschenbecher, gewöhnliche, flache Glasschalen, die er auf dem Tisch verteilte. Dann zog er einen freien Stuhl näher, hängte seine Jacke über die Lehne, streckte die Beine aus und zündete sich eine Zigarette an.

»Jetzt sind wir komplett, die anderen haben sich entschuldigt«, sagte Bert.

Phil ging zur Tür und rief Marc und Kevin herein.

»Und jetzt erzählt mal«, forderte Big J Hugger und Mütze auf.

Hugger nippte an seinem Kaffee und stützte den Arm auf der Sofalehne ab. Er sah müde aus, blass. Obwohl die meiste Zeit der Anwalt Torsten Vering dabei gewesen war, waren die Bullen offenbar nicht zimperlich bei den Verhören gewesen. Duke konnte es nachempfinden. Es war noch nicht lange her, da hatten die Cops ihn in die Mangel genommen, weil sie geglaubt hatten, dass er Käte und noch ein paar andere Alte erschreckt und überfallen hatte. Und eines konnte er mit Sicherheit sagen: Die Deutschen standen ihren Kollegen von der schottischen Polizei in nichts nach.

»Zuerst ging es nur darum, warum wir zugeschlagen haben. Dann ist der Kerl gestorben, und da wurden die Bullen richtig sauer. Vering hat sich den Mund fusselig gesabbelt, aber genützt hat es nichts. Sie haben nicht geglaubt, dass wir damit nichts zu tun hatten.«

»Hast du etwa was anderes erwartet?«, brummte Red düster.

»Erst als sie heute den Befund aus Kiel bekommen haben, haben sie gecheckt, dass wir tatsächlich nichts gemacht haben.«

»Heute?« Duke und Bert wechselten einen Blick. »Haben die Bullen behauptet, dass der Bericht erst heute fertig war?«

»Ja. Warum?«

»Die Typen lügen, sobald sie den Mund aufmachen.« Bert schnippte Asche in eine der Schalen. »Wir haben den Befund von der Autopsie schon gestern Abend gehabt. Dukes Lady hat ihn sich angesehen und auf den ersten Blick erkannt, dass ihr beide damit nichts zu tun habt. Und sie hat gemeint, das müssten sogar die Bullen checken. Stimmt's?«

Duke nickte. »Yeah.«

Hugger setzte sich auf.

»Da haben uns diese Scheißkerle absichtlich noch ein paar Stunden länger schmoren lassen?«

»Denen seid ihr wohl ans Herz gewachsen.« Big J lächelte grimmig. »Wenn wir Vering davon erzählen, würde er sich wie ein ausgehungerter Wolf auf diese Angelegenheit stürzen. Das wäre ganz nach seinem Geschmack. Aber dann würden wir Con verraten. Sie hat uns den Befund besorgt. Und da ihr jetzt frei seid und die Sache überlebt habt …«

»Passt schon«, murmelte Hugger und zuckte mit den Schultern.

Mütze schob sich seine Kopfbedeckung tiefer in die Stirn. Keiner von beiden war zum ersten Mal verhört worden, und es würde garantiert nicht das letzte Mal gewesen sein.

»Jetzt wissen wir wenigstens Bescheid, dass die fucking Bullen Infos absichtlich zurückhalten.«

»Was stand denn nun in diesem Befund?«, fragte Hugger. »Uns hat man nix gesagt, nur ›dass die Anschuldigungen fallen gelassen wurden‹ und wir gehen dürfen.«

»Tja …« Bert sah Duke an. »Willst du?«

»Okay, ich hoffe, ich kriege es richtig zusammen. Der Fotograf hatte eine Hirnblutung, weil er einen Schlag auf den Schädel bekommen hat. Das Blut hat das Gehirn so verdrängt, dass das Atemzentrum geschädigt wurde.« Duke rieb sich die Augenbraue.

»Der Arzt in Kiel, der Forensic Physician … wie heißt das auf Deutsch?«

»Rechtsmediziner.«

»Thanks. Also der hat herausgefunden, dass der Fotograf schon früher niedergeschlagen worden ist. Er hatte offenbar deswegen Kopfschmerzen und hat viele Schmerztabletten genommen, die die Blutgerinnung gestört haben. Das hat dummerweise die Hirnblutung verstärkt. Und das war's dann. Ende. Aus. Der Arzt hat beim Aufschneiden kleine Blutungen an verschiedenen Stellen entdeckt, eine noch nicht aufgelöste Schmerztablette im Magen gefunden und hat eins und eins zusammengezählt. Das hat euch beiden den Arsch gerettet. Sonst wäre es schwer gewesen, eure Unschuld zu beweisen, sagt Christina.«

»In dem Fall hätte Vering das Video aus der Werkstatt gezeigt«, sagte Bert. »Aber mir ist wohler, wenn die Bullen nichts von der Kamera wissen.« Alle nickten. »So. Und jetzt bin ich neugierig auf eure Version der Story. Wie ist das mit dem Kerl gelaufen?«

»Mach du«, sagte Mütze und lehnte sich im Sofa zurück.

Duke musste grinsen. Mütze war einer der schweigsamsten Brüder, denen er je begegnet war. Selbst unter normalen Umständen bekam man nur wenige Sätze aus ihm heraus, und er konnte sich gut vorstellen, wie die Bullen sich beim Verhör an ihm die Zähne ausgebissen hatten.

»Also.« Hugger setzte sich aufrecht. »Am Grill fehlte Senf. Kohle ging auch gerade zur Neige, und ich bin mit Mütze ins Haus, um zwei Flaschen Senf und einen Sack Grillkohle zu holen. Und als wir an der Werkstatt vorbeikamen, hörten wir da drin etwas poltern. Wir also rein, und da steht dieser Typ mit seiner Kamera und macht Fotos.«

Mütze nickte.

»›Was soll das werden?‹, frage ich, und der Kerl starrt uns an, als wären wir Aliens. Und dann beginnt er zu labern. ›Kommen Sie nicht näher!‹, sagt er. ›Ich weiß, was Sie getan haben. Sie haben einen Mann erschossen, und ich kann es beweisen.‹ Ich denke, der muss besoffen sein, weil er auch so gelallt hat. Ich sage: ›He, gib mir jetzt die Kamera, Arschloch, und hau ab, dann vergesse ich vielleicht, dass ich dich hier erwischt habe.‹ Da fängt der an zu zetern wie ein altes Fischweib. ›Ich gebe Ihnen meine Kamera nicht!‹ Da sage ich: ›Du wirst schon sehen. Wenn du sie mir nicht geben willst, nehme ich sie mir.‹ Ich gehe also einen oder zwei Schritte auf ihn zu, kriege tatsächlich die Kamera am Riemen zu fassen, werfe sie auf den Boden und trete einmal drauf. ›Das nützt Ihnen gar nichts! Ich habe die Beweise gesichert!‹, kreischt er. ›Diesmal kommen Sie nicht davon! Diesmal wandern Sie alle hinter Gitter! Und Ihr ganzer Club …‹ Und dann gingen bei ihm die Lampen aus, und er fiel um. Zack. Ungebremst. Einfach so. Dann kamen Red und Duke rein. Und den Rest kennt ihr.«

»Durchgeknallt«, sagte Mütze. »Der war total durchgeknallt.«

Hugger nickte. »Ja. Keine Ahnung, wovon der Typ gelabert hat. Aber vielleicht hat er in seinem Delir schon Halluzinationen gehabt.«

»Nee, ganz so ist es leider nicht«, sagte Big J. »Duke hat die Speicherkarte der Kamera gesichert. Da sind Fotos drauf von der Brachfläche hier direkt nebenan. Er hat ein paar Kerle fotografiert, die einen Mann erschossen haben. Und offenbar dachte er, das seien wir gewesen.«

»Heilige Scheiße!« Hugger starrte sie ungläubig an. »Und nun?«

»Nichts weiter«, sagte Bert. »Big J, Steve und Duke haben das Gelände abgesucht, aber nichts gefunden. Die Typen haben alle Spuren verwischt. Die Speicherkarte mit den Fotos haben wir. Ansonsten halten wir die Füße still, warten ab und behalten das Nachbargrundstück im Auge.«

»Worauf warten wir?«

»Ist doch klar.« Duke lächelte grimmig. »Ob irgendwo eine Leiche auftaucht. Und ob die Bullen sich daraufhin wieder bei uns melden.«

23

Jessica eilte atemlos die Hafenpromenade entlang. Es war kurz vor neun. Sie hatte die Archive nach einem Bild des Erschossenen durchforstet – das Fotoarchiv des Wochenboten, die Homepage der Wizards in Flensburg und von anderen Chaptern in Deutschland und sogar Dänemark. Über ihre vergebliche Suche hatte sie die Zeit vergessen. Sie hatte schon die Wohnungstür hinter sich abgeschlossen, als ihr eingefallen war, dass sie das Foto nicht dabeihatte. Sie hatte sich dann selbst eine E-Mail mit dem Bild geschickt, aber das hatte zusätzlich Zeit gekostet. Jetzt war sie spät dran. Sehr spät. Ihr Informant war immer sehr pünktlich und hatte wenig Sitzfleisch. Zur Sicherheit hatte sie ihm zwar eine SMS geschickt, aber keine Antwort erhalten.

Der Spielplatz mit dem großen Kletterschiff war leer und verlassen. Die Kinder, die sich tagsüber hier austobten, im Sand buddelten, rutschten und kletterten, waren vermutlich bereits im Bett. Nur eine vergessene Sandform in Gestalt eines gelben Fisches lag auf der schmalen Betonumrandung.

Ein Jogger mit einem großen schwarzen Hund kam ihr entgegen, und sie überholte ein junges Pärchen, das eng umschlungen im Schneckentempo an den Segelyachten vorbeischlenderte. Im Beachclub waren viele der Liegestühle besetzt. Die Windlichter auf den Tischen und die lateinamerikanischen Rhythmen aus den Lautsprechern ließen ein Gefühl von Urlaub unter Palmen aufkommen.

Vielleicht wäre der Beachclub ein besserer Treffpunkt gewesen, dachte sie. Gern hätte sie einen der bunten Cocktails probiert, die hier serviert wurden. Doch ihr Informant scheute die Öffentlichkeit. Er hatte Angst, einem der Wizards über den Weg zu laufen und erkannt zu werden, was sie ihm nicht verdenken konnte. Niemand verließ den Club, so hatte er es ihr erklärt, es sei denn im Sarg.

Jessica hastete am Schuppen des Fischereivereins vorbei. Mit kurzem Schaudern dachte sie daran, dass hier im Mai eine junge Krankenschwester tot aus der Förde gezogen worden war. Sie hatte den Artikel über diesen Mordfall nicht geschrieben. Ein anderer Kollege, ein langjähriger Mitarbeiter und Golffreund des Chefs, hatte den Auftrag gekriegt. Das Resultat war traurig gewesen, ein stümperhafter Artikel, für den sich die halbe Redaktion fremdgeschämt hatte. Selbst der Chef hatte drei Tage lang schlechte Laune gehabt. Jessica und Mark waren sicher gewesen, dass sie die Story nicht so in den Sand gesetzt hätten.

Sie warf einen Blick auf ihr Smartphone. Schon drei Minuten nach neun. Hoffentlich wartete ihr Informant auf sie. Sie wollte ihn gerade zur Sicherheit anrufen, da sah sie ihn am Ufer auf den Steinen sitzen. Seine kräftige Gestalt hob sich dunkel gegen den Hintergrund ab. Was wusste sie über ihn? Wenig.

Er war ein Wizard gewesen und ausgestiegen, hatte den Club verlassen und wurde jetzt von seinen ehemaligen »Brüdern« gejagt. Gerd Schümann, ein Immobilienmakler und Bauherr, hatte ihm dankenswerterweise einen Job in seiner Firma verschafft. Aber das war's auch schon. War er verheiratet? Hatte er Kinder?

Sie wusste es nicht. Er wollte ihr so wenig Persönliches wie möglich anvertrauen, um kein Risiko einzugehen. Sie kannte nicht einmal seinen Namen.

Die Wizards unterhielten ein Terrorregime und schüchterten alle ein, die sich in ihrem Dunstkreis befanden. Es war höchste Zeit, dass ihnen das Handwerk gelegt wurde. Endgültig.

»Moin«, sagte sie etwas atemlos und ließ sich neben ihm nieder.

Die Sonne hatte den ganzen Tag geschienen und war erst vor Kurzem jenseits der Werft hinter dicken Wolken verschwunden. In der Nacht würde es wahrscheinlich regnen, vielleicht sogar gewittern. Aber die großen Steine hatten noch die Sonnenwärme gespeichert.

»Moin«, sagte er und drehte ein wenig den Kopf. Unter der Kapuze war sein Gesicht nur schwer zu erkennen. Die Jacke schien ihm eine Nummer zu klein zu sein. Der dunkelgraue Sweat-Stoff spannte sich über seinen muskulösen Schultern und Armen. »Ich hab das von Ihrem Partner in der Zeitung gelesen. Tut mir leid. Waren Sie dabei?«

Jessica schüttelte den Kopf und schloss kurz die Augen, die sich wieder mit Tränen füllen wollten.

»Nein. Nicht, als Mark niedergeschlagen wurde. Aber ich war auch bei der Party.«

»Dann haben Sie ja alle gesehen – Phil und Bert und Big J …«

»Ja. Und auch den Schotten, vor dem Sie mich gewarnt haben.«

»Fucking Duke.«

Er stieß die Worte hervor und ballte beide Hände zu Fäusten. Jessica kam sich vor, als wäre sie in der Nähe einer Starkstromleitung, so deutlich konnte sie seine Wut spüren. Ob McKinnley der Grund für das Ausscheiden ihres Informanten aus dem Rockerclub war?

Dann lockerte er die Fäuste, seine Anspannung ließ fühlbar nach. Er hatte sich wieder in der Gewalt.

»Was wollen Sie?«

Wie immer wollte er ihre Treffen möglichst kurz halten. Jede Sekunde in der Öffentlichkeit vergrößerte die Gefahr, von den Wizards entdeckt zu werden, hatte er mal gesagt.

»Ich habe hier ein Foto«, sagte Jessica, holte ihr Smartphone aus der Tasche heraus und rief die E-Mail auf. »Kennen Sie diesen Mann?«

Er nahm das Handy in seine großen, kräftigen Hände, betrachtete es einen Augenblick und schüttelte dann den Kopf.

»Nein. Kenne ich nicht.«

»Er ist also keiner der Wizards?«

»Jedenfalls nicht aus Flensburg oder einem der Chapter, die ich kenne.«

»Könnte es sich vielleicht um ein Mitglied der Wild Rascals oder eines anderen verfeindeten Clubs handeln?«

Er zuckte mit den Schultern.

»Möglich. Keine Ahnung. Bei denen kenne ich mich nicht so aus.«

Jessica seufzte und steckte das Smartphone wieder in ihre Handtasche.

»Schade. Ich hatte gehofft, dass Sie mir da helfen könnten.«

»War's das?«, fragte er, starrte auf die Förde hinaus und knetete dabei seine Hände.

»Ja.« Und was jetzt? Wie sollte sie jetzt die Identität des Mannes herausfinden? Jessica seufzte. »Renovieren Sie gerade?« Sie deutete auf seine Hände. An den Fingern klebten helle Farbreste.

Er nickte kurz.

»Die Wizards wissen, wo ich wohne. Herr Schümann hat mir deshalb eine neue Wohnung besorgt.«

Jessica lächelte.

»Herr Schümann scheint sich gut um Sie zu kümmern«, sagte sie.

»Ja. Er ist ein guter Mann. Nachdem ich bei den Wizards ausgestiegen bin, hatte ich nichts mehr. Er hat mir einen Job besorgt. Und jetzt die Wohnung.« Er rieb sich die Hände an den Beinen seiner Jogginghose. »War's das?«

»Ja.« Jessica sah ihn an. »Danke. Ich habe schon immer geahnt, welche Gefahr Sie auf sich nehmen, jedes Mal, wenn wir miteinander Kontakt haben. Doch jetzt …« Sie machte eine Pause und lächelte traurig. »Jetzt weiß ich es.«

Er stand auf.

»Schon gut. Die Wizards sind sowieso hinter mir her. Da schadet es nichts, wenn ich es ihnen auf diese Art wenigstens heimzahle.«

»Ich versichere Ihnen, es wird nicht umsonst sein.« Sie reichte ihm einen Fünfzig-Euro-Schein. »Wenn ich meine Story schreibe, ist Schluss mit dem Wizards of Doom MC in Flensburg. Ein für alle Mal.«

»Wirklich?«

»Ja.«

Er verzog sein grobes Gesicht zu einem schiefen Grinsen und rieb sich die Nase, die aussah, als sei sie schon mal gebrochen gewesen.

»Das wäre etwas.« Er starrte noch mal auf die Förde hinaus, dann wandte er sich um. »Schönen Abend noch.«

»Ebenso.«

Jessica blieb noch sitzen und sah ihm nach, wie er in Richtung des Getreidespeichers davonjoggte.

24

Christina schlenderte mit Duke am Hafen entlang und sah sich die historischen Segelyachten an. Er hatte seinen Arm um ihre Schultern gelegt, sie hatte seine Taille umschlungen und ihren Daumen an einer Gürtelschlaufe seiner Jeans eingehakt. Normalerweise genoss sie die nicht selten neidischen Blicke anderer Frauen, die an der Seite von schmerbäuchigen Glatzköpfen spazieren gingen.

Aber heute war sie in nachdenklicher Stimmung. Sie hatte gehört, wie Thomas sich mit seinem Freund und dem anderen Polizisten aus Glasgow über Duke und die Wizards unterhalten hatte. Sie hatten von Gewaltdelikten, Drogenhandel und Zuhälterei gesprochen. Und dann hatte Thomas sie beim Abschied noch daran erinnert, dass Lars heute Geburtstag hatte.

Lars. Der Name war wie ein blauer Fleck. Sie merkte ihn kaum. Doch bei Berührung tat er immer noch weh.

»Bist du schon mal gesegelt?«, fragte sie Duke.

»Nein«, sagte er. »Du?«

»Ja. Ein einziges Mal.«

Duke hob eine Augenbraue.

»Das klingt nicht gerade begeistert, Lady!«

»Nein, ist es auch nicht. Lars hat mich zu einem Segeltörn überredet. Vier Tage lang mit einem anderen Paar auf einer Yacht über die Ostsee von Kiel nach Dänemark und wieder zurück.«

»Es hat dir nicht gefallen.«

Christina lachte. »Nicht gefallen? Es war die Hölle. Der Freund von Lars war ja noch ganz nett, aber sie …« Sie schüttelte den Kopf in Erinnerung an die Frau, die den ganzen Tag nur darüber geredet hatte, was sie wo einzukaufen pflegte, und dabei natürlich nicht vergessen hatte, mit den exklusiven Markennamen um sich zu werfen. Und natürlich waren die Kinder der beiden hochbegabt. »Wir hatten Windstärke vier, eigentlich ideales Segelwetter. Aber mir war die ganze Zeit nur schlecht. Und als wir dann auch noch in der Nähe der dänischen Küste ankerten und sie mich überreden wollten, ihnen hinterherzuspringen, war für mich Schluss.«

»Why?«

»Ich mag nicht einmal im Schwimmbad schwimmen gehen. Die Markierungen auf dem Boden des Beckens machen mich nervös. In meiner Phantasie werden daraus Haie und Muränen und was weiß ich noch für ein gefräßiges Viehzeug. Selbst im

Nichtschwimmerbereich gerate ich in Panik. Aber auf offener See …«

Sie schüttelte sich.

»Und was sagte dieser Lars dazu?«

»Er hat gelacht.« Christina runzelte die Stirn, als sie daran dachte, wie sehr sie dieses Lachen verletzt hatte. »Er hat mich ausgelacht. Lars ist ein begeisterter Segler, er ist quasi auf der Yacht seiner Eltern groß geworden. Er konnte einfach nicht verstehen, dass ich Angst vor dem Wasser habe. Er hat es mir auszureden versucht, mir erklärt, dass ich spinne und mich nicht so anstellen soll. Was sollten denn seine Freunde von mir denken? Das war mir in dem Moment egal. Ich wollte nur noch nach Hause.« Sie waren stehen geblieben und sahen auf die Förde hinaus. Ein aufkommender Wind kräuselte die Wasseroberfläche, hinter ihnen über der Duburg ballten sich dicke Wolken. »Das Schlimmste aber war, dass er mich danach immer wieder zum Segeln mitzerren wollte. Ich glaube, er hat es nie begriffen. Oder es war ihm einfach egal.«

»And still it hurts«, sagte Duke leise, sprach damit aus, was sie gerade gedacht hatte, und nahm sie fest in seine Arme.

»Nicht, wenn du bei mir bist«, flüsterte Christina. »Dann tut es nicht mehr weh.«

Sie schmiegte sich an ihn. Lars war weit weg in Chicago, das Leben mit ihm gehörte der Vergangenheit an. Erst im Nachhinein wunderte sie sich über die Kälte, die sie vier Jahre lang ertragen hatte und die im krassen Gegensatz zu Dukes Wärme und Vitalität stand. Sie spürte seinen straffen Körper, hörte seine regelmäßigen Herzschläge und fühlte sich sicher, gehalten. Und geliebt.

Dann klingelte sein Handy. Duke fischte das Gerät aus der Hosentasche, ohne Christina aus seinem Arm zu lassen, und nahm den Anruf entgegen.

»Yeah? … Oh, hi Laura, how …«

Er wurde still, hörte zu. Aus dem Lautsprecher erklangen eine weibliche Stimme und englische Wortfetzen. Und irgendwie wusste Christina, dass diese Frau schlechte Nachrichten für Duke hatte. Seine Atem- und Herzfrequenz steigerte sich, sein ganzer Körper war plötzlich angespannt, und sein Gesicht wurde blass.

Er sagte nichts, hörte zu, schluckte mehrmals, schloss die Augen und presste die Lippen aufeinander.

»Okay«, sagte er schließlich. »I'll come. As soon as possible.«

Er brach die Verbindung ab, behielt aber das Handy in der Hand und starrte das Display an, als fragte er sich, ob er den Anruf gerade geträumt habe.

»Duke, was ist ...?«

»Will«, sagte er und hob den Kopf. »Will ist ...« Er hielt die Luft an, blinzelte. »He had a stroke, you know?«

»Einen Schlaganfall?«

Er nickte und fuhr sich mit der Zungenspitze über die Lippen. »Er ist ... im Krankenhaus. Die Ärzte ...« Er schloss die Augen, schluckte schwer. »He ...« Seine Stimme brach, er setzte neu an. »He might ... die.«

Dann drückte er Christina an sich. Auf ihrem Scheitel wurde es feucht, obwohl es noch nicht regnete.

Jetzt hielt sie ihn fest. Will war einer der Wizards aus Glasgow und für Duke nicht irgendein Bruder, wie sie seinen Erzählungen entnommen hatte.

»Es tut mir so leid, Duke!«, sagte sie leise.

»Ich muss hin.«

»Wohin?«

»Nach Glasgow«, sagte er, und seine Stimme klang rauer als gewöhnlich. »Ich muss hinfliegen, so schnell wie möglich.«

Christina schüttelte den Kopf.

»Duke, das geht nicht. Du hast eine Vereinbarung mit deinem Anwalt und diesem Kreditmenschen getroffen. Du sollst hier in Flensburg bleiben, bis du deine Schulden bei diesem Money Mike beglichen hast.«

»Weißt du was? Das ist mir gerade scheißegal!«, stieß er heftig hervor. »Ich werde fliegen.«

»Schatz, ich kann mir vorstellen, wie schwer es für dich zu ertragen ist, dass es jemandem, der dir nahesteht, nicht gut geht und du nicht bei ihm sein kannst. Aber es ist gefährlich, wenn du dich nicht an die Abmachung hältst! Wer weiß, was Money Mike mit dir anstellt?«

»Von mir aus kann er machen, was er will, wenn ich nur Will sehen kann, solange …« Duke schluckte, zog die Nase hoch und presste die Lippen fest aufeinander. Seine Augen schimmerten verdächtig. »Solange es noch geht. Bitte, Christina, lass uns zurückgehen. Ich muss einen Flug buchen.«

»Und wie willst du das machen?«

Ein verzweifeltes Lächeln huschte über sein Gesicht.

»Ich hoffe, du hilfst mir dabei? Bitte.«

Christina seufzte.

»Natürlich.«

Zwei Stunden später war bereits alles geregelt. Sie hatten tatsächlich noch einen Flug für den nächsten Tag buchen können. In Kurt's Bikehouse, wo Duke arbeitete, wusste man Bescheid, dass er ein paar Tage verreisen würde. Big J hatte sich sofort bereit erklärt, ihn nach Hamburg zu fahren, damit er seine Harley nicht am Flughafen stehen lassen musste, und in Glasgow würde man ihn abholen. Der Handkoffer, den Christina ihm geliehen hatte, war gepackt. Er hatte sogar seinem Anwalt eine Nachricht auf den Anrufbeantworter gesprochen, weil er ihn persönlich nicht erreicht hatte.

Während dieser beiden Stunden hatte Christina oft daran gedacht, ihn von dieser Reise abzuhalten. Die Gründe, weshalb Duke dem Kredithai in Glasgow Geld schuldete, waren kompliziert, und Christina war nicht sicher, ob sie wirklich alles richtig verstanden hatte. Aber eines hatte sie begriffen: Money Mike hatte Duke gedroht, dass er es bereuen würde, falls er sich in Glasgow blicken ließ, bevor die Schulden abgezahlt waren.

Duke hatte mal scherzhaft von Money Mikes berühmt-berüchtigtem Zwölfereisen gesprochen, einem Golfschläger, mit dem er säumige Schuldner zum Zahlen brachte. Was würde der Mann mit ihm anstellen? Natürlich konnte Duke sich wehren und würde das auch tun. Mit Sicherheit würden ihm auch die anderen Wizards beistehen, aber genau das wollte Duke nicht. Er wollte den Club aus der Sache heraushalten. Welche Chancen hatte er jedoch allein gegen Money Mike und eine Handvoll seiner Schläger? Beim Gedanken daran drehte sich ihr der Magen um.

Doch sie hatte begriffen, dass es sinnlos gewesen wäre, Duke den Flug ausreden zu wollen. Bei jedem Bruder hätte er sich auf den Weg gemacht. Das war eines der Prinzipien der Wizards – Zusammenhalt und füreinander Einstehen auch in schwierigen Zeiten. Doch zu Will hatte Duke eine ganz besondere Beziehung. Er hatte ihn in den Club geholt, er war sein Sponsor, sein Mentor gewesen. Nicht einmal ein Erdbeben hätte Duke davon abhalten können, nach Glasgow zurückzukehren. So half sie ihm stattdessen bei der Buchung und hoffte, dass sie damit nicht sein Todesurteil unterschrieb.

Christina entkorkte gerade eine Flasche Rotwein, als Duke in der Küche auftauchte.

»So«, sagte er und steckte das Handy in die Hosentasche. »It's done. Money Mike weiß jetzt auch Bescheid.«

»Du hast ihn angerufen?«

»Yeah. Besser so, als wenn wir uns zufällig in Glasgow über den Weg laufen.«

Christina schluckte, ihre Hände begannen zu zittern.

»Und? Was sagt er?«

»Begeistert ist er nicht. Aber er hat behauptet, dass er es verstehen kann. Und er will mich sehen. In seinem Büro.«

»Duke! Das ist …« Christina schossen die Tränen in die Augen. »Ich bitte dich, flieg nicht nach Glasgow! Tu es nicht! Dieser Mann wird dich …«

Weiter kam sie nicht, denn Duke verschloss ihr den Mund mit einem Kuss.

25

Er blickte durch die Zieloptik auf den Hafen. Heute war deutlich weniger los als am Freitag und Samstag. Im Beachclub saßen nur wenige Leute zusammengekauert unter der Bespannung, und auf den hölzernen Stufen an der Hafenspitze war niemand. Was wahrscheinlich auch am Regen lag.

Er hatte die Zieloptik auf Infrarotkennung umgeschaltet und

sah jetzt regenbogenfarbene Umrisse mit rotem Kern – Menschen unter Regenschirmen, hastige Radfahrer, Hunde, ein paar Möwen. Und etwas Winziges im Gebüsch beim Spielplatz, das ziemlich flink war. Wahrscheinlich eine Ratte.

Während er die Ratte mit dem Sucher verfolgte, dachte er an die Begegnung in der Hafenkneipe am Nachmittag. Er hatte ihn sofort erkannt. McKinnley. Neil McKinnley. Er hatte ein sehr gutes Gedächtnis und vergaß nie ein Gesicht.

Wie lange war das jetzt her? Etliche Jahre. Sie waren sich nur ein paar Tage lang immer wieder über den Weg gelaufen, waren Konkurrenten um die Ausbildung gewesen, bis McKinnley gegangen war. Er war so überrascht gewesen, ihn ausgerechnet hier in Flensburg wieder zu sehen, dass er für einen Augenblick jede Vorsicht vergessen und McKinnley angesehen hatte. Es war nur der Bruchteil einer Sekunde gewesen, aber der Mistkerl hatte es gespürt, den Blick erwidert, ihn dadurch vermutlich erst wahrgenommen. Ob er sich auch an ihn erinnerte?

Verdammt.

Er suchte sich ein anderes Ziel. Im Beachclub saßen zwei Menschen dicht aneinandergeschmiegt und küssten sich. Wenn er gewollt hätte, hätte er den einen der beiden mitten im Kuss erledigen können. Vielleicht nicht der schlechteste Zeitpunkt, um zu sterben.

Das mit McKinnley war ein Fehler gewesen.

Ein Fehler, den er korrigieren musste.

Irgendwann.

Montag, 15. Juli

26

Big J steuerte seinen Pick-up von der Autobahn und folgte den Schildern zum Flughafen. Duke hatte ein Knie angezogen, den Ellenbogen auf die Seitenverkleidung gestützt und starrte aus dem Fenster. Nur am Rande registrierte er, dass parallel zur Straße eine Maschine startete. Er hatte gerade eben mit Trace telefoniert, dem President seines Chapters in Glasgow. Wills Zustand sei unverändert. Das war alles, was Laura und die Brüder aus den Ärzten herausbekommen hatten. Sie wussten nicht, was es mit diesem »Zustand« auf sich hatte oder womit sie rechnen konnten oder mussten. Niemand wusste etwas. Und die, die etwas wussten, behielten es für sich.

So, wie sie es immer machen, dachte er und lehnte den Kopf gegen die vibrierende Scheibe.

»Ich fahre ins Parkhaus«, sagte Big J und riss ihn damit aus seinen Gedanken.

»Big J, du brauchst echt nicht …«

»Hey, Bro, das ist doch keine große Sache. Dann bin ich eben eine halbe Stunde später wieder in Flensburg, na und? Wenigstens brauchst du dich nicht mühsam zum Schalter durchzufragen.«

»Danke.«

»Darüber brauchen wir nicht zu reden, würde Bert jetzt sagen.«

Duke musste schmunzeln. Das war tatsächlich ein Satz, den man oft von Bert hörte. Und den er genauso meinte.

Big J setzte den Blinker und fuhr in eines der Parkhäuser, ein hässliches rundes Gebäude aus grauem Beton. Im dritten Stock fand er einen Parkplatz für seinen großen Wagen. Sie stiegen aus und gingen die Treppe zum Ausgang hinunter.

»Von welchem Terminal fliegst du?«

»Eins.«

»Okay, da drüben.« Big J deutete auf einen Eingang schräg

gegenüber, vor dem wartende Taxis standen. Die Schlange schien endlos zu sein. »Welche Fluggesellschaft?«

»British Airways.«

Dann standen sie in der Flughafenhalle.

Geschäftsreisende – die Männer in Anzügen, die Frauen in Kostümen – zogen kleine Koffer hinter sich her. Familien auf der Suche nach dem richtigen Abfertigungsschalter schoben mit Koffern beladene Wagen durch das Gedränge. Kleine Kinder mit bunten Rucksäcken auf den Rücken und Kuscheltieren im Arm sahen sich staunend um. Menschen fielen einander zur Begrüßung in die Arme, andere hatten rotgeweinte Augen und hielten zerknüllte Papiertaschentücher in den Händen. Reinigungskräfte schoben kleine Wagen vor sich her, um Kekskrümel zusammenzufegen oder am Boden liegendes Papier einzusammeln. Es war laut, hektisch. Ein Mann mit einem Handy am Ohr rannte fast eine ältere Dame um. Die Durchsagen waren nur schwer zu verstehen, doch überall hingen Schilder, Monitore und Anzeigetafeln, die den Weg wiesen. Sofern man lesen konnte.

Duke war froh, dass Big J ihn begleitete. Anderenfalls hätte er sich in die Schlange einreihen müssen, die sich um den runden Schalter mit dem großen leuchtenden Ausrufezeichen gebildet hatte.

Big J blieb kurz stehen und studierte die Anzeige auf einem der Monitore.

»Der Flug soll planmäßig starten, Check-in läuft noch. Der Schalter von British Airways ist dort hinten.«

Sie bahnten sich ihren Weg durch die Menge und stellten sich am Schalter der britischen Fluggesellschaft an. Gerade wurden zwei Männer abgefertigt. Beide hatten silberfarbene Handkoffer dabei, auf denen das Wappen der schottischen Polizei zu sehen war.

»Fuck.«

»Was?«

»Da vorne sind zwei Cops.«

Die beiden Männer waren fertig, verstauten ihre Tickets in

den Innentaschen ihrer Jacketts und schlenderten zu einem Zeitungsstand.

Big J runzelte die Stirn. »Der eine kommt mir irgendwie bekannt vor.«

Duke zuckte mit den Schultern und rückte in der Warteschlange auf.

»Just the usual shitface of a cop, wenn du mich fragst.«

Big J grinste. »Wahrscheinlich hast du recht.«

Duke war an der Reihe und reichte der Frau hinter dem Tresen seinen Ausweis sowie das ausgedruckte Ticket. Christina hatte die Kosten für den Flug von ihrem Konto abbuchen lassen. Sein eigenes Konto war gesperrt, solange die Streitigkeiten um die Erbschaft seines Vaters nicht geklärt waren.

Es war schon eine groteske Situation: Da schlummerten auf seinem Konto knapp zweihunderttausend Pfund, und er musste alle Taschen umdrehen, um die hundertneunundachtzig Euro für Christina zusammenzukratzen.

»Mr. McKinnley«, sagte die Frau und taxierte ihn kurz, bevor sie etwas in den Computer eingab. »Haben Sie Gepäck?«

»Nein. Nur das hier.« Er zeigte auf den Handkoffer.

»Also Handgepäck. Nur Hinflug, das ist richtig?«

»Ja.«

»Fenster oder Gang?«

»Gang.«

Sie schrieb etwas auf eine Karte und reichte sie ihm. »Gate 3, Aufruf ist in einer halben Stunde. Ich wünsche einen guten Flug.«

Ein freundlich unverbindliches Lächeln streifte ihn, dann war auch schon der nächste Fluggast an der Reihe.

Big J ging noch mit ihm zusammen zur Sicherheitsschleuse.

»Danke, Bro«, sagte Duke.

Big J drückte seine Hand, und sie klopften sich gegenseitig auf die Schulter.

»Guten Flug. Und Will das Beste.«

»Ja. Das hoffe ich auch.«

Duke nickte noch einmal, dann ging er zu dem Fließband mit dem Durchleuchtungsapparat. Zuerst zog er seine Jacke aus.

Dann hakte er die Geldbörse vom Gürtel los, legte sie in eine der grauen Plastikschalen und den Gürtel dazu.

Die beiden Security-Leute unterhielten sich über irgendeine Fernsehserie, während sie die Fluggäste mit ihren Metalldetektoren kontrollierten.

Bis Duke vor ihnen stand.

Ein Blick streifte die Tätowierungen an seinen Armen, seine Bikerstiefel.

»Gehen Sie dort rüber«, sagte der Mann und zeigte zur Seite.

Fuck. Darauf hatte er jetzt gar keinen Nerv. Aber ändern konnte er nichts daran.

Duke tat wie befohlen und wurde gleich von zwei weiteren Security-Leuten empfangen, die mit der Leibesvisitation begannen: Zuerst musste er seine Stiefel ausziehen und dann breitbeinig und mit erhobenen Armen vor ihnen stehen, während sie ihn von Kopf bis Fuß abtasteten. Wenn er Pech hatte und die Burschen schlecht gelaunt waren, würde er sogar noch mehr Kleidungsstücke ablegen müssen. Das kam immer wieder vor.

Die anderen Fluggäste musterten ihn misstrauisch, und er konnte förmlich sehen, dass sie sich fragten, welches Verbrechen er wohl begangen haben mochte. Dass es allein an seinen Tattoos lag, die ihn als Rocker und damit als Angehörigen einer prinzipiell kriminellen und unerwünschten Spezies identifizierten, hätten sie wohl nicht verstanden. Darüber berichteten sie in den Nachrichten nämlich nicht.

Er ließ die Prozedur über sich ergehen. Endlich konnte er seine Stiefel wieder anziehen und sich seine Sachen von einem anderen Tisch abholen, wo sie ausgepackt und genau begutachtet worden waren.

Duke schnallte sich gerade den Gürtel um, als er die beiden Polizisten auf die Sicherheitsschleuse zukommen sah. Sie zeigten ihre Ausweise vor, der silberne Koffer bekam eine Banderole und wurde von einem der Security-Männer weggebracht, dann wurden sie durchgewinkt. Einfach so. Keine Kontrolle des Handgepäcks, keine Kontrolle mit den Metalldetektoren, nichts.

Einfach gar nichts. Bullen-Ausweis und das Polizeiwappen sorgten offenbar für eine reine Weste. Ein Tattoo der Wizards entlarvte den potenziellen Verbrecher. So einfach war das.

Wenn ich jemals etwas Illegales schmuggeln will, besorge ich mir so einen Koffer, dachte er, nahm seine Sachen und ging zum Wartebereich.

Die beiden Bullen standen an einer Säule. Der eine schaute über die anderen Reisenden hinweg ins Nirwana. Sein Kollege stand da mit gesenktem Kopf und starrte auf seine Schuhe. Duke stutzte. Auch ihm kam der Typ bekannt vor. Er kramte in seinem Gedächtnis, und plötzlich fiel es ihm ein. Es war einer der beiden Bullen, die bei Thomas zum Grillen gewesen waren.

Zufall? Oder waren sie ihm gefolgt?

Eine halbe Stunde später war er im Flugzeug. Duke wartete, bis der Mann neben ihm sein Jackett glatt gezogen und sich gesetzt hatte. Er selbst saß noch nicht einmal richtig, da hatte sein Sitznachbar bereits das Tischchen an der Lehne heruntergeklappt und sein Notebook darauf deponiert.

Duke musste unwillkürlich an seinen Vater denken. Der hatte auch nie eine Minute ungenutzt verstreichen lassen. »Zeit ist Geld« war sein Motto gewesen. Bis ihn ein schwerer Herzinfarkt dahingerafft hatte. Am Ende hatte Arthur McKinnley gerade noch genug Zeit gehabt, um zu bedauern, wie viel kostbare Zeit er mit Zahlen und Finanzen vergeudet hatte. Duke lehnte sich zurück und streckte seine Beine aus.

Der Sitzplatz am Gang hatte zwei große Vorteile: Zum einen hatte er genug Platz für seine Beine. Und zum Zweiten brauchte er nicht aus dem Fenster zu sehen. Die Höhe war nicht gerade sein Ding.

Der Gong ertönte, und das Zeichen zum Anschnallen blinkte auf. Duke setzte sich wieder auf, schnallte sich an und steckte sich ein Kaugummi in den Mund. Eine Stewardess begann mit der Einweisung in die Notfallmaßnahmen. Er hörte kaum zu. Und dann war es so weit. Die Maschine begann zu rollen, wurde schneller und schneller. Die Geschwindigkeit drückte ihn in die

Lehne. Sein Magen hüpfte, als das Flugzeug abhob und steil in die Höhe stieg.

In ein paar Stunden war er in Glasgow.

Du musst durchhalten, Will!, dachte er und richtete seinen Blick auf die Rückenlehne seines Vordermannes, um nicht aus einem der Fenster sehen zu müssen. Halte durch.

27

Christina klappte die Akte zu und hielt sie vor ihrer Brust.

»Haben Sie noch Fragen, Frau Opitz?«

Die Patientin saß in einem Jogginganzug auf ihrem Bett, ihre Birkenstocksandalen baumelten lose an den Füßen.

»Ja, ich habe noch Fragen zur Ernährung. Hier wird ja alles für mich gemacht, aber zu Hause …«

»Das kann ich verstehen«, sagte Christina, und das war nicht einmal nur so dahergesagt.

Bei Frau Opitz, einer schlanken, siebenundzwanzigjährigen Grundschullehrerin, war ein insulinpflichtiger Diabetes diagnostiziert worden. Sie war zum Hausarzt gegangen, weil sie einen unnatürlich starken Durst hatte. Der gute Mann hatte sofort den Blutzuckerwert gemessen, Frau Opitz ohne Umwege ins Krankenhaus geschickt und ihr damit möglicherweise das Leben gerettet. Jetzt war die Gefahr des diabetischen Komas abgewendet, Frau Opitz spritzte regelmäßig Insulin und kontrollierte ihre Blutzuckerwerte selbst. Doch die Diagnose zog andere, einschneidende Veränderungen nach sich.

»Sie haben heute einen Termin bei der Ernährungsberaterin. Mit ihr können Sie alle Fragen klären.«

»Gut.« Frau Opitz nickte. »Danke.«

Die Ärzte verließen das Zimmer, und Christina steckte die Akte in die Halterung auf dem Wagen.

»Fertig.« Oberarzt Sebastian Finkenstad rieb sich die Hände. »Heute waren wir fix mit der Visite. Gute Arbeit, Leute! Wenn was ist, ihr findet mich unten in der Aufnahme.«

»Klar!«

Christina ging mit ihrer Kollegin Susanne Lewandowski zum Arztzimmer. Normalerweise arbeiteten sie zu dritt auf der Station, aber ihr Kollege Frank Wegener war gerade im Urlaub.

Der Bürostuhl quietschte, als Susanne sich darauf fallen ließ.

»Ist alles in Ordnung, Christina?«, fragte sie und fuhr sich mit beiden Händen durch ihre roten Locken.

Christina öffnete ihren Schrank und holte ihr Handy aus der Tasche. Es war kurz nach zwölf. Wenn alles planmäßig verlaufen war, war Duke jetzt bereits in der Luft.

»Ja, alles gut«, antwortete sie geistesabwesend und sah, dass sie eine Nachricht auf der Mailbox hatte. »Warum?«

»Du wirkst ein bisschen abwesend heute Morgen«, sagte Susanne und versenkte ihre Hände in den Taschen ihrer weißen Hose.

Das wärst du wohl auch, wenn dein Freund auf dem Weg zu einem Ort wäre, wo ein riesiger Hai nur darauf wartet, ihn zu verspeisen!

Christina hielt sich das Handy ans Ohr. Und dann hörte sie Dukes Stimme.

»Hey, Lady. Alles in Ordnung. Die Maschine startet gleich. I'll call you later. Love ya.«

Ich dich auch, dachte sie und schaltete das Handy wieder aus.

»Duke fliegt heute nach Glasgow.«

»Aha.« Susanne war eine von denen, die zwar vorsichtig, aber nicht generell ablehnend auf Christinas Beziehung reagiert hatten. »Etwa endgültig?«

»Nein«, sagte Christina sofort. »Ein Mitglied seines Clubs ist schwer erkrankt.«

»Und er eilt sofort ans Krankenbett.« Susannes grüne Augen funkelten. »Du weißt ja, ich mag weder Tätowierungen noch lange Haare noch Motorräder. Das ist nicht meins. Aber das finde ich sympathisch. Wollen wir essen gehen? Es ist gerade ruhig, und wer weiß, was sonst dazwischenkommt.«

»Okay.«

Sie sagten Schwester Gudrun Bescheid und verließen die Station. Sie benutzten die Treppen, um zur Kantine im Erdgeschoss zu gelangen.

»Wann kommt Duke denn wieder?«, fragte Susanne auf dem Weg.

»Ich weiß es nicht. Es kommt darauf an, wie es seinem Freund geht. Der Mann hatte einen Schlaganfall. Und nach dem, was Duke in Erfahrung bringen konnte, sieht es nicht gut aus.«

»Wie alt?«

»Zweiundsechzig oder so. Kein Alter!«

»Tatsächlich. Aber sicher ein entsprechender Lebenswandel«, gab Susanne zu bedenken. »Nikotin, Alkohol, tonnenweise Fleisch …«

»Vermutlich.«

Sie öffneten die schwere Glastür und traten auf den Flur hinaus.

»Entschuldigen Sie!«

Christina wandte sich um. Vor ihr stand eine junge Frau und lächelte sie nervös an. Sie war modisch gekleidet, hatte blonde Strähnen im Haar und war dezent geschminkt. Aber ein paar Dinge passten nicht recht zusammen. Sie trug eine schwarze Handtasche zu braunen Pumps. Und ein pinkfarbenes Tuch um den Hals, dessen Ton sich mit dem Rot ihrer Fingernägel biss.

Als ob sie beim Anziehen mit den Gedanken woanders gewesen wäre, dachte Christina. »Ja?«

»Können Sie mir bitte sagen, wo man die Sachen von … äh … Verstorbenen abholen kann?«

»Das kommt darauf an. Sind Sie eine Angehörige?«

Die Frau nickte.

»Mein Mann ist …«

»Das tut mir leid«, sagte Christina, und sofort stellte sich Mitleid mit der Fremden ein. Wie alt mochte sie sein? Dreißig? Und schon Witwe. »Meist wird das Eigentum der Verstorbenen auf der jeweiligen Station aufbewahrt. Wo hat denn Ihr Mann gelegen?«

»Station?« Die Frau sah sie mit großen Augen an. »Oh nein, er hat hier nicht gelegen. Das heißt, es hatte gar keinen Zweck mehr, ihn einzuweisen. Er kam her und starb, wissen Sie. Sozusagen auf dem Weg, und …«

»Dann würde ich in der Aufnahme nachfragen«, sagte Susanne. »Bestimmt sind seine Sachen dort.«

»Ich bringe Sie hin«, bot Christina an. Die Frau wirkte so durcheinander, dass sie ihr nicht zutraute, die komplizierte Wegbeschreibung zu verstehen. »Geh schon vor, Susanne, ich komme gleich.«

»Ich möchte Ihnen aber keine Umstände machen.«

»Kein Problem.«

»Danke.«

Sie gingen den Flur entlang, und die junge Frau sah sie von der Seite an.

»Martens«, sagte sie und deutete auf den an der Brusttasche des Hemdes aufgedruckten Namen. »Sie heißen Martens?«

»Ja.«

»Das ist lustig. Der Polizist, der gestern bei mir war, hieß auch so. Martens. Ich glaube, ich habe sogar seine Karte dabei.« Sie blieb stehen und begann, in ihrer Handtasche zu wühlen. »Da ist sie. Sehen Sie?« Sie hielt Christina die Karte hin und deutete auf den Namen, der dort gedruckt stand. »Thomas Martens.«

»Welch ein Zufall«, sagte Christina vorsichtig.

Sie war sich nicht sicher, ob sie offen zugeben durfte, dass Thomas Martens ihr Bruder war. Und solange die Frau nicht direkt fragte, musste sie es ihr ja auch nicht erzählen.

»Er sagte, ich soll ihn anrufen. Deshalb hat er mir auch die Karte gegeben. Falls mir etwas einfällt.« Sie starrte auf die Visitenkarte in ihrer Hand.

Man musste kein Psychiater sein, um zu erkennen, dass die Frau kurz vor einem Zusammenbruch stand.

»Da vorne ist die Cafeteria. Was halten Sie davon, wenn wir einen Kaffee oder Tee trinken, bevor wir zur Aufnahme gehen?«

Mechanisch nickte die Frau.

In der Cafeteria war es ruhig. Eine Patientin in Morgenmantel und Hausschuhen stand an der Kasse, um eine Zeitschrift und eine Flasche Shampoo zu bezahlen. Frau Kabulke, die Betreiberin, wischte Tische und rückte die Saftflaschen im Regal gerade. Sonst war niemand da, schließlich gab es auf den Stationen jetzt

Mittagessen. Christina ging zu einem Tisch in der Ecke direkt vor dem Fenster mit Blick auf den gut gepflegten Innenhof.

»Setzen Sie sich«, sagte Christina. »Tee oder Kaffee?«

»Kaffee.«

Christina bestellte bei Frau Kabulke und kaufte aus einer Eingebung heraus auch noch ein »kleines Frühstück«. Mit dem Tablett kehrte sie zum Tisch zurück. Die junge Frau hob den Kopf und sah sie an, als würde sie nicht wissen, wo sie sich gerade befand. Doch sie nahm sichtlich dankbar die Tasse in die Hand und trank einen Schluck.

»Bitte«, sagte Christina und schob ihr den Teller mit Brötchen, Butter, Marmelade und einer Scheibe Käse zu. »Vielleicht haben Sie Hunger.«

»Hunger?« Die Frau runzelte die Stirn. »Ich weiß es nicht.« Sie hielt ihre Kaffeetasse in der Hand, als hätte sie sie vergessen. »Die Polizei war gestern bei mir wegen meines Mannes«, fuhr sie fort. »Er ist erschlagen worden, wissen Sie? Zuerst sah es so aus, als seien es die Rocker gewesen. Aber mittlerweile glaubt die Polizei, dass Mark schon vorher niedergeschlagen wurde. Sie nehmen wohl an, dass es mit seinem Beruf zusammenhängt. Und ich glaube, sie haben recht damit. Mark war Fotojournalist. Er hat beim Flensburger Wochenboten gearbeitet.«

Flensburg ist eine kleine Stadt, in der man sich ständig über den Weg läuft, dachte Christina, sagte aber nichts. Sie ließ Frau Hoffmann reden.

»Mark hat immer nur seine Arbeit im Kopf gehabt. Er wollte Karriere machen. Für mich war da kaum Platz. Und dann hat er sie kennengelernt. Jessica Pohlmann. Eine Kollegin aus der Redaktion. Ich weiß nicht, wie lange es mit den beiden schon ging. Gemerkt habe ich es vor neun Monaten. Ich habe Mark vor die Tür gesetzt und die Scheidung eingereicht. Der Termin ist in drei Wochen.« Sie lachte, und dabei liefen ihr die Tränen über die Wange. »Wir haben Freitagmorgen deswegen miteinander telefoniert. Ich habe ihn an die Unterlagen erinnert, die er noch unterschreiben musste. Und ihn gefragt, ob er schon einen freien Tag beantragt habe. Da hat er zu mir gesagt, dass er das bald nicht mehr muss. Dass der Chef ihm schon bald aus der Hand fressen wird, weil er an einer großen Sache dran ist. Die ganz große Story. Er und Jessica würden in ganz Deutschland bekannt werden. Da habe ich einfach aufgelegt. Er und Jessica. Diese Schlampe.«

Sie sah aus dem Fenster. Tränen liefen über ihr Gesicht. Christina holte eine Packung Taschentücher aus der Hosentasche hervor und bot ihr eines an.

»Wann haben Sie vom Tod Ihres Mannes erfahren?«

»Samstag früh. Um sieben standen zwei Polizisten vor der Tür. Nicht Ihr Namensvetter. Der kam erst gestern. Nein, es waren Streifenpolizisten.« Ihre Stimme wurde leise. »Ich dachte immer, so etwas gibt es nur im Fernsehen.«

»Hat man Ihnen einen psychologischen oder seelsorgerlichen Beistand angeboten?«

»Ja. Aber wozu? Ich bin nicht religiös. Und krank bin ich auch nicht. Mein Mann ist gestorben. Aber ich wollte mich ja sowieso von ihm scheiden lassen.« Sie sah Christina plötzlich an. »Meinen Sie, ich muss die Gerichtskosten jetzt trotzdem bezahlen?«

»Ich denke, diese Frage wird Ihnen Ihr Anwalt besser beantworten können als ich«, sagte Christina und holte ihr Handy aus der Tasche. »Ich rufe jetzt einen Kollegen hier aus dem Haus an. Er ist darauf spezialisiert, Menschen, die sich in so außergewöhnlichen Belastungssituationen befinden wie Sie, zu betreuen. Ich glaube, es ist sinnvoll, wenn Sie mal mit ihm sprechen, am besten jetzt gleich. Würden Sie das tun?«

Frau Hoffmann zuckte mit den Schultern und sah wieder aus dem Fenster.

Christina wählte die Nummer von Dr. Friedrich Maurer und hoffte, dass er in seinem Büro und nicht gerade bei einer der stundenlangen Besprechungen der Kollegen aus der Psychiatrie war. Doch er ging bereits nach dem zweiten Klingeln ans Telefon.

»Moin Friedrich, Christina von der Inneren. Ich habe hier eine Frau, deren Mann vor zwei Tagen verstorben ist, ein Gewaltverbrechen ist nicht ausgeschlossen. Bisher wird sie nicht betreut. Ich würde sie dir gern vorstellen.«

Er räusperte sich.

»Ja, gut, schick sie her.« Begeistert war er offenbar nicht gerade.

»Ich bringe sie vorbei. Bis gleich!« Christina legte auf. »Kommen Sie, ich bringe Sie zu Dr. Maurer.«

Frau Hoffmann stand auf und folgte Christina zur Abteilung für Psychiatrie. An der Tür zu Friedrich Maurers Zimmer blieb sie stehen und sah Christina an.

»Was ist denn jetzt mit Marks Sachen?«

»Ich nehme an, die sind zur Untersuchung und Spurensicherung bei der Polizei.«

»Ach so.«

»Hallo, Christina.« Friedrich öffnete die Tür, nickte ihr zu und streckte Frau Hoffmann die Hand entgegen. »Sie sind …«

»Hoffmann. Viola Hoffmann.« Ein kurzes Lächeln huschte über ihr Gesicht. »Mein Mann …«

»Das können Sie mir gleich in Ruhe erzählen. Kommen Sie bitte herein.«

Friedrich nickte Christina noch zu, dann schloss er die Tür.

Während Christina die Treppe zur Kantine hinunterging, dachte sie an Frau Hoffmanns Worte: Mark ist an einer großen Sache dran, hatte sie gesagt. Die ganz große Story. Hatte er deswegen sterben müssen? Und was hatte er dann im Clubhaus der Wizards zu suchen?

28

Thomas stützte seine Ellenbogen auf die Schreibtischplatte und rieb sich die Stirn. Er hatte furchtbar geschlafen, jetzt war er müde und fühlte sich wie gerädert. Dabei hatte er gestern gar nicht viel getrunken. Ein Bier zum Grillen und abends noch eins vor dem Fernseher. Jörg und sein Kollege George waren bereits um vier am Nachmittag wieder gegangen, weil sie noch am selben Abend nach Hamburg fahren wollten. Ihr Auftrag war offenbar beendet, und sie mussten wieder zurück nach Glasgow.

Weshalb die beiden überhaupt nach Flensburg gekommen waren, hatte Jörg nicht erzählt. Thomas nahm jedoch an, dass es mit McKinnley zusammenhing. Sie hatten sich im Laufe des Nachmittags ausführlich über ihn und die Wizards unterhalten.

»Was meinst du?«, fragte Peer und schob seinen leeren Joghurtbecher mit dem Zeigefinger über die Schreibtischplatte von links nach rechts und wieder zurück. Auch er sah mitgenommen aus. »Hast du mittlerweile eine Idee, wie Hoffmann zu Tode kam und warum?«

Thomas schüttelte den Kopf. Das war es, was ihn in der Nacht wachgehalten hatte, die lähmende Ahnungslosigkeit in diesem Fall.

»Keine Idee, keine Theorie, nichts«, sagte er und verzog das Gesicht. »Wir haben nun wirklich jeden aus seinem Umfeld befragt – seine Kollegin Pohlmann, seine Ehefrau, Freunde, andere Kollegen …«

»Und nichts. Keiner weiß etwas.«

»Die Joggingstrecke sind wir abgefahren, den Arbeitsweg. Wir haben die Unfallmeldungen durchforstet …«

»Was meinst du, wollen wir einen Aufruf in die Zeitung setzen? Vielleicht hat ein Spaziergänger ihn bei seiner Joggingrunde gesehen.«

Thomas zuckte mit den Schultern. Das war noch eine Möglichkeit. Vielleicht war Hoffmann beim Joggen gestrauchelt, unglücklich gestürzt, und jemand hatte es gesehen, ihm sogar aufgeholfen.

Der Flensburger Wochenbote würde sie bestimmt in jeder Hinsicht unterstützen.

»Können wir mal probieren.«

Normalerweise mussten sie Überstunden machen, um die Fülle an Spuren auszuwerten, den Hinweisen nachzugehen, Leute zu befragen und Verdächtige zu verhören. Aber in diesem Fall gab es nichts. Keine Spuren, keine Hinweise. Die Auswertung der Fotos auf Hoffmanns Notebook hatte auch nichts ergeben. Sie hatten lediglich Fotos von der Rumregatta und einer Geburtstagsfeier im Altenheim gefunden, auf denen eine in sich zusammengesunkene und im Rollstuhl sitzende alte Frau zahnlos lächelte. Und seit die beiden Wizards entlastet waren, gab es nicht einmal mehr potenziell Verdächtige. Es war dieses Herumtappen im Dunkeln, das an seinen Nerven zerrte.

»Und wenn wir es hier mit einem klassischen Eifersuchtsdrama zu tun haben?«, sagte Peer. Er war dazu übergegangen, seinen Joghurtbecher so hin und her zu drehen, dass der Löffel klappernd gegen das Plastik schlug. »Wenn es eine der beiden Frauen war? Sie war sauer, es gab Streit, sie hat eine Vase oder Flasche oder was auch immer genommen und ihn niedergeschlagen?«

»Möglich. Aber irgendwie sagt mir mein Gefühl …«

»Ja, du hast recht. Ich glaube es auch nicht. Passt weder zu der Ehefrau noch zu der Geliebten. Eher würden die beiden sich gegenseitig die Augen auskratzen. Aber das ist alles, was wir zurzeit haben.«

Thomas schnaubte.

»Theoretisch kann Hoffmann auch einfach in der Badewanne ausgerutscht sein. Wir sollten Professor Effenberger danach fragen. Und die Spurensicherung in seine Wohnung schicken.« Thomas deutete auf den Joghurtbecher. »Könntest du das bitte lassen? Das Geklimper nervt.«

»Okay. Also die beiden Frauen. Wollen wir …«

Thomas' Telefon klingelte. Er hob ab.

»Moin Martens«, meldete sich der Chef. »Ich habe gerade einen Anruf von den Kollegen aus Harrislee erhalten. Im Klueser Wald haben sie einen Toten mit einer Schussverletzung gefunden. Die Beschreibung passt auf den seit Donnerstagabend vermissten Wolfgang Jablonski. Sie und Petersen fahren hin, um sich die Sache anzusehen und mit den Kollegen vor Ort zu sprechen.«

»Gut, aber …«

»Haben Sie schon eine Spur im Fall von Mark Hoffmann?«

»Nein«, gab Thomas zu. »Die Spurensicherung muss noch in seine Wohnung, um einen Unfall auszuschließen.«

»Gut, das werde ich veranlassen. Sie kümmern sich jetzt um den Fall des Toten in Klues. Frau Elbing bringt Ihnen gleich die Akte von Wolfgang Jablonski vorbei, machen Sie sich ein Bild von dem Mann. Ich gebe Ihnen noch die Telefonnummer des Kollegen. Zuständig ist Walter Gehrckens.«

Thomas klemmte sich den Hörer zwischen Schulter und Kinn und notierte die Nummer auf einem Zettel. »Gut, habe ich. Wir machen uns dann gleich auf den Weg.«

»Sehr gut. Und Martens?«

»Ja?«

»Machen Sie sich keine Gedanken. Es gibt immer wieder Fälle, in denen es kaum Spuren für uns gibt. Manchmal braucht es einen gewissen Abstand, gelegentlich sogar Ablenkung, um das bisschen, was wir haben, klar zu erkennen und einzuordnen. Manchmal muss man aber auch akzeptieren, dass man den Fall nicht aufklären kann. Und das passiert häufiger, als wir uns selbst eingestehen wollen. Das liegt aber nicht an Ihnen. Also machen Sie sich keinen Kopf, ja?«

Thomas konnte das feine Lächeln auf dem Gesicht seines Vorgesetzten ahnen. Martin Schmidt war ein großartiger Kriminalist. Und ein exzellenter Chef, wie er gerade mal wieder feststellte.

»In Ordnung, Chef. Ich werde es versuchen.«

Er legte auf. Peer sah ihn fragend an.

»Was gibt's?«

»In der Gemeinde Harrislee haben sie einen Toten mit Schussverletzung gefunden, im Klueser Wald. Der Beschreibung nach könnte es dieser Wolfgang Jablonski sein. Wir sollen hin.«

Thomas stand auf und nahm seine Jacke. In dem Moment klopfte es an der Tür. Frau Elbing, die Sekretärin, reichte ihm einen schmucklosen Pappordner, auf dem mit schwarzem Filzstift der Name Wolfgang Jablonski geschrieben stand, und verschwand, bevor er sich noch bei ihr bedanken konnte.

»Dann geht's los.« Sie gingen durch das Gebäude und durch den Hintereingang zum Parkplatz. »Weißt du was?«

Peer stand an der Fahrertür seines Wagens und sah ihn fragend an.

»Was denn?«

»Ich bin richtig froh, dass ich vom Fall Hoffmann abgelenkt werde. Es macht mich wahnsinnig, wenn sich ein Fall so gar nicht bewegt.«

»Nicht nur dich, Tom, nicht nur dich«, sagte Peer und schob sich hinter das Steuer.

Thomas setzte sich auf den Beifahrersitz und schnallte sich an, die Akte von Wolfgang Jablonski auf den Knien. »Während der Fahrt lese ich dir vor, was über Jablonski bekannt ist.«

Peer grinste schief.

»Ich hatte gehofft, dass du das sagen würdest.«

29

Jessica steuerte ihren Wagen auf der Suche nach einem Parkplatz die Toosbüystraße entlang. In der Nähe des Krankenhauses war garantiert nichts frei, und das kleine Stück konnte sie auch schnell zu Fuß gehen. Da! Endlich ein Parkplatz.

Sie bremste abrupt und blinkte erst danach. Hinter ihr hupte jemand. Ein junger Mann in einem alten Golf überholte sie mit quietschenden Reifen und zeigte ihr den Mittelfinger.

Das Einparken dauerte deutlich länger als sonst. Seit Freitag war sie müde, fühlte sich ausgelaugt und erschöpft. Doch gleichzeitig fand sie keine Ruhe. Sobald sie sich hinlegte, war sie hellwach, und die Gedanken kreisten unaufhörlich in ihrem Kopf. Mal formulierte sie die Story über die kriminellen Geschäfte der Wizards of Doom vor. Dann standen ihr die Fotos von dem Mord wieder vor den Augen. Oder sie dachte darüber nach, wie sie die Informationen bekommen konnte, die ihr noch fehlten, überlegte, wer der Tote auf dem Foto wohl sein könnte. Suchte nach dem Tatmotiv. Und immer wieder sah sie Mark. Wie er da auf dem grauen Estrich der Werkstatt gelegen hatte und die Wizards in ihren klobigen Bikerstiefeln um ihn herum gestanden hatten.

Auch diese Nacht hatte sie kaum geschlafen. Immer wieder war sie aufgestanden, durch die Wohnung gegangen, hatte ein bisschen an der Story gearbeitet und die Webseiten der Wizards in Deutschland und Dänemark auf der Suche nach dem Unbekannten durchstöbert. Hunderte von Fotos von Kerlen in Lederkutten, von Motorrädern, Stripteasetänzerinnen und Beerdigungen. Sie hatte so lange weitergemacht, bis die Gesichter vor ihren Augen verschwommen waren. Jetzt hatte sie das Gefühl, nicht allein in den Gliedern Blei zu haben. Ihre Reaktionen waren verlangsamt, sie konnte sich nur schwer konzentrieren. Natürlich brauchte sie Schlaf. Aber sie wusste, sobald sie nach Hause käme und sich hinlegte, würde sie wieder hellwach sein.

In einer der schlaflosen Stunden hatte sie sich die nächsten Schritte zurechtgelegt. Sie musste irgendwie näher an die Wizards herankommen. Und da war ihr die Frau eingefallen, die sich im Clubhaus um Mark bemüht hatte.

Christina.

Es hatte sie ein paar Anrufe und eine Flunkerei gekostet, dann hatte sie in Erfahrung gebracht, dass es sich bei dieser Christina um Frau Dr. Christina Martens handelte, Ärztin für Innere Medizin am Diako.

Jessica schloss ihren Wagen ab und eilte über die Straße. Es war kurz vor ein Uhr. Mit ein bisschen Glück kam sie gerade so, dass die Mittagspause begann oder endete und ein paar Minuten für ein Gespräch blieben. Was genau sie von Christina Martens wissen wollte, konnte sie noch nicht sagen. Das würde sich im Laufe des Gesprächs ergeben. Das erste Ziel war, einen Kontakt herzustellen.

Zögernd näherte sich Jessica den Glastüren des Krankenhauses. Die Vorstellung, dass am Freitag Mark durch ebendiese Tür gefahren worden war, war nur schwer erträglich.

»Für Mark«, flüsterte sie sich selbst zu. »Tu es für Mark! Er hat es verdient.«

Sie straffte die Schultern und trat auf die Glastüren zu, die sich mit einem leisen Zischen vor ihr öffneten.

In der Eingangshalle war es kühl und vergleichsweise still. Auf den grauen Plastikstühlen in der Nähe des Eingangs saß ein junger Mann in kurzen Hosen und telefonierte mit dem Handy. Sein Knie war bandagiert, er streckte das Bein steif aus, neben ihm lehnten blaue Gehhilfen, und am linken Handgelenk trug er einen Mullverband, aus dem ein gelbes Stück Plastik hervorragte. Er nahm kaum Notiz von Jessica.

»… echt Alter, ich schwör«, sagte er und lachte, als sie an ihm vorbei auf den Empfang zuging.

Eine ältere Frau mit blondierten Haaren sah sie an und lächelte freundlich.

»Moin«, sagte Jessica. »Ich möchte zu Dr. Christina Martens, Innere Medizin.«

»Haben Sie einen Termin?«

»Nein. Ich möchte sie sprechen. Es ist dringend. Wo finde ich sie?«

Das Lächeln der Empfangsdame wurde eisig.

»Es ist nicht üblich, die Ärzte ohne Termin aufzusuchen.« Sie zog aus einem Acrylständer eine Broschüre und klappte sie vor Jessica auf. »Hier«, sie machte mit dem Kugelschreiber ein Kreuz, »ist die Telefonnummer des Sekretariats der Abteilung für Innere Medizin. Rufen Sie dort an und lassen Sie sich einen Termin geben.«

So kam sie nicht weiter. Sie musste die Taktik ändern.

»Vielleicht sollte ich erklären …«, begann sie, und ihre Stimme klang tatsächlich zittrig und schwach. »Frau Dr. Martens hat am Freitag versucht, meinem Lebensgefährten das Leben zu retten. Aber …« Sie sah die Frau an, und ganz ohne ihr Zutun löste sich eine Träne aus dem Augenwinkel. »Er ist gestorben. Ich würde jetzt gern mit der Frau Doktor sprechen. Aber wenn es nicht geht …«

Tatsächlich kam die erwartete Reaktion. Das Gesicht der Empfangsdame wurde milder.

»Warten Sie.« Die Frau setzte ihre an einer roten Kordel baumelnde Lesebrille auf die Nase und schaute auf einer Liste nach. »Frau Dr. Martens müsste im Haus sein, sie hat heute Dienst. Station 2.« Sie blickte auf. »Aber wo Sie sie gerade finden können, kann ich Ihnen natürlich nicht sagen.« Sie warf einen Blick auf die große Uhr, die in der Eingangshalle hing. »Möglicherweise ist sie gerade zu Tisch. Wissen Sie was? Ich werde Frau Dr. Martens anpiepen. Wie ist Ihr Name?«

»Pohlmann, Jessica Pohlmann. Mein Freund heißt … hieß Mark Hoffmann.«

Die Dame nickte.

»Nehmen Sie dort drüben Platz. Ich sage Frau Dr. Martens Bescheid.«

Es dauerte nicht lange, bis Jessica eine junge Ärztin ohne Kittel, nur in weißer Hose und Hemd, an den Empfangstresen treten sah. Sie sprach kurz mit der Empfangsdame, dann kam sie auf sie zu. Jessica erkannte sie sofort, obwohl Christina Martens ihr naturbraunes Haar jetzt zu einem Pferdeschwanz gebunden hatte und nur sehr dezent geschminkt war.

»Guten Tag«, sagte sie. »Martens.«

»Jessica Pohlmann«, sagte Jessica und drückte die schmale Hand der Ärztin. »Danke, dass Sie sich die Zeit für mich nehmen.«

»Nun, eigentlich habe ich nicht viel Zeit«, erklärte Christina Martens und strich sich eine lose Strähne hinter das Ohr. »Um halb zwei ist Röntgenbesprechung. Aber in Anbetracht der Umstände wollte ich Sie nicht so einfach gehen lassen. Was kann ich denn für Sie tun?«

»Wir sind uns am Freitag auf der Party der Wizards kurz begegnet. Sie haben sich um meinen Lebensgefährten gekümmert«, begann Jessica, während sie die Ärztin eingehend musterte.

Sie war hübsch, wirkte kultiviert, freundlich. Kein blondiertes oder schwarz gefärbtes Haar, keine künstlichen Fingernägel, kein tiefer Ausschnitt, keine sichtbaren Tattoos oder Piercings. Diese Christina war das absolute Gegenteil davon, wie man sich eine »Rockerbraut« vorstellte. Aber wie kam eine hübsche und zweifellos intelligente Frau dazu, sich mit den kriminellen Rockern einzulassen?

Jessica erinnerte sich an die Szene, als der Schotte mit den beiden Bechern kam. Er hatte ihr einen Kuss gegeben. Offenbar war sie mit ihm liiert. Vielleicht war sie aber auch die »Hausärztin« der Gang, die sich um die Frauen in den Bordellen kümmerte? Schwer vorstellbar, wenn man sich die Frau ansah. Aber das freundliche, unschuldige Gesicht konnte täuschen.

»Mark Hoffmann. Vielleicht erinnern Sie sich?«

»Ob ich mich erinnere?« Die Ärztin lächelte gequält. »Wissen Sie, auch für Ärzte ist es nicht unbedingt alltäglich, einen Patienten gehen lassen zu müssen. Noch dazu einen jungen Menschen.«

»Sechsunddreißig«, erwiderte Jessica. »Mark war sechsunddreißig.«

»Für ärztliche Begriffe ist das jung. Ich bin Internistin. Das Gros der Patienten, mit denen ich tagtäglich zu tun habe, ist mehr als doppelt so alt.«

»Können Sie mir sagen, wie Mark gestorben ist?«

Christina Martens schüttelte langsam den Kopf.

»Es tut mir leid, wirklich, aber ich darf Ihnen nichts darüber erzählen. Sie sind keine direkte Angehörige, und ich stehe unter Schweigepflicht.«

»Aber er war mein Lebensgefährte!«

»Das mag sein, Frau Pohlmann, aber das Gesetz ist da eindeutig. Herr Hoffmann ist nicht mit Ihnen verheiratet, und er hatte auch keine auf Ihren Namen lautende Patientenverfügung. Also darf ich Ihnen nichts sagen.« In ihrer Hosentasche piepte es. Sie holte ein kleines Gerät heraus und schaute kurz auf das Display. »Es tut mir leid, ich muss zurück auf die Station.«

Sie stand auf, und Jessica erhob sich ebenfalls. So schnell wollte sie die Ärztin nicht gehen lassen. Es gab noch zahllose Fragen, die sie loswerden wollte. Fragen, die nichts mit der Schweigepflicht zu tun hatten, aber Zeit brauchten. Da kam ihr eine Idee.

»Würde es Ihnen etwas ausmachen, wenn wir uns zum Essen treffen? Ich lade Sie ein. Ich will Sie auch nicht überreden, Ihre Schweigepflicht zu brechen. Ich würde Sie nicht über Marks Krankenakte aushorchen, versprochen. Ich möchte mich lediglich bei Ihnen für Ihre Hilfe bedanken.«

»Die ja unglücklicherweise nichts am letalen Ausgang ändern konnte«, sagte Christina Martens und runzelte die Stirn. »Ich weiß nicht, ob …« Einen Augenblick befürchtete Jessica, dass sie ablehnen würde, doch dann schien sie es sich anders zu überlegen. »Warum eigentlich nicht. Wo und wann?«

»Was halten Sie davon, wenn wir uns um sieben Uhr heute Abend an der Brauerei am Hafen treffen?«

»Gut, einverstanden.«

»Dann bis heute Abend!«

Jessica reichte ihr die Hand, und Christina Martens eilte mit schnellen Schritten davon.

Etappenziel erreicht, dachte sie. Denn bei gutem Essen und einem Glas Wein würde sich die Zunge der verschwiegenen Ärztin bestimmt leichter lösen lassen. Und vielleicht plauderte sie dann auch etwas über ihre Beziehungen zu den Wizards of Doom aus.

30

Peer bog von der Hauptstraße ab und fuhr in die Forststraße, die sich durch den Klueser Wald zog.

»Da vorn muss es sein«, sagte er und deutete durch die Windschutzscheibe auf einen schmalen Forstweg, der von der holperigen Straße abzweigte.

Ja, das war unschwer zu erkennen. Am Straßenrand parkten Polizeiwagen mit Blinklicht, der Transporter der Spurensicherung, ein Leichen- und ein Krankenwagen. Quer über dem Weg und zwischen den Bäumen hindurch spannten sich die gestreiften Absperrbänder der Polizei.

Thomas warf den Pappordner mit Wolfgang Jablonskis Namen auf die Ablage vor ihm.

Die kurze Fahrt von Flensburg zum Wald, der zur Gemeinde Harrislee gehörte, hatte völlig ausgereicht, um die Akte zu lesen. Wolfgang Jablonski war sechsundvierzig, unverheiratet, alleinstehend und bewohnte eine Zwei-Zimmer-Wohnung in einem Hochhaus in Engelsby. Sein Vater war vor zwei Jahren gestorben, seine Mutter lebte in einer Einrichtung für Demenz-Patienten in Kiel. Es gab weder Geschwister noch Verwandte, er war in keinem Verein oder Club Mitglied, zu den Nachbarn pflegte er keine Kontakte. Und abgesehen von zwei Tickets wegen Falschparkens im letzten Jahr hatte er eine blütenreine Weste. Das Spannendste an Wolfgang Jablonski und seinem Leben schien tatsächlich sein Job zu sein: Er war Ingenieur in der Kontrollabteilung von Köhler & Sohn, dem international bekannten Waffenfabrikanten.

Peer bremste ab und parkte den Wagen an der Seite hinter dem Transporter. Ein Polizist trat zu ihnen heran, und er ließ die Scheibe herunterfahren.

»Moin. Petersen und Martens, Kriminalpolizei Flensburg.« Sie zeigten ihre Ausweise und stiegen aus.

»Moin. Gehrckens, Polizei Harrislee.« Sie schüttelten einander die Hände.

»Was haben Sie bislang?«

Der Polizist, ein grauhaariger Mann mit einem gemütlichen Bauch, schob sich die Mütze ins Genick und rieb sich das Gesicht.

»Einen Toten mit Schussverletzung am Kluesrieser Bach«, sagte er, und Thomas hatte den Eindruck, dass der Kollege mit dem Leichenfund an seine persönliche Grenze kam. Falschparker und Familienstreitigkeiten schienen normalerweise Gehrckens' größte Probleme zu sein. »Der Tote ist männlich, zwischen vierzig und fünfzig Jahre alt. Er hat eine Schusswunde am Kopf, die mutmaßliche Tatwaffe lag neben ihm.«

»Wer hat ihn gefunden?«

Der Polizist verzog das Gesicht zu einem schiefen Lächeln.

»Der Klassiker – Spaziergänger mit Hund.«

»Können wir mit diesem Zeugen sprechen?«

Der Polizist zuckte mit den Schultern.

»Weiß ich nicht, der Mann ist ziemlich mitgenommen. Was ich verstehen kann. Ist kein schöner Anblick. Er wird gerade von den Sanitätern behandelt.«

Gehrckens deutete auf den Krankenwagen. In der offenen Tür saß ein Mann in Freizeitkleidung mit bebenden Schultern, die Hände vor das Gesicht geschlagen.

»Haben Sie die Personalien schon aufgenommen?«

»Selbstverständlich.« Es klang entrüstet.

»Wie heißt der Mann denn?«

Gehrckens klappte ein Notizbuch auf.

»Quast. Siegmund Quast.«

Thomas und Peer näherten sich dem Mann.

»Herr Quast?«

Der Mann hob seinen Kopf und sah sie aus geröteten Augen an. Selten hatte Thomas so ein bleiches Gesicht gesehen. Er stellte sich vor.

»Ich weiß, dass es jetzt für Sie schwierig ist. Dürfen wir Ihnen trotzdem ein paar Fragen stellen?«

Der Mann öffnete den Mund, doch dann begann er zu schluchzen. Der Sanitäter neben ihm legte ihm eine Hand auf die Schulter und schüttelte den Kopf.

»Er ist nicht vernehmungsfähig. Wir nehmen ihn jetzt mit.«

»Wo bringen Sie ihn hin?«

»Ins Diako.«

»Gut.« Thomas wandte sich wieder dem Mann zu, der von einem Krampf geschüttelt zu werden schien. »Kommen Sie erst einmal ein bisschen zur Ruhe, Herr Quast. Wir können auch später miteinander reden. In Ordnung?«

Thomas meinte, ein kurzes Nicken zu sehen.

»Bringen Sie uns jetzt zur Leiche?«

Gehrckens verzog das Gesicht.

»Dann kommen Sie mal. Ich hoffe, Sie haben starke Nerven.«

Sie folgten ihm durch knöcheltiefes Laub zu einer der zahlreichen Senken, die sich durch den ganzen Wald zogen, auch auf der dänischen Seite im Gebiet zwischen Kruså und Kolding. Zum Teil waren es richtige Schluchten, über die schmale Holzbrücken führten und durch die Bäche Richtung Förde plätscherten. Oft, wenn Thomas mit seiner Familie auf der anderen Seite der B 200 zwischen Ostseebad und Wassersleben spazieren ging, dachte er, dass er sich als Kind genau so einen Wald zum Spielen gewünscht hätte.

»Und Sie glauben, dass es sich bei dem Toten um den vermissten Wolfgang Jablonski handeln könnte?«, fragte er den Polizisten, der neben ihm durch das Laub stapfte.

»Die Beschreibung passt. Freundlicherweise hatte er auch seine Papiere dabei. Aber sehen Sie selbst, da unten ist er.«

Thomas blickte auf den Grund der Schlucht, wo ein schmaler

Bach zwischen moosbewachsenen Findlingen Richtung Förde hinabplätscherte.

Ein wunderschöner Ort, dachte er. Wenn nicht …

Wenn nicht der Geruch von Verwesung über der Idylle gehangen hätte, der zu dem mit einer grauen Plane abgedeckten Körper gehörte. Nur ein paar Meter daneben stand der Metallsarg bereit. Männer in Overalls und mit Metalldetektoren kletterten zwischen den Steinen und an der Böschung herum.

»Dürfen wir?«, fragte Thomas und deutete nach unten.

»Sicher. Aber seien Sie vorsichtig. An dem Hang kommt man leicht ins Rutschen.«

Der Tote hat es offenbar geschafft, dachte Thomas. Seitlich stieg er den steilen Abhang hinunter und stützte sich dabei immer wieder mit der Hand an einer herausragenden Baumwurzel oder einem Stein ab.

»Welch eine Mühe, um sich umzubringen«, keuchte Peer, der aufgrund seines Übergewichts erheblich mehr Probleme mit solchen körperlichen Herausforderungen hatte als Thomas.

»Ja, ist schon ungewöhnlich. Vielleicht wollte er nicht gefunden werden?«

Sie gingen auf den Arzt zu, der etwas in einem Koffer sortierte. Sie kannten sich, er war ein erfahrener Mann mit einem ausgezeichneten Instinkt. In den vergangenen Jahren hatten sie schon oft zusammengearbeitet – zuletzt im Mai, als eine tote Krankenschwester aus der Förde gezogen worden war.

»Moin«, grüßte Thomas und streifte sich Latex-Handschuhe über, was Peer ebenfalls tat. »Ist das hier der Fundort?«

Der Arzt schüttelte den Kopf.

»Er lag etwa einen halben Meter weiter vorne auf dem Rücken, Oberkörper bis zu den Hüften im Bach. Das können Sie sich nachher auf den Fotos ansehen.«

»Können Sie mir schon etwas über den Toten erzählen?«

»Er liegt seit mindestens vierundzwanzig Stunden hier, nicht länger als fünf Tage. Glücklicherweise ist es hier im Wald und direkt am Bach ein paar Grad kühler als im Umland. Sonst wären die Schäden sicherlich ausgeprägter. Das Einschussloch befindet sich an der rechten Schläfe, die Kugel ist am linken Schläfenbein wieder ausgetreten. Sonst keine auf den ersten Blick sichtbaren Verletzungen. Nach meiner Einschätzung muss der Tod sofort eingetreten sein.«

»Haben Sie das Projektil gefunden?«

Der Arzt breitete die Arme aus und deutete auf die Umgebung.

»Meinen Sie die Frage ernst? Das ist wie eine Stecknadel im Heuhaufen. Sein Kopf lag die ganze Zeit im Kluesrieser Bach. Außerdem hat es in der Nacht geregnet. Ich schätze, Sie können sich die Chancen, da etwas zu finden, selbst ausrechnen. Aber die Kollegen sind noch dabei.«

»Dürfen wir den Toten sehen?«

»Natürlich. Ich hoffe, Sie haben einen kräftigen Magen.« Er kniete sich neben dem Körper auf den Boden und hob die Plane an. Der Leichengeruch wurde stärker.

Es war tatsächlich kein schöner Anblick. Das blau karierte Hemd war durchweicht, die Haut weiß und aufgedunsen vom Wasser. Die Verwesung hatte bereits eingesetzt, Insekten und offenbar auch größere Tiere hatten sich an dem Leichnam gütlich getan. Die aufgequollenen Hände steckten in den Plastikbeuteln der Spurensicherung.

Der Arzt legte seine Hände um den Kiefer des Leichnams und drehte den Kopf auf die linke Seite.

»Sehen Sie?« Er deutete auf das schwarz verkrustete Loch an der Schläfe. Dann drehte er den Kopf zur anderen Seite. »Die Austrittswunde ist relativ klein.«

Thomas hielt sich die Nase zu und wandte sich ab.

»Das reicht. Sie können wieder …«

Der Arzt breitete die Plane wieder über den Kopf des Toten und hielt Peer eine schwarze Geldbörse hin.

»Das hatte er bei sich in der rechten Gesäßtasche.«

Peer nahm das Portemonnaie entgegen und klappte es auf.

»Keine Scheine, ein paar Münzen. Hier ist der Ausweis.« Er zeigte ihn Thomas. »Es ist Jablonski.«

»Ja.« Auch er hatte keinen Zweifel daran. Trotz Verwesung, Wasserschäden und Tierfraß war die Ähnlichkeit des Toten mit dem Mann vom Foto nicht zu leugnen. »Hatte er einen Abschiedsbrief dabei?«

Der Arzt schüttelte den Kopf. »Nein.«

»Was ist mit der Waffe?«

Der Arzt deutete auf einen Plastikbeutel, in dem eine schwarze Pistole steckte.

Peer nahm ihn und begutachtete die Waffe.

»Eine Halbautomatik, 9 mm, Köhler & Sohn.« Er schnaubte. »Eine Waffe aus eigener Herstellung sozusagen.«

Der Arzt stand auf und zupfte sich welkes Laub von der Hose.

»Können wir ihn jetzt wegbringen? Professor Effenberger in Kiel wartet schon sehnsüchtig auf ihn.«

»Ja, natürlich.«

Sie verabschiedeten sich und machten sich an den mühsamen Aufstieg.

»Warum hier?«, fragte Thomas und deutete auf den Wald und die Umgebung. »Jablonski wohnte in Engelsby. Das ist nicht gerade um die Ecke.«

Peer zuckte mit den Schultern.

»Vielleicht wollte er es an einem idyllischen Ort tun?«

»Wenn du aus Engelsby rausfährst, bist du auch gleich in schönen Wäldern.«

»Dann hatte er möglicherweise eine persönliche Verbindung zum Klueser Wald. Oder nein, warte mal. Das Werk von Köhler & Sohn ist auf dieser Seite der Förde. Vielleicht hat er es am Donnerstag direkt nach Feierabend getan.«

»Ja, das wäre denkbar.«

»Und wenn wir schon mal dabei sind: Wie ist Jablonski eigentlich hierhergekommen?«, fragte Peer, als sie die Straße erreicht hatten. Er wischte sich keuchend den Schweiß von der Stirn.

»Gute Frage«, sagte Thomas und ging auf einen der Streifenpolizisten zu. »Haben Sie schon Jablonskis Wagen gefunden?«

»Nein.«

»Erkundigen Sie sich nach Fahrzeug und Kennzeichen und suchen Sie dann die ganze Gegend ab. Vielleicht hat Jablonski sein Auto auch an einer der Straßen geparkt und ist zu Fuß hierhergestiefelt. Aber ich kann mir nicht vorstellen, dass er mit dem Bus gekommen ist.«

»Wird gemacht!«

Der Polizist ging zu einem der Streifenwagen und begann zu telefonieren.

Peer und Thomas stiegen wieder in ihren Wagen. Eine Weile saßen sie schweigend da und starrten aus dem Fenster auf die Absperrbänder, die zwischen den Bäumen leuchteten. Der Krankenwagen mit Siegmund Quast war schon weg. Dann sahen sie, wie der Metallsarg mit den sterblichen Überresten von Wolfgang Jablonski zum Leichenwagen getragen wurde.

»Weißt du, woran ich gerade denke?«, fragte Peer.

»Woher soll ich denn das wissen?«

»Es gibt niemanden, dem wir Bescheid sagen müssen.«

»Ja.« Thomas rieb sich das Gesicht. Daran hatte er auch gerade gedacht. Wer würde Wolfgang Jablonski vermissen? »Vielleicht haben wir da das Motiv für den Selbstmord.«

31

Der Sand war kühl und noch ein bisschen feucht vom Regen der letzten Nacht. Das konnte er sogar durch die Armeejacke spüren, während er bäuchlings auf dem Boden lag und die Sonne seinen Rücken wärmte. Im Hintergrund, ein paar Schritte von ihm entfernt, stand der Major mit den beiden Männern, die er als seine »Adjutanten« bezeichnete. Sie unterhielten sich leise und warteten sein Urteil ab.

Vor ihm ruhte das Hades 11 auf seinem Zweibein. Er hatte bereits vier Schüsse abgegeben. Zwei im Keller des Gutshauses, den der Major zu einem erstklassigen Schießstand umgebaut hatte. Zwei auf dem kleinen Schießstand im freien Gelände. Diesmal wollte er unter erschwerten Bedingungen einen Schuss abgeben – bei weichem Untergrund, starkem Seitenwind von der Förde und einem Ziel, das mehr als achthundert Meter entfernt war. Er war auf der Suche nach der Schwachstelle des Hades 11.

Bisher hatte er keine gefunden.

Das Zweibein glich die Unebenheiten des Untergrunds mühelos aus und stand im weichen Sand ebenso fest wie im Schießstand auf Beton. Das Gewehr ließ sich nahezu geräuschlos laden, die Patrone glitt beinahe von selbst in die Kammer, der Abzug hakte an keiner Position und war nachgiebig, ohne weich zu sein. Und die Schulterstütze schmiegte sich an seinen Körper, als gehöre sie dorthin.

Er setzte die Zieloptik auf. Es war gut, dass er sich bereits gestern damit vertraut gemacht hatte. Mittlerweile störte ihn das Gerät, das wie eine Mischung aus Fernglas und Sonnenbrille aussah, nicht mehr. Das Gewicht spürte er kaum noch, und Gummiaufsätze, verstellbare Bügel und ein flexibler Gurt erhöhten den Tragekomfort. Das Verkabeln der Zieloptik mit der Abschussvorrichtung war auch kein Problem. Gestern, beim ersten Mal, hatte er ein bisschen fummeln müssen. Mittlerweile traf er die Buchse, ohne hinzusehen.

Für seinen fünften Versuch hatte er sich ein Birkenwäldchen ausgesucht, geschätzte achthundertfünfzig Meter entfernt. Er schaltete die Zieloptik an.

Die Welt um ihn herum bekam eine andere Farbe – Grau- und Rottöne überwogen. Am Rand seines Blickfelds erschien ein Maßstab, digitale Zahlen huschten vorbei, während er nach dem Baum suchte, den er vorher markiert hatte. Da war er. Eine junge schlanke Birke, genau achthundertsechsundfünfzig Komma neun Meter entfernt, mit einem Stammdurchmesser von zehn Zentimetern, halb hinter einer anderen Birke verborgen. Das ideale Ziel für diesen Test.

Er wühlte sich etwas tiefer in den Sand, die Beine hinter sich lang ausgestreckt. Und dann blendete er seine Umgebung aus.

Der Wind, die Stimmen des Majors und seiner Adjutanten, das Sonnenlicht, das Geräusch der Brandung – das alles nahm er nur noch am Rande wahr. Es gab nur noch ihn, das Hades 11 und diese junge Birke, achthundertsechsundfünfzig Komma neun Meter von ihm entfernt. Ruhig atmete er ein. Dann aus. Und in dem Moment, als seine Lungen keine Luft mehr enthielten, diesem kurzen Augenblick der völligen Ruhe, zog er den Abzugsbügel durch.

»Hoka hey«, flüsterte er.

Der Knall war kaum der Rede wert, kaum lauter als ein Knallfrosch.

Er erhob sich, baute das Gewehr ab und legte die Teile in den Koffer, den er in eine Armeetasche gesteckt hatte, und zog den Reißverschluss zu. Neun Sekunden. Länger brauchte er dafür nicht. Es war, als gehörten er und das Gewehr bereits zueinander.

»Wollen wir uns das Resultat ansehen?«, fragte der Major.

»Ja.«

Er nahm die Tasche und schulterte sie.

Sie schlenderten zum Birkenwäldchen und unterhielten sich dabei über Belanglosigkeiten, als wären sie nichts anderes als gewöhnliche Spaziergänger am Strand.

»Da ist der Baum«, sagte er und deutete auf die Birke, in deren Stamm er ein Herz geschnitzt hatte. Abgesehen davon war an dem Baum nichts zu sehen. Hatte er den Stamm verfehlt? Hatte er die Schwachstelle des Hades 11 gefunden – eine mangelnde Zielgenauigkeit auf große Distanz? Vorsichtig glitten seine Finger über die Rinde. Da war etwas …

Er zog sein Messer aus der Tasche, klappte es auf und schälte ein Stück der Rinde ab. Da war das Einschussloch, ganz eindeutig. Die Borke hatte sich darüber wieder geschlossen. Auf der anderen Seite des Stammes war kein Austrittsloch zu entdecken. Das Geschoss steckte immer noch im Baum und würde dort bleiben, bis die Birke irgendwann gefällt wurde.

Das SR Hades 11 war perfekt.

»Ich bin beeindruckt«, sagte er. »Das Gewehr lässt keine Wünsche offen. Und zusammen mit der Munition werden Sie damit schon bald den Markt beherrschen.«

Der Major lächelte nur.

Und er verstand. Das SR Hades 11 sollte gar nicht an den offiziellen Markt gehen. Der Major wollte seine Firma nicht mit den zeitaufwendigen und kostspieligen Genehmigungsverfahren belasten, sondern verdienen. Wer auch immer das Hades 11 kaufen würde, brauchte natürlich auch die passende Munition. Und die würde es nicht für zehn Euro pro Schachtel an jeder Straßenecke geben. Eine geniale Strategie.

Trotzdem musste er das Gewehr haben. Er wusste bereits jetzt, dass er nie wieder mit einer anderen Waffe arbeiten wollte.

»Wie teuer ist ein Hades 11?«

»Möchten Sie eins kaufen?« Der Major lachte, dann schlug er ihm auf die Schulter. »Hunderttausend Euro, und eine Packung mit acht Schuss Munition gibt es gratis dazu.«

Acht Schuss hieß acht Aufträge. Eine Schachtel Munition, und die Anschaffungskosten waren locker wieder drin. Er nickte.

»Einverstanden.«

Der Major lachte wieder.

»Nein, mein Freund. Dieses Exemplar gehört Ihnen. Ich schenke es Ihnen.«

»Schenken?«

»Ja. Sie bekommen einen Auftrag von mir. Und mit diesem Auftrag werden Sie das Hades 11 bei den Snipern bekannt machen. Eine bessere Werbung kann ich mir doch gar nicht wünschen.«

»Okay. Wer ist das Ziel?«

Der Major zog ein Foto und einen zusammengefalteten Zettel aus der Innentasche seiner Jacke und reichte es ihm.

»Daniel Bauer. Ein Mann, der gewohnt ist, mit dem Schädel durch die Wand zu gehen. Nicht unbedingt eine Stütze der Gesellschaft. Er arbeitet seit ein paar Monaten für einen Freund von mir, hat sich aber mittlerweile als großes Sicherheitsrisiko entpuppt – ungeduldig, redselig und vor allem dumm.«

Er sah den Mann auf dem Foto an. Etwa Ende zwanzig, kahlgeschoren, eine breite Boxernase, muskulös. Auf dem Zettel standen ein paar Informationen – Adresse, Arbeitszeiten, Autokennzeichen. Was bei der Erfüllung des Auftrags eben nützlich sein konnte.

»Gut.« Er nickte, faltete den Zettel zusammen und steckte ihn in die Innentasche seiner Jacke. »Innerhalb von zehn Tagen. Über den genauen Zeitpunkt entscheide ich.«

Der Major nickte.

»Man sagte mir schon, dass Sie so arbeiten. Das ist kein Problem.« Er streckte ihm das Foto entgegen. »Hier, nehmen Sie, damit …«

»Nicht nötig«, erwiderte er und lächelte. »Ich vergesse kein Gesicht. Niemals.«

32

Duke reihte sich in die Schlange vor der Passkontrolle ein und gähnte. Sieben Leute waren vor ihm.

Wenn er die Fahrt von Flensburg zum Hamburger Flughafen mitrechnete, war er mittlerweile seit fast acht Stunden unterwegs. Was ihn dabei vor allem zermürbte, war die Warterei, das sinnlose Herumsitzen – vor dem Gate in Hamburg, im Flugzeug, beim Zwischenstopp in London, dann wieder im Flugzeug. Obwohl er in London auch seinen Spaß gehabt hatte.

In der Wartehalle war ihm aufgefallen, dass die beiden Bullen ihn beobachtet hatten. Erst hatte er versucht, ihnen zu entgehen, indem er sich einen anderen Platz hinter einer Säule gesucht hatte. Doch sie waren ihm gefolgt. Ganz unauffällig, mal der eine, dann der andere. Nach einer Viertelstunde hatte er die Nase voll gehabt. Er hatte sich in den Raucherbereich verzogen. Und als sie ihm auch dorthin nachgeschlichen waren, war er auf sie zugegangen und hatte ihnen Zigaretten angeboten. Das hatte die beiden sichtlich aus dem Konzept gebracht.

Jetzt gingen die beiden Bullen mit ihren silbernen Koffern an allen Passagieren vorbei, während Duke in der Warteschlange stand und quälend langsam weiter aufrückte.

Noch fünf.

Eine alte Frau hatte Schwierigkeiten, ihren Ausweis aus dem Portemonnaie zu ziehen. Sie wurde nervös, und endlich half ihr jemand.

Vier.

Untätige Warterei war nichts für ihn. Duke spürte, wie er unruhig wurde. Seine Haut begann, an den unterschiedlichsten Stellen zu jucken.

Zwei.

Er schloss die Augen, dachte an Will. Hoffentlich kam er nicht zu spät. Und vielleicht ging ja doch noch alles gut. Käte hatte versprochen, für Will zu beten. Schaden konnte es nicht. Er selbst hatte schon lange aufgegeben, mit dem alten Herrn da oben zu reden. Er hatte den Eindruck, dass Gott von Duke McKinnley keine große Meinung hatte. Aber bei Käte war es etwas anderes. Die alte Dame musste man einfach gern haben. Ihr hörte er bestimmt zu. Und aus irgendeinem Grund fühlte er sich bei dem Gedanken, dass die gute alte Käte jetzt in diesem Moment an ihrem Küchentisch saß, die aufgeschlagene Bibel vor sich, und den Himmel um Wills Genesung bat, etwas besser.

Endlich war er an der Reihe.

Duke schob seinen Ausweis durch die schmale Lücke unter der Scheibe aus Sicherheitsglas hindurch. Der Beamte auf der anderen Seite warf ihm einen kurzen Blick zu, dann gab er ihm den Ausweis zurück.

»Willkommen in Glasgow«, sagte er und erst, als Duke den Ausweis wieder verstaut hatte und an dem Schalter vorbeiging, wurde ihm klar, was der Mann gerade gesagt hatte.

Glasgow.

Er war wieder zu Hause.

Und warum konnte er sich dann nicht freuen? Wenigstens ein bisschen?

Wegen Will?

Sicher. Das war bestimmt ein Grund, aber …

Wegen Money Mike?

Vielleicht auch das. Obwohl er das irgendwie klären und hinter sich bringen würde.

Etwas fehlte.

Er trat in die Ankunftshalle hinaus und sah sich um. Sofort entdeckte er Trace und Flick. Die beiden Wizards waren nicht zu übersehen. Breitschultrig und breitbeinig, der eine mit Glatze und bis auf die Brust reichendem weißen Bart, der andere mit feuerroten langen Haaren, standen sie mit reichlich Platz um sich herum inmitten der Menschen, die sich in dem Bereich drängten, um ihre ankommenden Freunde und Angehörigen zu begrüßen. Es schien, als würden alle anderen auf dem Flughafen ihre Nähe meiden. Möglicherweise lag es daran, dass beide ihr Patch trugen.

Duke ging auf sie zu, und sie umarmten sich zur Begrüßung.

»Schön, dich wieder hier zu haben, Bro«, sagte Trace und seine Stimme klang tatsächlich etwas heiserer als sonst. »Wir fahren gleich ins Krankenhaus.«

Duke schluckte, seine Knie wurden weich.

»Krankenhaus? Ist Will …«

»Er lebt noch, wenn du das meinst.« Flick versuchte sich an einem Lächeln. »Aber …«

Dukes Reserven an Geduld waren nun endgültig erschöpft.

»Fuck. Nun redet schon. Wie geht es ihm?«

Trace schüttelte den Kopf. »Die Ärzte wollen nicht so recht mit der Sprache herausrücken. Und wenn sie etwas sagen, werfen sie so mit Fachausdrücken um sich, dass sie ebenso gut gleich die Klappe halten könnten.«

Tja, wenn Christina hier wäre, könnte sie uns alles ganz genau erklären, dachte Duke und wusste plötzlich, was bei seiner Ankunft in Glasgow nicht stimmte. Was hier fehlte. Die Antwort war einfach und kurz: SIE.

»Komm.« Trace klopfte ihm auf die Schulter. »Der Wagen parkt direkt vor dem Eingang.«

»Wagen?«

Flick grinste und deutete auf den Handkoffer.

»Deinen Beautycase kannst du auf keinem Bike festschnallen. Wir haben doch geahnt, dass du mit Lady-Gepäck reist!«

»Fick dich!«, erwiderte Duke und stieß ihm freundschaftlich den Ellenbogen in die Rippen.

Dann traten sie aus dem Flughafengebäude. Sofort sprühte Duke ein feiner Regen ins Gesicht. Autos, Busse und Taxis fuhren auf der linken Seite, an der Bushaltestelle standen die Wartenden in einer wohlgeordneten Schlange. Englisch. Überall wo er hinhörte, wurde englisch gesprochen oder schottisch. Er hörte sogar ein paar gälische Wortfetzen.

Ja. Jetzt war es nicht mehr zu leugnen.

Glasgow.

Er war wieder zu Hause.

Duke hasste Krankenhäuser.

Er hasste die gelben Plastikstühle in der Eingangshalle und in den Fluren. Der Geruch nach Desinfektionsmittel, Verbandsmull und gestärkter Wäsche verursachte ihm Übelkeit. Der verzweifelte und zugleich halbherzige Versuch, mit ein paar Grünpflanzen und seltsamen Bildern an den Wänden die Andeutung von Gemütlichkeit oder gar Schönheit zu erzeugen, widerte ihn an. Vor dem Quietschen der Gummisohlen der überall hin und her huschenden Ärzte und Schwestern wollte er sich am liebsten die Ohren verstopfen.

Die Mienen der hier Beschäftigten – egal ob am Empfang, Arzt oder Pflegepersonal – mit diesem freundlich nachsichtigen und gleichzeitig so herablassend, arrogant wissenden Lächeln machten ihn wütend. Am meisten aber hasste er das Gefühl der Hilflosigkeit, des Ausgeliefertseins, der Angst, das ihn jedes Mal überfiel, sobald er die Schwelle eines Krankenhauses überschritt. Es ließ ihn zusammenschrumpfen, bis er wieder neun Jahre alt war.

Im Fahrstuhl musste er sich zusammenreißen, um nicht durchzudrehen. Sein Herz hämmerte gegen seine Rippen, während er Trace und Flick einen Flur entlang folgte. Bei jeder Tür, an der sie vorbeigingen, glaubte er das dahinter verborgene Leid, den Schmerz und die Angst zu spüren.

»Wir müssen diese Kittel anziehen, sonst dürfen wir nicht rein«, sagte Trace, als sie an einer Glastür angekommen waren, auf der mit großen schwarzen Buchstaben etwas geschrieben stand, das er nicht lesen konnte.

Erinnerungen tauchten auf. Erinnerungen, wie er vor einer ähnlichen Tür gestanden hatte – deutlich kleiner, er hatte den Kopf in den Nacken legen müssen – und verzweifelt versucht hatte, zu entziffern, was dort geschrieben war. Weil sie es dann schaffen würde. Weil sie nicht sterben würde, wenn er das Geheimnis der Buchstaben entwirrt hatte, wenn er endlich lesen könnte.

Genau wie damals brach ihm der Schweiß aus allen Poren, und für einen Moment raubte ihm die Panik den Atem.

»Hey, Bro!« Trace legte eine Hand auf seine Schulter und sah ihn besorgt an. »Du musst das nicht tun. Du weißt, dass Will es versteht.«

Duke schloss die Augen, ballte die Fäuste und atmete tief durch. Dann endlich, gefühlte Stunden später, schüttelte er den Kopf.

»Das weiß ich. Aber ich verstehe es nicht. Geschweige denn, dass ich es mir verzeihen würde. Ich krieg das hin. Ich hab's bei meinem Alten geschafft, da werde ich jetzt nicht kneifen. Schon gar nicht bei Will.«

Flick reichte ihm einen zusammengelegten Kittel. Er war dunkelgrün und so steif, dass Duke Mühe hatte, ihn auseinanderzufalten. Beim Anziehen kam er kaum durch die Ärmel hindurch. Als er es endlich geschafft hatte, war er schweißgebadet. Der Geruch des krankenhauseigenen Waschmittels stieg ihm in die Nase. Sein Magen rebellierte. Offenbar benutzten sie hier immer noch das gleiche Waschmittel wie vor fünfundzwanzig Jahren.

»Bist du wirklich sicher?«, fragte Trace noch einmal.

Duke wischte sich mit dem Ärmel den Schweiß von der Stirn.

»Ja«, stieß er trotzig hervor und spürte, wie sich die Panik allmählich verdrückte und der Wut Platz machte. Wut über sich selbst. Das war ein deutlicher Fortschritt.

Trace drückte auf einen roten Knopf an der Wand, und ein schriller Klingelton ertönte. Durch die Milchglasscheibe konnten sie sehen, wie sich jemand näherte, um die Tür zu öffnen.

»Wir möchten zu William Tynne«, sagte Flick. »Ist es möglich?«

Die Schwester in blauem Hemd und blauer Hose warf einen kurzen Blick über die Schulter.

»Sieht so aus, als sei er gerade fertig. Den Weg kennen Sie ja.«

Es beruhigte ihn, dass Trace und Flick an seiner Seite waren. Er wusste, sie würden eingreifen, ihn festhalten oder hinausbringen, falls er doch durchdrehen sollte. Trotzdem biss er die Zähne zusammen, bis es wehtat.

Dann hatten sie das Zimmer erreicht. Trace klopfte.

Eine halbe Stunde später war Duke allein im Zimmer mit Will. Laura war mit Trace und Flick hinausgegangen, um einen Kaffee zu trinken. Wills Frau sah müde und verhärmt aus. Sie hatte Duke zur Begrüßung in die Arme genommen und geweint. Gleichzeitig aber auch gelächelt. Sie freute sich, dass er da war. Und sie hatte erzählt, was seit seinem letzten Anruf geschehen war. Will hatte mittlerweile ein paarmal das Bewusstsein erlangt, und die Ärzte waren – im Rahmen dessen, was sie preisgaben – offenbar vorsichtig optimistisch.

Das Licht drang nur gedämpft durch die halb geschlossenen Jalousien ins Zimmer. Dünne Plastikschläuche verbanden Will mit den medizinischen Geräten, die piepten und ratterten, jedes für sich genommen gleichmäßig, doch in seinem eigenen Rhythmus.

Will lag auf dem Rücken, seine Augen waren geschlossen. Er sah blass aus, sein Gesicht wirkte seltsam schlaff und eingefallen. Sein grauer Mongolenbart hing herunter. Unter der dünnen Decke zeichnete sich sein Körper ab – die breiten Schultern, die kräftigen Arme, der Bauch. Trotzdem wirkte er kleiner als sonst, so wie er dalag.

Duke griff nach Wills Hand und hielt sie fest. Er spürte keinen Widerstand, keine Bewegung, nur das Gewicht von Knochen, Sehnen und Muskeln. Ihm fiel ein, wie diese Faust ihn zur Vernunft gebracht hatte, nachdem er im Drogenrausch mit der Harley eines Kunden aus Wills Werkstatt kreuz und quer durch Glasgow gejagt war. Er war achtzehn gewesen, seit ein paar Wochen Inhaber des Motorrad-Führerscheins, ebenso lange Prospect der Wizards, und hatte sich unbesiegbar und grenzenlos cool gefühlt, wie der König der Welt. Will hatte ihn rasch und schmerzhaft auf den Boden der Tatsachen zurückgeholt.

»Hey, Kleiner«, hatte Will zu ihm gesagt, als er ihm schließlich geholfen hatte, das Blut aus dem Gesicht zu waschen und eine Packung Tiefkühlerbsen gegen den lädierten Kiefer zu drücken. »Der Kampf gegen diesen Scheiß ist der Kampf deines Lebens. Sorge dafür, dass du ihn nicht verlierst. Ich zähle auf dich.«

Ihm war klar geworden, dass es Will nicht um die Schäden an dem Bike gegangen war. Auch nicht um den Kunden oder den

Ruf seiner Werkstatt. Es war Will um *ihn* gegangen, um Duke, um seine Persönlichkeit, um das, was aus ihm werden würde, wenn er sich weiterhin mit Drogen vollpumpte. Und das, was aus ihm werden *konnte*, wenn er das Zeug sein ließ. Er hatte damals seine Lektion gelernt. Aber wenn er daran dachte, tat sein Kiefer immer noch weh.

Duke drückte Wills Hand und strich mit dem Daumen über seinen Handrücken.

Die Haut war rau und trocken, kühl, aber nicht kalt. Da war noch Leben, er fühlte das Blut pulsieren. Schwach zwar, aber er fühlte es.

»Hey, Bro, das hier ist der Kampf deines Lebens«, sagte er leise. »Sorge dafür, dass du ihn nicht verlierst. Ich zähle auf dich.«

33

Sie standen im Keller des kleinen Reihenhauses. Es roch muffig und feucht, von den weiß gestrichenen Wänden blätterte die Farbe in großen Flocken ab. Eine nackte Glühbirne spendete Licht. Oben im Erdgeschoss war Mitchs Großmutter. Er wohnte bei ihr, um sich um die alte Dame kümmern zu können. Gehbehindert, halb taub und dement bekam sie von ihrer Umgebung kaum noch etwas mit. Das ideale Versteck für ihre Ware.

Mit den Händen in den Hosentaschen sah er zu, wie Mitch die Waffen in einen verschließbaren Schrank räumte. Sie hatten schon eine ganze Weile nicht miteinander geredet. Es war ein seltsames Schweigen. Ein Schweigen voller Verdacht und Misstrauen. Wie sollte es jetzt weitergehen?

»Was hältst du eigentlich von dem Major?«

Die Frage ließ ihn zusammenzucken. Hatte der Major ihn doch erkannt? Hatte er Mitch etwa auf ihn angesetzt?

»Wieso?«, fragte er vorsichtig.

»Nur so. Er imponiert mir. Ein Mann, der weiß, was er will. Der sein Business und seine Leute im Griff hat. Ich glaube, dem macht so schnell keiner etwas vor. Jablonski muss wirklich ziemlich dämlich gewesen sein, zu glauben, der Major würde von seinem Alleingang nichts merken. Oder es ihm sogar durchgehen lassen.« Mitch schnaubte verächtlich. »Selbst schuld. Wenn er bescheiden geblieben wäre, würde er sich heute noch über seinen Anteil freuen können. Hier, halt mal, ich muss ein bisschen Platz schaffen.« Er reichte ihm eine Halbautomatik und räumte in dem Schrank herum.

Er schluckte und starrte auf die Waffe hinunter, die sich in seiner Hand wie ein Fremdkörper anfühlte. Wer sagte, dass nicht einer von ihnen der Nächste war? Dass jetzt sie zum Schweigen gebracht werden sollten? Der Major war kalt und skrupellos.

»Gib mir mal … He, was ist denn mit deinen Händen passiert?«

Er streckte Mitch die Waffe hin.

»Keine Ahnung. Ich denke, ich vertrage irgendeine Seife nicht.«

»Vielleicht solltest du Flüssigseife statt Rohrreiniger verwenden«, sagte Mitch. »Das sieht ja furchtbar aus.«

»Halb so schlimm«, sagte er und steckte die Hände wieder in die Hosentaschen. Der Stoff riss an seiner rauen, aufgesprungenen Haut.

Mitchs Handy klingelte.

»Ah, guten Tag, Herr Major!« Seine Stimme klang sofort anders – ehrerbietig, fast unterwürfig. »Einen Moment bitte, Herr Major.« Mitch schirmte das Handy ab und drehte sich zu ihm um. »Im Medizinschränkchen oben im Bad müsste eine Tube Panthenolsalbe stehen. Bedien dich ruhig.«

Er nickte und ging mit dem unangenehmen Gefühl, vor die Tür geschickt worden zu sein, die Kellertreppe hoch. Im Wohnzimmer lief der Fernseher, vor dem Mitchs demente, halb taube Großmutter saß. Im Vorbeigehen konnte er ein in einem dicken Wollstrumpf steckendes Knie und einen Teil vom Rollator sehen. Im Bad fand er tatsächlich eine Tube Panthenolsalbe. Er cremte sich die Hände damit ein, aber der Alkohol in der Salbe brannte wie Feuer in den offenen Wunden. Er biss die Zähne zusammen und ging zurück in den Keller. Er wusste selbst nicht, weshalb er sich leise der Tür näherte. Sie stand einen Spalt offen.

Mitch drehte ihm den Rücken zu.

»… ich verstehe … Nein, bisher nicht … Ich habe … Ja, den Eindruck habe ich auch … Gut. Ich werde ein Auge auf ihn haben, und wenn … Natürlich, Herr Major, das ist keine Frage. … Ja, Mike sehe ich heute noch … Okay, um den kümmere ich mich auch … Nein, Sie können sich auf mich verlassen. Hundertprozentig.« Mitch lachte. »Danke, Herr Major. Das hoffe ich auch … Ja, es ist mir eine Ehre … Ich muss Schluss machen, er kommt gleich zurück. Ich melde mich, wenn das erledigt ist …«

Wenn was erledigt war? Einen Augenblick stand er ganz still und sah, wie Mitch sich wieder vor den Schrank hockte und die Waffe in seiner Hand ansah. Er wusste nicht, worüber er mit dem Major gesprochen hatte, aber er hatte den Eindruck, dass es unter anderem um ihn gegangen war. Was sollte Mitch für den Major erledigen? Hatte er gerade den Auftrag bekommen, ihn zu beseitigen?

Er huschte zum oberen Ende der Treppe zurück und ließ die Tür laut ins Schloss fallen, dann öffnete er die Kellertür.

»Wie geht's meiner Großmutter?«

»Die guckt Fernsehen. Danke für die Salbe«, sagte er.

»Keine Ursache«, erwiderte Mitch mit einem Lächeln, das seine Augen nicht erreichte.

Ihm gefiel der Blick nicht, mit dem sein »Freund« ihn musterte. Unwillkürlich beschleunigte sich sein Puls.

Vielleicht sollte er sich eine Waffe besorgen. Zu seinem Schutz.

34

Christina stand im Bad vor dem Spiegel. Es war halb sieben. Sie hatte noch mindestens fünfzehn Minuten Zeit, bevor sie losmusste. Zu Fuß würde sie kaum eine Viertelstunde bis zu der Ecke brauchen, an der sie mit Jessica Pohlmann verabredet war. Selbst wenn sie langsam ging.

Sie tuschte ihre Wimpern neu und fragte sich, ob es klug gewesen war, dem Treffen mit der Journalistin zuzustimmen. Heute Mittag hatte sie es noch für eine gute Idee gehalten. Sie wollte Jessica Pohlmann auf den Zahn fühlen, vielleicht konnte sie sogar herausfinden, was es mit dieser »großen Story« auf sich hatte, von der Frau Hoffmann gesprochen hatte. Ob es dabei um die Wizards ging. Und wenn ja, worum konkret. Doch mittlerweile packten sie die Zweifel. Jessica Pohlmann war ein Profi im Befragen von Leuten. Es würde bestimmt schwierig werden, etwas aus ihr herauszubekommen. Und darüber hinaus musste sie selbst vorsichtig sein, um nichts Unbedachtes auszuplaudern.

Verflixt, was hast du dir nur dabei gedacht!, schimpfte sie mit ihrem Spiegelbild.

Sollte sie doch noch eine Ausrede erfinden und absagen? Was würde Duke tun?

Es war, als ob sie seine Stimme hörte. »Probier es aus. Und wenn's nicht klappt, stehst du auf und gehst. Die Türen von Restaurants sind selten abgeschlossen.«

Richtig. Sie konnte jederzeit gehen. Sie holte tief Luft und versuchte, sich zu beruhigen.

Und wenn du aus Jessica Pohlmann nichts herausbekommst? Wie willst du dann herausfinden, an welcher »ganz großen Story« die beiden gearbeitet haben?

Plötzlich fiel ihr etwas ein, und sie hätte sich beißen können, dass sie nicht schon viel früher daran gedacht hatte: Con.

Christina ging zum Telefon und wählte die Schleswiger Nummer. Seit die Computerspezialistin ihr und Duke vor einiger Zeit dabei geholfen hatte herauszufinden, wer Käte Claasen aus ihrem Haus vertreiben wollte, telefonierten sie immer wieder miteinander. Sie mochte die Frau, die eigentlich Constanze Weigl hieß. Und sie hatte den Eindruck, dass diese Sympathie auf Gegenseitigkeit beruhte.

Es klingelte dreimal, dann hörte sie ein knappes »Ja?«.

»Hallo, Con, hier ist …«

»Ah, Servus, Christina! Wie geht's? Hast was auf dem Herzen?«

Christina musste beim Klang des Wiener Akzents unwillkürlich lächeln.

»Ja, tatsächlich. Könntest du mir bitte einen Gefallen tun?«

»Wenn ich kann?«

»Ich habe heute mit Frau Hoffmann gesprochen. Das ist die Ehefrau von Mark Hoffmann, dem Mann, der am Freitagabend gestorben ist.«

»Ich habe davon gehört«, sagte Con, wie immer vorsichtig.

Natürlich hatte sie. Christina wusste ja, wem sie die Mail mit dem rechtsmedizinischen Befund zu verdanken hatte.

»Mark Hoffmann war Fotojournalist. Seine Frau erzählte mir, dass er ihr gegenüber eine ›ganz große Story‹ erwähnt hat, an der er gerade dran sei. Und jetzt …«

»Würdest du gern wissen, ob, und wenn ja wie, das mit den Wizards zu tun haben könnte?«

»Ja. Kannst du das herausfinden?«

Am anderen Ende der Leitung war es einen Augenblick still.

»Das wird schwierig werden, weil der PC von dem Fotografen sich garantiert gerade bei der KTU befindet. Die Leute dort sind nicht deppert. Denen fällt auf, wenn ihnen jemand bei der Arbeit über die Schulter blickt. Hm.« Im Hörer klickte es ein paarmal, und Christina sah Con vor sich, wie sie beim Nachdenken mit dem Kugelschreiber spielte. »War der Hoffmann nur Fotograf oder hat er auch selbst geschrieben?«

»Soviel ich weiß, hat er nur fotografiert.«

»Dann wird er wohl nicht allein gearbeitet haben. Wie heißt denn der andere Journalist?«

»Es ist eine Frau. Ihr Name ist Jessica Pohlmann.«

»Arbeiten die beiden für eine bestimmte Zeitung?«

»Ja. Es ist der Flensburger Wochenbote, wenn mich nicht alles täuscht.«

»Gut. Dann habe ich einen Ansatzpunkt. Viel versprechen kann ich dir nicht, aber ich mache mich auf die Suche.«

»Danke, Con. Vielleicht kann ich mich mal revanchieren?«

Die Wienerin lachte.

»Bei deinem Beruf? Lieber nicht. Aber du darfst mich gern zum Essen einladen, wenn ich etwas herausfind. Ihr habt's doch dort in Flensburg so ein wunderbares Tapas-Restaurant.«

»Abgemacht.«

»Ich setze mich gleich ran und melde mich. Servus!«

Christina unterbrach die Leitung und fühlte sich gleich besser. Wenn jemand etwas herausfinden konnte, war das Con.

Jessica Pohlmann traf fast gleichzeitig mit Christina an der Brauerei ein.

»Guten Abend«, sagte die Journalistin und reichte Christina die Hand. »Danke, dass Sie sich die Zeit nehmen.«

»Keine Ursache. Ich finde die Idee nett.«

»Wo wollen wir hin?«

»Was halten Sie von der Norderstraße? Dort gibt es ein paar nette Restaurants. Keine Sterneküche, aber frisch und, wie ich finde, lecker.«

»Gut, einverstanden.«

Sie gingen die Toosbüystraße hinauf und bogen in die Norderstraße ein. Jedes Mal, wenn Christina hier war, musste sie schmunzeln: Quer über die Straße in einer Höhe von etwa fünf Metern waren Drahtseile von Hausfront zu Hausfront gespannt. Welchem Zweck diese Drähte ursprünglich gedient hatten, wusste sie nicht. Möglicherweise hatten Banner auf den Fischmarkt oder die Rumregatta aufmerksam machen sollen. Irgendwann hatte dann ein Witzbold seine zusammengebundenen Turnschuhe über einen dieser Drähte geworfen. Seinem Beispiel waren andere gefolgt, und mittlerweile hingen zahllose Schuhpaare in luftiger Höhe an den Seilen. Sinn und Zweck des Ganzen waren schleierhaft, und die verschiedensten Gerüchte kursierten darüber. Aber die »hängenden Schuhe« waren zu einem beliebten Fotomotiv geworden, das man mittlerweile sogar auf Postkarten und T-Shirts fand. Und Flensburg war um eine weitere Touristenattraktion und einige Legenden reicher.

»Grieche oder Pizza?«, fragte Jessica Pohlmann.

Christina runzelte kurz die Stirn. »Pizza«, entschied sie.

Sie überquerten die Straße und betraten ein Restaurant, das mit seinem urigen Mobiliar und den zahllosen antiken Accessoires an den Wänden bestach.

Sie suchten sich einen kleinen Tisch im hinteren Teil des Restaurants und setzten sich. Es handelte sich um einen antiken

Nähtisch, und die Lampe war ein altes Blasinstrument. Die junge Kellnerin brachte ihnen die Speisekarte.

»Moin. Wissen Sie schon, was Sie trinken möchten?«

»Ein Wasser, bitte«, sagte Christina sofort. Sie wollte im Gespräch mit Jessica Pohlmann unbedingt einen klaren Kopf behalten.

»Für mich auch.«

Die Kellnerin verschwand, und sie vertieften sich in die Karten. Christina war oft mit Duke hier, sie wusste daher schon, was sie essen wollte, und nutzte die Zeit, die Journalistin genauer zu betrachten. Sie schätzte Jessica Pohlmann etwa auf ihr Alter. Sie war modisch gekleidet und machte einen selbstbewussten Eindruck. Doch trotz Schminke wirkte sie blass und müde, und unter ihren Augen waren dunkle Schatten. Natürlich, dachte Christina. Der Tod von Mark Hoffmann geht ihr nahe, sie waren schließlich nicht nur Kollegen.

Jessica Pohlmann klappte die Karte zu und legte sie zur Seite.

»Im Grunde genommen habe ich gar keinen Hunger«, sagte sie und lächelte schwach. »Aber von irgendetwas muss der Mensch ja leben.«

»Sind Sie eigentlich krankgeschrieben?«, fragte Christina.

»Nein. Auf die Idee bin ich gar nicht gekommen. Arbeit lenkt mich immer am meisten ab.«

»Das kann ich verstehen.« Christina dachte an die Zeit, nachdem Lars sie sitzen gelassen hatte. Da hatte sie auch jeden zusätzlichen Dienst angenommen, den sie kriegen konnte. Allein zu Hause wäre sie entweder die Wände hochgegangen oder rettungslos in Trübsal versunken.

Die Kellnerin kam, brachte ihre Getränke, und sie gaben ihre Bestellungen auf. Danach herrschte Schweigen. Ein seltsames Schweigen, fand Christina. Nicht das übliche Schweigen zwischen zwei Fremden, die nicht wissen, worüber sie reden sollen. Sondern eher das Schweigen zweier Kontrahenten, von denen jeder überlegte und abwog, ob es wohl an der Zeit für den ersten Schritt sei und wie man die Schlacht am besten eröffnete.

»Ich wollte Ihnen nochmals danken, Frau Dr. Martens«, sagte

Jessica Pohlmann und drehte ihr Wasserglas in den Händen. »Was Sie für Mark getan haben, war wirklich großartig.«

Christina lächelte traurig.

»Retten konnte ich ihn leider trotzdem nicht.«

»Das mag schon sein, aber an Ihnen lag es nicht. Sie haben getan, was Sie konnten. Und ich finde, Sie haben es großartig gemacht.« Die Journalistin lächelte.

Typisch weibliche Taktik, dachte Christina. Eröffnung mit einem Kompliment, um die kommende Spitze zu verdecken.

»Wie Sie diese breitschultrigen, angsteinflößenden Kerle in der Hand hatten, das hat mich sehr beeindruckt. Die haben alle nach Ihrer Pfeife getanzt.«

Christina lachte. »So mag es vielleicht ausgesehen haben, aber Sie irren sich. Keiner der Wizards käme auch nur im Traum auf die Idee, nach meiner Pfeife zu tanzen, wie Sie es formulieren. Aber sie kennen ihre Grenzen und wissen, wann sie das Feld besser Fachleuten überlassen sollten.«

»Also fühlen Sie sich unter gewöhnlichen Umständen von den Männern dieses Rockerclubs unterdrückt?«

»Nein.« Christina hatte eine Attacke in der Art erwartet. Sie konterte mit einem Lächeln und entschied sich für Ehrlichkeit. »Nicht im Geringsten. Aber lassen Sie uns doch bitte offen sein. Stellen Sie ruhig Ihre Fragen. Ich werde Ihnen antworten, solange es nicht meine Schweigepflicht betrifft.«

Die Kellnerin brachte ihnen das Essen. Jessica Pohlmann faltete ihre Serviette auseinander und nahm ihr Besteck in die Hand. Sie schien einen Augenblick zu brauchen, um die neue Situation einzuschätzen.

»Dann sind Sie zu einem Interview bereit?«

»Ja. Aber zu besonderen Bedingungen. Sie stellen mir eine Frage, dann stelle ich Ihnen eine. Zugelassen sind alle Fragen, außer persönlichen Fragen über nicht anwesende Personen. Und das Gespräch kann jederzeit von jeder Seite beendet werden. Einverstanden?«

Jessica Pohlmann runzelte die Stirn und schnitt sich ein Stück ihrer knusprigen Pizza ab.

»In welcher Reihenfolge?«

»Sie dürfen beginnen«, sagte Christina, brach sich ein Stück des hausgemachten Fladenbrotes ab und tunkte es in die scharfe Soße ihrer Gemüsepfanne. »Dann bin ich dran. Immer abwechselnd.«

Die Journalistin kaute nachdenklich. Sie war sichtlich irritiert und aus dem Konzept gebracht.

»Also gut. Abgemacht.« Jessica Pohlmann sah Christina an. »Als ich mich bei Ihnen für Ihre Hilfe bedanken wollte, musste ich über Sie recherchieren. Dabei stellte ich natürlich fest, dass Sie Ärztin sind. Das hat mich ehrlich gesagt überrascht. Eine intelligente, selbstbewusste und gebildete Frau und die Wizards of Doom passen nicht so recht zusammen. Wie ist Ihr Kontakt zu den Rockern entstanden?«

»Durch Zufall. Einer von ihnen ist in die Wohnung über mir eingezogen. Im Laufe der Zeit habe ich ihn und die anderen Wizards kennen- und schätzen gelernt.« Christina lächelte. »Ich bin dran. Warum waren Sie und Mark Hoffmann auf der Party der Wizards?«

»Wir arbeiten, oder besser gesagt arbeiteten, an einer Story über Rocker in Schleswig-Holstein. Hatten Sie keine Angst vor dem Rocker bei Ihnen im Haus?«

»Am Anfang ja. Da hatte ich aber auch noch das Bild vor Augen, das in der Presse über die Männer gezeigt wird. Man fürchtet sich am meisten vor dem Unbekannten. Sobald man etwas kennt, stellt man sehr oft fest, dass es gar nicht so schlimm ist.«

»Wollen Sie also …«

»Frau Pohlmann«, unterbrach Christina sie. »Ich bin dran. Was ist das Thema der Story, an der Sie arbeiten?«

Die Journalistin kaute erstaunlich lange an dem Pizzastück, bevor sie endlich antwortete.

»Die Besonderheiten des Clublebens.« Sie redete schnell weiter. »Wollen Sie also die kriminellen Machenschaften des Clubs verharmlosen?«

»Würde ich nicht tun. Allerdings sind mir keine bekannt. Welche ›kriminellen Machenschaften‹ meinen Sie?«

Jessica Pohlmann sah sie irritiert an.

»Ist das jetzt Ihre Frage?«

»Ja.«

»Zum Beispiel Drogen- und Waffenhandel, Zuhälterei. Diese Kerle werden sogar mit Mord in Verbindung gebracht! Haben Sie noch nie davon gehört?«

Den Umstand, dass sich die Journalistin zu ereifern begann, nahm Christina als Hinweis, dass sie allmählich zum Kern vorstieß.

»Gehört und gelesen, ja. Erlebt, nein. Haben Sie schon mal mit den Wizards selbst über diese Vorwürfe gesprochen?«

»Nein. Warum verschließen Sie davor die Augen? Oder werden Sie selbst bedroht?«

»Das waren zwei Fragen, Frau Pohlmann. Aber ich mache eine Ausnahme und beantworte beide, weil sie inhaltlich so gut zusammenpassen. Nein, meine Augen sind offen. Ich kann nur beim genauen Hinsehen nicht erkennen, was mir bisher in den Medien suggeriert wurde. Und nein, ich werde selbstverständlich nicht bedroht.« Christina atmete tief ein, um sich wieder zu beruhigen. »Warum haben Sie noch nicht mit den Wizards selbst gesprochen?«

Die Journalistin runzelte die Stirn, als hätte Christina gerade die dümmste Frage seit Menschengedenken gestellt.

»Weil die Burschen ohnehin nicht die Wahrheit sagen und mich anlügen würden.« Sie lächelte bissig. »Allmählich kommt mir der Gedanke, dass die Wizards Sie gekauft haben, damit Sie sich als Ärztin um die Prostituierten kümmern, die in den Bordellen der Wizards arbeiten. Ist das so?«

»Nein. Als Internistin wäre ich auch kaum dafür qualifiziert«, gab Christina zurück. »Haben Sie die Grundlagen für Ihre Reportage aus anderen Zeitungen zusammengesucht?«

»Das ist unverschämt«, sagte Jessica Pohlmann. »Ich muss mir von Ihnen nicht vorwerfen lassen, dass ich von Kollegen abgeschrieben habe. Selbstverständlich haben Mark und ich sorgfältig recherchiert, sehr sorgfältig, Frau Martens. Ich muss sagen, ich verstehe Sie nicht. Sie sind doch selbst eine Frau. Warum nehmen Sie diese Schwerstkriminellen in Schutz?«

»Ich nehme sie nicht in Schutz. Ich wehre mich nur gegen jede Form der Vorverurteilung.«

Jessica Pohlmann schnaubte.

»Ich fasse es einfach nicht. Ich glaube, ich habe selten so etwas Verbohrtes und Verblendetes getroffen wie Sie! Ich denke, wir brechen die Sache hier ab, das hat keinen Sinn.«

»Das können wir gleich tun, aber eine Frage steht mir noch zu.« Christina sah Jessica Pohlmann offen ins Gesicht. »Wenn Sie mit den Wizards nicht gesprochen haben, aber auch nicht aus anderen Artikeln abschreiben, woher haben Sie dann Ihre Informationen?«

Täuschte sie sich, oder wurde die Journalistin noch ein bisschen blasser?

»Aus erster Hand. Von jemandem, der …« Jessica Pohlmann presste plötzlich die Lippen zusammen, als wäre sie sich bewusst geworden, dass sie beinahe zu viel verraten hätte. Dann warf sie ihre Serviette auf den Tisch und stand auf. »Ich sagte ja, das hat keinen Sinn. Guten Abend.«

Jessica Pohlmann ging nach vorne zum Tresen. Sie bezahlte, und kurze Zeit später hatte die Journalistin das Restaurant verlassen.

Christina lehnte sich in ihrem Stuhl zurück und atmete tief durch. Das war anstrengend gewesen, sehr anstrengend. Sie fühlte sich, als hätte sie einen Langstreckenlauf hinter sich gebracht. Und gewonnen.

Jessica Pohlmann hatte eine Menge über diese »große Story« verraten. Offenbar ging es um kriminelle Geschäfte der Wizards. Und das Wissen darüber hatte die Journalistin von einem Informanten. Wer konnte das sein? Ein Verräter innerhalb der Wizards? Das konnte sie sich nicht vorstellen. Dann schon eher jemand, der den Club verlassen hatte oder sogar rausgeschmissen worden war und der sich auf diese Art revanchieren wollte.

Ich werde Duke oder Bert oder Hugger fragen, dachte sie und aß in Ruhe weiter. Vielleicht helfen ihnen diese Informationen weiter.

35

Flick bremste den Wagen und hielt am Kantstein.

Trace drehte sich zu Duke um.

»Du bist sicher, dass du da allein rein willst?«

Duke musterte das Haus auf der anderen Straßenseite: ein schlichter zweigeschossiger Betonbau aus den siebziger Jahren in ansprechendem Zustand, weder hässlich noch schön. Im Erdgeschoss befand sich ein Spielkasino, rechts daneben eine Pfandleihe, links ein Reisebüro. Money Mikes Büro lag im zweiten Stock. Und natürlich gehörte ihm das Haus.

»Yeah.« Er rieb sich die Nase. »Ihr habt damit nichts zu tun. Auch wenn etwas schiefgehen sollte. Ihr haltet euch raus. Versprecht ihr mir das?«

Flick runzelte die Stirn.

»Und wenn Money Mike seine Schläger auf dich loslässt?«

»Werden die sich anschließend behandeln lassen müssen. Wenigstens ein paar von denen.«

Eine Weile schwiegen sie.

»Sollen wir warten?«

Duke schüttelte den Kopf und holte sein Handy aus der Hosentasche. Offenbar hatte Logan mehrfach versucht, ihn zu erreichen, aber er hatte das Handy ausgeschaltet. Er konnte sich vorstellen, dass der Anwalt nicht gerade erbaut von dieser Aktion war, aber er wollte nicht mit ihm reden. Wenigstens noch nicht. Das konnte er nachher erledigen, wenn er das Gespräch mit Money Mike hinter sich gebracht hatte.

»Wenn ich in drei Stunden nicht im Clubhaus sein sollte, ruft ihr bitte diese Nummer an.«

Er hielt Trace und Flick das Display hin.

»Wer ist das? Deine Lady in Flensburg?«

»Ja. Christina Martens.«

Flick kramte eine Tankquittung aus dem Handschuhfach und notierte Christinas Namen und Nummer.

»Und was ist dann mit dir, Bro?«, fragte Trace. »Sollen wir nicht doch …?«

»Nein. Das ist meine Sache, meine eigene Blödheit. Der Club

bleibt draußen. Komplett. Und wer sich von euch nicht daran hält, kriegt von mir hinterher eins auf die Nase. Alles klar?«

Trace lachte.

»Trotzig, eigensinnig und dickköpfiger als ein Angus-Rind. Das ist Duke, wie wir ihn kennen.« Er wurde wieder ernst. »Wir warten dann im Clubhaus auf dich. Pass auf dich auf, Bro.«

»Keine Sorge.«

Er stieg aus und überquerte die Straße.

Das Treppenhaus war makellos sauber, keine Schmierereien an den Wänden, und statt nach Pisse und Müll roch es nach Putzmittel. Money Mike achtete peinlich genau auf seinen Besitz. Und er hatte genug Leute, die sich fast rund um die Uhr darum kümmerten.

Duke nahm mehrere Stufen auf einmal. Jetzt wollte er nur noch eins: Diese Angelegenheit so schnell wie möglich hinter sich bringen, egal wie.

Ein schlichtes Messingschild an einer nussbaumfarbenen Tür wies auf Money Mikes Büro hin. Er drückte auf den Klingelknopf. Der Summer ertönte, und die Tür sprang auf.

Das Büro war ebenso ein Relikt der Siebziger wie das Haus selbst: grüner Nadelfilz auf dem Boden, ein aus Tropenholz gefertigter Empfangstresen. Dahinter saß eine etwa fünfzigjährige Frau mit toupierten Haaren und tippte etwas in einen Computer ein. Sie sah auf.

»Duke McKinnley. Ich habe einen Termin.«

Sie ließ den Finger über einen Terminplan gleiten.

»Ah, richtig. Nehmen Sie noch einen Moment Platz, Mr. Cunningham ist noch in einem Gespräch.«

Duke seufzte und setzte sich auf einen der mit grünem Stoff bezogenen Stühle. Irgendwie erinnerte ihn hier alles an Zahnarzt. Möglicherweise lag es daran, dass die Praxis seines alten Zahnarztes, zu dem er als Kind gegangen war, genauso ausgesehen hatte. Vielleicht hatten Money Mike und der Zahnarzt den gleichen Innenausstatter.

Die Minuten verstrichen quälend langsam. Die Sekretärin klapperte auf ihrer Tastatur, dabei wippte ihre Turmfrisur hinter dem

Tresen auf und ab. Das machte ihn nervös. Er versuchte, seinen Blick abzulenken, aber die scheußlichen Bilder an den Wänden taten seinen Augen weh. Schließlich schloss er sie einfach.

Warten. Als wenn er heute nicht schon genug herumgesessen und gewartet hätte.

Endlich öffnete sich eine Tür. Duke hörte Stimmen und schlug die Augen auf.

Money Mike kam in Begleitung eines Mannes heraus. Es war einer der beiden Polizisten mit den silbernen Köfferchen. Was machte der wohl hier? Geld leihen wie die meisten, die mit Money Mike zu tun hatten? War er seinetwegen hier? Oder stand er auf der Gehaltsliste des Kredithais? Unter den vielen Gerüchten, die über Money Mike im Umlauf waren, sagten manche, dass er mit Informationen handelte. Wenn du etwas wissen willst, geh zu Money Mike. Der findet es heraus, wenn er es nicht sogar schon weiß. Vorausgesetzt natürlich, du lässt ein paar Hunderter springen.

»Das ist doch schon mal ein guter Anfang«, sagte Money Mike gerade zu dem Cop und legte ihm dabei gönnerhaft eine Hand auf die Schulter. »Sehen wir uns in einer Woche?« Der Mann nickte. »Geben Sie dem Herrn einen Termin für nächsten Montag«, sagte er zu seiner Empfangsdame. »Und dann können Sie nach Hause gehen.«

Dann wandte sich Money Mike an ihn. Duke stand auf. Der Kredithai reichte ihm gerade mal bis zur Schulter. Er war ein kleiner dicklicher Mann mit dem Aussehen einer fetten braunen Kröte. Er hatte fahlbraunes dünnes Haar, trug eine goldfarbene Brille mit braun getönten Gläsern und einen kackbraunen Schneideranzug, der an den Ärmeln schon ein wenig durchgescheuert war. Money Mike hätte sich bestimmt für jeden Tag des Jahres einen Anzug machen lassen können. Aber zu seiner legendären Geschäftstüchtigkeit kam eben noch der Geiz.

»Duke«, begrüßte Money Mike ihn und reichte ihm seine weiche, fleischige Hand. Unter seinem Händedruck zuckte der kleine Mann kurz zusammen. »Schön, dass Sie es einrichten konnten. Kommen Sie mit.«

Ein Seitenblick des Polizisten traf Duke. Überrascht, taxierend, nachdenklich.

Was macht der Typ hier?, fragte er sich und folgte Money Mike zu dessen Büro.

Money Mikes Raum war im selben Stil eingerichtet wie der Rest des Büros. In der Mitte stand ein großer, penibel aufgeräumter Schreibtisch aus dunklem Tropenholz, dahinter ein Ledersessel, davor zwei passende Stühle. Auf Maß gearbeitete, vom Boden bis zur Decke reichende Schränke standen an den Wänden und ließen nur die breite Fensterfront frei.

Es gab zwei Türen, die in die Schrankwand eingepasst und mit dicken Schallpolsterungen aus grünem Leder versehen waren. Die eine, durch die sie eben das Arbeitszimmer betreten hatten, und eine zweite, die in einen Nebenraum führte.

Man munkelte, dass sich dort Money Mikes Schläger aufhielten, bis sie gebraucht wurden. Und dass sich dort auch eine Folterkammer befand – ein Raum mit einer Pritsche, an die er säumige Schuldner festschnallte, um sie dann mit seinem Zwölfereisen zu bearbeiten.

Wahrscheinlich waren das nur Gerüchte, ähnlich denen, die auch über die Wizards im Umlauf waren. Gut, wie jeder andere Kredithai hatte auch Money Mike seine Schlägertruppe, eine Handvoll kräftiger, kampfsporttechnisch exzellent ausgebildeter Leute, die säumigen Zahlern ordentlich Druck machen konnten. Und das legendäre Zwölfereisen gab es auch. Obwohl Duke niemanden kannte, der es außerhalb eines Golfplatzes in Aktion gesehen hatte. Es waren alles nur Gerüchte, Getuschel und »die Story von einem Freund, der jemanden kennt, der mal gehört hat, wie …«

Trotzdem gab es wenige Männer, in deren Gegenwart sich Duke derart das Fell sträubte. Er traute Money Mike alles zu. Inklusive einer Sammlung in Formaldehyd eingelegter Gliedmaßen seiner Kontrahenten im Nachbarraum. Und nie, unter gar keinen Umständen, hätte er ein Kind mit diesem Mann allein in einem Raum gelassen.

Möglicherweise finde ich bald heraus, was an den Gerüchten dran ist, dachte Duke.

»Setzen Sie sich«, sagte Money Mike und ließ sich in seinen Sessel fallen.

Duke nahm auf einem der Stühle Platz, der überraschend unbequem war. Wie bei seinem ersten Besuch vor zwei Jahren hatte er den Verdacht, dass Absicht dahintersteckte. Money Mikes Gesprächspartner sollten sich in diesen Räumen unbehaglich fühlen. Aber dafür hätte in seinem Fall die Anwesenheit des geschäftstüchtigen Kredithais allein ausgereicht.

»Wie geht es William Tynne?«, erkundigte sich Money Mike und sah Duke über den Rand seiner Brille hinweg an.

»Etwas besser, wie es aussieht. Er war bereits ein paarmal bei Bewusstsein.«

»Was sagen denn die Ärzte?«

Duke zuckte mit den Schultern.

»Was sie immer sagen. Nichts. Wenigstens nicht so, dass man es verstehen könnte.«

»Ja, da haben Sie recht.« Money Mike lächelte und strich sich sein dünnes Haar aus der Stirn. »Will ist Ihr Vizepräsident, nicht wahr?«

»Ja.«

»Ein guter Mann«, sagte Money Mike. »Wünschen Sie ihm auch von mir gute Besserung, wenn Sie ihn sehen.«

»Werde ich ausrichten.« Duke entspannte sich etwas. Offenbar ging Money Mike davon aus, dass er anschließend noch zu einem Gespräch mit Will in der Lage sein würde.

»Und nun zu Ihnen, Duke.« Money Mike blätterte in einem Stapel Papier. Dann faltete er die Hände auf diesem Stapel und sah Duke an. »Sie machen mir wirklich Kummer, wissen Sie das?«

Was sollte er dazu sagen? Sollte ihm der Kredithai etwa noch leidtun?

»Möglicherweise erinnern Sie sich nicht mehr daran, aber wir hatten eine Abmachung getroffen. Sie sollten sich von Schottland fernhalten, bis Ihre Schulden bezahlt sind. So war es ausgemacht.

Und was tun Sie?« Er schüttelte den Kopf. »Sie kommen einfach wieder her.«

»Ich habe Ihnen die Umstände erklärt«, erwiderte Duke. »Aber natürlich sind Sie im Recht.«

Money Mike schwieg. Die Farbe seiner Augen war wegen der bräunlich getönten Brillengläser nur schwer zu erraten. Irgendetwas zwischen hellem wässrigen Blau und Grau. Unangenehme Augen. Trotzdem hielt Duke dem Blick stand.

»Dass Sie mich umgehend über Ihre Rückkehr nach Glasgow in Kenntnis gesetzt haben, spricht allerdings für Sie. Was sagt eigentlich Ihr Anwalt dazu?«

Duke streckte seine Beine aus und lächelte schief.

»Das weiß ich nicht. Ich habe ihm gestern eine Nachricht hinterlassen und danach das Handy ausgeschaltet. Ich schätze, er ist alles andere als begeistert.«

Money Mike hob die Augenbrauen.

»Ich glaube, ich beneide Herrn Logan nicht darum, Rechtsbeistand Ihres Clubs zu sein. Sie alle neigen dazu, sich unklug zu verhalten.«

»Loyalität ist nicht immer klug, ebenso wie Ehrlichkeit nicht immer höflich ist.«

»Ein wahres Wort.« Money Mike nickte langsam und legte nachdenklich die Fingerspitzen gegeneinander. »Ich kann Ihre Situation natürlich verstehen. Und an das Krankenbett eines Bruders zu eilen, ist sogar ehrenhaft, wie ich finde. Trotzdem kann ich es nicht so einfach durchgehen lassen. Sie verstehen?«

»Ja.«

»Andererseits ... Ich schätze Sie und Ihre Brüder. Sie sind Männer, die sich – bis auf wenige und durchaus nachzuvollziehende Ausnahmen, wie man sieht – an die Regeln halten. Wir hatten bisher keinen Ärger miteinander, und ehrlich gesagt möchte ich auch jetzt keinen beginnen. Deshalb ein Vorschlag zur gütlichen Einigung.« Er nahm das oberste Blatt von dem Stapel und hob es an. Der goldene Siegelring am kleinen Finger der linken Hand blinkte kurz auf. »Laut meiner Buchführung haben Sie bei mir einen Restkredit von zwölftausendfünfhundert Pfund.

Dazu kommen die tausend Pfund, die mich das Ausräumen Ihrer Wohnung gekostet hat, sowie fünfhundert Pfund Lagerkosten für Ihre Habseligkeiten je angefangenen Monat, das sind seit Mai tausendfünfhundert Pfund.«

Duke sog die Luft ein und presste die Lippen fest zusammen. Das war, als ob ein Erpresser noch die Telefonkosten für den Anruf in Rechnung stellte. Dabei standen seine Sachen vermutlich hier im Keller. Kostenlos. Aber nun gut. Er hatte gewusst, in wessen Hände er sich begab, als er bei Money Mike den Kredit aufgenommen hatte.

»Das macht also zusammen fünfzehntausend Pfund. Runden wir auf achtzehntausend auf, und wir sind quitt. Zahlbar, sobald Sie das Erbe Ihres Vaters antreten.«

Aufrunden? Warum nannte man solche Leute eigentlich Hai? Vampir würde es deutlich besser treffen. Und er stellte sich vor, wie Money Mike sich des Nachts in eine Kiste voller Scheine und Münzen legte. Vielleicht stand das Ding sogar hier im Nebenraum.

»Und wenn da doch noch etwas schiefläuft und ich das Erbe nicht bekomme?«, fragte Duke.

»Ihr Anwalt hat mir bei unserem letzten Gespräch gesagt, dass nur noch ein paar Dinge zu klären sind, er hat von Formalitäten gesprochen. Aber falls doch noch etwas dazwischenkommt, müssten wir neu verhandeln«, sagte Money Mike, ein mildes Lächeln huschte über sein Gesicht. »In diesem Fall würde der Verkauf Ihrer Sachen bestimmt einen Teil meiner Unkosten decken. Sie haben einen ausgezeichneten Fernseher, eine erstklassige Hi-Fi-Anlage, und in Ihrer umfangreichen CD-, DVD- und Schallplatten-Sammlung finden sich etliche Raritäten, die unter Sammlern gesucht werden. Und dann sind da natürlich noch Ihre Bilder, für die man zweifelsohne gute Preise erzielen könnte. Sie sind ein talentierter Künstler, Duke.«

Du alter schmieriger Wichser hast in meinen Sachen gewühlt!

»Offenbar haben Sie sich alles gut angesehen«, erwiderte er, und es kostete ihn einiges an Überwindung, nicht aufzuspringen, Money Mike an seinem kackbraunen Jackettkragen über den

Tisch zu ziehen und ihm die Rechte auf die Froschaugen zu zimmern.

»Ich musste mir natürlich einen Überblick verschaffen. Aber es ist alles sicher und unbeschädigt, dafür verbürge ich mich.«

Klar. Zurzeit gehört das alles ja dir!

Die Vorstellung, wie Money Mike in seiner Wäsche wühlte, verursachte ihm Übelkeit, und er beschloss, die Kleidung in jedem Fall auszusortieren. Er wollte nichts am Körper tragen, das durch diese fetten Wurstfinger gegangen war.

»Der ›Bann‹ – verzeihen Sie mir dieses altmodische Wort – gilt natürlich immer noch. Sie sollten so schnell wie möglich Schottland wieder verlassen und erst zurückkehren, wenn Sie Ihren Kredit abbezahlt haben. Eine Ausnahme wäre natürlich der Tod von William Tynne. Ich bin schließlich kein Unmensch und möchte Sie selbstverständlich nicht davon abhalten, einem Ihrer Brüder die letzte Ehre zu erweisen.« Money Mike lächelte und hielt Duke das Papier entgegen. »Ich habe den Vertrag bereits aufgesetzt.«

Duke warf einen flüchtigen Blick auf die Zeilen. Das Einzige, was er erkennen konnte, waren die Zahlen, die ihm Money Mike eben genannt hatte. Nur raus hier, raus!

»Wo muss ich unterschreiben?«

»Nicht ganz so schnell, Duke. Mir ist gerade ein Gedanke gekommen, der Ihnen unter Umständen gefällt. Es würde helfen, einen Teil Ihrer Kreditsumme … sagen wir … zu löschen.«

»Dann raus damit.«

»Möglicherweise haben Sie davon gehört, dass die Vergabe von Krediten und die Pfandleihe nicht mein einziger Geschäftszweig sind. Um ehrlich zu sein, handelt es sich dabei eher um ein Hobby von mir. Tatsächlich betreibe ich einen regen Handel mit einer Ware, die keinen Lagerraum benötigt, keinem Verfallsdatum unterliegt. Und trotzdem steigt sie immer weiter im Wert. Na, können Sie es erraten?«

Duke wippte ungeduldig mit dem Knie.

»Ist das hier eine Quizsendung?«

Money Mike lächelte.

»Informationen, Duke. Ich handele mit Informationen. Ich nehme dabei, was ich bekommen kann. Irgendein Abnehmer findet sich immer.« Er tippte sich an die Nasenspitze. »Ich kann ohne Übertreibung behaupten, dass ich für jede Information denjenigen finde, für den sie am wertvollsten ist. Das ist wohl angeboren. Zum Teil erstaunt es mich selbst.«

»Und was hat das mit mir zu tun?«

»Können Sie sich das nicht denken? Flensburg ist derzeit sehr gefragt. Sie könnten mir Informationen beschaffen – und glauben Sie mir, ich zahle gut. Ich kann es mir leisten, denn meine Kundschaft ist überaus großzügig.« Money Mike streckte seinen Kopf nach vorn und sah jetzt mehr denn je wie eine fette braune Kröte aus. »Spielen Sie Golf?«

»Nein.«

»Sie sollten damit beginnen. Man trifft sehr interessante Leute auf dem Grün.« Money Mike lächelte in sich hinein. »Sagt Ihnen die Firma Köhler & Sohn etwas?«

»Schon mal gehört.«

»Möglicherweise ist Ihnen bekannt, dass eines der Hauptwerke des Waffenfabrikanten in Flensburg angesiedelt ist. Ich interessiere mich für alle Informationen über diese Firma. Und über alles, was mit Johannes von Warder zu tun hat. Ihre Augen und Ohren offen zu halten ist alles, was Sie dabei tun müssen. Außerdem hat sich ein Freund von mir ein paar Tage nicht gemeldet. Ich beginne, mir Sorgen zu machen. Wolfgang Jablonski ist sein Name. Wenn Sie wieder in Flensburg sind, müssen Sie ihn nur bitten, dass er sich bei mir melden soll. Das wäre alles.«

Duke lachte.

»Sie haben sich nicht besonders mit den Wizards beschäftigt, oder?«

»Nun, es handelt sich ja keineswegs um clubinterne Informationen. Das dürfte doch nicht gegen Ihre Regeln verstoßen, oder?«

Duke schüttelte den Kopf.

»Für jede Information, die Sie mir liefern, bekommen Sie tausend Pfund.«

»Nein.«

»Gut, ich erhöhe mein Angebot auf tausendfünfhundert Pfund. Sie hätten innerhalb kürzester Zeit Ihren Kredit abbezahlt. Was sagen Sie?«

»Stecken Sie sich Ihr Angebot dahin, wo es immer dunkel ist.«

»Ist das Ihr letztes Wort?«

»Nicht ganz. Wo ist der Scheißvertrag, und wo muss ich ihn unterzeichnen?«

Money Mike sah ihn lange durch seine braunen Brillengläser an, dann schüttelte er bedauernd den Kopf.

»Schade, sehr schade. Es hätte der Beginn einer überaus lukrativen Geschäftsbeziehung werden können. Unterschreiben Sie dort, bitte.« Money Mike deutete auf eine Linie am unteren rechten Rand des Blattes und reichte ihm einen Kugelschreiber.

Duke zeichnete ein stilisiertes Motorrad darunter.

»War's das jetzt?«

»Ja. Ja, ich denke, wir konnten diese Unstimmigkeit lösen, nicht wahr? Auch wenn ich Ihre Entscheidung zutiefst bedauere.«

»Wenn Sie meinen.«

Duke stand auf, und Money Mike erhob sich ebenfalls. Er begleitete Duke zur Tür. Sein dünnes Haar fiel ihm wieder in die Stirn.

»Auf Wiedersehen, Duke«, sagte er und streckte ihm die Hand entgegen. »Ich möchte, dass Sie wissen, wie sehr ich Sie und die anderen Wizards schätze.«

Duke verschränkte die Arme vor der Brust. Er hatte bestimmt nicht vor, diesem Schleimscheißer seine Hand zu geben.

»Ich werde es mir merken.«

»Und sollten Sie doch noch Interesse an einer Zusammenarbeit haben …«

»Das glaube ich kaum.«

Duke verließ das Büro und lief die Treppe hinunter. Was für ein unangenehmer Typ! Wenn Money Mike nicht wirklich seine sechs Russen im Nebenraum hatte, würde er aufpassen müssen. Es gab Leute, die sich einen Spaß daraus machten, Kröten auszustopfen.

Als er aus dem Haus trat, sah er auf der anderen Straßenseite im Hauseingang jemanden stehen. War das nicht der Bulle, den er vorhin oben bei Money Mike gesehen hatte? Verfolgte ihn der Bastard etwa?

Eine kräftige Böe schlug ihm ins Gesicht. Er zog den Reißverschluss seiner Lederjacke zu und wandte sich nach rechts. Nach hundert Metern blickte er sich unauffällig um. Wahrscheinlich hatte er sich getäuscht, und es war doch nicht der Bulle gewesen. Jedenfalls folgte ihm der Typ nicht.

Duke steckte die Hände in die Taschen und machte sich auf den Weg zum Clubhaus.

36

Peer steuerte den Wagen in der Toosbüystraße in eine Parklücke und stellte den Motor ab. Doch er stieg nicht aus. Auch Thomas fühlte sich dazu nicht in der Lage. Wieder ein lähmender Fall, in dem sie nicht weiterkamen. Doch im Gegensatz zum Mord an Mark Hoffmann war der Selbstmord von Wolfgang Jablonski zusätzlich auch noch deprimierend.

Sie hatten den Nachmittag damit verbracht, mit Leuten zu sprechen, die eine Verbindung zu Wolfgang Jablonski gehabt hatten. Viele waren es nicht. Eine Handvoll Kollegen in der Firma Köhler & Sohn, der Chef, eine Sekretärin. Zu seinen Nachbarn hatte er offenbar keinen Kontakt gepflegt, die meisten von ihnen erkannten ihn nicht einmal, als sie ihnen sein Foto gezeigt hatten. Dann hatten sie sich in seiner Zwei-Zimmer-Wohnung umgesehen – Bett, Schrank, Tisch, Sofa, Sessel.

Billig vom Flohmarkt oder aus einem Möbeldiscounter stammend, zweckmäßig, aber weder schön noch heimelig. Eine Wohnung, in der man sich aufhielt, um zu essen oder zu schlafen, aber nicht, um sich dort wohlzufühlen. Ein alter Gummibaum, der fast bis zur Decke des Wohnzimmers reichte und nur noch an der Spitze vier Blätter hatte, war die einzige Pflanze. Es gab auch nur ein Bild – ein mit Klebestreifen an die Wand geheftetes Poster von einem weißen Strand unter Palmen, mit einem klaren blauen Himmel und türkisfarbenem Meer. Wenn dieses Bild die

Wohnung verschönern sollte, so hatte es zumindest bei Thomas das Gegenteil erreicht. Es hatte die allgemeine Tristesse nur hervorgehoben.

Jetzt, wo er wieder daran dachte, fragte er sich, was wohl deprimierender war – die lieblose Wohnung, in der ein Mensch eher vegetieren als leben konnte. Oder die Reaktion von Jablonskis Mutter in Kiel, die sich nicht an den Namen ihres Sohnes hatte erinnern können und gefragt hatte, ob das wohl »Heinrich, der Bruder vom Klaus Jensen« sei.

Wer weiß, vielleicht war es gar nicht so abwegig, in so einer Lage dem Ganzen ein Ende zu bereiten. Noch dazu, wenn man quasi an der Quelle saß und Zugang zu Waffen hatte.

Aber warum dann jetzt? Warum nicht vor vier Wochen? Oder vor einem Jahr? Was hatte sich geändert? Was hatte das Fass zum Überlaufen gebracht? Es musste einen Auslöser gegeben haben. Irgendetwas. Das herauszufinden war ihre Aufgabe. Viel hatten sie noch nicht. Aber ein Anhaltspunkt blieb noch: Felix Schütze, der einzige Kollege, mit dem sie noch nicht gesprochen hatten.

»Wie sieht's aus, wollen wir?«

Peer stöhnte und rieb sich mit beiden Händen das Gesicht.

»Wollen nicht, aber wir müssen wohl.«

Sie stiegen aus und gingen die Toosbüystraße hinunter. Felix Schütze hatte heute frei, weshalb sie ihn nicht in der Firma angetroffen hatten, sondern ihn in seiner Wohnung im Burghof aufsuchen mussten.

Hoffentlich war er überhaupt zu Hause.

Sie gingen zum Eingang mit der großen Messing-Sechs an der weiß-blau gestrichenen Haustür und lasen die Namen auf dem Klingelschild.

»Schütze, da ist er«, sagte Peer und drückte auf den Knopf.

Es dauerte eine Weile, bis aus dem Lautsprecher eine männliche Stimme erklang.

»Ja?«

»Martens und Petersen, Kripo Flensburg. Können wir mit Herrn Felix Schütze sprechen?«

Einen Augenblick war es still.

»Natürlich. Erster Stock rechts.«

Der Summer erklang, und sie betraten das Treppenhaus.

Als sie im ersten Stock ankamen, stand die Tür bereits offen.

»Herr Schütze?«

Der Mann nickte, trat einen Schritt zur Seite und ließ sie beide in die Wohnung.

»Guten Tag, mein Name ist Martens, das ist mein Kollege Petersen.«

Schütze schloss die Tür und reichte ihnen die Hand. Ein schlanker, mittelgroßer, sportlich wirkender Mann, der sichtlich nervös war.

»Bitte, kommen Sie doch …« Dann sah er auf ihre Schuhe. »Wären Sie so freundlich, die Schuhe auszuziehen?«

»Selbstverständlich.« Thomas und Peer streiften die Schuhe ab und folgten Schütze auf Socken durch eine schmale geflieste Küche in ein geräumiges, gemütlich eingerichtetes Wohnzimmer.

»Nehmen Sie bitte Platz! Darf ich Ihnen etwas anbieten? Kaffee? Wasser?«

»Ja, ein Wasser bitte«, sagte Thomas.

»Für mich auch.«

Schütze verschwand, und Thomas sah sich um. Welch ein Kontrast zu Jablonskis Wohnung!

Schütze kam zurück und stellte eine Flasche und Gläser auf einen Couchtisch mit Glasplatte, dann setzte er sich in einen Sessel und sah sie sichtlich gespannt an.

»Wir kommen wegen Ihres Kollegen Wolfgang Jablonski«, begann Thomas.

»Das habe ich mir schon gedacht«, sagte Schütze und knibbelte nervös an seinen Fingern. »Was ist denn mit ihm? Haben Sie ihn gefunden?«

»Ja. Er ist tot.«

Schütze wurde bleich.

»Oh mein Gott. Wie … Hatte er einen Unfall?«

Thomas schüttelte langsam den Kopf und ließ Schütze nicht aus den Augen. Es war oft hilfreich, die Reaktionen der Leute genau zu beobachten.

»Herr Jablonski hat sich vermutlich erschossen.«

»Was?«

Diese Reaktion hatte Thomas nicht erwartet. Es klang nicht entsetzt. Sondern eher erstaunt. Er und Peer warfen sich einen Blick zu.

»Überrascht Sie das, Herr Schütze?«, fragte Peer.

Der Mann nickte knapp.

»Ja. Ich muss ehrlich sagen … Nein. Das kann ich nicht glauben. Sind Sie sicher?« Er wischte sich über die Stirn. »Verzeihung, natürlich sind Sie sicher. Aber …«

»Finden Sie den Gedanken, dass Herr Jablonski Selbstmord begangen haben könnte, so abwegig?«

Schütze dachte nach.

»Ich weiß nicht«, sagte er schließlich. »Aber es passt irgendwie nicht zu ihm. Er …«

»Dann machte er auf Sie keinen deprimierten Eindruck?«

»Deprimiert? Nein. Aber ehrlich gesagt habe … Entschuldigung, hatte ich nicht sehr viel Kontakt zu ihm. Was über Berufliches hinausgeht, meine ich. Ich wüsste nicht einmal, wo er wohnt. Aber er macht … machte immer einen ausgeglichenen, durchaus zufriedenen Eindruck.«

Ausgeglichen und zufrieden? Thomas dachte wieder an die Wohnung.

»Was für ein Mensch war Herr Jablonski?«

Schütze holte tief Luft, blies die Wangen auf und zuckte dann die Schultern.

»Ich könnte es Ihnen nicht sagen. Zufrieden war er, denke ich. Zumindest hat er nie über irgendetwas gemeckert. Er hat gern Witze erzählt. Keine besonders guten, muss ich allerdings sagen. Und wenn er eine Meinung hatte, dann stand die fest. Unverrückbar.«

»Ein angenehmer Mensch?«

Schütze druckste herum.

»Also Sie mochten ihn nicht?«, hakte Peer nach.

»Nicht besonders, wenn ich ehrlich bin. Ich weiß, das klingt schrecklich, jetzt, wo er tot ist. Aber er hat nie Anstalten gemacht, sich mit mir anfreunden zu wollen, und ich hatte auch keine großen Ambitionen. Wenn wir zufällig zur gleichen Zeit Mittagspause hatten, habe ich natürlich keinen Bogen um ihn gemacht. Aber es war immer schwierig, ein Gesprächsthema zu finden.«

»Wenn er nicht gerade Witze erzählt hat?«

Schütze lächelte gequält.

»So in etwa.«

»Haben Sie in letzter Zeit an Herrn Jablonski eine Veränderung bemerkt? War er besonders verschlossen oder zurückgezogen? Hat er irgendetwas erwähnt?«

»Nein. Tut mir leid. Mir ist nichts aufgefallen.«

»Danke, Sie haben uns sehr geholfen.«

Thomas und Peer standen auf und zogen sich ihre Schuhe wieder an. Bevor sie gingen, holte Thomas eine Visitenkarte hervor.

»Falls Ihnen noch etwas einfällt, rufen Sie uns an, ja?«

»Natürlich.«

Peer und Thomas verließen das Haus und durchquerten den Innenhof.

Als Thomas sich in den Autositz fallen ließ, fühlte er sich, als hätte er gerade einen Marathon hinter sich.

»Was sagst du dazu?«, fragte Peer und steckte den Schlüssel ins Zündschloss.

»Wozu?«

»Na, Schützes Reaktion.«

»Ja, das ist mir auch aufgefallen. Er scheint der Einzige zu sein, der sich nicht vorstellen kann, dass Jablonski Selbstmord begangen hat. Warum?«

»Weil Jablonski in seinen Augen ein glücklicher, zufriedener Mensch war.«

Thomas verzog das Gesicht.

»Kann jemand so blind sein? Das glaube ich nicht.« Er schüttelte den Kopf. »Vielleicht ein schlechtes Gewissen? Ob Schütze etwas getan oder gesagt hat, von dem er nun annimmt, dass es Jablonski in den Tod getrieben haben könnte?«

»Ja, das wäre eine Möglichkeit. Wir sollten ihm auf den Zahn fühlen.«

»Das werden wir. Aber zuerst fahren wir nach Hause.«

»Hast du etwas Besonderes vor?«, fragte Peer und ließ den Motor an.

»Nee. Ich werde mir wohl gleich eine Komödie reinziehen. Irgendetwas, das mich zum Lachen bringt. Ich fühle mich selbst schon ganz deprimiert.«

37

Jessica saß an ihrem Schreibtisch in der Redaktion. Sie war allein. Wenigstens beinahe. In der Ecke links auf der anderen Seite des Büros saß noch Lutz, ein Kollege, der mit einer halben Stelle beim Wochenboten seine Familie nicht ernähren konnte und deshalb noch für ein Online-Magazin arbeitete. Sie konnte das Licht der Schreibtischlampe sehen und das hastige Klicken seiner Tastatur hören. Ein Artikel musste wohl heute unbedingt fertig werden.

Sie starrte den blinkenden Cursor auf dem weißen Bildschirm an. Sie hatte noch kein Wort geschrieben. Sie fühlte sich leer, sprachlos. Ihre Augen brannten vor Müdigkeit. Warum war sie überhaupt hergekommen? Warum war sie nicht nach Hause gegangen?

Das Interview mit Christina Martens war ein Fiasko gewesen. Anstatt dass sie Informationen aus ihr herausgekitzelt hatte, hatte die Ärztin einfach den Spieß umgedreht. Noch vor wenigen Tagen wäre ihr das nicht passiert. Sie war nicht auf der Höhe.

Jessica legte ihre Hände auf die Tastatur und wartete darauf, dass die Worte zu fließen begannen. Normalerweise konnte sie auf Knopfdruck schreiben, ein Vorteil, wenn man ständig unter Zeitdruck stand. Aber es kam nichts. Kein einziges Wort kam aus ihr heraus. Der Kaffee in dem Becher vor ihr war mittlerweile kalt. Die Dose mit den gerösteten Cashewkernen, die sie gern während der Arbeit knabberte, stand unberührt da. Nichts war wie sonst.

Ihr Leben stand kopf, und Mark war nicht mehr da.

Das Klicken der Tastatur vom anderen Schreibtisch hörte auf, die Schreibtischleuchte erlosch. Lutz kam auf sie zu, im Gehen zog er sich seine Jacke über.

»Für heute bin ich fertig«, sagte er mit einem Lächeln.

Jessica strich sich das Haar aus dem Gesicht. Allein diese Bewegung fiel ihr schwer, kostete Mühe und Kraft.

»Woran hast du denn gearbeitet?« Es interessierte sie nicht wirklich. Die Frage war lediglich ein Versuch, innerhalb des Chaos und der Trümmer einen letzten Rest Normalität aufrechtzuerhalten.

»An einem Beitrag für ›Schleswig-Holstein online‹ über den Toten, den sie heute im Klueser Wald gefunden haben. Ein Selbstmord. So wie es aussieht, war der Mann einer von denen, die niemand beachtet, bis irgendwann die Sicherungen durchbrennen. Wenn du magst, kannst du dir den Artikel mal durchlesen. Ich finde ihn gelungen.«

Ja, das war deutlich zu merken. Lutz hatte die Aura eines Menschen, der mit sich und seiner Arbeit rundum zufrieden ist.

»Ich schaue ihn mir mal an«, sagte Jessica.

»Ich gehe dann jetzt. Du bleibst noch?«

Sie nickte. »Seit Freitag ist ein bisschen was auf dem Schreibtisch liegen geblieben.«

»Wenn du Hilfe brauchst …«

Verfluchte Aasgeier. Der Kollege zappelt noch, und sie hüpfen schon näher, um sich die besten Stücke zu sichern.

Jessica zwang sich zu einem freundlichen Lächeln.

»Danke, lieb von dir. Aber ich schaffe das.«

»Klar. Du bist ein Profi.« Er zwinkerte ihr zu und klopfte auf die Schreibtischplatte. »Schönen Abend noch!«

»Danke, dir auch.«

Sie hörte, wie sich seine Schritte entfernten und die Glastür hinter ihm ins Schloss fiel. Jetzt war sie allein in der Redaktion. Sollte sie auch nach Hause gehen? Aber was sollte sie da? Schlafen konnte sie ohnehin kaum. Sollte sie allein auf dem Sofa sitzen, eine Flasche Rotwein leeren und dabei die Wand oder den Fernseher anstarren? Da war die Redaktion schon besser. Ablenkung durch Arbeit war ein bewährtes Mittel.

Sie hatte schon oft den späten Abend oder die Nacht hier an ihrem Schreibtisch verbracht. Allein mit einem Becher Kaffee und einer Pizza vom Lieferservice. Normalerweise genoss sie die Stille. Hier konnte sie konzentriert arbeiten, weil nichts in dieser professionellen Umgebung Ablenkungen zuließ. Im Gegensatz zu ihrer Wohnung, wo der Griff zur Stereoanlage oder der Fernbedienung des Fernsehers – nur um mal rasch nach den Nachrichten zu sehen – einfach zu verführerisch war.

Jessica seufzte und starrte auf ihre Hände. Womit sollte sie beginnen? Mit Marks Tod?

»Freitagabend …«, tippte sie, dann löschte sie das Wort wieder. Es hatte keinen Sinn. Vielleicht sollte sie etwas lesen, um sich auf andere Gedanken und dann in den Schreibflow zu bringen? Das half manchmal.

Mit ein paar Klicks hatte sie »Schleswig-Holstein online« geöffnet. Lutz' Artikel war schnell zu finden, er hatte ihn ja gerade erst eingestellt.

Sie überflog den für ihre Begriffe von zu vielen Floskeln, Klischees und Schmalz triefenden Beitrag über den stillen Mann, den keiner kannte, der keine Freunde hatte und für den sich niemand interessierte. Ja, da würden sich wohl manche Leser nach der Lektüre die Augen wischen und die Nase schnäuzen müssen. Lutz hatte sogar ein Foto des Mannes aufgetrieben. Wolfgang Jablonski, sechsundvierzig Jahre alt.

Jessica betrachtete das Foto des unscheinbaren Mannes. Irgendetwas fesselte sie an seinem Gesicht. Was? Er war weder gut aussehend noch hässlich. Unauffälliger Durchschnitt. Und trotzdem war da etwas.

Als es ihr einfiel, zuckte sie vor Schreck zusammen. Das war doch … Oder täuschte sie sich?

Hastig kramte sie ihr Handy hervor, rief die Mail mit dem Foto des Erschossenen auf, die sie sich selbst geschickt hatte, und hielt das Handy direkt neben den Bildschirm. Und je mehr sie die beiden Gesichter verglich, umso sicherer war sie: Sie hatte den Mann auf Marks Fotos endlich identifiziert. Es war Wolfgang Jablonski, Mitarbeiter von Köhler & Sohn. Aber wieso ging die Polizei von Selbstmord aus? Er war doch erschossen worden.

Natürlich. Die Mörder hatten ihm den Lauf der Waffe an die Schläfe gehalten und sie dem Toten anschließend in die Hand gedrückt, einen weiteren Schuss abgegeben. Hatten sie danach die Waffe nachgeladen? Auf den Fotos sah es so aus. Die Kerle hatten das bestimmt mit Bedacht getan, um die Polizei auf die falsche Fährte zu lenken. Was offenbar geglückt war.

Aber sie kannte die Wahrheit.

Sollte sie jetzt zur Polizei gehen und alles erzählen?

Jessica kaute auf ihrer Unterlippe. Sie war sicher, dass die Polizei ihr aus »ermittlungstaktischen Gründen« verbieten würde, weiter zu recherchieren. Am Ende durfte sie höchstens die Brosamen zusammenkehren und einen Artikel über die erfolgreiche Polizeiarbeit schreiben. Selbst dann würde es noch eine gute Story werden.

Aber ganz gewiss nicht die beste.

Jessica suchte auf dem Handy ein Foto von Mark. Es war erst zwei Wochen alt. Sie hatten sich mit ihrem Informanten in Steinberg getroffen und anschließend noch einen Abstecher in die Geltinger Birk gemacht. Die Sonne war über der Birk untergegangen, während sie am Strand entlangspaziert waren. Auf dem Foto konnte man im Hintergrund den rot-weiß gestreiften Leuchtturm von Falshöft sehen. Im Vordergrund war Mark. Er lachte, der Wind zauste ihm die Haare.

Mark.

Er hatte die Wahrheit auch gekannt und war umgebracht worden. Das Wissen um diesen Mord war gefährlich. Sollte sie es wirklich wagen, allein weiterzumachen? Davon abgesehen war die Zurückhaltung von Beweisen zur Aufklärung eines Verbrechens strafbar. Natürlich konnte sie der Polizei erzählen, dass sie durch Zufall den USB-Stick hinter dem Bild in Marks Wohnung gefunden hatte – heute Abend, morgen oder übermorgen. Wer sollte ihr das Gegenteil beweisen?

Und war nicht fast jede der wirklich großen Storys in der

Geschichte des Journalismus unter gefährlichen Bedingungen entstanden? Irgendwann musste man sich entscheiden: bis ans Ende der Tage Reportagen über Hafenfeste und Geburtstage in Altenheimen schreiben oder in die Liga der Großen wechseln.

Achtundvierzig Stunden, dachte sie. Ich gebe mir achtundvierzig Stunden Zeit, mehr über Wolfgang Jablonski und seine Verbindung zu den Wizards of Doom herauszufinden. Dann habe ich entweder meine Story, oder ich gehe zur Polizei.

Mit ein paar Handgriffen löschte sie die Mail mit Jablonskis Foto von ihrem Handy. Wenn sie der Polizei die Geschichte vom Zufallsfund auftischte, sollten sie diese Mail nicht bei ihr finden. Das wäre ziemlich dämlich.

Aber wo sollte sie anfangen? Am besten mit Jablonskis Arbeitgeber, Köhler & Sohn. Lutz hatte die Firma in seinem Artikel erwähnt.

Jessica trank den Kaffeebecher in einem Zug leer. Dass der Kaffee kalt und abgestanden war, machte ihr nichts aus. Das Koffein schien direkt in den Kopf zu gehen und ihren Motor in Gang zu setzen.

Ihr Hirn hatte wieder begonnen zu arbeiten.

38

Christina lag schon im Bett, als ihr Telefon klingelte.

»Hallo?«

»Hi, Lady!« Dukes raue Stimme ließ ihr einen wohligen Schauer über den Rücken laufen. »Habe ich dich geweckt? Bei euch ist es schon Mitternacht, oder?«

»Das schon. Aber ich habe noch nicht geschlafen. Außerdem habe ich morgen frei.«

»Alles gut bei dir?«

»So weit ja. Und bei dir? Wie geht es Will?«

»Besser. Er ist wieder bei Bewusstsein, hat sogar versucht zu sprechen, but it doesn't work, you know.«

»Das kommt vor bei Schlaganfällen. Ich will dir jetzt keinen langweiligen Vortrag über die verschiedenen Formen der Sprachstörungen und ihre Ursachen halten. Außerdem können euch die Ärzte in Glasgow das viel besser erklären.«

Er lachte.

»Wenn die das machen würden. Entweder haben sie keine Zeit, keine Lust, oder sie könnten gleich chinesisch reden.«

»Und sonst geht es dir gut?«

»Yeah. Ich schlafe im Clubhaus.« Er machte eine kurze Pause. »Ich war vorhin bei Money Mike.«

Christina schluckte.

»Was sagt er?«

»Die Angelegenheit ist ›bereinigt‹, wie er es nennt. Der fucking Blutsauger hat die Summe erhöht, die ich ihm zurückzahlen soll. ›Aufrunden‹ nennt er das. Damit soll es jetzt in Ordnung sein.«

»Und was meinst du dazu?«

»Wenn das wirklich alles ist, ist es okay. Bisher habe ich keinen Grund, daran zu zweifeln.«

»Und was sagt dein Anwalt? Hast du mit ihm schon gesprochen?«

»Yepp.« Duke lachte wieder. »Ich glaube, es war gut, dass wir nur telefoniert haben. Logan klang ziemlich sauer. Aber ich konnte ihn beruhigen. Morgen Mittag bin ich mit ihm verabredet. Und mit Millicent.« Er seufzte. »Er meint, es wäre gut, uns beide an einem Tisch zu haben und ein paar Dinge zu klären. Wir werden sehen, ob das wirklich eine gute Idee ist. Oder ob ich wieder aus dem Restaurant geworfen werde. Wie beim letzten Mal, als wir gemeinsam essen waren.«

Es entstand eine kurze Pause.

»Ich war übrigens auch heute essen«, sagte Christina. »Und zwar mit Jessica Pohlmann.«

»Jessica Pohlmann? Kenne ich nicht. Eine Freundin von dir?«

Sie lachte.

»Nein, weiß Gott nicht. Aber doch, du kennst sie. Das ist die Journalistin, die mit dem Fotografen zusammen …«

»Diese fucking bitch? Und mit der warst du essen? Warum?«

»Ich glaube, sie wollte mich über euch aushorchen, aber …«

»Okay, Lady, listen. Mit diesen Schmeißfliegen muss man vorsichtig sein. Nie, niemals solltest du mit einem Reporter reden, hörst du?«

»Duke, ich wollte euch doch nur helfen. Ich dachte …«

»Ich weiß, du meinst es gut. Aber das ist der falsche Weg. Was hast du ihr erzählt?«

»Nichts. Ich …«

»Fuck.« Er klang jetzt ungeduldig. »Man erzählt diesen Typen niemals ›nichts‹, Christina. Selbst wenn man schweigt, reimen die sich irgendeinen Bullshit zusammen. Also worüber habt ihr euch unterhalten?«

Christina runzelte die Stirn. Die Wendung, die dieses Gespräch nahm, gefiel ihr nicht.

»Wie ich dir eben schon sagen wollte, bevor du mich unterbrochen hast: Sie hat versucht, mich auszuhorchen. Was ihr selbstverständlich nicht gelungen ist. Stattdessen hat sie sich verplappert. Sie hat offenbar einen Informanten.«

»Einen Informanten? Hat sie gesagt, wer es ist?«

»Natürlich nicht. Sie macht einen ziemlich fertigen Eindruck, was ja auch kein Wunder ist. Wusstest du, dass sie und Mark Hoffmann zusammen waren?«

»No. Interessiert mich, ehrlich gesagt, auch nicht. Und sie hat dir gar keinen Hinweis gegeben? Keine Andeutungen? Nichts?«

»Nein. So dumm ist sie nicht. Außerdem ist sie gegangen, als sie merkte, dass sie sich verplappert hatte. Sie sprach nur von Informationen aus erster Hand.«

»Aus erster Hand.« Er machte eine Pause. »Klingt nach einem Insider. Ein verdeckter Ermittler würde nicht zur Presse gehen. Also vielleicht jemand, der aus dem Club geflogen ist. Ich muss mit den Bros reden, wer da in Frage kommt.«

»Vielleicht findet Con ja noch etwas heraus. Ich habe sie gebeten, Jessica Pohlmann auf den Zahn zu fühlen.«

»Du hast was?« Dukes Stimme am anderen Ende wurde lauter. »Halte dich aus unseren Angelegenheiten heraus. Wir regeln solche Dinge üblicherweise selbst!« Sie hörte ihn am anderen Ende der Leitung atmen. »Fuck. Du bist wirklich …«

»Was bin ich?«, fragte sie mit rauer Stimme.

Er blieb ihr die Antwort schuldig.

»Okay, shit happens. I've to ring Bert. Er muss davon wissen. Vielleicht ist noch etwas zu retten.«

»Zu retten? Du tust gerade so, als hätte ich großen Mist gemacht.«

»Was der Wahrheit ziemlich nahekommt, to be honest.«

Einen Moment verschlug es ihr die Sprache.

»Christina? Bist du noch dran?«

»Ja. Ich bin nur gerade fassungslos.«

»Warum? Weil *du* dich in *unsere* Angelegenheiten einmischst? Wir haben dich nicht darum gebeten, Lady. Also lass in Zukunft die Finger davon, okay?«

Christina hätte schreien können. Gleichzeitig war ihr zum Heulen zumute.

»Wenn du nur eine Frau fürs Bett und zum Motorradfahren brauchst, hättest du dir keine mit Hirn suchen sollen!«

»Oh Mann, Weiber. Das hat doch damit nichts zu tun! Allerdings bin ich davon ausgegangen, dass du genug Verstand hast, um zu wissen, wo dein Platz ist.«

»Und ich bin davon ausgegangen, dass dieser Platz neben dir ist, als deine Partnerin, und nicht zu deinen Füßen. Gute Nacht.«

Sie legte auf. Mit dem Telefon in der Hand sprang sie aus dem Bett. Ihre ganze Wut entlud sich in einem Schrei.

»SCHEEEEIIISSSSSEEEE!«

Erst danach fiel ihr ein, dass Käte unter ihr vermutlich vor Schreck aus dem Bett gefallen war. Sei es drum. Ihr ging es jedenfalls etwas besser.

Gerade als sie sich die Tränen vom Gesicht wischte, klingelte das Telefon in ihrer Hand.

»Oh nein, Duke, mit dir will ich jetzt bestimmt nicht reden!«, sagte sie und fragte sich, warum sie das Telefon nicht einfach ausgeschaltet hatte. Dann sah sie die Schleswiger Nummer. Es war gar nicht Duke, sondern Con. Sie drückte auf die grüne Taste. »Hallo?«

»Christina? Sorry, dass ich dich mitten in der Nacht störe, aber …«

»Das macht nichts. Das tust du bestimmt nicht ohne Grund.«

»Ja, tatsächlich.« Die Stimme der Hackerin klang ungewöhnlich ernst, und eine Gänsehaut breitete sich über Christinas Rücken aus. »Ich habe ein bisschen was über diese Journalistin herausgefunden. Ich habe mich in ihrem Telefonbuch umgesehen. Dabei ist mir eine Handy-Nummer aufgefallen, die sie offenbar in den letzten Wochen immer wieder angerufen hat. Ein Prepaid-Handy. Aber über einen Werbeanruf konnte ich den Standort ermitteln. Eine Wohnung in einem Objekt von Gerd Schümann, gemietet von einem Daniel Bauer. Sagt dir das was?«

»Daniel Bauer? Moment. Ist das nicht der …?«

»Genau. Danny. Er war Prospect bei den Wizards, bis er Duke absichtlich in einen Unfall verwickelt hat. Danach haben die Wizards ihn rausgeworfen.«

»Und jetzt ruft Jessica Pohlmann ihn immer wieder an?« Christina schnalzte mit der Zunge. »Sieht so aus, als hätten wir den Informanten gefunden. Danke, Con! Gute Arbeit!«

»Es geht noch weiter. Ich habe eine E-Mail gesehen, die sich die Journalistin selbst geschickt hat. Es handelt sich um das Foto eines gewissen Wolfgang Jablonski, der zufälligerweise heute erschossen im Klueser Wald aufgefunden wurde. Die Polizei geht von einem Selbstmord aus.«

Christina runzelte die Stirn.

»Na, wahrscheinlich arbeitet sie an einem Artikel über ihn, oder?«

»Erstens hat sie sich die Mail schon Sonntagabend geschickt. Und zweitens hat sie die Mail gelöscht, nachdem sie online einen Artikel über den Selbstmord gelesen hat. Außerdem habe ich das Foto vergrößert. Dabei ist eindeutig der Lauf einer Pistole zu erkennen, die in eine Fußmatte oder etwas Ähnliches eingewickelt ist. Und der Wolfgang Jablonski sieht alles andere als fröhlich aus.«

»Also du meinst, er war nicht allein?«

»Genau. Das Nächste, was mir komisch vorkommt, ist das Fehlen einer Speicherkarte bei Mark Hoffmann. Ich habe mich in die Akte eingeloggt, offenbar hat die Polizei keine gefunden, und ich bin sicher, dass die im Clubhaus alles Unterste zuoberst gekehrt haben. Mark Hoffmann wäre somit der erste Fotograf, dem ich begegne, der ohne mindestens eine Karte in der Kamera zum Fotografieren loszieht.«

»Was glaubst du, was damit passiert ist?«

»Ich weiß es nicht, Christina, aber ich sehe nur zwei Möglichkeiten: Entweder hat Jessica Pohlmann die Speicherkarte eingesteckt ...«

Christina schüttelte den Kopf.

»Das glaube ich nicht. Sie kam hinter mir ins Clubhaus und hat keinen Fuß in die Werkstatt gesetzt. Sie kam nur bis zur Tür. Dafür haben Phil und Steve gesorgt.«

»Dann bleibt nur noch die zweite Möglichkeit. Einer von den Wizards hat die Karte gefunden. Aber diese Karte ist nicht das Entscheidende. Denn jetzt kommt noch der Clou des Ganzen. Ich hoffe, du sitzt?« Con machte eine kurze Pause. »Dieser Wolfgang Jablonski war Ingenieur bei dem Waffenfabrikanten Köhler & Sohn.«

»Und jetzt machen wir daraus eine Geschichte«, murmelte Christina.

»Eine ganz simple«, ergänzte Con. »Ein Mann, der in einer Waffenfabrik arbeitet, trifft sich mit jemandem, wird erschossen, sodass es wie ein Selbstmord aussieht. Eine Journalistin und ihr Fotograf kriegen Wind davon.«

»Und sie tauchen bei der Sommerparty der Wizards auf, weil sie glauben, dass die Wizards in Waffengeschäfte verstrickt sind und sie das mit Hilfe der Fotos beweisen können.« Christina lachte bitter. »Wir beide haben eine ziemlich morbide Phantasie!«

»Ich fürchte, da kommen wir der Wahrheit schon ziemlich nahe«, sagte Con. »Wusstest du, dass Mark Hoffmann in dem Hochhaus an der Batteriestraße wohnte? Ich habe es gecheckt. Von seinem Balkon müsste man einen wunderbaren Blick über das Gelände der Wizards haben.«

Christina schluckte.

»Du meinst also, dass dieser Jablonski auf dem Gelände der Wizards ... und dass sie ...«

Ihr Herz begann so schnell zu klopfen wie schon lange nicht

mehr. Dann waren die Gerüchte über Waffenhandel und andere schmutzige Geschäfte also wahr? Dann hatte Thomas die ganze Zeit recht gehabt? War Duke deshalb so sauer geworden, weil er befürchtete, dass sie etwas herausfand, wovon sie nichts wissen sollte? Ihr wurde schwindelig, und sie setzte sich auf den Boden.

»Ganz ehrlich? Auch wenn es auf den ersten Blick so aussieht, aber das glaube ich nicht.« Cons Stimme klang fest. »Ich kenne die Jungs schon lange, nicht nur, weil ich für sie den Computerkram mache. Aber bei meiner Tätigkeit habe ich einen ganz guten Einblick in gewisse Interna. Ich möchte nicht ausschließen, dass sich der eine oder andere gelegentlich auf illegalem Weg eine Waffe besorgt oder auch wieder verkauft. Aber das hier sieht mir eher nach Waffenhandel in großem Stil aus.«

Christina schloss die Augen.

»Ich weiß nicht, ob mich das beruhigt.«

»Das kann ich verstehen. Es wäre bestimmt interessant, die Speicherkarte zu finden und nachzusehen, was Mark Hoffmann fotografiert hat. Ich habe das Gefühl, dass diese Fotos der Schlüssel sind – sofern sie überhaupt existieren.« Con machte eine Pause. »Wie wollen wir weiter vorgehen?«

»Kannst du versuchen, mehr über diesen Wolfgang Jablonski herauszufinden?«

»Ich setze mich gleich ran. Möglicherweise überprüft ihn die Polizei nicht so genau, wenn sie von einem Selbstmord ausgeht. Sofern das nicht nur eine Finte für die Presse ist. Und du …«

»Ich weiß, was du sagen willst. Ich sollte mit den Wizards reden.«

Con lachte.

»Das klingt nicht sehr begeistert.«

»Nun, gerade hat Duke mich zusammengefaltet, weil ich mich in ihre Angelegenheiten gemischt habe.«

»Darf ich dir einen Rat geben? Respekt muss man sich verdienen. Das gilt bei den Wizards nicht nur für Hangarounds und Prospects, sondern auch für Frauen. Wenn sich die ersten Wogen geglättet haben und sie verstehen, was du getan hast, wird ihre Achtung vor dir umso mehr steigen.«

»Du hast gut reden!« Christina seufzte. »Na gut. Ich habe morgen frei. Ich werde mit Bert sprechen. Vielleicht ist der ja vernünftiger.«

Con lachte wieder.

»Wappne dich! Aber eine starke Frau wie du kriegt das hin. Da bin ich mir sicher. Ich mache mich jetzt an die Arbeit. Servus!«

Christina legte auf. Ihr schwirrte der Kopf. Das waren Neuigkeiten, mit denen sie nicht gerechnet hatte.

Dienstag, 16. Juli

39

Als Thomas die Tür zum Büro öffnete, wehte ihm der Duft frischer Brötchen entgegen. Dahinter hörte er Peer mit einer Tüte rascheln.

»Moin!«, sagte er und schloss die Tür hinter sich. »Bist du schon lange hier?«

»Nö, vor zehn Minuten gekommen.« Peer hielt ihm ein Sesambrötchen entgegen. »Möchtest du auch eins? Ich habe genug mitgebracht.«

»Nein, danke«, sagte Thomas und ließ sich auf seiner Seite des Schreibtisches auf den Stuhl fallen. »Ich habe zu Hause gefrühstückt.«

»Na und? Das habe ich auch«, erklärte Peer und legte ein Pad in die Kaffeemaschine ein. »Meine Frau setzt mir neuerdings immer Knäckebrot vor. Zwei Scheiben, dazu Magerquark und eine Scheibe Gemüsesülze. Stell dir das vor. Hast du schon mal Gemüsesülze gegessen? Noch dazu auf Knäcke? Bah. Furchtbar. Das schmeckt wie ausgekochte Socken in Gelee. Außerdem wird davon doch kein Mensch satt.«

Thomas lachte. Seit er mit Peer zusammenarbeitete, und das waren immerhin schon vier Jahre, kämpfte Frau Petersen einen erbitterten, aber aussichtslosen Kampf gegen Peers Übergewicht. Meist scheiterten ihre Diätversuche daran, dass Peer sich auf dem Weg ins Büro in einer Bäckerei versorgte – mit Brötchen, Kuchen und Gebäck.

»Gibt es schon etwas Neues zu unseren beiden Fällen?«

»Ja.« Peer deutete mit der Kaffeetasse auf den Schreibtisch. »Der abschließende Befund von Professor Effenberger zu Hoffmann, der vorläufige Befund zu Jablonski. Außerdem ist die Waffe identifiziert. Ich kann dir aber nichts Genaues erzählen, ich habe nur einen Blick drauf geworfen. Ich wollte erst einmal frühstücken. Möchtest du auch einen Kaffee?«

»Gern.« Thomas nahm die Akte von Mark Hoffmann und begann, vom Brodeln der Kaffeemaschine begleitet, zu lesen.

»Und?«, fragte Peer und reichte ihm einen Becher. »Neue Erkenntnisse?«

Thomas trank vorsichtig einen Schluck und schüttelte den Kopf.

»Nein. Effenberger kann nur die Zeit der Schmerzmitteleinnahme auf mindestens zwölf und höchstens sechsunddreißig Stunden eingrenzen.« Er klappte die Akte zu und legte sie auf die rechte Seite des Schreibtisches. »Das bringt uns aber noch nicht viel weiter. Jetzt mal sehen, was zu Wolfgang Jablonski zu sagen ist.«

»Und ich nehme mir die Waffe vor.«

Eine Weile lasen sie schweigend.

»Und?«, fragte Peer.

»Nichts, was wir nicht schon vorher gewusst hätten. Kopfschuss durch die rechte Schläfe, recht kleine Austrittswunde an der linken, was auf ein Vollmantelgeschoss hindeutet.«

»Deswegen hat man das Projektil auch nicht gefunden. Im Wald kann es sonst wo gelandet sein.«

»Richtig. Effenberger schreibt, dass der Tod sofort eingetreten sein muss. Nur wenige Schmauchspuren an der rechten Hand, wahrscheinlich durch die Lage im Wasser.« Er warf die Akte auf den Tisch. »Und bei dir?«

»Die Waffe ist eine Halbautomatik, 9 mm, Köhler & Sohn, Baureihe 73a, hergestellt vor fünfzehn Jahren. Aber …« Peer grinste breit. »Dieser kleine Freund sollte eigentlich längst Metallspäne sein.«

Thomas setzte sich auf.

»Wie bitte?«

»Ja. Siehst du hier?« Peer hielt ihm den Befund der Ballistiker hin und deutete auf eine Zeile. »Die Waffe wurde ausgemustert und sollte vor sieben Monaten im Werk verschrottet werden. Was ja wohl ganz offensichtlich nicht geschehen ist.«

»Weil Wolfgang Jablonski sie sich geschnappt hat. Ob er da schon seinen Selbstmord geplant hat?« Thomas trommelte nachdenklich mit den Fingern auf der Schreibtischplatte herum. »Was uns wieder zu der Frage bringt, weshalb er es *jetzt* getan hat und nicht schon vor sieben Monaten. Wer ist eigentlich bei Köhler & Sohn für die Verschrottung der Waffen zuständig?«

»Das geschieht in einem abgeschotteten Teil der Fabrik alle zwei Wochen, die Arbeiter wechseln. Aber – und da wird es interessant – weißt du, wer diesen Vorgang überwacht und die Buchführung macht – oder wie auch immer das in diesem Zusammenhang heißt?«

»Na?«

»Wolfgang Jablonski.«

»Also saß er an der Quelle.«

»Ja. Und er hat die Chance genutzt.«

Thomas kramte auf seinem Schreibtisch herum. »Hast du die Nummer von Köhler & Sohn bei dir liegen?«

Peer schob sich das Brötchen in den Mund und suchte ebenfalls unter seinen Papieren. Schließlich reichte er ihm einen Notizzettel.

Thomas griff zum Telefon.

»Was hast du vor?«

»Ich will mehr über diesen Verschrottungsprozess wissen.«

Peer sah ihn entgeistert an. »Und warum? Die Sache ist doch klar. Jablonski hat sich die Waffe besorgt, einige Zeit abgewartet und ist dann in den Wald gegangen, um seinem tristen Leben ein Ende zu bereiten. Was willst du noch?«

»Meine Neugierde befriedigen«, sagte Thomas und tippte bereits die Nummer ein. »Sonst nichts.«

40

In der Großen Straße war es ruhig. Die meisten Geschäfte waren noch geschlossen, und da, wo üblicherweise die Fußgänger entlangschlenderten, standen Pkws und Lieferwagen. Nur ein paar Bistros und Restaurants mit Frühstücksangebot hatten bereits geöffnet. Es regnete leicht, deshalb entschied sich Jessica für einen Tisch im Inneren, wo auch das reichhaltige Frühstücksbüfett aufgebaut war.

Sie hatte sich gerade gesetzt, als in der Tür ein Mann auftauchte und sich suchend umsah. Wie vereinbart hob Jessica eine Ausgabe des Wochenboten hoch, der Mann nickte und näherte sich ihr.

»Frau Pohlmann?«, erkundigte er sich, vielleicht um sicherzugehen.

»Ja. Sie sind Herr Schütze?« Er nickte wieder. »Guten Morgen. Setzen Sie sich doch.«

»Ich habe nicht viel Zeit«, sagte er und rückte den Stuhl ihr gegenüber gerade. »Um neun muss ich in der Firma sein.«

»Das macht nichts«, lächelte Jessica. »Ich nehme einfach, was ich kriegen kann. Ich bin Ihnen überhaupt dankbar, dass Sie sich die Zeit nehmen.«

»Keine Ursache«, murmelte er und studierte die Karte.

Felix Schütze machte einen netten, wenn auch etwas nervösen Eindruck, wie er da saß, mit seiner Jeans und dem kurzärmeligen, dezent gemusterten Hemd, und sich immer wieder durch seine kurzen braunen Haare fuhr. Jessica wusste schon jetzt, dass dieses Interview nicht solch ein Reinfall werden würde wie das mit Christina Martens. Ihr Interviewpartner hatte diesmal nicht nur ein anderes Kaliber, sondern sie selbst fühlte sich deutlich besser.

»Was halten Sie vom Frühstücksbüfett? Bedienen Sie sich, ich lade Sie ein auf Kosten des Wochenboten.«

»Gut.«

»Tee oder Kaffee?«

»Kaffee.«

Er stand auf und ging zum Büfett, während sie den Kaffee bei der jungen Kellnerin bestellte. Dann nahm sie sich selbst ein Brötchen, Butter, Marmelade, einen Joghurt und etwas Obst.

»Wollen wir gleich beginnen?«, fragte sie, während sie das Brötchen mit ihrem Messer teilte.

»Ja. Natürlich.« Zerstreut lächelte er die Kellnerin an, die eine große Kanne Kaffee auf dem Tisch platzierte. »Die Zeit ist kurz.«

»Was haben Sie gedacht, als Sie vom Tod Ihres Kollegen Wolfgang Jablonski erfahren haben?«

»Das kann doch nicht wahr sein.« Felix Schütze legte sich eine Scheibe Schinken auf eine Brötchenhälfte und biss ab. »Das war meine erste Reaktion. Ich kann es, ehrlich gesagt, immer noch nicht glauben.«

»Warum nicht?«

Er zuckte mit den Schultern.

»Ich weiß auch nicht. Wahrscheinlich, weil ich ihn völlig falsch eingeschätzt habe. Besonders gut kannte ich ihn zwar nicht. Er war eben ein Arbeitskollege, mehr nicht.« Er machte eine Pause. »Vielleicht liegt es auch daran, *wie* er es getan hat. Wissen Sie, wenn man tagtäglich mit Waffen zu tun hat, so wie wir, dann entwickelt man einen ordentlichen Respekt davor. Man weiß, was die Dinger anrichten können. Und wenn ich mir vorstelle, welche Schmerzen …« Er schloss die Augen, und sein Gesicht verlor Farbe. »Würde sich ein Chirurg mit seinem Skalpell umbringen?«

Jessica lächelte verständnisvoll.

»Das ist bestimmt eine gute Frage, Herr Schütze. Was war denn Herr Jablonski für ein Mensch?«

Er seufzte und fuhr sich wieder durch das braune Haar.

»Wissen Sie, diese Frage stelle ich mir seit gestern immer wieder. Wer war Wolfgang wirklich?« Er hob den Kopf und sah sie an. »Kennen Sie das auch? Da sieht man jemanden jeden Tag, über mehrere Jahre hinweg – spricht mit ihm, trifft sich gelegentlich in der Kantine beim Essen. Und dann stellt sich heraus, dass der Mensch ganz anders ist, als Sie bisher dachten. So geht es mir gerade.« Er trank einen Schluck und behielt die Tasse in der Hand, als müsste er sich die Finger an dem Kaffee wärmen.

»Welchen Eindruck hatten Sie denn ursprünglich von ihm?«

»Wolfgang war …« Er atmete geräuschvoll aus. »Ehrlich, ich kann es Ihnen gar nicht sagen. Ich habe mir nie großartige Gedanken über ihn gemacht. Er war da. Jeden Tag pünktlich. Gewissenhaft, ohne übereifrig zu sein. Ein netter, unauffälliger Kerl, ruhig. Ich weiß nicht, welche Hobbys er hatte oder womit er seinen Feierabend verbrachte. Darüber haben wir nie miteinander gesprochen. Wenn wir uns beim Essen unterhalten haben, ging es meist um Kleinigkeiten des Alltags. Die Absätze seiner Schuhe, die schon wieder abgelaufen waren, obwohl er sie erst drei Wochen vorher hat machen lassen. So ein Zeug eben. Dinge, über die man sich aufregen kann, wie es Hunderte von Leuten tun. Und zu jeder dieser Alltagsgeschichten hatte er einen Witz parat. Oder gleich mehrere.«

»Herr Jablonski hat gern Witze erzählt?«

Über sein Gesicht glitt ein trauriges Lächeln.

»Ja. Komisch, nicht wahr? Ein Typ, der ständig Witze erzählt, ist in Wahrheit so deprimiert, dass er sich umbringt.« Felix Schütze schüttelte nachdenklich den Kopf. »Allerdings waren die Witze schlecht. Natürlich habe ich jedes Mal gelacht. Aber nur aus Höflichkeit. Ob er das geahnt hat und sich deshalb …?« Er sah Jessica an. »Seit gestern zerbreche ich mir den Kopf darüber, ob ich es hätte verhindern können.«

»Wie denn?«

Er zuckte wieder mit den Schultern.

»Vielleicht wenn ich aufmerksamer gewesen wäre? Hätte ich dann nicht bemerken müssen, dass in einem Leben, in dem die Absätze der Schuhe und dämliche Witze so eine große Rolle spielen, nicht viel los sein kann? Oder liege ich da falsch?«

Jessica legte ihm eine Hand auf den Arm.

»Es ist nicht Ihre Schuld, Herr Schütze«, sagte sie und sah ihm fest in die Augen.

»Danke, dass Sie das sagen. Aber es fühlt sich anders an.« Er rührte mit dem Löffel in seiner Tasse herum, obwohl er weder Zucker noch Milch in seinen Kaffee getan hatte. »Hätten Sie mich vorgestern nach Wolfgang gefragt, hätte ich gesagt, er ist ein durch und durch zufriedener Mensch.«

»Und jetzt?«

»Jetzt weiß ich nicht, was ich glauben soll. Es ist noch gar nicht lange her, da zeigte er mir einen Reiseführer. Irgendeine Insel in der Karibik. ›Felix‹, sagte er, ›sieh dir das an. Ist das nicht der passende Ort, um seinen Ruhestand zu genießen?‹ Und kurze Zeit später erschießt er sich.«

Jessica rückte ihre Tasse zurecht. Schütze hatte jetzt so lange geredet, dass ein gewisses Vertrauenslevel erreicht war. Jetzt war es an der Zeit, ein paar der wichtigen Fragen loszuwerden.

»Hatte er möglicherweise Kontakt zu … sagen wir mal … undurchsichtigen Kreisen oder Personen?«

Schütze runzelte die Stirn.

»Können Sie das bitte genauer erklären?«

»Nun, ich meine Kontakte zur Unterwelt. Mir fällt jetzt kein passendes Beispiel ein, aber … zum Beispiel … hm … solche Leute wie die Wizards of Doom?«

Schütze sah sie einen Augenblick überrascht an, dann lachte er.

»Die Wizards und Wolfgang? Oh nein, glauben Sie mir, ganz bestimmt nicht.« Er lachte so sehr, dass er sich eine Träne aus dem Augenwinkel wischen musste. »Zufällig kenne ich ein paar von ihnen. Nicht so, wie Sie jetzt vielleicht denken. Ich fahre kein Motorrad. Aber ich gehe regelmäßig in ein Fitnessstudio, das einem aus dem Club gehört, und trainiere sogar mit einem von ihnen Taekwondo. Wolfgang Jablonski hätte diese Jungs zu Tode gelangweilt.«

»Das mag sein. Aber aufgrund seines Jobs könnte er doch für gewisse Kreise interessant sein, oder nicht? Immerhin hatte er täglich mit Waffen zu tun, saß sozusagen an der Quelle.«

Schütze wurde ernst und dachte nach.

»Da haben Sie natürlich recht. Daran habe ich noch gar nicht gedacht.« Er starrte über Jessicas Schulter hinweg aus dem Fenster, dann warf er plötzlich einen Blick auf seine Armbanduhr. »Schon zwanzig vor neun! Ich muss mich beeilen. Tut mir leid, dass ich jetzt so einfach aufbrechen muss.«

»Das macht gar nichts.«

Er nahm seine Jacke von der Lehne und zog sie sich über. Dann deutete er auf den Tisch. »Ich bezahle nur schnell …«

»Nicht nötig. Wie ich schon sagte, der Wochenbote lädt Sie ein.«

»Danke. Hat mich gefreut, Frau Pohlmann.« Er drückte kurz ihre Hand.

»Mich auch, Herr Schütze.«

Dann war er schon weg.

Jessica sah ihm nach, wie er die Große Straße Richtung Nordermarkt davoneilte. In Gedanken rekapitulierte sie noch mal das Gespräch. Felix Schütze hatte ihr ein paar wichtige Hinweise geliefert. Steckte *er* möglicherweise mit den Wizards unter einer Decke?

Ich werde dich nicht aus den Augen lassen, dachte sie.

Sie ließ ihre halb volle Tasse stehen, schnappte sich Tasche und Jacke und legte dreißig Euro auf den Tisch.

Mit einem in Richtung der Kellnerin gerufenen »Stimmt so!« eilte sie Felix Schütze nach.

41

Duke lehnte seinen Kopf gegen den Küchenschrank und nippte am Kaffee. Auf dem Gasherd begann der Porridge, langsam vor sich hin zu blubbern.

Er hatte Bert noch in der Nacht angerufen und ihm von Christinas Fauxpas erzählt. Natürlich war er nicht begeistert gewesen. Aber zum Glück hatte der Flensburger President ein ruhiges Gemüt. Es gab nur wenig, das Bert wirklich erschüttern konnte, und die Quatschlaune der Lady eines der Member schien nicht dazuzugehören.

»Keep cool, Duke«, hatte er gesagt. »Das kriegen wir schon geregelt. Du solltest aber deine Lady besser im Griff haben. Wer weiß, was sie sonst noch alles anstellt. Bist du eigentlich sicher, dass sie ihrem Bruder gegenüber nicht genauso redselig ist?«

Die Frage hatte er ohne Bauchschmerzen mit »Ja« beantworten können. Christina würde mit Thomas nie über die Wizards reden. Das wusste er. Trotzdem hatte sie ihn in eine ziemliche Scheiße hineingeritten. Es gab Dinge, die machte man einfach nicht. Auf eigene Faust mit der Presse reden gehörte ganz eindeutig dazu. Und sei es noch so gut gemeint.

Er nahm sein Handy in die Hand. Sollte er sie anrufen? Warum eigentlich? *Sie* hatte doch den Bockmist verzapft, oder etwa nicht? Sie war an der Reihe, sich zu entschuldigen. Er steckte das Handy wieder in die Hosentasche, rührte im Porridge herum, trank nebenher einen Schluck Kaffee. Und versuchte zu ignorieren, was er eindeutig als die Stimme des Gewissens identifizierte.

Nein, er war gestern nicht nett am Telefon gewesen, und überhaupt nicht verständnisvoll. Und Christina war ganz offensichtlich verletzt und sauer gewesen.

Aber hatte er nicht allen Grund, Klartext zu reden? Was musste sie sich auch so blöd anstellen!

Andererseits …

Verflixt noch mal, er liebte sie!

Sollte er nicht doch …

In diesem Moment vibrierte das Handy in seiner Hosentasche.

»Yeah?«

»Guten Morgen, Duke«, sagte eine männliche Stimme. »Tut mir leid, dass ich so früh anrufe …«

»Felix? No problem. Ich bin wach. Alles klar bei dir?«

»Wie man's nimmt.« Er hörte, wie Felix am anderen Ende tief Luft holte. »Hör mal, ich habe nicht viel Zeit. Ich muss gleich arbeiten, deshalb mache ich es kurz. Ich habe dir doch am Sonntag von meinem Kollegen erzählt? Der, der spurlos verschwunden ist.«

»Yepp.«

»Man hat ihn gestern im Wald hier in der Nähe gefunden. Er ist tot. Wie es aussieht, hat er sich erschossen.«

»Okay, that's …«

»Heute früh habe ich mich mit einer Journalistin getroffen. Sie wollte mir ein paar Fragen stellen – was für ein Mensch Wolfgang gewesen ist und so. Dabei hat sie, ganz zufällig, wie es schien, euren Club erwähnt.«

»Uns? Was haben wir mit deinem Kollegen zu schaffen?«

»Das weiß ich nicht. Aber sie erwähnte euch im Zusammenhang mit seinem Job: Wolfgang hat schließlich mit Waffen zu tun gehabt. Und je mehr ich darüber nachdenke, hat sie wohl den Eindruck, dass ihr mit ihm Geschäfte gemacht habt. Und somit möglicherweise etwas mit seinem Tod zu tun habt.«

»Fuck. Hast du den Namen der Journalistin zufällig parat?«

»Moment.« Er hörte es am anderen Ende der Leitung rascheln. »Pohlmann. Jessica Pohlmann. Ich buchstabiere …«

»Nicht nötig«, unterbrach ihn Duke. »Ich glaube, ich kenne die Dame.«

»Ich dachte mir, dass es euch interessiert, welche Zusammenhänge da gerade wieder gesponnen werden.« Felix machte eine kurze Pause. »Das klingt nach Ärger für euch, Duke.«

»Ja. Da hast du wohl recht.«

»Ich wollte nur, dass ihr so schnell wie möglich Bescheid wisst.«

»Danke für die Warnung, Felix.«

»Keine Ursache. Ich muss jetzt los, ich stehe schon vor der Firma.«

»Warte noch. Wie heißt eigentlich dein Kollege?«

»Wolfgang Jablonski. Weißt du was? Wir können ja heute Abend noch mal telefonieren.«

»Okay, machen wir. Bye.«

Wolfgang Jablonski. Money Mikes Freund. Offenbar hatte sich die Kröte zu Recht Sorgen um ihn gemacht.

Duke ließ das Handy sinken. Durch sein Hirn rasten die Gedanken. Es stand für ihn zweifelsfrei fest, dass Wolfgang Jablonski und der arme Teufel auf den Fotos ein und dieselbe Person waren. Offensichtlich war der Plan der Killer aufgegangen, und die Polizei glaubte an einen Selbstmord. Aber was hatte Money Mike damit zu tun? Warum wollte er etwas über Wolfgang Jablonski wissen? Welche Verbindung gab es zwischen Glasgow und Flensburg?

In der Küche roch es nach angebrannten Haferflocken.

Hastig schaltete Duke den Herd aus. Er schüttete den Porridge in den Müll, stellte den Topf in die Spüle und ließ Wasser hineinlaufen.

Was hatte Money Mike mit Wolfgang Jablonski zu schaffen? Warum interessierte sich die alte Kröte plötzlich so für Flensburg? Hatte Felix – oder die Pohlmann – tatsächlich recht? Ging es um Waffen?

Fuck.

Wieder nahm er das Handy. Er musste Bert anrufen. Sofort.

42

Das schrille Läuten der Türklingel riss ihn aus einem bleiernen Schlaf. Der Wecker neben seiner Schlafcouch zeigte Viertel nach acht. Eine weitere furchtbare Nacht lag hinter ihm. Entweder er wälzte sich schlaflos im Bett herum oder Alpträume plagten ihn, die als Horrorfilme sofort indiziert worden wären.

Es klingelte wieder. Diesmal ließ der morgendliche Besucher den Daumen auf der Klingel. Das Schrillen hörte sich an wie eine Kreissäge, die seinen gemarterten Kopf in zwei Hälften spaltete.

»Ja, ich komme!«

Er quälte sich aus dem Bett und tappte barfuß zur Tür.

»Guten Morgen!« Mitch stand vor ihm – nach Seife, Shampoo und Rasierwasser duftend, mit einem fröhlichen Lächeln. Er hielt eine Tüte von einem Frühstücksservice hoch. »Du musst nur noch Kaffee kochen. Ich dachte mir schon, du könntest etwas Aufmunterung gebrauchen. Du siehst beschissen aus.«

»Danke. Du mich auch.« Er rieb sich über sein stoppeliges Kinn und ließ seinen Freund herein. Aus welchem Grund auch immer – er fühlte sich plötzlich unwohl. Er ging voran in die winzige Küche und füllte Wasser in die Kaffeemaschine. Dabei spürte er Mitchs forschenden Blick im Nacken.

»Nette Idee«, sagte er gespielt fröhlich.

»Gut geschlafen?«

»Nein, nicht wirklich.«

»Die Sache mit Jablonski geht dir immer noch nach?«

»Ja. Es …« Er schaltete die Maschine an. »Es kommt mir immer noch falsch vor.« Er holte Geschirr aus dem Schrank. »Lass uns rübergehen.«

Sie gingen in das Zimmer, das ihm als Wohn-, Schlaf-, Arbeits- und Esszimmer diente. Mitch packte aus, was er beim Frühstücksservice besorgt hatte – Rührei, Speck, Porridge, gegrillte Tomaten, Würstchen und kleine Brötchen. Von dem Geruch wurde ihm übel. Doch er zwang sich zu essen.

»Ich war übrigens gestern bei Mike«, sagte Mitch. »Ich habe ihm die Botschaft des Majors überbracht, und er hat mir versichert, dass er keine eigenen Geschäfte mehr tätigen wird.«

Er schluckte. Mitchs Lächeln gefiel ihm überhaupt nicht. Es hatte etwas Endgültiges.

»Und wir müssen uns um diesen Wizard kümmern. Der Kerl schnüffelt uns hinterher. Er weiß zu viel. Ich habe seine Telefonate abgehört. Der Major weiß auch schon Bescheid.«

»Und was hast du vor?«, fragte er und stopfte sich Speck in den Mund, obwohl er fast würgen musste. Aber Mitch beobachtete ihn, jede Bewegung. Und er hatte das unangenehme Gefühl, dass es wichtig war, nicht aufzufallen. Lebenswichtig.

»Ich weiß noch nicht. Hast du eine Idee? Ich dachte, wir ziehen gemeinsam los und schauen, welche Gelegenheit sich bietet.«

»Jetzt? Das tut mir leid, da muss ich passen. Ich habe gleich einen Termin beim Hautarzt. Er muss sich mal meine Hände ansehen.« Er hielt seine geröteten, rissigen und entzündeten Hände hoch.

»Ich verstehe«, sagte Mitch. Er hatte den Eindruck, dass es tatsächlich so war. Allerdings anders, als er gehofft hatte. Mitch wusste Bescheid. »Kann ich dich dann irgendwohin mitnehmen?«

»Ja. Ich muss zum Ärztezentrum.«

»Gut.« Mitch lächelte breit, vielleicht ein wenig zu breit. »Dann mach dich mal schnell fertig. Ich muss mich beeilen, wenn mir der Kerl nicht entwischen soll.«

»Danke.«

Er verschwand im Bad und drehte die Dusche auf. Doch während das Wasser lief, stellte er sich an die Tür und presste sein Ohr gegen das Holz. Er hörte Schritte im Flur. Ein leises Klimpern wie von einem Schlüsselbund, dann wieder Schritte. Er öffnete die Badezimmertür ganz vorsichtig einen Spalt. Mitch telefonierte.

»… das ist erledigt«, sagte er gerade. »Und um das andere Problem kümmere ich mich bereits. Sie können sich darauf verlassen.«

Leise schloss er die Tür wieder und zog sich in Windeseile an. Was auch immer Mitch vorhatte, er würde ihn nicht aus den Augen lassen. So viel stand fest.

43

Christina klingelte und wartete. Auf dem Parkplatz vor dem Clubhaus stand Berts Wagen. Also war jemand da. Trotzdem schien sich keiner zu rühren. Sie klingelte wieder.

Endlich näherten sich Schritte und die Tür öffnete sich.

»Moin, Christina!« Vor ihr stand Marion, Berts Frau. Sie trocknete sich die Hände mit einem Geschirrtuch ab.

»Ist was mit Duke?« Marion wartete die Antwort nicht ab. »Komm rein und trink erst einmal einen Kaffee. Du siehst aus, als könntest du einen brauchen.«

Christina trat in den Flur. An der Wand prangte der flammenumgebene Totenkopf der Wizards mit den langen gewundenen Hörnern, in einer Ecke stand ein Skelett mit einem schwarzen Umhang und einer Sense in der knochigen Hand. Sie folgte Marion in die kleine Küche, in der es nach frischem Kuchen und Kaffee duftete.

»Eigentlich muss ich mit Bert sprechen. Ist er da?«

Marion deutete auf einen der Küchenstühle und schenkte Kaffee in einen weißen Henkelbecher, auf dem in dunkelgrüner Schrift »WoD 9 LIFES« stand.

Christina setzte sich und nahm den Becher dankbar entgegen. Marion hatte recht. Sie fühlte sich tatsächlich nicht gut. Nach ihren Telefonaten in der Nacht hatte sie nicht mehr einschlafen können, und jetzt war ihr schlecht. Der Streit mit Duke und die Sache mit Jablonski und Hoffmann waren ihr auf den Magen geschlagen.

»Ja, Bert ist hier«, sagte Marion und holte eine Packung Milch aus dem Kühlschrank. »Aber die haben gerade ein Meeting. Das kann noch eine Weile dauern.« Sie nahm ein Stück Kuchen von einem Blech, legte es auf einen Teller und stellte ihn und eine Kuchengabel vor Christina hin. »Johannisbeerkuchen. Gerade aus dem Ofen.«

Dann setzte sich Marion mit einem Becher Kaffee Christina gegenüber an den Tisch.

»Es ist wirklich wichtig.«

»Das glaube ich gern. Aber ein paar Minuten Zeit wirst du

haben. Du siehst aus, als ob du gleich zusammenklappst. Schlecht geschlafen? Ärger mit Duke?«

Christina sah die Frau überrascht an. Konnte Marion Gedanken lesen?

»Woher weißt du …«

Marion lachte das raue Lachen einer Raucherin.

»Ich kenne das. Ich bin seit vierzig Jahren mit einem Wizard verheiratet. Und was glaubst du, wie viele Member und ihre Freundinnen ich im Laufe der Jahre kennengelernt habe, denen es genauso geht?« Sie lächelte. »Möchtest du darüber reden?«

Ohne lange nachzudenken, erzählte Christina von dem Telefonat mit Duke, das so ganz anders verlaufen war, als sie gedacht hatte. »Dabei wollte ich nur helfen!«

»Sicher. Aber das ist nicht immer erwünscht.«

»Und warum nicht? Das ist doch …«

»So sind sie nun mal. Sie regeln ihre Sachen selbst.«

»Und lassen uns nicht teilhaben.« Christina schnaubte. »Ist Bert auch so?«

»Natürlich. Glaubst du, ich wüsste mehr als du über die Interna, nur weil mein Mann zufällig der Presi ist?« Sie schüttelte den Kopf. »Der Club ist der Club. Da sind die Türen zu.«

»Und wie hältst du das aus?«

Marion lächelte.

»Ganz einfach. Ich liebe diesen Kerl. Genauso, wie er ist, mit allen seinen Macken. Und der Club ist er. Davon kann man ihn nicht trennen. Wenn ich das wollte, könnte ich ihm auch gleich ein Bein abhacken.« Sie strich sich ihr langes, schwarz gefärbtes Haar hinter das Ohr, an dem mindestens ein halbes Dutzend Strasssteinchen um die Wette glitzerten. »Ich habe dir doch schon mal gesagt, dass man diese Kerle nie für sich allein hat. Der Club ist immer dabei.«

»Ja, hast du. Aber so habe ich mir das nicht vorgestellt.«

»Hör mal zu, Christina. Du bist kein Heimchen, das sich selbst aufgeben würde, nur um Duke zu gefallen. Du hast deinen eigenen Kopf. Und du hast Grips. Das ist gelegentlich unbequem und verursacht bestimmt auch mal Ärger. Aber das geht vorbei.

Dein Duke weiß, was er an dir hat. Sonst wäre er nicht mit dir zusammen.«

Christina drehte den Kaffeebecher in den Händen.

»Ich weiß nicht …«

Marion trank einen Schluck Kaffee. »Ich aber. Wer von uns den Ritt an der Seite dieser Kerle überstehen will, muss mehr in die Waagschale werfen als Titten, Hintern und ein hübsches Gesicht. Die brauchen keine kleinen Mädchen, sondern echte Weiber.«

»Das klang aber nicht so, als ich mit Duke telefoniert habe!«

Marion schüttelte ungeduldig den Kopf.

»Lass ihn nur knurren, das geht vorbei. Diese Kerle sind aus einem verflixt harten Holz geschnitzt, besonders ihre Schädel. Da dauert es manchmal etwas länger, bis ihnen dämmert, was gut für sie ist.« Sie lächelte. »Hat dir der Kuchen geschmeckt?«

»Danke. Superlecker.«

»Freut mich. Du siehst jetzt auch nicht mehr wie Tod auf Urlaub aus. Jetzt geh und rede mit ihnen.«

»Meinst du? Aber wenn …«

Marion lachte.

»Die beißen dich schon nicht! Mach dich gerade, Christina. Geh rein, lass das Gewitter über dich hinwegziehen und sag, was du sagen willst. Es ist doch wichtig? Dann los! Respekt muss man sich verdienen, auch als Frau.«

Christina holte tief Luft. Dann stand sie auf, ging zum Memberraum und klopfte an.

»Was?«

Sie öffnete. Vor ihr an einem langen Konferenztisch, mit mindestens zwanzig grau gepolsterten Stühlen drum herum, saßen die Wizards. Es waren nicht alle da. Steve fehlte, ebenso Red und Renegade, die wahrscheinlich arbeiten mussten.

»Sieh an, Dukes redselige Lady!«

»Moin«, sagte sie, trat in den Memberraum und schloss die Tür hinter sich. Ihr Herz raste, sie hatte bestimmt einen Puls von hundertzwanzig oder mehr. Aber das hätte sie niemals zugeben wollen. In ihren Ohren klangen immer noch Marions Worte nach. »Mach dich gerade, Christina!«

Und genau das hatte sie vor. Sie straffte ihre Schultern und hob ihr Kinn.

»Ich muss mit euch reden.«

Die Männer warfen sich halb belustigte, halb verärgerte Blicke zu. Schließlich räusperte sich Bert.

»Dir ist klar, dass nur Member in diesen Raum Zutritt haben?«

»Nein«, gab Christina zu. »Aber das spielt jetzt wohl kaum eine Rolle, da ich ja nicht heimlich hier eingedrungen bin. Außerdem ist es wichtig.«

Bert faltete seine Hände auf dem Tisch und hustete. Aber irgendwie hatte sie den Eindruck, dass er sich ein Lachen verkneifen musste.

»Dann schieß mal los, Lady.«

»Ich habe mich gestern mit Jessica Pohlmann getroffen.«

»Yepp, wissen wir bereits, Duke hat uns davon erzählt. Ich muss sagen, dass keiner von uns begeistert darüber ist. Aber ungeschehen kann man das ja wohl kaum noch machen.«

»Daraufhin habe ich mich an Con gewandt. Ich habe sie gebeten, mehr über Jessica Pohlmann herauszufinden. Und das hat sie getan. Sie hat mich heute Nacht angerufen.«

Die Männer starrten sie an.

»Rede.«

Und Christina berichtete alles, was Con herausgefunden hatte und worüber sie sich gemeinsam Gedanken gemacht hatten. Als sie fertig war, war es still im Raum.

»Holy fuck«, sagte Bert schließlich und ließ sich in seinem Stuhl zurücksinken. »Wisst ihr was? Ich glaube, ich setze mich zur Ruhe und lass die Weiber alles machen!«

Die Männer lachten.

»Ich sehe das als Kompliment an«, sagte Christina und erntete noch mehr Gelächter.

»Nun mal Spaß beiseite«, sagte Bert und beugte sich wieder vor. »Duke hat eben aus Glasgow angerufen. Er hat mit diesem Felix gesprochen, mit dem er trainiert und der ein Kollege von Jablonski ist. Felix befürchtet genau das, was auch ihr beide herausgefunden habt. Insofern – gut nachgedacht. Aber Lady«, er sah sie fest an. »In Zukunft fragen wir, wenn wir deine Hilfe wollen, okay?«

Christina lächelte. »In Ordnung. Aber …« Sie sah, wie Bert die Augen verdrehte. »Ich kann für nichts garantieren.«

Bert lachte.

»Das habe ich befürchtet. Gibt es noch etwas?«

Christina überlegte kurz. »Nein. Ich melde mich wieder, wenn ich mehr weiß. Bis dann!«

Sie ging raus und schloss die Tür wieder hinter sich. Auf ihrem Weg nach draußen ging sie an der Küche vorbei, wo Marion gerade ein zweites Blech aus dem Ofen holte.

»Und, wie lief's?«, fragte sie und stellte das Blech auf einem Kuchengitter ab.

»Wie du siehst, lebe ich.«

Marion lächelte.

»Gut gemacht. Ich wette, diese Aktion hat dir eine Menge Respekt eingebracht. Und Duke wird das auch noch begreifen, verlass dich darauf.«

»Danke«, sagte Christina und drückte Marions Hand. »Ohne dein Zureden hätte ich wahrscheinlich den Mut nicht gehabt.«

»Ach. Darüber brauchen wir nicht zu reden.«

44

»Setz dich doch«, sagte Laura und schob Duke bestimmt schon zum dreißigsten Mal einen der Stühle entgegen, wie sie es auch bei ihnen zu Hause immer getan hatte, wenn er zum Essen gekommen war.

Er schüttelte den Kopf. Er hatte in seinem Leben genug Zeit auf diesen gelben Plastikstühlen verbracht, auf dem Flur oder am Bett seiner Mutter. Gefühlt waren es Jahre. Manchmal war er sogar darauf eingeschlafen.

»He siss niss sessen …«

Will versuchte zu sprechen. Es fiel ihm sichtlich schwer. Und zu verstehen war er auch kaum, da sein linker Mundwinkel schlaff herunterhing. Speichel lief ihm über das Kinn, und mit einer stark zitternden rechten Hand und sichtlicher Mühe wischte er sich den Mund mit einem Papiertuch ab.

Halbseitenlähmung hatten die Ärzte das genannt. Vielleicht, mit ein bisschen Glück, kam er irgendwann wieder in Ordnung. Wenn er Pech hatte, blieb etwas zurück, und er musste den Rest seines Lebens im Rollstuhl verbringen. Nie wieder Motorrad fahren.

Duke erschauerte bei dem Gedanken. Dann bemerkte er, dass Will ihn ansah. Es war seltsam. Obwohl das linke Augenlid schlaff herabhing, hatte der Blick des rechten Auges nichts von seiner Kraft und Klarheit eingebüßt. Und plötzlich wusste er, dass Will es schaffen würde. Er würde kämpfen, um jeden Zentimeter Bewegungsfreiheit.

»Was meinst du, Bro, wann fahren wir wieder Seite an Seite?«, fragte er und lächelte.

»Su seissse Sochsseeit.«

Will griff nach seiner Hand. Der Händedruck war nicht so kräftig wie sonst. Aber angesichts seines Zustandes enorm. Duke hätte schwören können, dass Will grinste, und er glaubte auch, verstanden zu haben, was er gesagt hatte. Der Bruder war einfach unglaublich!

»Da habe ich auch noch ein Wörtchen mitzureden, meinst du nicht?«

Will hob den Zeigefinger, sein rechtes Auge und der rechte Mundwinkel lächelten jetzt ganz eindeutig. Es sah irgendwie gruselig aus und trotzdem sehr vertraut. Es war Wills typische Denk-an-meine-Worte-Geste.

»Fuck«, stieß Trace am Fenster hervor. »Nicht einmal im Krankenhaus lassen die Bullen einen in Ruhe!«

Duke ließ Wills Hand los und trat neben Trace ans Fenster.

»Da unten«, sagte der President. »Der Typ neben dem grünen Rover.«

Duke spähte durch die Jalousien. Tatsächlich. Das war doch der Bulle vom Flughafen.

»Habt ihr irgendein Verfahren am Hals?«

»Nicht, dass ich wüsste«, entgegnete Trace.

»Dann ist er wegen mir da«, sagte Duke. »Der kommt mir schon seit Flensburg hinterher.«

»Und was will der von dir?«

»Keine Ahnung. Kennst du den?«

Trace schüttelte den Kopf.

»Flüchtig. Man munkelt, dass er gelegentlich in die eigene Tasche arbeitet. Aber …« Er zuckte mit den Schultern und versenkte die Hände in die Taschen seiner Cargohose. »Du weißt ja, wie das mit den Gerüchten auf der Straße ist. Man weiß etwas von einem Freund, der jemanden kennt, der etwas gehört haben will. Nur, dass der Kerl jetzt da unten steht, gefällt mir nicht.«

»Mir auch nicht«, sagte Duke, dann warf er einen Blick auf die Uhr, die über der Tür des Krankenzimmers hing. »Ich muss los. Logan und Millicent warten auf mich.«

»Na, viel Vergnügen, Bro.«

Duke verzog das Gesicht und ergriff Traces Hand.

»Bis nachher.« Dann wandte er sich an Will. »Ich muss los, Bro. Wir sehen uns.« Er lächelte, als er Wills Hand ergriff, die wieder erstaunlich gut zupackte. Dann verließ er das Zimmer.

Als er auf der Straße stand, war von dem Cop nichts mehr zu sehen, und auch der grüne Rover war verschwunden. Direkt vor dem Krankenhaus parkte die Harley, mit der er hergekommen war. Es war eine der Clubmaschinen, genauer gesagt das Bike, das er und Will gemeinsam im Januar fertig gemacht hatten. Es war ein dunkelgrünes Geschoss auf der Basis einer Blackline, an der sie einige Veränderungen vorgenommen hatten. Unter anderem hatten sie es geschafft, sie nochmals um fast zwei Zoll tieferzulegen. Als Duke sich auf den Sitz schwang, hatte er das Gefühl, mit dem Hintern auf der Straße zu sitzen. Aber das Fahrgefühl war saugeil.

Der Motor startete mit einem satten, tiefen Grollen. Duke rückte noch seinen Helm zurecht, dann gab er Gas und fädelte sich in den fließenden Verkehr ein.

Ein paar Straßen weiter wurde er von einem Pkw überholt, der knapp vor ihm wieder in die Spur einscherte. Es war ein grüner Rover. Duke fluchte und gab Gas. Beim Überholen zeigte er dem

Fahrer seinen Mittelfinger. Er war nicht überrascht, das Gesicht des Bullen hinter dem Steuer zu erkennen. Womit hatte er diese Aufmerksamkeit verdient?

Er beschleunigte wieder, nutzte die Lücke zwischen zwei Wagen und bog ab. Hinter ihm hupte ein Autofahrer, den sein abruptes Manöver überrascht hatte. Im Rückspiegel sah er, dass der Rover es ihm nachmachen wollte.

Vergeblich.

Die Runde geht ans Bike, dachte Duke, schoss die Straße hinunter und bog wieder ab, um seinen Verfolger endgültig abzuschütteln.

Umso erstaunter war er, als er zwei Straßen weiter den Rover erneut hinter sich hatte. Der Rover gab Gas, und für einen Moment glaubte Duke, dass ihn der Kerl einfach umfahren wollte.

Nicht mit mir, Arschloch!, dachte er und drehte den Gasgriff auf. Der Motor brüllte, und mit deutlich zu hoher Geschwindigkeit legte er sich in die Kurve und bog nach links ab. Es fehlte nicht viel, und er hätte sich auf die Seite gelegt, er spürte bereits den Asphalt am Knie. Das Bike geriet ein wenig ins Schlingern, aber er konnte es stabilisieren. Hinter sich hörte er die Reifen quietschen, als der Rover ihm folgte.

Fuck. Wie werde ich diese Schmeißfliege los?

Vor ihm tauchte eine Straßenkehrmaschine auf, die im Schneckentempo die Straße entlangkroch. Duke versuchte zu überholen und merkte gerade noch rechtzeitig, dass der Rover in den Gegenverkehr zog und Gas gab. Duke bremste ab. Der Rover schoss so dicht an der Straßenkehrmaschine vorbei, als hätte er vorgehabt, ihn zu zerquetschen. Duke riss das Bike herum und fuhr in die entgegengesetzte Richtung. Dieses Manöver hatte ihm endgültig klargemacht: Hier ging es nicht mehr um eine bloße Verfolgung. Dieser Scheißkerl wollte ihn umbringen.

Er raste über eine Brücke und bog auf den Highway ein. Vielleicht hatte er dort eine Chance.

Doch bereits nach kurzer Zeit sah er den grünen Rover wieder im Rückspiegel auftauchen. Wie das? Er konnte weder einen Hubschrauber sehen noch hören.

Dann fiel es ihm ein.

Plötzlich wusste Duke, wie der Bulle ihn immer wieder finden konnte. GPS. Während er vor dem Krankenhaus auf ihn gewartet hatte, hatte der Bastard einen Peilsender am Bike angebracht. Er musste irgendwo anhalten und das Scheißding finden. Und das so schnell wie möglich.

Er jagte über den Highway und sorgte mit ein paar riskanten Überholmanövern unter den braven Autofahrern für Irritationen. Im Rückspiegel sah er entsetzte oder wütende Gesichter.

Scheißegal. Die Meinung der meisten Leute über Biker stand sowieso fest. Selbst wenn er die Zeit gehabt hätte, ihnen zu erklären, dass ihm ein völlig durchgeknallter Killerbulle am Hintern klebte.

Der Rover kam näher. Vermutlich war es ein Bullenwagen mit einem extrem leistungsstarken Motor. Immer näher und näher schob er sich an ihn heran. Schließlich wechselte der Rover auf die andere Spur, gab noch mal Gas, schloss auf. Einen Moment lang fuhren sie Seite an Seite, zwischen ihnen war kaum mehr als ein Fuß Platz.

Duke rechnete bereits damit, dass der Bulle eine Waffe zog und auf ihn richtete. Doch beide Hände lagen auf dem Steuer. Er konnte sehen, wie der Bulle am Lenkrad riss, der Wagen brach aus. Doch er konnte ausweichen.

Gerade noch rechtzeitig.

»Fahr zur Hölle!«

Er ballte die Rechte zur Faust und neigte sich leicht nach rechts, stabilisierte mit links das Bike. Das Kreischen, das die Hörner des Totenkopfes an seinem Ring im Vorbeifahren auf dem Lack erzeugten, war Musik in seinen Ohren. Dann drehte er den Gasgriff auf Anschlag. Im Rückspiegel sah er den Rover rasch kleiner werden. Der Wagen schlingerte, bremste. Andere Autos hupten, wichen aus, Reifen quietschten. Doch Duke konnte sich nicht damit aufhalten, sich über den Etappensieg zu freuen. Er musste den Peilsender finden.

Er hielt an einem kleinen Rastplatz hinter einem Toilettenhäuschen und suchte hastig das Bike ab. Da. An der Innenseite der Felge vom Hinterrad klebte das Teil, sorgsam mit Paketband befestigt. Er holte einen Schraubenzieher aus der Toolbox und hebelte das Ding ab. Dann stieß er die Klotür auf und warf es in das Urinal. Keine zwei Sekunden später saß er wieder auf dem Bike und gab Gas.

Hoffentlich war er schnell genug gewesen, um immer noch außer Sichtweite zu sein. Als er sich wieder auf dem Highway einfädelte, warf er noch mal einen Blick in den Rückspiegel. Von dem Rover war nichts zu sehen.

Noch nicht.

Duke fuhr noch zehn Meilen weiter. Als sich der Rover bis dahin nicht mehr gezeigt hatte, nahm er die nächste Ausfahrt, verließ den Highway und kehrte nach Glasgow zurück.

45

Er schloss die Tür seiner Wohnung auf und ließ seine Jacke auf den Boden fallen, riss sich förmlich das Hemd vom Leib, löste den Gürtel und streifte die Jeans ab. Zum Glück war die Wohnung klein. So erreichte er das Klo gerade noch rechtzeitig, um sich über der Schüssel zu übergeben. Dann stellte er sich unter die Dusche und drehte den Hahn auf. Dampf hüllte ihn ein, heißes Wasser strömte über ihn hinweg. Er unterdrückte den Schrei und biss die Zähne zusammen, ballte die Fäuste. Schließlich begann er, seine Haut mit der Bürste abzuschrubben, die er sonst für die Hände benutzte. Immer schneller schrubbte und rieb er, bis seine verbrühte Haut an einigen Stellen rissig wurde und blutete. Doch auch das half nichts. Er fühlte sich immer noch schmutzig. Besudelt.

Als er endlich das Wasser abstellte, lief das Kondenswasser von den Kacheln des kleinen Badezimmers, und an der Decke hingen Wassertropfen. Seine Haut brannte. Und das Handtuch, mit dem er sich abtrocknete, färbte sich rosa.

Er zog sich nicht an, wickelte sich nur ein frisches Handtuch um die Hüften und ging in die Küche, die kaum größer war als das Bad. Beim Auffüllen der Kaffeemaschine zitterten seine Hände.

Er verschüttete zuerst Wasser, dann Kaffeepulver. Endlich hatte er es geschafft. Das vertraute Blubbern und Dampfen der Maschine beruhigte seine gereizten Nerven. Wenigstens ein bisschen. Ein winziger Tropfen auf einem verdammt heißen Stein.

Er schenkte sich Kaffee in einen Becher, gab zwei Löffel Zucker hinzu und trank einen Schluck, ohne den Löffel herauszunehmen. Dann ging er in das Zimmer und trat ans Fenster. Von dort hatte er einen Blick auf den Hinterhof. Ein kleines Mädchen spielte mit Eimer und Schaufel in einer Sandkiste, während eine Frau, offenbar die Mutter, Wäsche aufhängte. Es waren große weiße Wäschestücke – Bettlaken, Bettbezüge, Badetücher. Ein Symbol der Reinheit. Der Unschuld.

Er dachte an die Verfolgungsjagd, an die Nachrichten und musste wieder würgen, doch ein Schluck Kaffee besänftigte seinen Magen. Seine Haut pochte und brannte.

Wann hatte er seine Unschuld verloren? Und warum? Wie war das zugegangen? Nur wegen des Geldes? Welch jämmerlicher Preis für eine Seele!

Er fühlte sich wie ein Mann, der in Treibsand geraten war und unvermeidlich tiefer und tiefer sank, egal, wie er auch strampelte. Selbst wenn er nichts tat. Er sank immer tiefer ein. Und kam nicht wieder heraus.

War das wirklich so? Gab es tatsächlich keinen Ausweg mehr? Welche Möglichkeiten hatte er noch?

Option eins: ein Ende machen. Auge um Auge, Zahn um Zahn. Das wäre nur recht und billig.

Option zwei: Augen verschließen. Weitermachen. Gewissen ausschalten. Und irgendwann – wahrscheinlich lange vor seinem tatsächlichen physischen Ende – zur Hölle fahren.

Option drei: auspacken und die Konsequenzen tragen. Das bedeutete Knast. Und er würde alles verlieren. Aber hatte er nicht ohnehin schon alles verloren?

Er sah zu, wie das kleine Mädchen mit einer roten Schaufel Sand in eine hellblaue Form füllte, den Sand festklopfte und die Form auf den Rand der Sandkiste stürzte. Dann schnitt sie mit der Schaufel ein Stück von dem Sandkuchen ab und hielt die Schaufel hoch. Die Frau hockte sich neben sie und tat, als probiere sie den Kuchen. Das Lachen der beiden schnitt ihm wie ein scharfes Messer ins Herz.

Worte aus seinem Konfirmanden-Unterricht kamen ihm plötzlich in den Sinn: »… Denn Jesus starb für unsere Sünden …«, »… Amen, ich sage dir, noch heute wirst du mit mir im Paradiese sein …«, »… Wer zu mir kommt, den werde ich nicht abweisen …«, »… Jeder, der an ihn glaubt, empfängt durch seinen Namen die Vergebung der Sünden …«

Und plötzlich wusste er, was er zu tun hatte. Der Weg lag so klar und deutlich vor ihm, als hätte ihn jemand mit Flutlicht ausgeleuchtet. Das Böse, das Falsche, das er getan hatte, konnte er nicht ungeschehen machen. Er konnte es auch nicht besser machen. Das war unmöglich. Aber er konnte jetzt, in dieser Sekunde, beginnen, das Richtige zu tun. Und wer weiß, vielleicht wartete am Ende tatsächlich Vergebung auf ihn. Trost. Barmherzigkeit. Und Gnade.

Er wischte sich die Tränen vom Gesicht, setzte sich an seinen winzigen Schreibtisch und schaltete seinen Laptop an. Zuerst musste er alles aufschreiben, ohne sich zu schonen oder seine Rolle herunterzuspielen. Ein paar E-Mails verschicken. Und dann mit Leuten reden.

Es war gefährlich, aber das Risiko musste er eingehen. Er musste diese Sache stoppen. Und vielleicht gelang es ihm sogar noch, das eine oder andere Unrecht zu verhindern.

46

Ein dunkelroter Baldachin über dem Eingang, ein Teppich in der gleichen Farbe auf dem Gehweg, auf Hochglanz polierte Messinggriffe an der Glastür und ein junger Bursche in goldbetresster Uniform – so hieß das »Old Briar's Room« seine Gäste willkommen.

Duke hatte die Harley in einer Seitenstraße abgestellt, weil es selbst unter Umgehung aller Verkehrsregeln vor dem Restaurant keinen Platz gegeben hatte, um das Bike zu parken. Er hatte seine Lederjacke gegen ein dunkelgraues Jackett aus dünnem Baumwollstoff getauscht, das er sich von Flick geliehen hatte. Aus seiner Sicht hatte er damit der Kleiderordnung des »Old Briar's Room« Genüge getan. Wenn sich die vornehmen Gäste des piekfeinen Restaurants an den durch die Lagerung in der Satteltasche verursachten Knitterfalten störten, konnte er auch nichts daran ändern. Sollten sie eben nicht hingucken.

Er schob sich die Ärmel des Jacketts bis zu den Ellenbogen hoch und hätte die Tür auch gern selbst geöffnet, doch der Bursche in Uniform kam ihm zuvor.

»Guten Tag, Sir«, sagte er und verzog keine Miene.

Duke hingegen musste schmunzeln. »Sir« hatte ihn, soweit er sich erinnern konnte, noch niemand genannt. Vielleicht hielt der Junge ihn für einen Rockmusiker.

Er trat in einen Vorraum wie aus einem Film: ein riesiger Kronleuchter an der Decke, weiße Stuckverzierungen und seidig schimmernde, gelb gemusterte Stofftapeten an den Wänden. An einem Stehpult stand ein Mann mit Krawatte und dunklem Anzug. Duke wollte an ihm vorbei in das Restaurant gehen, doch seine Stimme hielt ihn zurück.

»Sir! Haben Sie reserviert, Sir?«

»Ich bin mit Mr. Logan verabredet.«

Der Mann mit dem exakt geschnittenen Haar warf ihm einen skeptischen Blick zu, dann schaute er auf den Plan vor sich. »Mr. McKinnley?«

»Yepp.«

»Mrs. McKinnley, Mrs. Hazelwood und Mr. Logan warten bereits seit einer halben Stunde auf Sie.«

Duke lag eine Bemerkung auf der Zunge, aber er schluckte sie hinunter. Es hatte keinen Sinn, mit diesen Leuten zu reden. Vom letzten Mal wusste er noch, wie wenig Humor die Typen hier hatten.

»Warten Sie, Sir, ich bringe Sie zu dem Tisch der Herrschaften.«

Duke verdrehte die Augen. Das »Old Briar's Room« bestand aus einem großzügigen Raum mit höchstens zwanzig Tischen. Er konnte den richtigen Tisch schon selbst finden! Oder fürchtete der Mann, dass er auf dem Weg etwas von dem Tafelsilber mitgehen ließ oder einen der Gäste in seinen Braten schubste?

Er folgte dem Chefkellner durch das Restaurant wie die Blicke der anderen Gäste ihm. Zwischen den Anwälten, Ärzten, Investmentmanagern und Vorstandsvorsitzenden, die hier regelmäßig zu speisen pflegten, waren Jeans, Bikerstiefel, lange Haare und die unter den Jackenärmeln hervorschauenden Tätowierungen ein ungewohnter, ja sogar skandalöser Anblick.

Er hatte tatsächlich vergessen, wie verflucht konservativ diese Stadt sein konnte.

»Mr. Logan«, sagte der Chefkellner und verbeugte sich tatsächlich leicht. »Mr. McKinnley ist eingetroffen.« Dann zog er sich zurück, diskret und höflich.

Logan erhob sich kurz und schüttelte ihm die Hand, was offenbar die anderen Gäste beruhigte, sodass sie sich wieder ihrem Essen und ihren Gesprächen widmen konnten.

»Mr. McKinnley«, sagte der Anwalt in seinem vornehmen Oxford-Akzent. »Schön, dass Sie es doch noch einrichten konnten. Wenn …«

»Ich wäre schon längst gegangen«, sagte die Frau, mit der sein Vater über zwanzig Jahre verheiratet gewesen war. Sie hob ihren Kopf und blickte ihn aus wässrigen, von goldfarbenem Lidschatten und tiefschwarzer Wimperntusche betonten Augen vorwurfsvoll an. »Ist es dir nicht möglich, wenigstens einmal pünktlich zu sein, Neil?«

»Millicent. Freut mich auch, dich zu sehen.« Unter seinem Grinsen stieg ihr die Röte in die gepuderten Wangen. »Du hast deine Haarfarbe verändert. Wie nennt sich jetzt dieser Farbton? Super-fucking-Platin?«

Er wusste genau, womit er sie auf die Palme bringen konnte. Und es machte ihm immer wieder einen Heidenspaß.

Millicent presste ihre pinkfarben geschminkten Lippen aufeinander und drehte das langstielige Glas in ihrer Hand.

Prosecco, vermutete Duke. Eines der Lebenselixiere dieser Frau. Vielleicht auch Champagner.

Logan räusperte sich.

»Darf ich Ihnen noch Mrs. Alice Hazelwood vorstellen, Mr. McKinnley? Sie vertritt Mrs. McKinnley in dieser Angelegenheit.«

Duke reichte der Anwältin über den Tisch seine Hand. Sie war eine zierliche, gepflegte Frau, die ihn mit der Neugierde eines Menschen musterte, der noch nie in seinem Leben einen Tiger aus der Nähe gesehen hatte. Dann ließ er sich auf den freien Stuhl sinken.

»Vielleicht sollten wir zu Beginn eines klarstellen«, begann Logan, setzte sich und rückte seinen Stuhl gerade. »Wir sind hier nicht zusammengekommen, um die Messer zu wetzen und alte Fehden weiterzuführen. Wir wollen versuchen, einen Konsens zu finden. Eine Möglichkeit, diese leidige Erbschaftsangelegenheit endlich zu bereinigen.«

Alice Hazelwood nickte beifällig und trank einen Schluck Wasser. Duke registrierte, dass seine Stiefmutter die Einzige war, die hier am Tisch Alkohol trank. Er musterte sie kurz. Die Tränensäcke waren vor einem halben Jahr noch nicht da gewesen, und die Falten um den Mund waren tiefer als zuvor. Millicent war in den vergangenen Monaten deutlich gealtert. Ein glücklicher Mensch war sie bestimmt nicht.

Vielleicht fehlt ihr der Alte tatsächlich, dachte er.

»Tut mir leid, dass ich mich verspätet habe«, sagte er und stützte die Ellenbogen auf, wobei sie in die weichen bodenlangen Tischdecken, Überdecken, Sets und Unterpolsterungen einsanken. »Es kam etwas dazwischen, und ich musste schließlich einen riesigen Umweg fahren.«

»Kommt nicht immer irgendetwas dazwischen?«, fragte Millicent, und diesmal klang es weniger bissig als müde.

Ein Kellner hielt Duke ein winziges Porzellanschälchen hin. Reflexartig wollte er es ihm abnehmen, ohne zu wissen, was er damit machen sollte, doch Millicent stieß ihn an.

»Das ist für dein Kaugummi.«

Duke schüttelte den Kopf, nahm aber das Kaugummi aus dem Mund und legte es auf den Teller.

Oh mein Gott, was für ein Laden!

Es wurde still am Tisch. Und Duke wusste, wenn er Hemd und Krawatte wie Logan getragen hätte, würden die ihm jetzt zu eng werden. Das Atmen fiel ihm schwer. Ein anderer Kellner kam mit einem Stapel in helles Straußenleder gebundener Speisekarten im Arm, klappte sie einzeln auf und reichte sie ihnen. Alle begannen, eifrig die Karte zu studieren, nur Duke klappte sie zusammen und legte sie auf den Tisch. Alice Hazelwood sah ihn über den Rand ihrer Karte überrascht an.

»Möchten Sie gar nichts essen?«

»Schon. Nur könnte mir jemand bitte die Karte vorlesen?«

Millicent schloss kurz die Augen, seufzte und legte dann ihrer Anwältin eine Hand auf den Arm.

»Mein Stiefsohn, Alice, ist Legastheniker. Er kann nicht lesen.«

Die Hazelwood starrte ihn an, und Duke musste schmunzeln. Offenbar hatte der Tiger plötzlich auch noch ein weißes Fell und violette Augen.

»Was möchtest du denn?«, fragte Millicent und neigte sich ihm ein wenig zu. »Sie bieten Seezunge an, Rindersteak vom Angusrind …«

»Das Steak klingt gut.«

»Haben die Herrschaften schon gewählt?«

Ein Kellner kam und nahm ihre Bestellungen auf.

»Und was möchten Sie trinken? Wir haben einen ausgezeichneten Weißwein …«

»Darf ich einen Vorschlag machen?« Duke sah den Kellner an. »Haben Sie einen Château Laforge Saint-Emilion?«

»Ja, Sir.«

Millicent knetete ihre Hände und spielte an einem ihrer Ringe. Ihre Augen schimmerten feucht.

»Ich möchte Ihnen nichts aufdrängen«, sagte Duke in die Runde. »Aber das war der Lieblingswein meines Dads. Und ich dachte … dann ist er auch hier, irgendwie.«

»Nein. Ich denke, das ist in Ordnung«, sagte Logan.

Alice Hazelwood nickte und lächelte ihn an. Und Millicent griff nach seiner Hand und drückte sie. Überrascht sah er sie an.

Wann hatte sie das zum letzten Mal getan? Er konnte sich nicht erinnern.

»Ihr Vater war ein großartiger Mensch«, sagte die Anwältin.

»Ja, sicher«, erwiderte Duke. Vor allem, wenn man nicht der Sohn war, den er gern gehabt hätte – einer mit Schlips und Kragen, einem Jaguar vor der Tür und einem Universitätsabschluss in der Tasche. »Wir haben uns nicht besonders gut verstanden, um ehrlich zu sein. Ich glaube, es gab nichts, worüber wir der gleichen Meinung waren. Erst am Schluss wurde unser Verhältnis besser. Und da war dann die Zeit zu kurz.«

Der Kellner kam, entkorkte eine Flasche Rotwein und schenkte ihn aus. Sofort stieg Duke der vertraute Duft in die Nase. Es roch tatsächlich nach seinem Vater. Fehlte nur noch sein Pfeifentabak.

»Ich habe mich erkundigt, Neil«, sagte Millicent und drehte ihr Glas auf dem Tischtuch. »Bei dem Pflegepersonal im Krankenhaus. Sie haben mir erzählt, dass du jeden Tag bei Arthur gewesen bist, manchmal sogar zweimal. Ich …« Sie sah ihn an. »Ich möchte dich um Verzeihung bitten. Ich habe dir Unrecht getan.«

Duke schluckte, wippte mit dem Knie und presste die Lippen aufeinander. Musste das jetzt sein? Verdammt noch mal, konnte sie nicht einfach zickig bleiben, so wie er sie kannte?

»Hey, ist nicht so schlimm«, sagte er schließlich. Mitten in seiner Kehle steckte ein Kloß von der Größe eines Hühnereies.

»Es ist schwer, gegen Vorurteile anzugehen«, sagte Millicent und streckte erneut die Hand nach ihm aus. »Ich hatte viel Zeit zum Nachdenken, sehr viel Zeit. Was meinst du, Neil? Vielleicht können wir noch einmal einen Neustart wagen, von vorn anfangen. Du bist das Einzige, was mir von Arthur …« Sie brach ab, kramte in ihrer kleinen Tasche nach einem Taschentuch und presste es auf die Augen.

Scheiße, jetzt auch noch Tränen! Wo war er hier gelandet? Bei »Versöhne dich mit mir«?

Duke trank einen Schluck Rotwein, um sich zu beruhigen. Der Geschmack auf seiner Zunge weckte Erinnerungen – an Mahlzeiten mit seinem Dad, an das »in das Arbeitszimmer zitiert

Werden«, weil es mal wieder Ärger in der Schule gegeben hatte oder sein Vater mit ihm ein »ernstes Wort über deine Zukunft« reden wollte. Immer hatte das Rotweinglas mit dem fast schon dickflüssigen dunkelroten Wein neben Arthur gestanden. Die Erinnerungen waren so lebhaft, dass er tatsächlich einen Augenblick glaubte, sein Vater stünde direkt hinter ihm.

Vier Kellner brachten ihnen das Essen. Sie wünschten sich guten Appetit und aßen schweigend. Das Steak war hervorragend, kein Zweifel. Trotzdem bekam er es kaum hinunter. Er sehnte sich nach dem Bike und einem Ride hin zum River Clyde, dort auf den Steinen sitzen, rauchen, aufs Wasser starren und an gar nichts denken.

Schließlich ergriff Millicent wieder das Wort.

»Alice, Mr. Logan. Ich möchte, dass Sie die Papiere aufsetzen. Ich will diesen Rechtsstreit nicht mehr. Und ich bin sicher, dass Arthur es auch nicht gewollt hätte. Neil soll das Erbe bekommen, das ihm zusteht. Jeden einzelnen Penny. Ich will nicht, dass dieses Geld noch zwischen uns steht. Und ich will meinem …« Sie schluckte, dann sah sie ihn wieder mit tränenerfüllten Augen an, ihre Fingernägel krallten sich in seinen Unterarm. »Ich will meinem Sohn nichts wegnehmen.«

Mein Sohn? Dukes Nackenhaare sträubten sich, doch er war unfähig, sich zu rühren. Vielleicht kam diese Wendung zu plötzlich, um daran glauben zu können. Er sah sich verstohlen um, ob hier nicht doch irgendwo eine Kamera aufgebaut war.

»Das ist sehr vernünftig von Ihnen, Millicent«, sagte die Anwältin.

»Eine gute Entscheidung«, stimmte Logan zu. »Dann können wir diese unerfreuliche Angelegenheit endlich ad acta legen.«

»Und was sagst du, Neil?«

»Ich weiß nicht, was ich sagen soll«, murmelte er wahrheitsgemäß und versuchte ein Lächeln.

Das Essen war beendet. Millicent verlangte die Rechnung, zahlte mit Karte, dann erhoben sie sich gemeinsam und gingen zum Ausgang. An der Garderobe ließ sie sich den Mantel geben, ein Teil von Chanel, wie er an dem Logo auf den Knöpfen erkannte. Das Ding hatte bestimmt mehr gekostet, als er im Jahr in der Werkstatt verdiente.

Logan und Alice Hazelwood unterhielten sich. Die beiden Anwälte machten einen zufriedenen Eindruck. Alles war gut. Er würde seine Kohle bekommen, seine Schulden bei Money Mike bezahlen. Er war frei. Und warum fühlte er sich dann wie unter Tonnen von Stahl begraben?

Nachdenklich sah er zu, wie Millicent vor dem Spiegel ihre Lippen nachzog. Sie hatte es ernst gemeint mit der Versöhnung, den Eindruck hatte er jedenfalls gehabt. Oder doch nicht? Warum konnte er dieser Frau nicht trauen?

»Mr. McKinnley?«

Duke wandte sich Logan zu, der ihm die Hand entgegenstreckte. Und das offenbar schon etwas länger, wenn er das Lächeln auf dem Gesicht des Anwalts richtig interpretierte.

»Soll ich Sie irgendwohin mitnehmen?«

Er schüttelte den Kopf.

»Nein. Danke. Ich bin mit dem …« Er deutete vage in die Richtung. »Das Bike steht in der Seitenstraße.«

»Fahr vorsichtig, Neil!« Millicent berührte seine Wange, wie eine liebevolle Mutter es möglicherweise tatsächlich getan hätte. »Und melde dich, ja?«

Er nickte.

Dann ging Millicent mit Alice Hazelwood davon.

»Es kommt etwas plötzlich, nicht wahr?«, fragte Logan und zog sich vor dem Spiegel erneut seine Krawatte zurecht.

»Das kann man wohl sagen.«

»Lassen Sie es erst mal sacken, Mr. McKinnley. Nach all dem Ärger ist es nicht so einfach, sofort den Schalter umzulegen. Und dann freuen Sie sich über das Geld. Ihr Vater hätte das gewollt.«

Sie traten auf den roten Teppich hinaus gerade in dem Augenblick, als ein Polizeiwagen vor dem Restaurant hielt. Drei Polizisten in Uniform stiegen aus.

»Neil McKinnley?«

»Ja.«

»Sie sind vorläufig festgenommen. Ihnen wird vorgeworfen,

Michael Cunningham erschossen zu haben. Sie haben das Recht zu schweigen. Alles …«

Duke hörte die wohlbekannten Worte wie durch Watte, während er zusah, wie sich die Handschellen um seine Handgelenke schlossen. Er spürte eine Hand auf seiner Schulter.

»Keine Sorge, Mr. McKinnley. Das regeln wir.«

»Wer sind Sie?«, fragte einer der Polizisten barsch.

»Ich bin Andrew Logan, Mr. McKinnleys Anwalt.« Logans Stimme kam wie aus weiter Ferne. »Ich fahre hinterher.«

Einer der Bullen drückte Dukes Kopf runter, damit er in den Wagen einsteigen konnte. Dann klappten die Türen zu und sie fuhren los. Auf dem Gehweg sah er Millicent und Alice Hazelwood, die sich nach dem Polizeifahrzeug mit Blaulicht umdrehten. Ihn erkannten sie wahrscheinlich nicht.

Duke schloss die Augen und holte tief Luft.

Das war wohl der bescheuertste Film, in den sich ein Mensch verirren konnte. Und er hatte nicht übel Lust, sich mal allein in einer dunklen Ecke mit dem zuständigen Regisseur zu treffen.

47

Christina lag auf der Récamiere in ihrem Wohnzimmer. Von draußen schien die Sonne herein, ihre kleine Hi-Fi-Anlage spielte das Album »Last of a Dyin' Breed« von Lynyrd Skynyrd – guter, ehrlicher Südstaaten-Rock. Eigentlich hatte sie vorgehabt, ihren freien Tag für einen gründlichen Hausputz zu nutzen. Aber das Telefonat gestern mit Duke hatte sie so aus der Bahn geworfen, dass sie sich nicht dazu in der Lage sah. Was machte es auch aus? Die Wollmäuse in den Ecken würden auch morgen noch da sein.

Lustlos blätterte sie in einer Frauenzeitschrift. Die Sommermode und Kuchenrezepte interessierten sie nicht. Im Reiseteil wurden unter dem Titel »Hier waren Sie bestimmt noch nicht« vier europäische Städte besprochen: Göteborg, Krakau, Rotterdam und – natürlich, es konnte gar nicht anders sein – Glasgow.

Hastig blätterte sie weiter zum Horoskop.

»Steinbock: Mars und Merkur bringen Turbulenzen, die den von Routine und Harmonie abhängigen Steinbock tüchtig durcheinanderbringen. Auch in Liebesdingen geht es hoch her, und die Fetzen fliegen …«

Entnervt klappte sie die Zeitschrift zu und warf sie auf den Boden.

Da, das Telefon klingelte. Sie stand auf und näherte sich dem Apparat, als wäre ein Sprengsatz darin versteckt. Auf dem Display erschien eine Nummer mit 0044 vorneweg. Es gab nur einen, der zurzeit auf den Britischen Inseln war und sie anrufen würde – Duke. Sie verschränkte die Arme vor der Brust und hörte zu, wie es klingelte. Dreimal. Viermal. Endlich sprang der Anrufbeantworter an.

»Sie sind verbunden mit dem Anschluss Martens. Leider ist zurzeit niemand zu Hause. Hinterlassen Sie bitte Ihren Namen und Ihre Telefonnummer, Sie werden garantiert zurückgerufen.«

Biiieeep.

»Hi, Lady, it's me.« Dukes Stimme klang seltsam rau. »Schade, dass du nicht da bist. Ich bin verhaftet worden und habe nur diesen einen Anruf und …«

Christina griff hastig zum Hörer.

»Duke! Du bist was?«

»Hey«, er lachte. »Du bist ja doch da.«

»Sag jetzt nicht, dass das ein blöder Scherz war, um mich ans Telefon zu locken!«

»No, war's nicht. Sie haben mich tatsächlich verhaftet.«

»Warum?«

»Ich soll Money Mike abgeknallt haben.«

Christina spürte, wie ihr das Blut aus allen Gliedern wich. Kraftlos sank sie an der Wand zu Boden.

»Wie bitte?« Sie schluckte. »Wie … wie kommen die denn darauf?«

»Ehrlich, ich habe keine Ahnung. Mehr werde ich wohl erst erfahren, wenn sie mich verhören. Aber deshalb rufe ich auch nicht an, ich …«

»Hast du einen Anwalt? Ist ein Anwalt bei dir?«

»Sure. Logan war zufällig dabei, als die mich einkassiert haben.«

Christina brach in Tränen aus.

»Hey, Lady. Mach dir keine Sorgen. Es wird alles gut, okay? Ich war es nicht. Und sobald die das hier begriffen haben, bin ich wieder frei, klar? Deshalb rufe ich auch nicht an. Ich …«

»Duke, bitte … bitte …« Sie schluchzte.

»Lady, ich habe nicht viel Zeit. Die gestatten mir nur ein paar Minuten, also unterbrich mich nicht, okay?«

Sie zog die Nase hoch und nickte.

»Okay.« Ihre Stimme war kaum mehr als ein Piepsen.

»Ich wollte dir nur sagen, dass es mir leidtut wegen heute Nacht. Das war nicht in Ordnung. Ich habe wohl etwas …« Er räusperte sich. »Etwas überreagiert.« Sie hörte, wie jemand etwas sagte. »Just three more seconds, officer! Three. Please.« Dann klang es, als ob er den Hörer abschirmte. »Time is running, Lady. I love you, Christina. Das wollte ich dir nur sagen.«

»Ich dich auch. Wie geht …«

Doch die Leitung wurde getrennt. Sie hörte nur noch das gleichmäßige biep, biep, biep.

Christina presste das Telefon gegen die Stirn und zog die Beine an.

Oh mein Gott, oh mein Gott, oh mein Gott! Warum? Warum nun das schon wieder?

Von wegen Turbulenzen. Lächerliches Horoskop. Das hier war ein Orkan!

Und dann begann sie, hemmungslos zu weinen.

48

Duke war allein im Verhörraum. Logan war mit den Polizisten vor die Tür gegangen, um dort mit ihnen zu sprechen und sich genau über die Punkte zu informieren, die ihm vorgeworfen wurden. Glück im Unglück, so nannte man das wohl, wenn der eigene Anwalt zufällig bei der Verhaftung anwesend war. Sonst wäre die Sache wohl etwas anders abgelaufen.

Er konnte es in den Gesichtern der Bullen sehen, wie sehr es sie juckte, ihn richtig ranzunehmen. Die Wizards waren nicht gerade die Lieblinge der Cops. Und seit er einem von ihnen bei einer Verkehrskontrolle ein paar Zähne ausgeschlagen hatte, stand er auf deren Abschussliste ganz oben. Was nützte es, dass der Bastard jeden einzelnen Schlag verdient hatte? Nichts.

Cop blieb Cop. Ganz egal, was für ein Arsch auch immer in der Uniform steckte.

Duke versuchte, es sich auf dem Plastikstuhl etwas bequemer zu machen, was bei seiner Größe und mit den Handschellen nicht ganz einfach war. Dann schloss er die Augen, atmete tief und ruhig. Kräfte sammeln. Sich konzentrieren. Darauf kam es jetzt erst einmal an. Wer konnte schon sagen, was ihm in den nächsten Stunden bevorstand?

Endlich ging die Tür auf. Logan und einer der Bullen kamen herein. Der Cop klimperte mit einem Schlüsselbund und griff nach den Handschellen.

»Eine Stunde«, sagte er zu Logan, während er die Dinger aufschloss. »Sie können eine Stunde mit Ihrem Mandanten reden. Dann sind wir dran.«

Logan nickte ihm zu und setzte sich auf den Stuhl auf der anderen Seite des Tisches.

»So«, sagte er, als der Cop den Raum wieder verlassen hatte. »Hier geht es um Folgendes. Michael Cunningham wurde heute früh von seiner Sekretärin Mrs. Marianne Shankworth leblos in seinem Büro aufgefunden. Die erste Leichenschau ergab drei Schussverletzungen in der Brust, die wahrscheinlich zum Tod geführt haben. Aufgrund des Terminplans von Mr. Cunningham ist ersichtlich, dass Sie gestern Abend den letzten Termin bei ihm hatten. Mrs. Shankworth bestätigte außerdem, dass Sie da waren. Mr. Cunningham hat sie offenbar nach Hause geschickt, bevor er Sie in sein Büro gebeten hat. Ergo waren Sie der Letzte, der Cunningham lebend gesehen hat.«

»Und deshalb muss ich ihn auch zwangsläufig erschossen haben.« Duke lachte. »Was für ein Bullshit!«

»Nun, unglücklicherweise hatten Sie die Gelegenheit,

Mr. McKinnley. Und leider auch ein Motiv. Auf Cunninghams Schreibtisch fand sich der Vertrag mit Ihrem Kredit. Achtzehntausend Pfund sind ein ordentliches Motiv. Es sind schon andere Männer für weniger erschossen worden.«

»Das mag sein. Aber ich war es nicht.«

»Das reicht nicht, Mr. McKinnley. Geben Sie mir Argumente!«

»Fuck, Mr. Logan! Auf welcher Seite stehen Sie eigentlich?«

»Auf Ihrer, Duke. Schon vergessen? Aber ich bin kein Zauberer, der auf Kommando die Kaninchen aus dem Zylinder holt. Ich brauche etwas, womit ich arbeiten kann. Verstehen Sie?«

Duke sah den Anwalt an. Seine Stirn war zerfurcht, und sein Gesicht hatte einen ungewöhnlich roten Farbton angenommen. Plötzlich musste er grinsen. Es war das erste Mal, dass er mitbekam, wie Logan sich ereiferte.

»Hey, Sie haben mich gerade Duke genannt.«

»Und wenn schon?«

»Und Sie sind angepisst. Warum?«

»Wollen Sie das wirklich wissen?«

»Ja.«

Logan beugte sich vor.

»Weil es mich ankotzt, wie diese Bullen da draußen jede Scheiße, die sie irgendwo im Park aufsammeln, euch Wizards und anderen MCs in die Schuhe schieben. Deshalb. Das macht mich pisswütend. So wütend, dass ich mir ernsthaft überlege, wegen der Diskriminierung einer ganzen Bevölkerungsgruppe vor Gericht zu gehen. Zur Not bis zum Europäischen Gerichtshof. Mir stinkt diese Chose gewaltig. Und ich hätte nicht übel Lust, hier mal den Herkules durchzuschicken, damit er diesen stinkenden Laden bis zum Gebälk flutet!«

Duke blinzelte. Heute war irgendwie ein Tag, an dem lauter seltsame Dinge geschahen. Aber im Gegensatz zu vorhin gefiel ihm dieser Teil des Drehbuchs ganz gut.

Logan versuchte mühsam, seine Beherrschung zurückzuerlangen, rückte seine Papiere hin und her, zog schließlich den Krawattenknoten zurecht und räusperte sich.

»Also. Was können Sie zu diesen Vorwürfen sagen, Duke?«

»Außer, dass ich es nicht war?« Er dachte nach. »Als ich Money Mike verließ, war er wohlauf.«

»Hat er Ihnen gegenüber Andeutungen gemacht, dass er noch jemanden erwartete?« Duke schüttelte den Kopf. »Was für einen Eindruck hat er auf Sie gemacht?«

»Wie eine fette, zufriedene Kröte.« Er runzelte die Stirn. Dann lachte er. »Das heißt, nicht ganz zufrieden. Money Mike wollte mich zu etwas überreden, um meinen ›Kredit teilweise zu löschen‹, so hat er sich, glaube ich, ausgedrückt. Ich bin aber nicht darauf eingegangen.«

»Was war das?«

»Informationen. Die alte Kröte wollte von mir Infos über eine Firma in Flensburg. Und einen Typen.«

»Und darauf sind Sie nicht eingegangen?«

Duke lächelte.

»Natürlich nicht.«

»Da war er nicht sauer?«

»Nein, eigentlich nicht. Er wirkte … ja, er hat es wohl bedauert. Vielleicht ist ihm dadurch ein Geschäft durch die Lappen gegangen. Aber sauer, nein.«

»Darf ich fragen, an welcher Firma Money …« Logan räusperte sich wieder, und Duke unterdrückte ein Grinsen. Der steife, meist unnahbare Anwalt wurde ihm zunehmend sympathisch. »…ich meine Mr. Cunningham interessiert war?«

»Köhler & Sohn.«

»Köhler …« Logan runzelte die Stirn. »Sie meinen Köhler & Sohn, den Waffenfabrikanten?«

»Yepp.«

Logan lehnte sich auf seinem Stuhl zurück und klopfte mit seinem Kugelschreiber auf seinen Notizblock.

»Dreimal dürfen Sie raten, mit welcher Waffe Cunningham erschossen wurde.«

»Mit einer Köhler & Sohn?«

»Richtig. Hundert Punkte für den Kandidaten. Es sind nicht gerade viele Waffen dieses Typs hier in Glasgow im Umlauf. Die

Bu …« Er musste husten. »Die Polizei geht davon aus, dass Sie die Waffe aus Flensburg mitgebracht haben.«

Duke lachte auf.

»Und wie soll ich das gemacht haben? Mein Gepäck wurde gefilzt, und ich selbst musste mich einer gründlichen Leibesvisitation unterziehen. Niemals hätte ich eine Waffe durch die Sicherheitskontrollen bringen können, selbst wenn ich gewollt hätte. Außerdem war ich nicht der einzige Passagier aus Flensburg in dem Flugzeug. Mit mir …« Er brach ab. Plötzlich stand es so klar vor seinen Augen, dass er sich fragte, wie er nur so blind gewesen sein konnte. »Da waren noch zwei schottische Cops im Flugzeug, die waren vorher auch in Flensburg gewesen. Ich dachte bisher, dass sie hinter mir her waren, aber wenn nun … Sie hatten zwei Metallkoffer bei sich mit dem Wappen der schottischen Polizei drauf. Sie haben an der Schleuse nur ihre Papiere vorgezeigt und wurden durchgewinkt. Weder sie noch die Koffer wurden kontrolliert. Und wissen Sie, was noch interessant ist? Seit ich hier bin, verfolgen mich die Bastarde. Heute auf dem Weg zum Restaurant haben sie sogar versucht, mich in einen Crash zu verwickeln.«

»Haben Sie das Kennzeichen des Wagens gesehen? Konnten Sie es sich merken?«

»Mr. Logan! Ich kann das nicht!«

»Oh, Verzeihung, tut mir leid. Was für ein Wagen war es?«

»Ein grüner Rover 75 mit einem Doppelkratzer über die ganze Beifahrerseite, die Abstände genau passend zu dem Ring, den mir die Bullen vorhin mit allen anderen Sachen abgenommen haben.«

»Ich werde dem nachgehen, darauf können Sie sich verlassen«, murmelte Logan, während er alles gewissenhaft notierte. »Das ist ja wohl die Höhe! Wie sind Sie Ihren Verfolgern entkommen?«

»Die Bullen haben einen Peilsender am Bike installiert. Den habe ich gefunden und entsorgt. Dann bin ich über einen Umweg wieder zurückgefahren.«

»Daher also die Verspätung?«

»Yeah. Genau.«

»Und Sie haben keine Ahnung, weshalb diese Polizisten hinter Ihnen her sind?«

»Nein. Keinen blassen Schimmer. Es sei denn, die beiden …« Duke kniff die Augen zusammen, dann schnalzte er mit der Zunge. »Hören Sie, Logan. Sie müssen mir einen ganz dringenden Gefallen tun. Rufen Sie Bert an, das ist der President der Wizards in Flensburg. Und sagen Sie ihm, er und Big J sollen Christina die Fotos zeigen. Unbedingt. Wenn es jemanden gibt, der die beiden Scheißkerle identifizieren kann, dann ist sie das.«

Logan sah ihn verwirrt an.

»Welche Fotos? Das muss ich jetzt nicht verstehen, oder?«

»Nein, noch nicht, Mr. Logan. Das kommt später. Denn wenn es so ist, wie ich denke, haben zumindest zwei Cops hier so viel Dreck am Stecken, dass die Ställe des Augias dagegen sauber und keimfrei wie OP-Säle sind.«

»Okay. Haben Sie die Nummer?«

Duke dachte angestrengt nach, dann nannte er sie Logan.

»Aber bitte fragen Sie vorsichtshalber Trace. Wenn ich im Stress bin, ist es mit den Zahlen auch nicht so zuverlässig.«

Logan nickte. »Kein Problem. Was ist mit Ihnen, solange ich weg bin?«

»Ich passe schon auf mich auf. Und ein paar blaue Flecke kann ich vertragen, also machen Sie sich darüber keine Gedanken.«

»Gut.« Logan raffte seine Unterlagen zusammen, stand auf und reichte Duke die Hand.

»Bis nachher. Halten Sie durch.« Dann klopfte er an die Tür. »Ich muss etwas auswärts erledigen«, sagte er zu dem Polizisten, der ihm öffnete. »Aber ich sage Ihnen, wenn ich zurückkomme und mein Mandant nicht unversehrt ist, werden Sie mich von meiner unangenehmen Seite kennenlernen. Ein einziger blauer Fleck an seinem Körper, und dieses ganze Polizeirevier landet wegen Körperverletzung und Amtsmissbrauchs vor Gericht. Haben wir uns verstanden?«

Bei dem erschrockenen »Ja, Sir!« musste Duke sich mühsam das Lachen verkneifen. Das hätte er gern für die Nachwelt festgehalten.

49

Jessica saß in ihrem Wagen. Sie war stolz auf sich. Irgendwie hatte sie es geschafft, in der Batteriestraße einen Parkplatz zu finden, von dem aus sie sowohl den Eingang der Firma Köhler & Sohn sehen konnte als auch das Clubhaus der Wizards. Trotzdem fiel der Wagen kaum auf, weil ein mit Buchsbaum bepflanzter Betonkübel sie vor allzu neugierigen Blicken abschirmte. Sie gähnte und holte aus ihrer Tasche einen Kosmetikspiegel heraus. Sie war müde, und bestimmt hatte sie in den letzten Tagen ein paar Falten zusätzlich bekommen. Aber was machte das schon? Wenn sie hiermit fertig war, konnte sie sich jede Woche eine Kosmetikbehandlung leisten.

Sie klappte den Spiegel wieder zu und seufzte. Wenn diese Angelegenheit nur nicht so zermürbend gewesen wäre! Gab es irgendwen, der behauptete, Privatdetektive hätten ein interessantes Leben? Wenn die den Großteil ihrer Tätigkeit mit der Observierung irgendwelcher Leute verbrachten, dann war das ohne Zweifel der langweiligste Job der Welt. Seit über zwei Stunden tat sie nichts anderes, als auf Felix Schütze zu warten. Dabei hatte sie sich erkundigt. Normalerweise machte er um fünf Uhr Feierabend. Jetzt war es schon fünf vor sieben.

Im Radio spielten sie gerade »Viva la Vida« von Coldplay. Das erinnerte sie natürlich sofort wieder an Mark. Er hatte Coldplay sehr gemocht. Sie schaltete das Radio aus. Tränen konnte sie sich jetzt nicht leisten. Sie musste sich konzentrieren. Jeden Moment konnte Felix Schütze das Gebäude verlassen und nach Hause gehen. Oder wohin auch immer.

Und dann geschahen zwei Dinge fast gleichzeitig:

Zuerst öffnete sich am Clubhaus der Wizards of Doom die Tür, und zwei Männer kamen heraus. Der eine war Dinklage, der Präsident des Clubs, der andere war ein riesiger, massiger Kerl mit Glatze. Das konnte nur Jan Diekmann sein oder »Big J«, wie die Rocker ihn nannten. Er trug etwas unter dem Arm, das sie verblüffend an eine Laptoptasche erinnerte.

Kurz danach kam Felix Schütze aus dem Gebäude von Köhler & Sohn. Leichtfüßig lief er die fünf Stufen hinunter und sprang förmlich auf den Gehweg. Dann sah er die beiden Wizards und winkte ihnen zu. Die Männer trafen sich auf halbem Weg zwischen den beiden Gebäuden. Sie schüttelten sich die Hände und redeten miteinander.

Jessica sah auf die Uhr und machte mit ihrem Smartphone ein paar Fotos. Sie ärgerte sich, dass sie keine vernünftige Kamera hatte, und konnte nur hoffen, dass die Personen auf den Bildern zu erkennen waren. Eine Minute verging, zwei. Dann winkten die Männer einander zu und gingen in unterschiedlichen Richtungen davon.

Da könnt ihr mir viel erzählen, dachte sie und biss sich vor lauter Aufregung auf die Lippe. Aber das konnte kein Zufall gewesen sein. Schütze hatte sich mit Diekmann und Dinklage getroffen. Aber was hatten die zu besprechen gehabt? Ging es um Waffengeschäfte, und war Jablonski dahintergekommen? Hatte der arme Kerl deshalb sterben müssen?

Die beiden Wizards näherten sich ihrem Wagen, und rasch duckte sich Jessica auf dem Fahrersitz. Ihr Herz klopfte bis zum Hals. Nur zaghaft wagte sie einen Blick in den Rückspiegel. Sie sah die beiden vorbeigehen. Dinklages langer grauer Zopf wippte auf seinem Rücken, Diekmann hatte den typischen breitbeinigen Gang eines Mannes, der mehr Muskeln hatte, als es gesund war. Wo gingen die beiden hin? Wie gern hätte sie nachgesehen! Aber sie traute sich nicht.

Erst drei Minuten, nachdem die beiden Rocker aus ihrem Blickfeld verschwunden waren, wagte sie, sich wieder aufrecht hinzusetzen.

Sie sah durch die Rückfenster ihres Wagens. Die Batteriestraße lag ruhig und verlassen da. Ein paar Möwen kreischten über ihr und drehten ihre Kreise, vom Hafen her kam ein Jogger angelaufen. Sonst war da niemand.

Dinklage und Diekmann waren nicht mehr zu sehen. Und Felix Schütze auch nicht.

Verflixt. Sie hatte ihn aus den Augen verloren.

50

Bert und Big J hatten sich angekündigt, deshalb war Christina nicht überrascht, als sie vor ihrer Tür standen. »Kommt rein«, sagte sie und hoffte, dass sie nicht zu verheult aussah.

Und wenn schon, dachte sie. Die beiden wissen doch, dass Duke verhaftet wurde!

»Möchtet ihr einen Kaffee? Wasser? Oder lieber Bier?«

»Einen Kaffee«, sagte Bert.

»Für mich auch.«

»Geht schon mal ins Wohnzimmer. Ich bin gleich da.«

Christina ging in die Küche und lehnte ihre Stirn gegen einen der hohen altmodischen Schränke, die noch aus dem Baujahr des Hauses stammten. Sie hätte viel dafür gegeben, wenn sie Duke irgendwie hätte helfen können. Oder wenn sie wenigstens in seiner Nähe hätte sein können. Aber da war nichts, was sie tun konnte. Gar nichts. Dieses Gefühl der Ohnmacht war das Schlimmste an dem Ganzen.

Sie riss sich los, straffte die Schultern, füllte Wasser und Kaffee in die Maschine, holte Tassen und Untertassen aus dem Schrank, eine Zuckerdose, die Milch aus dem Kühlschrank. Diese vertrauten Handgriffe, tausendmal durchgeführt, beruhigten sie. Die wohltuende Wirkung der Routine.

Als der Kaffee durchgelaufen war, stellte sie alles auf ein Tablett und brachte es ins Wohnzimmer. Big J hatte es sich auf der Récamiere bequem gemacht, Bert saß in einem der beiden Sessel, die sie sich erst vor drei Wochen gegönnt hatte – zierliche cremefarbene Sessel im Stil der fünfziger Jahre mit Beinen aus schwarzem polierten Holz.

Sie stellte das Tablett auf der Fensterbank ab.

Ich muss mir einen Tisch anschaffen, dachte sie und schenkte Kaffee ein. Auch sich selbst. Es war zwar schon deutlich nach sieben Uhr, aber sie würde ohnehin nicht schlafen können. Dafür war sie viel zu aufgewühlt.

»Habt ihr etwas Neues gehört?«, fragte sie und reichte zuerst Bert die Tasse, dann Big J. »Milch? Zucker?«

Bert schüttelte den Kopf, Big J nahm die Milchpackung.

»Logan hat uns angerufen«, sagte Bert und nahm einen kräftigen Schluck.

»Wie geht es Duke? Was genau wirft man ihm vor? Wann kommt er wieder frei? Hat Logan schon etwas dazu gesagt? Wie kommt man überhaupt auf ihn? Duke hat nur kurz anrufen dürfen und …«

»Sachte, sachte, Christina«, beschwichtigte Bert sie. Seine Stimme war so tief und angenehm, dass sie ihn plötzlich vor sich sah, wie er am Bett seiner Kinder und Enkel saß und ihnen aus einem großen dicken Märchenbuch vorlas. »Das sind 'ne Menge Fragen auf einmal.« Er lächelte, und um seine Augen bildeten sich kleine freundliche Falten. »Also der Reihe nach. Als Logan mich anrief, war es kurz nach fünf. Er sagte, dass Duke so weit in Ordnung war, da er zufällig bei seiner Verhaftung anwesend war und so verhindern konnte, dass die Bullen ihre Muskeln spielen ließen. Und er wollte auch gleich wieder zu ihm. Mach dir da mal keine Sorgen. Ihm wird vorgeworfen, diesen Money Mike erschossen zu haben. Duke war der Letzte am Montagabend, der Mike lebend gesehen hat, und der Kredit, den er bei ihm hat, bietet ein ziemlich gutes Motiv. Außerdem wurde der Kerl mit einer Waffe erschossen, die hier aus Flensburg stammt. Die Indizienkette spricht also nicht gerade für ihn. Aber Logan ist dran. Wann Duke wieder frei ist, kann er natürlich nicht sagen. Das hängt ganz von den Beweisen der Spurensicherung ab.«

»Okay«, sagte Christina und ließ sich in den zweiten Sessel sinken. »Okay.«

»Hey. Duke schafft das. Ist für ihn nicht das erste Mal und wird auch bestimmt nicht das letzte Mal sein.«

»Über Logan hat Duke uns gebeten, dir etwas zu zeigen«, sagte Big J und klappte seinen Laptop auf. »Es könnte wichtig sein.«

Christina sah zu, wie Big J etwas eintippte und einen USB-Stick in den Schlitz an der Seite einführte. Dann tippte er wieder. »Bist du bereit?«

Sie nickte, und er reichte ihr den Laptop.

Christina starrte auf den Bildschirm. Sie sah ein Foto. Fünf Männer und ein Wagen standen auf einer Wiese oder einem vergleichbaren Gelände.

»Was ist das?«, fragte sie die beiden Wizards.

»Sieh es dir erst mal an«, sagte Bert und trank wieder einen Schluck.

»Okay.« Sie klickte die Fotos weiter. Sie sah, wie die Männer eine Plane ausbreiteten und offenbar miteinander redeten. Dann kam eine Waffe ins Spiel. Einer der Männer hielt sie an die Schläfe eines anderen, eingewickelt in einen Teppich. Oder eine Fußmatte. Und dann …

Christina ließ vor Entsetzen fast den Laptop fallen, Bert fing ihn mit der Linken noch gerade rechtzeitig auf.

»Oh mein Gott!«, stieß sie hervor. »Was …?«

Big J und Bert warfen sich einen Blick zu.

»Kannst du dir die Fotos noch mal ansehen?«

Christina schluckte. Dann nickte sie.

»Ja.«

Sie presste ihre Lippen aufeinander. Verbissen klickte sie sich durch die Szenen eines Mordes bis zur Entsorgung der in der Plastikplane verschnürten Leiche im Kofferraum des Wagens. Und ihr war plötzlich klar, was sie da sah. Der Tote war Wolfgang Jablonski. Das Foto, von dem Con gesprochen hatte und das Jessica Pohlmann sich in einer E-Mail selbst geschickt hatte, musste aus dieser Fotoserie stammen. Und sie erkannte auch das Nachbargrundstück vom Clubhaus der Wizards.

»Woher habt ihr das?«, fragte sie, doch weder Bert noch Big J sagten etwas. Deshalb beantwortete sie sich ihre Frage selbst. »Ihr habt Hoffmanns Speicherkarte in der Clubwerkstatt gefunden. Und das war da drauf. Er muss es von seiner Wohnung aus aufgenommen haben. Von seinem Balkon kann man das Clubhaus und die angrenzenden Gewerbeflächen gut einsehen.«

Bert nickte, der Hauch eines Lächelns hing an seinem Mundwinkel.

»Bingo, Lady. Schön, jemanden mit Hirn zu treffen.«

»Und warum …?«

»Sieh es dir bitte noch mal an«, sagte Big J. »Besonders im Hinblick auf bekannte Gesichter. Wenn du auf den Rand klickst, kannst du die Fotos vergrößern.«

Christina schloss die Augen. Das war ekelhaft, widerlich. Trotzdem musste sie es tun, wenn sie Duke damit helfen konnte.

Sie klickte sich wieder von Foto zu Foto. Sie vergrößerte Ausschnitte. Jablonski erkannte sie sofort, sein Foto hatte sie im Internet gesehen, als sie nach den Nachrichten gegoogelt hatte. Dann war da ein Mann, schlank, kurze dunkle Haare, gut gekleidet. Von ihm sah man auf den Fotos nur den Rücken. Der Mann mit der Waffe war ebenfalls gut gekleidet – Stoffhose, dunkles Jackett. Sie hatte ihn noch nie gesehen. Dann vergrößerte sie die Gesichter der beiden anderen.

Sie erstarrte.

Hände und Füße wurden eiskalt, und ihr wurde übel.

»Du hast jemanden erkannt«, stellte Bert fest.

Christina nickte.

»Das hier«, sagte sie, ihr Zeigefinger zitterte, als sie auf das Foto deutete, »das ist George, seinen Nachnamen kenne ich nicht. Und das hier«, sie scrollte in dem Foto weiter, »ist Jörg. Jörg Kessler oder Kastner oder so ähnlich. Sie sind …«

»Alles gut, Lady, ganz ruhig.«

Sie fühlte Berts Hand auf ihrer Schulter, das beruhigte sie etwas. Trotzdem jagte ihr Herz das Blut mit einer Frequenz von mindestens hundertzwanzig Schlägen pro Minute durch den Körper.

»Die beiden sind Polizisten. Aus Schottland.«

»Woher kennst du die?« Big Js blaue Augen waren forschend auf sie gerichtet.

Christina fuhr sich mit der Zungenspitze über die Lippen.

»Sie waren bei meinem Bruder zu Besuch«, sagte sie, und ihre Stimme war kaum mehr als ein Flüstern. »Der da …«, sie zeigte wieder auf Jörg. »Das ist ein alter Freund von Thomas. Sie waren bei der Bundeswehr in derselben Einheit und haben danach gemeinsam die Polizeischule besucht.«

»Bist du dir ganz sicher?«

Christina nickte und schloss die Augen vor dem Abgrund, der sich vor ihr öffnete. Da waren zwei Polizisten in einen eiskalten Mord verwickelt! Aber wie? Warum? Vielleicht gab es irgendeine Erklärung? Einen Grund?

Welchen Grund konnte es geben, einen Menschen zu erschießen? Das da auf den Fotos war keine Notwehr, das war eine Hinrichtung! Und die beiden hatten einfach nur zugesehen.

Und für den Bruchteil einer schrecklichen Sekunde fragte sie sich, ob Thomas davon gewusst hatte.

Nein. Nicht ihr Bruder. Ganz bestimmt nicht.

»Bullen.« Bert spuckte das Wort beinahe aus. »Wer hätte das gedacht.«

Big J wollte etwas sagen, doch das Klingeln seines Handys unterbrach ihn. Er fischte das Gerät aus der Hosentasche.

»Ja?« Er hörte zu. »Aber …« … »Okay.« … »Ja. Schick's rüber. Wir sind gerade dabei.« … »Schon passiert? Gut. Wir melden uns.« Er drückte auf einen Knopf und steckte das Handy wieder weg. »Das war Con. Sie schickt uns eine Mail mit einem Foto, das am Donnerstagabend nach zehn Uhr aufgenommen wurde.« Er presste die Lippen aufeinander. »Von einer Radarfalle. Frag mich bitte nicht, wie Con darauf gekommen ist, beim Ordnungsamt nachzuforschen. Jablonski wurde geblitzt, wie er mit überhöhter Geschwindigkeit die Straße nach Klues entlangfuhr.«

Bert schüttelte den Kopf.

»Das kann aber nicht sein. Auf Hoffmanns Fotos stehen doch Datum und Zeit, und um zehn war Jablonski bereits tot. Es sei denn, das Ganze ist eine Finte.«

»Hey, Bro, dies ist nicht die Bourne-Verschwörung. Nein. Denn der am Steuer ist nicht Jablonski. Sagt Con.« Big J nahm Christina den Laptop ab und tippte etwas ein. »So. Wollen wir mal sehen, ob sie recht hat.« Er starrte auf den Bildschirm. »Da ist es. Sie hat das Ding bereits vergrößert.«

Er drehte den Laptop um, sodass auch Christina und Bert das Foto sehen konnten. Auf dem Fahrersitz saß der Mann mit der Waffe. Und hinter ihm konnte man schwach ein weiteres Gesicht erkennen. Die Aufnahme war grobkörnig, trotzdem hatte Christina keinen Zweifel.

Es war Jörg. Thomas' alter Freund.

51

Er stand im Schatten eines Müllcontainers und wartete. Jetzt, wo er wusste, was zu tun war, hatte er es nicht mehr eilig. Die E-Mails waren auf dem Weg. Jetzt musste er noch mit den Wizards reden, und morgen mit seinem Chef. Und vielleicht mit dem Polizeipräsidenten. Er sah hinüber auf die andere Straßenseite. Der flammenumgebene Totenkopf mit den langen gewundenen Hörnern wurde von einer Lampe angestrahlt. Darüber stand in dunkelgrünen Buchstaben »Wizards of Doom MC«, darunter »Glasgow«.

Das Clubhaus der Wizards schien verlassen zu sein. Das dunkelgrüne Tor war geschlossen, die Fenster dunkel. Als er gekommen war, hatte er geklingelt und geklopft. Ein offenbar an einen Bewegungsmelder gekoppelter Strahler war angesprungen und hatte sein grelles Licht auf ihn geworfen, aber niemand hatte ihm geöffnet. Das war vor zwei Stunden gewesen. Jetzt war es halb elf.

Die Straße war wie ausgestorben.

Eine Zeit lang hatte er in seinem Wagen gesessen, ein bisschen Radio gehört. Irgendwann war er ausgestiegen, auf und ab gegangen. Jetzt stand er hier hinter dem Müllcontainer. Irgendwann mussten sie auftauchen, irgendeiner von ihnen. Mit ein bisschen Glück war es sogar McKinnley. Er hatte gehört, dass er freikommen sollte. Auf Kaution zwar, aber die Brüder kratzten bestimmt jeden verfügbaren Penny zusammen, um ihn auszulösen. Für einen der Ihren taten sie alles.

Eine Katze huschte über die Straße und quetschte sich unter dem Gatter eines Gebrauchtwagenhändlers hindurch. Sonst war alles still. Keine Autos, keine Fußgänger. Nichts.

Er holte tief Luft und merkte, wie er allmählich nervös wurde. Sollte er mal in der Zentrale nachfragen? Vielleicht war die Information falsch gewesen, und McKinnley wurde immer noch verhört? Dann konnte er sich hier bis zum Morgengrauen die Beine in den Bauch stehen.

Er warf einen Blick auf die Uhr. Viertel vor elf. Wenn sich bis elf keiner der Wizards blicken ließ, würde er in der Zentrale anrufen, eher nicht.

Die Zeit ging dahin.

Zehn vor elf. Nichts.

Die Katze kehrte zurück, und kurz darauf hörte er, wie sich zwei Katzen miteinander balgten. Revierkämpfe gab es überall, auch im Tierreich.

Fünf vor elf.

Er zog das Handy aus der Tasche. Wenn nun …

Da hörte er in der Ferne ein Grollen und Dröhnen, ähnlich einem Gewitter, aber eindeutig von Motoren stammend. Es näherte sich.

Er straffte die Schultern und machte sich bereit.

Die Wizards kamen nach Hause.

Es waren sieben Männer, die auf ihren Harleys herandonnerten. Er wartete, bis die schweren Maschinen anhielten und einer abgestiegen war, um das grüne Tor zu öffnen. Dann erst trat er aus dem Schatten des Containers und ging auf sie zu.

»Guten Abend«, sagte er und blieb zwei Meter von ihnen entfernt stehen. Wegen der grellen Scheinwerfer, der Helme, Visiere und Mundschutztücher konnte er ihre Gesichter nicht sehen. »Ist McKinnley da?«

Schweigen. Eine Welle der Feindseligkeit und des Misstrauens schlug ihm entgegen. Die Männer stiegen ab. Langsam, wie in Zeitlupe.

»Wer will das wissen?«

»Ich bin Jörg Kessler«, sagte er laut, um die Motoren zu übertönen, die selbst im Leerlauf noch einiges an Dezibel zusammenbrachten. »Ich bin Polizist und …«

»Ein Bullenschwein!«, zischte einer.

Er konnte im Gegenlicht sehen, wie eine Hand zur Satteltasche griff und etwas herauszog, das mit einem kurzen Ruck aus dem Handgelenk länger wurde. Ohne Zweifel ein Teleskopschlagstock.

»Ich war in Flensburg«, redete er weiter.

Sie begannen, einen Halbkreis zu bilden, und kamen Schritt für Schritt auf ihn zu. Kräftige, muskulöse Männer, voller aufgestauter Wut. Jetzt sah er mehr als einen Schlagstock. Etwas blitzte kurz metallisch auf. Ein Messer? Oder ein Schlagring?

»Ich muss mit McKinnley reden.«

»Warum?«

»Es ist wichtig.«

»Zeig erst deine Hände«, sagte einer, dessen weißer Bart fast bis auf die Brust reichte und im Licht der Scheinwerfer leuchtete. »Heb sie ganz langsam über den Kopf und spreiz deine Beine.«

Hände tasteten ihn ab, rasch und gründlich.

Besser können das die Kollegen auch nicht, schoss es ihm durch den Kopf.

»Ich bin ein Freund von Thomas Martens«, sagte er. »Und ich muss mit McKinnley sprechen.«

Einer trat vor. Er nahm seinen Helm ab und drückte ihn einem der anderen in die Hand.

»Also gut, was willst du von mir?«

Der Mann vor ihm war groß, schlank, durchtrainiert. Sein Haar war dunkel und seine Augen wirkten im Gegenlicht schwarz, kalt und bodenlos.

»Können wir auf Deutsch reden?«

»Okay«, sagte der Rocker, und ein spöttisches Lächeln zuckte über sein Gesicht. »Wenn's dir leichter fällt.«

»Du bist in Gefahr. Er will dich umbringen.«

»Wer ist *er*? Dein Kollege?«

Jörg nickte. »George Mitchell. Er hat einen Peilsender an deinem Bike befestigt, und …«

McKinnleys linke Hand schoss vor und packte ihn am Kragen. »Erzähl mir etwas Neues, Butthead! Und verrate mir, warum ich dir nicht hier und jetzt die Fresse polieren soll. Wo warst du, als der Drecksack mich mit seiner Scheißkarre gejagt hat? Du hast dein Gewissen ein bisschen spät entdeckt, Shitface. Oder was soll diese Vorstellung?«

Jörg schluckte und erwartete, McKinnleys Rechte zu spüren, an deren Mittelfinger er einen Ring der Wizards trug: ein silberfarbenes massives Ding mit Hörnern, die bestimmt tiefe Wunden im Gesicht des Gegners zurückließen.

»Ich habe davon nichts gewusst. Seit Flensburg ist er misstrauisch, und mittlerweile traut er mir gar nicht mehr. Aber ich habe ihn beobachtet und gesehen, wie er den Peilsender am Hinterrad befestigte. Als er wegfuhr, wollte ich ihn entfernen, aber es war zu spät. Du kamst bereits aus dem Krankenhaus.«

»Und warum zum Henker soll ich dir glauben?«

»Das weiß ich nicht. Aber ich sage die Wahrheit.«

Er sah McKinnley fest in die Augen. Eine Weile standen sie einander schweigend gegenüber. Dabei kam er sich vor, als ob der Wizard ihn mit seinem Blick bis in den letzten Winkel seines Verstandes durchleuchtete. Ob es stimmte, dass diese Kerle ein Gespür hatten für Ehrlichkeit und Authentizität?

Wenn das so ist, wird er wissen, dass ich die Wahrheit sage, dachte er.

Schließlich hob McKinnley eine Augenbraue.

»Frag mich nicht warum, aber ich glaube dir«, sagte er und ließ ihn los.

»Ich stecke bis zum Hals in der Scheiße, McKinnley«, sagte Jörg. »Ich habe vermutlich gegen alle Paragrafen des Strafgesetzbuches verstoßen. Mir ist klar geworden, dass der einzige Weg daraus Ehrlichkeit ist. Es muss Schluss sein. Schluss mit den Lügen. Und Schluss mit den Verbrechen.«

»Besser spät als nie. Aber ich bin der falsche Beichtvater. Müsstest du nicht zu deinem Chef, Vorgesetzten oder was weiß ich gehen?«

»Ich habe denen bereits eine Mail geschickt, in der ich alles erkläre. Und morgen früh werde ich auch persönlich zu ihnen gehen, darauf kannst du dich verlassen. Aber ich wollte dich warnen. Mitch ist hinter dir her. Und möglicherweise auch der Major, das weiß ich nicht …«

»Der Major? Wer ist das?«

»Ein Mann, ein Deutscher, seinen richtigen Namen kenne ich nicht. Er macht Waffengeschäfte. Unter anderem. Ich nehme an, dass er noch andere Eisen im Feuer hat. Mit ihm haben wir erst in Flensburg Verbindung aufgenommen. Eigentlich war Jablonski derjenige, der das Geschäft machen wollte. Mike Cunningham hat uns den Kontakt vermittelt. Er hat dafür gesorgt, dass zum Verschrotten bestimmte Waffen wieder in den Umlauf kommen.

Und dass Waffen, die nicht gefunden werden sollen, verschrottet werden. Und dann hat er uns noch eine andere Waffe angeboten, die er offenbar selbst entwickelt hat …« Jörg schluckte. »Es ist ein neuartiges Scharfschützen-Gewehr. Ein unregistriertes, eine Waffe, die es offiziell gar nicht gibt. Geladen mit einer Spezialmunition wird sie …«

»Fuck. Niemand kann sie zurückverfolgen.«

Jörg nickte.

»Richtig.« Er senkte seine Stimme, obwohl er wusste, dass die anderen Wizards ihn nicht verstehen konnten. Außerdem würde McKinnley ihnen sowieso alles erzählen. »Eigentlich wollten wir nur unser Gehalt aufbessern und Kollegen, die in der Klemme sitzen, einen Gefallen tun. Aber Jablonski bot uns an, diese Waffe zu kaufen. Für Spezialeinsätze. Natürlich auf ›eigene Rechnung‹. Wenn etwas herauskommt, weiß niemand etwas davon. Du verstehst?«

Er sah, wie sich die Haut über McKinnleys Kiefern spannte, als er langsam nickte.

»Fucking breed.«

»Das kann ich nicht zulassen, verstehst du? Ich habe meine Rundmail auch an die Presse geschickt, vielleicht kommt etwas davon durch.« Er seufzte. »Jablonski war nicht nur der Verbindungsmann des Majors zu Köhler & Sohn, sondern auch der Entwickler des neuen Gewehrs. Irgendwie hat er es geschafft, durch Fälschen der Produktionsabläufe an die Waffen heranzukommen. Er wollte mehr Geld und Geschäfte auf eigene Rechnung machen. Und da …«

»Habt ihr ihn abgeknallt.«

Jörg schloss die Augen, als er sich wieder daran erinnerte. Dann sah er McKinnley an.

»Glaubst du nicht, dass ich seit Donnerstag jede Stunde, jede Minute die Stimme dieses Mannes im Ohr habe, wie er da vor uns steht und um sein Leben fleht?« Er fuhr sich durch das Haar. »Es geht mir nicht mehr aus dem Kopf. Diese Bilder sind da oben eingebrannt und werden nicht mehr verschwinden, solange ich lebe!«

»Und was ist mit Hoffmann?«

Jörg stutzte. »Wer ist Hoffmann?«

»Der Fotograf, den irgendjemand niedergeschlagen hat. Wart ihr das auch? Ist er euch auf die Schliche gekommen?«

Jörg schluckte.

»Da war ein Mann … Nachdem wir die Leiche in den Wald gebracht haben, haben die anderen sich beim Griechen den Bauch vollgeschlagen. Ich konnte nicht. Ich wollte allein sein und bin noch mal zurück auf das Gelände. Und da kroch so ein Typ herum und hat Fotos gemacht. Ich … ich bin in Panik geraten und habe irgendetwas in die Hand genommen und ihn niedergeschlagen. Dann seid ihr mit den Motorrädern zurückgekommen. Ich konnte mich nicht mehr um ihn kümmern und habe mich in der alten Fabrik versteckt. Als ich wieder zurückkam, war er weg. Es ist ihm doch nichts passiert?«

McKinnley verzog keine Miene. »Er ist am Freitagabend an den Folgen des Schlags gestorben.«

Jörg schloss die Augen. »Oh mein Gott! Das habe ich nicht gewollt! Ich wollte nur, dass er aufhört, Fotos zu machen. Und als er nicht mehr da war, dachte ich, dass es ihm gut geht und er …« Er schluckte. »Sein Name war Hoffmann?«

»Yepp.« McKinnley nickte. »Und warum seid ihr mir gefolgt?«

»Als wir am Sonntag bei Thomas waren, hat er über dich gesprochen – dass seine Schwester mit dir zusammen ist und was für Sorgen er sich deshalb um sie macht und so. Wir wurden natürlich hellhörig. Schließlich liegt das Fabrikgelände direkt neben eurem Clubhaus. Und dann tauchst du am Flughafen auf! Was zur Hölle sollten wir anderes denken, als dass du uns auf die Schliche gekommen bist? Mitch hat dein Handy angezapft. Ganz legal, die Genehmigung kostete ihn einen lumpigen Anruf. Er musste nur das Zauberwort flüstern: ›Wizard‹. Und schon standen alle Signale auf Grün. Ich war dabei. Und als Mitch dich noch bei Money Mike gesehen hat, ist er komplett durchgedreht.«

»Dann hat er also …«

»Ja. Er hat den alten Mike erschossen. Mike hatte anscheinend auch etwas mit dem Major zu tun. Wenn ich es richtig verstanden habe, hat er wohl einiges für die Herstellung des Scharfschützengewehrs besorgt, Kontakte vermittelt und so. Er glaubte wohl, doppelt kassieren zu können – vom Major und von Jablonski. Das war sein Todesurteil. Und dann wollte Mitch dich zur Strecke bringen.«

»Ist ihm bisher nicht gelungen«, erklärte McKinnley mit einem Lächeln.

»Ja. Aber du kennst Mitch nicht. Der gibt nicht so schnell auf. Und in Flensburg wartet der Major.«

»Der weiß über alles Bescheid?«

»Ich nehme es an. Wie gesagt. Wir haben deine Gespräche mit angehört. Obwohl ich seit heute früh raus bin aus der Sache. Er hat mir schon in Flensburg nicht mehr ganz getraut, das habe ich gespürt. Ich glaube, er hat bemerkt, dass mir die Sache mit Jablonski und diesem Gewehr ziemlich auf den Magen geschlagen ist.«

»Und hierher gebracht habt ihr die Waffen …«

»Im Boden unserer Waffenkoffer, mit denen wir ganz legal nach Flensburg gereist sind. Wir haben sechs Waffen zur Verschrottung mitgebracht, drei in Flensburg gekauft. Offiziell. Tatsächlich befanden sich in der Verschalung weitere Waffen.«

»Auch dieses neue Gewehr?«

»Nein. Das haben wir noch nicht gesehen.«

Wieder standen sie sich schweigend gegenüber.

»Also. Ich habe gesagt, was ich sagen musste«, sagte Jörg. »Jetzt fahre ich nach Hause. Vielleicht kann ich endlich ein bisschen schlafen. Und morgen rede ich mit meinem Chef.«

»Weiß der denn nicht ohnehin Bescheid? Ich meine, wenn ihr die Waffen doch im Auftrag …«

»Nein. Das war unsere Idee.« Jörg streckte McKinnley die Hand entgegen. »Pass auf dich auf. Jetzt bist du ja gewarnt.«

McKinnley verzog sein Gesicht.

»Danke.« Sein Händedruck war fest. »Hoffentlich hört dir jemand zu. Es gibt Wahrheiten, die will keiner wissen.«

»Ich weiß. Aber ich muss es versuchen. Ehrlichkeit. Das ist der einzige Weg aus diesem Sumpf.«

Jörg wandte sich um und ging zu seinem Wagen. Er war noch nicht weit gekommen, als McKinnleys Stimme ihn zurückhielt.

»Hey, Jörg!« Er drehte sich um. »Wenn das alles wahr ist, was du mir da erzählt hast, dann pass auch auf deinen eigenen Arsch auf, okay?«

Jörg nickte und stieg in seinen Wagen.

Die Straßen von Glasgow waren um diese Zeit kaum befahren. In der Innenstadt war noch einigermaßen was los, aber in den Randbezirken und Arbeitervierteln war alles ruhig. Die meisten Menschen schliefen, weil sie früh aufstehen mussten.

Jörg fand einen Parkplatz direkt vor seinem Wohnhaus. Im Treppenhaus roch es nach Steakpie, Fertigpizza und Babybrei. Langsam stieg er die Stufen hoch. Er war müde. Todmüde. Er holte den Schlüssel aus der Jackentasche und schloss seine Wohnungstür auf. Mit dem Fuß stieß er sie wieder zu und tastete im Dunkeln nach dem Lichtschalter. Er fand ihn nicht. Stattdessen war da eine Hand.

Er wirbelte herum, schlug blindlings zu und traf nur Luft. Etwas Feuchtes presste sich auf sein Gesicht, und er nahm einen beißenden Geruch war. Seine Gegenwehr ließ rapide nach. Seine Arme und Beine fühlten sich an wie Gummi, kraftlos sank er zu Boden. Das Licht im Flur wurde angeschaltet, und eine Gestalt beugte sich über ihn. In einem jähen Geistesblitz wusste er plötzlich, was Mitch heute früh in seiner Wohnung gemacht hatte, während er im Bad gewesen war. Der Dreckskerl hatte einen Abdruck von seinem Wohnungsschlüssel genommen.

McKinnley hatte recht, dachte er noch träge. Er fühlte einen Einstich in der Ellenbeuge.

Dann wurde alles dunkel.

Mittwoch, 17. Juli

52

Halb acht am Morgen. Das war absolut nicht seine Zeit. Duke saß auf einem der Klappstühle in der Küche des Clubhauses, stützte die Ellenbogen auf den Tisch und trank einen Kaffee. Sein Hirn fühlte sich an wie ein Klumpen Porridge. Er hoffte, dass der Kaffee ihn ein bisschen auf Trab bringen würde.

Im Fernsehen liefen gerade die Lokalnachrichten. Mehrere Streifenwagen mit Blaulicht sowie ein Rettungswagen standen vor einem Wohnhaus in einer der Arbeitersiedlungen. Er hörte nur mit halbem Ohr hin.

»… dank eines anonym eingegangenen Anrufs waren die Rettungskräfte rechtzeitig vor Ort. Der Zustand des Polizisten gilt jedoch noch als kritisch. Jörg Kessler ist vor zehn Jahren nach Schottland gekommen. Der gebürtige Deutsche hat seine Ausbildung zum Polizisten in Hamburg absolviert. Er gilt unter seinen Kollegen als beliebt und ruhig. Weshalb er zu dieser Verzweiflungstat …«

Duke schaltete den Fernseher aus und fuhr sich durch das Haar. Die Bastarde waren verflucht schnell gewesen. Zum Glück war er Kessler mit Trace gefolgt und hatte gesehen, wie dieser George Mitchell das Haus verlassen hatte.

Sein Handy meldete sich, und er zog es aus der Tasche.

»Yeah?«

»Moin Duke, Felix hier.«

»Hi, Felix. What's up?« Duke gähnte herzhaft, stützte seinen Ellenbogen auf und massierte mit geschlossenen Augen seine Kopfhaut.

»Du, ich habe nicht viel Zeit. Ich habe etwas herausgefunden. In Wolfgangs Büchern gibt es Unregelmäßigkeiten. Wenn stimmt, was ich vermute, hat er zur Verschrottung bestimmte Waffen beiseitegeschafft. Und dann ist da noch etwas, das muss ich dir unter vier Augen erzählen, das glaubst du sonst nicht. Ich …«

Mit einem Schlag war Duke hellwach. Zwei Dinge schossen ihm durch den Kopf: Erstens hatte Felix die Wahrheit herausgefunden. Und zweitens saß irgendwo jemand mit Kopfhörern und hörte jedes Wort mit.

»Felix …«

»Ich habe in seinem PC eine E-Mail-Adresse und eine Telefonnummer gefunden. Ich habe eben dort angerufen und mich mit einem gewissen Herrn von Warder verabredet. Drück mir die Daumen. Wenn das alles stimmt, dann war mein braver Kollege Wolfgang Jablonski ein Waffenhändler erster Güte. Aber bevor ich damit zur Polizei gehe, muss ich noch Gewissheit haben. Ich möchte seinen Namen nicht beschmutzen, wie man so schön sagt. Ich …«

Duke hielt es nicht mehr auf dem Stuhl. Von Warder? Money Mike hatte über ihn Informationen haben wollen und war jetzt tot. War von Warder vielleicht sogar dieser Major, den Kessler erwähnt hatte? Wenn er gekonnt hätte, hätte er Felix am Kragen gepackt und geschüttelt, nur damit er endlich seinen Mund hielt! »Felix, verflucht, hör mir zu, du musst …«

»Duke, sorry, mein Taxi ist da. Ich muss Schluss machen. Ich rufe dich nachher an, ja?«

Biep, biep, biep.

Duke starrte das Handy in seiner Hand an und stürzte den Kaffee in einem Zug hinunter. Er musste Felix warnen. Sofort.

»Fuck!«

Duke tobte wie ein Derwisch durch die Küche, durchwühlte die Schubladen, riss Schranktüren auf und warf sie frustriert wieder zu. Dann stürzte er aus der Tür und stieß mit Flick zusammen, der verschlafen um die Ecke kam. Es hatten in dieser Nacht einige der Brüder im Clubhaus geschlafen, um Wache zu halten.

»Hey, Bro, was ist los?«

»Flick, wo ist das fucking Clubhandy?«

Flick runzelte die Stirn.

»Mach schnell, Mann, es ist wichtig!«

»Das letzte Mal lag es, glaube ich, in der Bar. In der obersten Schublade links!«

Duke war bereits davongestürzt. Durchwühlte auch dort die

Schubladen. Nichts. Dabei zählte jetzt jede Sekunde. Scheiße! Duke schlug die Schubladen zu und gab dem Mobiliar einen Tritt.

Trace tauchte in der Tür auf.

»Suchst du das hier, Bro?«

Er hielt ein Handy hoch. Ein billiges, schlichtes Prepaid-Handy ohne Internetzugang und anderen technischen Schnickschnack. Es konnte nichts außer telefonieren und wurde fast monatlich für unter dreißig Pfund neu angeschafft. Das hatte den Vorteil, dass dieses Ding SICHER war. Die Bullen wussten davon nichts, ergo wurde es auch nicht abgehört.

»Her damit.« Duke fing das Handy auf und tippte bereits die Nummer von Felix ein. »Danke.«

Er hielt das Handy ans Ohr. Es klingelte. Vier Mal, fünf Mal. Dann sprang die elektronische Ansage an.

»Der gewünschte Gesprächspartner ist zurzeit nicht erreichbar. The person you have called is not available at this time.«

»Fuck! Verdammter Mist!«

»Was ist los?« Trace stand vor ihm, die Arme vor der Brust verschränkt, die Stirn gerunzelt.

»Felix ist auf dem Weg, um den Major zu treffen. Er hat mich auf meinem scheißverwanzten Handy angerufen, wo fick-dich-Mister-Bulle jedes Wort mithört. Ich muss Bert anrufen.« Hastig tippte er wieder eine Nummer ein. Zum Glück erinnerten sich seine Finger eher an die Zahlen als sein Kopf. Es dauerte gefühlte Stunden, bis er endlich die verschlafene Stimme des Flensburger President hörte.

»Bert, ich bin es, Duke. Hör zu.« Und in wenigen knappen Sätzen schilderte er, was los war und worum er Bert bitten wollte.

»Okay, Bro, kein Problem, wir werden uns auf die Suche nach Felix machen. Aber sag mal. Wenn die deine Gespräche abgehört haben, dann wissen die doch auch von Christina, oder?«

Diese Worte trafen Duke wie ein unerwarteter Schlag in den Magen. Ihm wurde eiskalt, sein Mund war staubtrocken.

»Scheiße«, war alles, was er herausbrachte. Er tastete hinter sich, fand tatsächlich einen Barhocker und setzte sich. »Fuck, daran habe ich noch gar nicht gedacht.«

»Gut, wenn's zwei Hirne gibt. Ich rufe die anderen an und mache mich zuerst auf den Weg, um deine Lady einzusammeln. Ist sie um diese Zeit im Krankenhaus? Hier ist es gerade Viertel vor neun.«

»Ja, wahrscheinlich.«

»Wenn ich Christina well and safe bei mir habe, melde ich mich, okay?«

»Danke.«

»Hey, Bro. Darüber brauchen wir nicht zu reden.«

Bert legte auf. Dukes Herz raste. Und er hatte nur noch einen Gedanken: Nach Flensburg. Ich muss nach Flensburg.

Er sprang vom Barhocker, jagte die Stufen zu dem Zimmer hoch, in dem er geschlafen hatte, zog sich die Jacke an und raste wieder hinunter.

»Bro, allmählich mache ich mir Sorgen«, sagte Trace. »Was zur Hölle hast du vor?«

»Ich muss nach Flensburg.«

»Jetzt?«

»Yepp.«

»Dir ist schon klar, dass du nur auf Kaution draußen bist? Wie willst du das überhaupt anstellen?«

Duke wedelte mit dem Handy.

»Millicent«, sagte er und tippte bereits ihre Nummer ein. »Jetzt kann sie zeigen, ob sie mich wirklich für ›ihren Sohn‹ hält oder ob das gestern nur Show war.«

Keine halbe Stunde später war er bereits am Flughafen. Wenn er jemals froh gewesen war, dass sein Alter Vorstandsvorsitzender einer der größten Banken Schottlands, stinkreich und stolzer Besitzer eines Learjets 55 gewesen war, so war dies der Zeitpunkt. Wider Erwarten war es leicht gewesen, Millicent davon zu überzeugen, dass er *heute* noch nach Flensburg musste. Und dass er dafür – in Ermangelung an Alternativen – Dads Flugzeug brauchte. Und zwei Piloten, versteht sich.

»Du machst aber keine Dummheiten?«, hatte sie nur gefragt.

»Nein.« Ich muss nur meine Lady und einen Kumpel vor einem

durchgeknallten Bullen und einem skrupellosen Waffenhändler retten.

»Was sagt Logan denn dazu?«

»Der wird bestimmt begeistert sein. Ich rufe ihn gleich an.« Dann hatte sie geseufzt.

»Ich telefoniere mit Mr. McDonald, dem Piloten.«

Und jetzt war er schon am Flughafen. Er verabschiedete sich von Flick und Trace, die ihn begleitet hatten, und war nicht schlecht erstaunt, als Logan ihm entgegenkam. Der Anwalt sah etwas zerknittert aus, als er ihm die Hand reichte.

»Ich bringe Sie zum Gate der Privatflugzeuge. Die Piloten checken die Maschine bereits. Sie haben Glück. Sie waren heute sowieso hier, weil sie das Ding warten wollten.«

»Und was ist mit den Bullen?«

»Das kläre ich. Die Mail von Kessler ist beim Polizeichef und bei der Mordkommission eingegangen. Ich nehme an, dass das Verfahren gegen Sie ohnehin innerhalb der nächsten Stunden eingestellt wird. Vielleicht bemerken die nicht einmal Ihre Abwesenheit. Aber …« Logan war stehen geblieben und zog etwas aus einer Papiertüte, die Duke erst jetzt bemerkte. Es war ein braunblau gestreiftes Hemd mit dem eingestickten Wappen eines der alteingesessenen schottischen Herrenausstatter auf der Brusttasche. »Geben Sie mir Ihre Jacke und ziehen Sie das an.«

»Warum?«

»Weil Sie Ihre Lederjacke an der Sicherheitsschleuse ausziehen müssen. Dann sieht man Ihre Tätowierungen, Sie werden verschärft kontrolliert, und möglicherweise fragt man dann auch bei der Polizei nach. So können wir darauf hoffen, dass die Behörden nicht so schnell reagieren und Sie nicht als Wizard, der nur auf Kaution frei ist, durch die Sicherheitsschleuse wollen, sondern als Mr. Neil McKinnley.«

Da war etwas dran.

Duke reichte Logan seine Lederjacke und zog sich das scheußliche Hemd über.

»Was ist mit meiner Jacke?«, fragte er und wollte sich gerade die Ärmel hochkrempeln.

»Nein, lassen Sie die Ärmel lang und schließen Sie die Knöpfe. Wegen der Tattoos. Ich gebe die Jacke gleich heute in die Post.«

»Okay. Danke.«

Am Gate ging Duke durch die Sicherheitsschleuse und wurde lediglich einmal abgescannt, das war alles. Auf der anderen Seite begrüßte ihn ein schlanker Typ, der ihm kaum bis zum Kinn reichte.

»Mr. McKinnley? Ich bin Phil McDonald, Ihr Pilot. Kommen Sie, die Maschine ist aufgetankt und startklar.«

Duke folgte ihm.

Die Innenausstattung des Learjets war unglaublich: Holzvertäfelungen, sechs breite Ledersitze, die eher an Clubsessel erinnerten, zwei Tische, eine Bar, Fernseher. Lediglich die Deckenhöhe ließ zu wünschen übrig. Duke musste den Kopf einziehen.

Erst als er sich in dem bequemen Ledersitz festschnallte, wurde ihm bewusst, was er da gerade im Begriff war zu tun.

»Wie lange dauert der Flug?«, fragte er McDonald, der bereits auf dem Weg ins Cockpit war.

»Bis nach Flensburg? Etwa eineinhalb Stunden! Vielleicht etwas weniger, bei günstigem Wind.«

Duke holte tief Luft. Eineinhalb Stunden. So lange würde er die Zähne zusammenbeißen können.

Außerdem, wenn eine Frau das wert war, dann sie.

53

Jessicas Wagen stand in der Toosbüystraße, zwei Parkplätze vor dem Eingang zum Burghof. Das Wissen, dass Felix Schütze dort wohnte, hatte sie einer kleinen Flunkerei zu verdanken. Sie hatte ihn angerufen und um seine Adresse gebeten, weil sie die angeblich für die Quittung der Restaurantrechnung bräuchte. Er hatte sie ihr anstandslos gegeben. Sie war früh aufgestanden, noch vor vier Uhr, aus Angst, Schütze zu verpassen. Und seitdem harrte sie in ihrem Wagen aus und beobachtete den Eingang zum Burghof.

Würde Schütze herauskommen? Wenn ja, wann? Es war mittlerweile Viertel vor neun. Eigentlich musste er gleich bei der Arbeit sein.

Gerade als sie glaubte, dass er möglicherweise den Burghof wieder über die Marienstraße verlassen hatte, und sie sich überlegte, ob sie einfach klingeln sollte, um herauszufinden, ob er noch da war, kam Schütze aus der Toreinfahrt. Er telefonierte. Dann hielt ein Taxi. Er winkte dem Fahrer und stieg ein. Ohne lange darüber nachzudenken, folgte Jessica dem Taxi.

Unauffällig, wie sie hoffte, fuhr sie hinterher, am Hafen entlang, dann unter der Eisenbahnbrücke hindurch. Sie verließen Flensburg, kamen an Munkbrarup vorbei und folgten der B 199. Schließlich bogen sie nach Westerholz ab, nahmen eine der schmalen Straßen, die an einem stattlichen Gutshaus vorbeiführte, und bogen dann in eine Forststraße ein. Ob sich Schütze dort mit einem der Wizards treffen wollte? Vielleicht hatten sie irgendwo im Wald ein Waffendepot.

Wenn ich das finde, dachte Jessica, dann ist die Story perfekt.

Sie war so in Gedanken, dass sie beinahe verpasste, wie das Taxi anhielt und Schütze ausstieg. Das Taxi wendete, sie fuhr langsam vorbei und konnte sehen, wie er einen Waldweg entlangging. Er schien sie nicht zu bemerken, denn er drehte sich nicht einmal um.

Jessica parkte am Rand der Forststraße und stieg eilig aus. Schütze tauchte zwischen den Bäumen auf, verschwand, tauchte wieder auf. Ob er wusste, dass sie ihm folgte?

Sie ging ihm nach, so schnell es möglich war. Schließlich kam sie zu einem kleinen Forsthaus, einer aus rohen Brettern gezimmerten Hütte. Jessica versteckte sich hinter einem Brombeerstrauch und spähte vorsichtig durch die Zweige. Eigentlich hatte sie erwartet, dort mehrere Wagen oder Motorräder zu sehen. Aber es stand nur ein Wagen davor, ein schwarzer Geländewagen. Fuhr nicht Diekmann, der Vizepräsident der Wizards, so einen?

Sie begann Fotos zu machen, während Schütze offenbar an die Tür klopfte. Jemand öffnete, er ging hinein. Jessica kam fast um vor Neugier. Was ging da drinnen vor? Konnte sie es wagen, sich näher an das Haus heranzuschleichen? Vielleicht so nahe, dass sie etwas hören und einen Blick durch das Fenster werfen konnte?

Noch während sie überlegte, kam ein Mann aus dem Haus und schloss die Tür hinter sich. Es war ein schlanker, gut gekleideter Mann mit kurzen dunklen Haaren. Sie wusste, dass sie ihn kannte. Aber woher? Er war keiner der Flensburger Wizards, so viel stand fest. Auf dem Fest hatte sie ihn nicht gesehen, und er sah auch nicht aus wie einer von ihnen. Deutlich konnte sie die schwarze Krawatte und das schwarze Oberhemd sehen. Wer war er? Und weshalb traf sich Schütze hier mit ihm? Hatte das möglicherweise doch nichts mit Jablonskis Ermordung zu tun? Sie musste unbedingt einen Blick in diese Hütte werfen!

Als der Fremde in den Wagen stieg und den Motor anließ, hätte Jessica am liebsten laut gejuchzt. Heute war eindeutig ihr Glückstag!

Sie wartete hinter den Brombeersträuchern, bis der Geländewagen in der Ferne verschwunden war, dann ging sie leise näher. Schütze war immer noch da drin. Er musste sie ja nicht unbedingt erwischen.

Alles war still. Irgendwo klopfte ein Specht. Eine Amsel scharrte unter trockenen Blättern nach Würmern. Die Sonne schien durch die dicht belaubten Buchenzweige. Es war schön und idyllisch hier. Und dennoch der Ort eines Verbrechens. Davon war sie fest überzeugt.

Jessica schlich einmal um die Hütte herum. Nichts. Das Haus hatte nur eine Tür und sah von außen so unauffällig aus, wie eine kleine Waldhütte nur aussehen konnte.

Und jetzt pack's an, Jessica!, machte sie sich selbst Mut. Dann stellte sie sich auf die Zehenspitzen, um durch das Fenster zu sehen.

Die Scheibe war schmutzig und voller Spinnweben. Es fiel ihr schwer, etwas zu erkennen. Sie konnte einen Tisch sehen, auf dem zwei Kaffeebecher standen. Und was war das in der Ecke? Ein Bett? Da schien jemand zu liegen und zu schlafen. Felix Schütze?

In diesem Moment hörte sie Schritte hinter sich.

Wieso konnte sie Schritte hören, wenn Felix doch auf der Pritsche in der Hütte lag? Erschrocken drehte sie sich um und sah …

… ihren Informanten.

»Guten Tag, Frau Pohlmann!«, sagte er mit einem widerlichen Grinsen.

Dann presste er einen feuchten Lappen auf ihr Gesicht. Ein beißender Geruch stieg ihr in die Nase. Dann wurde es Nacht.

54

Christina war gerade bei der Visite, als es an der Tür klopfte. Eine der Schwesternschülerinnen streckte ihren Kopf herein.

»Frau Dr. Martens? Da sind zwei Herren, die Sie sprechen möchten. Sie sagen, es sei dringend.«

»Wer ist es denn? Angehörige?«

»Das haben sie nicht gesagt. Aber ich glaube, es ist besser, wenn Sie kommen.«

Christina sah ihre Kollegin irritiert an, Susanne zuckte mit den Schultern.

»Geh schon. Klingt, als sei es gefährlich!« Susanne schmunzelte. Tatsächlich hörte sich die Schwesternschülerin etwas ängstlich an.

Christina überlegte nicht lange. Sie waren ohnehin gerade bei einem von Susannes Patienten, und ihre Abwesenheit würde das Programm nicht unterbrechen.

»Ich bin gleich wieder da«, sagte sie und ging auf den Flur.

Schon von Weitem erkannte sie, wer sie so dringend sprechen wollte: Bert und Red. Sie trugen kein Patch, trotzdem waren sie imponierende Erscheinungen, die breitbeinig vor dem Stationszimmer standen, als wollten sie den Flur für den Durchgang sperren. Die alte Frau Jessen, die mit ihrem Rollator gerade von der Physiotherapie kam, wich bis an die Wand zurück, um einen möglichst großen Bogen um die beiden zu machen.

Christina wurde schlecht, wenn auch aus anderen Gründen.

»Ist etwas mit Duke?«, fragte sie mit rauer Stimme, noch bevor sie die Wizards erreicht hatte.

Bert schüttelte seinen Kopf.

»Der ist in Ordnung und auf dem Weg nach Flensburg. Wir wollen dich mitnehmen.«

»Jetzt?«

Red nickte.

»Aber ich arbeite jetzt. Ich kann meine Kollegen und Patienten nicht einfach …«

»Deine Einstellung ehrt dich, Lady, aber du bist in Gefahr.«

»In Gefahr?« Christina verstand immer weniger. »Aber …«

»Wir erklären dir alles, wenn wir im Auto sitzen, okay?«, sagte Bert. »Jetzt packst du deine Sachen zusammen und …«

»Ist etwas nicht in Ordnung, Christina?«

Susanne war aus dem Patientenzimmer gekommen und eilte auf sie zu, ein paar Meter vor ihnen stoppte sie. Auf ihrem Gesicht stand Angst. Die Angst eines Menschen, der beim Wandern im Wald plötzlich einem Rudel Wölfe gegenübersteht. Sie wurde blass.

»Christina, soll ich die Polizei …«

»Das ist nicht nötig, Frau Doktor«, sagte Red. »Wir müssen nur Christina mitnehmen. Es ist zu ihrem Schutz. Sie ist in Gefahr.«

Susanne lachte auf.

»Das kann ich mir vorstellen. Die Gefahr steht mir hier direkt gegenüber!« Sie wandte sich an eine der Schwestern, die neugierig und ängstlich zugleich im Stationszimmer standen. »Ruf den Ordnungsdienst an, Julia. Und sie sollen am besten gleich die Polizei verständigen.«

»Probiert es ruhig«, sagte Red. Dabei schien er noch einmal um zehn Zentimeter zu wachsen und breiter zu werden.

»Nein«, Christina hob abwehrend die Hände. »Das ist nicht nötig …«

»Hören Sie, Frau Doktor«, sagte Bert. Seine Stimme klang geduldig. Aber sie hatte einen drängenden, ernsten Unterton. »Christina ist in großer Gefahr. Da gibt es ein paar Kerle, denen diese junge Lady ein Dorn im Auge ist und die es sich bestimmt nicht nehmen lassen wollen, sich um sie zu kümmern. Und glauben Sie mir, sie werden zwar von der freundlichen, eleganten Sorte sein. Aber was sie mit Christina anstellen wollen, ist alles andere als angenehm. Also lassen Sie uns Christina in Sicherheit bringen. *Wir* können nämlich auf sie aufpassen.«

Susanne schien nachzudenken.

»Woher wissen Sie das?«, fragte sie. »Von Duke?«

Bert nickte, ohne Susanne aus den Augen zu lassen.

»In Gefahr?« Susanne warf Christina einen Blick zu. »Was ist da los?«

»Ich weiß es nicht. Aber …«

»Christina, bitte, sei ehrlich. Fühlst du dich bedroht von …« Susanne deutete auf Bert und Red.

»Nein. Ganz und gar nicht. Ich glaube ihnen.«

»Siehst du?« Red zeigte mit dem Daumen auf Christina. »*Sie* vertraut uns.«

Susanne sah von einem zum anderen, dann nickte sie schließlich.

»Also gut. Dann zieh dich um. Auch wenn ich keinen Schimmer habe, was hier vorgeht.«

»Gute Entscheidung, Frau Doktor«, sagte Bert, während Christina ins Arztzimmer hastete und ihre Krankenhauskleidung gegen Jeans und T-Shirt tauschte.

Als sie wiederkam, standen fast das ganze Stationspersonal und einige Patienten auf dem Flur vor dem Schwesternzimmer und starrten sie an.

»Was sage ich dem Chef, wenn er fragt, wo du steckst?«

Christina dachte kurz nach. »Ein heftiger Migräneanfall, mit Übelkeit und Sehstörungen. Er bekommt morgen eine Krankschreibung.«

»Okay.«

»Und wenn ein anderer nach Christina fragt, hat sie Urlaub und ist verreist. Verstanden?«

»Ja«, sagte Susanne und fuhr sich mit der Zungenspitze über die trockenen Lippen. Die Sommersprossen leuchteten förmlich auf ihrem bleichen Gesicht, die Pupillen in ihren grünen Augen waren riesengroß. »Christina? Pass auf dich auf, ja?«

Christina öffnete den Mund, doch Red kam ihr zuvor.

»Keine Sorge«, sagte er. »Das übernehmen wir.«

55

Thomas trank den zweiten Kaffee an diesem Morgen. Professor Effenberger aus der Rechtsmedizin in Kiel hatte kurz vorher angerufen. Im Fall des Suizids von Wolfgang Jablonski schien alles klar zu sein, die Todesursache war eindeutig, im Blut von Jablonski waren weder Alkohol noch Drogen oder Medikamente gefunden worden. Klarer Fall von allen Seiten. Nur zwei Punkte hatte Schmidt angemerkt. Der erste Punkt war die leere Blase.

»Es ist zwar nicht völlig unwahrscheinlich, dass sich der bedauernswerte Mann zum Zeitpunkt seines Todes eingenässt hat, aber es wäre doch sehr ungewöhnlich. Aufgrund des Schusswinkels und der Art der Munition muss der Tod wirklich im Bruchteil einer Sekunde eingetreten sein. Die reflexartige Entleerung von Blase und Darm tritt aber gewöhnlich nur im Rahmen von Krampfanfällen auf, wie zum Beispiel bei Strangulationen oder Schädel-Hirn-Verletzungen, die *nicht* unmittelbar zum Tode führen. Haken Sie doch bitte bei der Spurensicherung nach, ob man Urinspuren in der Kleidung des Mannes gefunden hat. Das ist nur ein kleiner Test, das machen die Herrschaften dort mit links.«

»Und wenn keine Urinspuren vorhanden sind, was heißt das dann?«

»Dann, mein lieber Herr Martens, habe ich es hier mit dem ersten Selbstmörder zu tun, der sich an einem Baum entleert, bevor er sich umbringt.«

»Und warum …?«

»Hören Sie, Herr Martens, ich bin Rechtsmediziner. Ich begutachte Gewebe, Blutproben, Organe, Haut und Knochen. Die Psyche ist nicht gerade mein Fachgebiet. Aber vielleicht wollte Herr Jablonski keinen Dreck hinterlassen? Allerdings frage ich mich, ob so ein Mensch dann nicht eine viel sauberere Methode als einen Kopfschuss und einen Ort gewählt hätte, an dem man ihn zu einem deutlich früheren Zeitpunkt findet. Aber es ist nur eine Anmerkung. Meinerseits. Außerdem habe ich an der rechten Schläfe an der Eintrittswunde eine einzelne Faser gefunden.«

Das war der zweite Punkt.

»Eine Faser?«

»Ja. Ich habe sie ins Labor zur Analyse gegeben, das Ergebnis dürfte Ihnen bald vorliegen. Wenn es da ist, wären Sie dann so freundlich, mir Bescheid zu sagen? Diese Faser kommt mir ein wenig seltsam vor, und ich habe in einem Fall gern alle offenen Fragen geklärt.«

Thomas stöhnte. Er kannte Professor Effenberger erst wenige Tage. Aber er hatte das Gefühl, dass die Anmerkungen dieses Rechtsmediziners *immer* zu ungeahnten Komplikationen in scheinbar offensichtlichen Fällen und damit zu Ärger führten.

Andererseits war es ihr Job, die Wahrheit herauszufinden und nicht möglichst schnell einen Fall ad acta zu legen.

Er stellte also seinen Kaffeebecher beiseite und rief bei der Spurensicherung an. Der zuständige Kollege erklärte ihm, dass sie den Test routinemäßig durchgeführt hatten, und tatsächlich hatten sie in Hose und Unterwäsche im Schritt und an den Innenseiten der Oberschenkel Urinspuren nachweisen können.

»Und was ist mit der Faserprobe, die Professor Effenberger Ihnen geschickt hat?«

»Oja. Das ist eine Kunstfaser, wie sie zum Beispiel in Auto-Fußmatten verwendet wird. Hersteller und Farbe haben wir noch nicht.«

»Danke.« Thomas legte auf. Vor seinen Augen entstand das Bild, wie Jablonski sich in seinem Wagen so tief beugte, dass sein Kopf auf der Fußmatte lag. Warum? Hatte er die Waffe unter dem Sitz versteckt?

So wird's gewesen sein, dachte Thomas.

Tatsächlich? Irgendwie hinterließ diese Auskunft ein seltsames Gefühl. Effenberger hatte davon gesprochen, wie unwahrscheinlich die Entleerung der Blase bei einem so plötzlichen Tod war.

Eine Frage der Wahrscheinlichkeit. Selbst wenn sie eins zu einer Million stand, konnte der eine Fall eintreffen. Und auch Professor Effenberger konnte sich irren. Auch wenn er nicht den Eindruck machte, dass es in den vergangenen zehn Jahren oft vorgekommen war.

Thomas griff nach dem Hörer, um den Rechtsmediziner zu informieren, als das Telefon in seiner Hand klingelte. Auf dem

Display erschien die Nummer von zu Hause, und augenblicklich wurde sein Mund trocken. Stefanie rief ihn nie auf seinem Diensttelefon an. Nie!

Etwas ist mit den Kindern, schoss es ihm durch den Kopf.

»Was ist los?«

»Tom, ich …«

Ihre Stimme klang irgendwie seltsam.

»Steffi, nun rede! Ist etwas mit Hendrik?« Der Junge war waghalsig, besonders wenn es ums Klettern und Springen ging. »Oder ist es Rike?« Seine Tochter war oft verträumt. Es konnte passieren, dass sie einfach über die Straße … »Was ist los! Nun sag doch etwas!«

»Es ist nichts mit den Kindern«, sagte Stefanie, sie schniefte. »Bei uns sind alle wohlauf. Aber …«

»Okay, du hast mir eben einen tüchtigen Schrecken eingejagt«, sagte er und atmete erst mal tief durch. »Was ist denn los, Schatz?«

»Claire hat angerufen.«

»Claire?« Thomas war nicht nur überrascht. Er hatte nicht einmal gewusst, dass Jörgs Ehefrau, oder besser gesagt Exfrau, überhaupt seine Telefonnummer besaß.

»Ja. Jörg ist … er hat …« Stefanies Stimme brach. »Er hat versucht, sich das Leben zu nehmen.«

»Was?« Thomas sprang unwillkürlich auf. »Aber … wie und warum?«

»Er hat sich offenbar einen Drogencocktail gespritzt. Sie sagt, wenn ihn die Rettungskräfte nur eine halbe Stunde später gefunden hätten, wäre er nicht mehr zu retten gewesen. So hat er noch eine Chance, wenn auch eine geringe. Er liegt auf der Intensivstation.«

Thomas ließ sich auf seinen Stuhl fallen. Diese Nachricht musste er erst einmal verdauen.

»Weiß man denn, warum er es getan hat?«

Er dachte an ihr Treffen, wie Jörg noch vor wenigen Tagen bei ihm auf der Terrasse gesessen und sie gemeinsam Bier getrunken hatten. Sie hatten gelacht, alte Geschichten aufgewärmt. Er hatte eine Veränderung an Jörg bemerkt, das stimmte. Er war ihm härter vorgekommen, wie ein Mann, der seine Illusionen verloren hat. Vielleicht auch etwas bedrückt, was angesichts der Scheidung ja auch nicht weiter verwunderlich war. Aber deprimiert oder gar suizidgefährdet?

»Hat Jörg einen Abschiedsbrief hinterlassen?«

»Ja. Claire sagte, er habe eine Rundmail geschrieben, die er nicht nur an sie, sondern auch an seine Vorgesetzten, ein paar Kollegen in Glasgow, an Zeitungen und an dich geschickt hat.«

»Hast du sie gelesen?«

»Nein! Ich öffne doch nicht deine E-Mails, ohne es vorher mit dir abgesprochen zu haben!« Es klang ehrlich entrüstet. »Aber Thomas? Claire sagte, Jörg müsse krank sein, schwer krank.«

»Sie meint, er hat Krebs oder so und wollte deshalb ...«

»Nein, Tom. Eher eine geistige Krankheit. Was er schreibt, sei so haarsträubend, wie es nur einem kranken Hirn entsprungen sein kann. Er beschuldigt offenbar Kollegen des illegalen Waffenhandels und Mordes und so.«

Thomas holte tief Luft.

»Verdammt. Der arme Kerl. Na, jetzt ist er hoffentlich in guten Händen.«

»Wenn er durchkommt. Claire sagte, sein Zustand sei immer noch kritisch.«

»Wie wurde er denn gefunden?«

»Ein anonymer Anrufer hat die Rettungskräfte alarmiert. Wahrscheinlich ein Nachbar, der gehört hat, wie Jörg in seiner Wohnung gestürzt ist oder so. Claire sagte, Jörg wohnt in einem dieser Mehrfamilienhäuser aus den siebziger Jahren. Da sind die Wände so dünn, dass man den Nachbarn zwei Eingänge weiter niesen hört. Zum Glück, muss man sagen, sonst wäre Jörg nicht mehr am Leben. Sie haben dann die Haustür aufgebrochen und fanden ihn leblos auf seinem Bett, die Injektionsspritze neben ihm.«

»Mist.« Thomas rieb sich die Nasenwurzel. »Danke, dass du angerufen hast, Steffi.«

»Ich dachte, du sollst es so schnell wie möglich erfahren. Schließlich ist er ein guter Freund, nicht wahr?«

Oh, ja! Das war Jörg! Vor seinem Auge tauchte ein Foto vom Abschied von der Bundeswehr auf. Sie standen in ihrer Stube, beide die Rechte des anderen wie zum Schwur umfasst. Waffenbrüder. So hatten sie sich damals genannt. Und obwohl der Kontakt seit Jörgs Auswanderung nach Schottland nicht mehr so eng gewesen war, abgebrochen war er nie.

»Wann kommst du nach Hause?«, fragte Stefanie.

»Ich schätze, pünktlich«, sagte er.

»Gut. Ich stelle dir ein Bier kalt. Das wirst du heute Abend brauchen.«

»Ja. Danke.«

Sie legte auf, und eine Weile saß Thomas stumm an seinem Schreibtisch, unfähig, sich zu rühren. Er konnte es nicht glauben. Jörg und Selbstmord? Das passte nicht. Er war ein Kämpfer, er gab nicht so einfach auf. Aber wenn er tatsächlich psychisch krank war? Thomas schüttelte den Kopf. Auch das war nur schwer vorstellbar. Dann öffnete er am PC seinen privaten E-Mail-Account.

Die Mail von Jörg hatte ihn gestern um siebzehn Uhr dreißig erreicht. Zum ersten Mal verwünschte Thomas seine Angewohnheit, nur gelegentlich, höchstens alle paar Tage, seine elektronische Post zu öffnen. Wenn er die Nachricht gestern schon gelesen hätte, vielleicht hätte er noch etwas tun können?

Thomas öffnete die Mail.

»Hi Tom.
Im Anhang findest du etwas, das du als Geständnis werten kannst. Es mag seltsam oder verrückt klingen. Ich hoffe aber, dass du mir glaubst. Denn alles, was ich dort schreibe, ist wahr. Und so wahr, wie das ist, so sicher bin ich mir, dass mir kaum jemand glauben wird. Ich selbst würde es nicht glauben, wenn mir jemand davon berichtet. Deshalb zähle ich auf dich. Du kennst mich, und du weißt hoffentlich, dass ich nicht verrückt bin.
Ich habe diesen Anhang auch an meine Vorgesetzten, Claire und diverse Zeitungen geschickt.
Tja, Tom, ich schätze, in der nächsten Zeit wird mir der Wind ziemlich heftig um die Ohren blasen. Und meine nächste Mail werde ich dir

vermutlich aus dem Gefängnis schreiben, so viel ist sicher. Ich bereue, was ich getan habe. Und glaube mir, wenn ich es könnte, würde ich alles ungeschehen machen. Das geht nicht, so schlau bin ich auch. Deshalb ziehe ich einen Schlussstrich und fange an, das Richtige zu tun: auszupacken, aufzudecken und die Konsequenzen meines Handelns zu tragen. Ich bin es Claire und den Kindern schuldig. Und vielleicht auch mir selbst.
Ich hoffe, du glaubst mir. In der nächsten Zeit werde ich wahrscheinlich jeden brauchen können, der das tut.
Bis dann
Jörg

PS: Ich habe Major von Warder wiedergesehen. Erinnerst du dich noch an ihn?«

Klang das wie ein Abschiedsbrief?

Thomas runzelte die Stirn und klickte den Anhang an. Er öffnete das aus zehn Seiten bestehende Textdokument und las.

Es begann damit, dass Jörg wegen der Scheidung knapp bei Kasse war und eine Möglichkeit gesucht hatte, sein Gehalt aufzubessern. Die hatte sich schnell ergeben. Für einen Polizisten, der oft illegale Waffenlager aushob, war es nicht sehr schwer, dabei die eine oder andere Waffe beiseitezuschaffen. Und wieder zu verkaufen.

Die Zeilen wurden immer haarsträubender. Thomas erfuhr, dass Jörg und sein Kollege nach Flensburg reisen sollten, um dort Waffen zu kaufen und zu verkaufen. Und dass ihnen dort von dem Chefentwickler ein neues, nicht registriertes Scharfschützengewehr für »Spezialaufträge« angeboten worden war. So nannte Jörg in seinem Text die Liquidierung unerwünschter, potenziell krimineller Personen, denen auf der juristischen Ebene nicht beizukommen war.

Thomas wurde von Zeile zu Zeile überzeugter, dass Claire recht hatte. Jörg musste an einer Wahnvorstellung leiden. Sein alter Freund war offenbar psychisch krank. Vielleicht eine Schizophrenie oder eine Bewusstseinsspaltung? Er war sicher, die schottischen Ärzte würden es diagnostizieren und ihm helfen – sofern er seinen Selbstmordversuch überlebte. Und doch war da immer noch der Zweifel. Er kannte Jörg. Hätte er von so einer schweren Erkrankung wirklich gar nichts gemerkt?

Thomas las weiter. Und als der Name Wolfgang Jablonski auftauchte, stellten sich ihm die Nackenhaare auf. Jörg beschrieb, wie der Mann mehr Geld und Anerkennung wollte als vorgesehen und wie der angebliche Waffenhändler, den er nur kryptisch als »den Major« bezeichnete, beschlossen hatte, dass Jablonski sterben sollte. Nüchtern und detailreich beschrieb er, wie der Helfer des Majors – offenbar ein Namenloser – Jablonski getötet hatte und sie gemeinsam die Leiche in einem Wald in der Nähe von Flensburg entsorgt hatten. Später war Jörg offenbar wieder auf das Gelände zurückgekehrt und hatte einen Mann, der sich dort herumgetrieben und Fotos gemacht hatte, mit einer Holzlatte niedergeschlagen. Er hatte ihn liegen lassen müssen, da sich eine Horde der Wizards auf ihren Maschinen genähert hatte. Und als er zurückgekehrt war, um die Kamera an sich zu nehmen, war der Mann mit seiner Kamera verschwunden.

Zwei Punkte in dieser Schilderung ließen Thomas stutzig werden. Jörg schrieb von einem fingierten Selbstmord, dass sich das Opfer vor Angst eingenässt hatte und dass der Schütze eine Automatte als Schalldämpfer benutzt hatte. Der zweite Punkt war eine detailgenaue Beschreibung des Mannes, den er angeblich später niedergeschlagen hatte – diese Beschreibung passte eins zu eins auf Mark Hoffmann.

Thomas dachte angestrengt nach. Hatte er mit Jörg über die beiden Fälle gesprochen? Nein. Davon war er fest überzeugt. Mark Hoffmann hatte er nicht mit einer Silbe erwähnt. Und die Leiche von Wolfgang Jablonski war erst am Montag gefunden worden. Da war Jörg aber bereits wieder in Glasgow gewesen. Wie also konnte er davon wissen? Doch nur wenn … wenn er dabei gewesen war. Und wenn diese Details *stimmten* – wie groß war dann die Wahrscheinlichkeit, dass der Rest lediglich die Ausgeburt eines kranken Hirns war?

Thomas saß an seinem Schreibtisch und starrte aus dem Fenster des Büros, ohne etwas um sich herum wahrzunehmen. Seine Gedanken rasten. Dann griff er zum Telefon und rief in der Rechtsmedizin in Kiel an. Professor Effenberger ging fast sofort ans Telefon.

»Effenberger?«

»Hier Martens. Die Spurensicherung hat tatsächlich Urin in der Kleidung von Wolfgang Jablonski gefunden.«

»Tja, dann ist zumindest die leere Blase erklärt«, sagte Effenberger am anderen Ende. »Und die Wahrscheinlichkeit hat mich widerlegt. So ist das manchmal mit ihr.«

»Und bei der Faser handelt es sich mit großer Wahrscheinlichkeit um eine Kunststofffaser, wie sie in Automatten verwendet wird.«

»Das ist jetzt überraschend, wenn auch …«

»Ich habe nun eine Theorie, Professor: Was wäre, wenn jemand Jablonski erschossen hat und es wie einen Selbstmord aussehen lassen wollte?«

Einen Augenblick war es still.

»Sie meinen, dass sich Jablonski vor Angst eingenässt hat? Und die Faser würde sich durch eine zum provisorischen Schalldämpfer zusammengerollte Fußmatte erklären lassen. Eine sehr interessante Theorie, Herr Martens, die meinem Ego durchaus entgegenkommt. Dann hätte ich recht behalten und der Wahrscheinlichkeit ein Schnippchen geschlagen.«

»Darf ich mal fragen: Haben Sie so etwas vermutet?«

»Ja, wenn ich ehrlich bin, war das eine der möglichen Hypothesen.«

»Herr Professor? Herzlich willkommen bei uns. Ich hoffe, dass Sie vorhaben, noch viele Jahre hier zu arbeiten.«

»Nein, nein, ich möchte die Stelle nicht so bald wechseln.« Effenberger lachte. »Aber danke, das klingt nach einem Kompliment.«

»Und genauso ist es auch gemeint.«

Thomas legte auf und rief dann seinen Chef an.

»Wir brauchen die Spurensicherung auf dem Gelände in der Batteriestraße, das neben dem Clubhaus der Wizards liegt. Ich habe Hinweise, dass Wolfgang Jablonski keinen Selbstmord verübt hat, sondern dort erschossen wurde. Ich schicke Ihnen eine Mail weiter, die ich selbst erhalten habe. Dort können Sie alle Details nachlesen.«

»Gut. Ich werde mir das ansehen. Und wenn ich Ihrer Meinung bin, schicke ich die Spurensicherung los. Einverstanden?«

»Ja. Einverstanden.«

56

Als Christina mit Bert und Red im Clubhaus ankam, warteten Big J, Mütze, Hugger und Renegade auf sie.

»Duke hat angerufen«, erzählte Hugger. »Er ist unterwegs nach Flensburg. Gegen elf kommt er hier auf dem Flughafen an.«

»Hier? In Flensburg?«

»Yeah. Unser Bro reist mit einem Privatflugzeug.«

Red stieß einen Pfiff aus.

»Und was ist mit Felix?«, fragte Bert.

»Den können wir nicht erreichen«, erklärte Big J. »Sein Handy ist offenbar ausgeschaltet. Und zu Hause ist er auch nicht. Zumindest geht er nicht an sein Telefon.«

»Fuck.« Bert strich sich durch seinen grauen Bart. »Duke erzählte, dass er vorhatte, sich mit diesem Major zu treffen. Wenn das Treffen tatsächlich zustande gekommen ist …«

»Yepp.«

»Habt ihr schon in Felix' Firma angerufen?«, mischte sich Christina ein.

»Nein, aber die Tussi am Empfang wird bestimmt nichts sagen.«

»Wartet es ab«, sagte Christina und holte ihr Handy aus der Tasche. »Wie lautet die Nummer?«

Big J nannte sie ihr.

Es klingelte drei Mal, bis die Stimme einer Frau verkündete: »Köhler & Sohn GmbH, Sie sprechen mit Frau Löffler, was kann ich für Sie tun?«

»Guten Tag, Dr. Martens hier. Kann ich bitte mit Herrn Felix Schütze sprechen?«

»Handelt es sich um ein dienstliches Gespräch?«

»Nein, es ist privat. Ich bin seine behandelnde Ärztin.«

»Herr Schütze hat sich heute Morgen krankgemeldet, Frau Doktor.«

»Sehr gut. Dann hat er also tatsächlich meinen Rat befolgt. Danke, dann rufe ich ihn zu Hause an.«

»Brauchen Sie die Telefonnummer, Frau Doktor?«

»Nein, danke, die habe ich in meiner Kartei. Auf Wiederhören!«

Sie unterbrach das Gespräch.

»Felix ist nicht in der Firma, er hat sich heute früh krankgemeldet«, sagte sie. »Was nun?«

Eine Weile überlegten die Wizards.

»Ich fahre zu ihm nach Hause«, schlug Big J schließlich vor. »Vielleicht liegt er ja nur völlig verkatert im Bett, und wir machen uns unnötig einen Kopf.«

»Ich komme mit«, bot Hugger an.

»Gut. Aber seid vorsichtig. Ist ja nicht ausgeschlossen, dass dieser Major ihn in seiner Wohnung festhält.«

»Und wenn Felix da auch nicht ist? Sollen wir dann durch ganz Flensburg laufen, um ihn zu finden?«

»Tja, dann müssen wir uns wohl etwas einfallen lassen«, sagte Bert düster.

Eine halbe Stunde später hatten sie Gewissheit: Felix war auch nicht in seiner Wohnung.

Was sollten sie jetzt tun?

Ratlos saßen sie im Clubraum und dachten nach.

Die Aschenbecher quollen fast über, die Luft war rauchgeschwängert, es roch nach Kaffee und Nikotin. Christina fühlte sich unwillkürlich an ihre Zeit im Praktischen Jahr auf der Chirurgie erinnert. Dort hatte es zwar auch einen Aufenthaltsraum für die Nichtraucher gegeben, den aber niemand benutzt hatte. Alle hatten sich in den Raucherraum gesetzt, geraucht, geredet und furchtbaren Automatenkaffee getrunken. Obwohl der Vergleich hinkte: Die Sessel der Wizards waren deutlich bequemer als die wackeligen Plastikstühle im Aufenthaltsraum der Chirurgie. Und der Kaffee hier war um Längen besser.

»Hat Duke sich aus dem Flugzeug gemeldet?«, erkundigte sich Christina.

Big J schüttelte den Kopf.

»Er hat sein Handy in Glasgow gelassen. Das Risiko, dass es wie ein Peilsender funktioniert und die Bullen somit spitzkriegen, dass er wieder nach Flensburg unterwegs ist, war ihm wohl zu groß.«

»Ein Peilsender?«

»Ja.« Big J lächelte grimmig. »Die fucking Bullen haben ihn doch abgehört. Und das GPS-Signal seines Handys lässt sich natürlich ausgezeichnet verfolgen.«

»GPS?« Christina setzte sich ruckartig auf. »Haben nicht alle modernen Handys so ein Signal?«

»Ja, ich denke schon. Warum?«

»Mann, sind wir blöd!« Christina schlug sich an die Stirn. »Wenn Felix sein Handy dabeihat, kann man ihn doch via GPS orten, nicht wahr? Das dürfte für Con keine Schwierigkeit sein.«

»Richtig, Lady. Aber wie groß ist die Wahrscheinlichkeit, dass Felix das Handy noch hat, wenn er diesem Major in die Hände gefallen ist?«

»Das stimmt. Aber einen Versuch ist es wert.« Christina dachte angestrengt nach. So leicht wollte sie sich nicht geschlagen geben. »Mit wem hat Felix zuletzt telefoniert?«

»Vermutlich mit Duke. Duke sagte, dass gleich danach sein Handy nicht mehr erreichbar war.«

»Okay. Dukes Nummer kennen wir. Und die von Köhler & Sohn auch …«

»Lady, du sprichst in Rätseln …«

»Ich bin sicher, dass Con eine Liste der Telefonnummern herausbekommt, die Felix heute angerufen hat. Dann brauchen wir nur die Nummern streichen, die wir kennen. Unter den übrigen Nummern …«

Big Js Augen begannen zu leuchten.

»… ist mit großer Wahrscheinlichkeit die des Majors oder seines Handlangers dabei.«

»Genau. Und ich wette, dass die ihr Handy eingeschaltet haben und somit via GPS auffindbar sind.«

Einen Augenblick war es still im Clubraum.

»Alle Achtung, Lady. Gut nachgedacht.« Bert hatte bereits sein Handy in der Hand. »Jetzt muss Con ran.«

Kurz vor elf Uhr warteten Bert, Red und Christina auf dem kleinen Flensburger Flughafen auf Duke. An diesem Mittwochvormittag war es hier sehr ruhig. Eine Sportmaschine startete, und auf der Terrasse des Restaurants saß lediglich eine Handvoll Leute bei einem Kaffee oder einem Eisbecher und sah zu. Es war schwer vorstellbar, dass hier eine Maschine aus Glasgow landen konnte, der Flugplatz sah aus wie eine große, gepflegte Wiese. Aber wie der freundliche Herr im Tower ihr versicherte, konnten Flugzeuge bis zu dreißig Tonnen hier landen. Und der Learjet 55, mit dem Duke unterwegs war, gehörte in die Kategorie.

»Die Piloten haben sich gerade gemeldet«, sagte er noch. »In fünfzehn Minuten sind sie da. Sie können gern draußen warten oder auf der Terrasse einen Kaffee trinken.«

Etwas mehr als eineinhalb Stunden von Glasgow nach Flensburg. Das kam Christina fast wie ein Wunder vor. Eine Linienmaschine vom Hamburger Flughafen brauchte deutlich länger.

Sie bestellten gerade ihren zweiten Kaffee, als ein Flugzeug zur Landung ansetzte. Der kleine Jet setzte sanft auf und rollte schließlich zu dem ihm angewiesenen Platz. Kurz darauf stiegen drei Leute aus dem Flugzeug. Die Piloten und der Passagier kamen über den Rasen auf das kleine Flughafengebäude zu. Und dann stand Duke endlich vor ihr – etwas blass sah er aus.

»Hey, Lady«, sagte er und strich ihr das Haar aus dem Gesicht. »You're well and safe.«

Dann küsste er sie. Lang. Und länger.

Bis Bert sich räusperte.

»Hey, Bro, ich mag ja solche Begrüßungsszenen, aber wir sind in Eile.«

Sichtlich widerwillig löste sich Duke.

»Okay. Was gibt's Neues?«

»Das besprechen wir unterwegs. Hast du kein Gepäck?«

Duke schüttelte den Kopf. »Ist alles in Glasgow geblieben. Ich wollte so schnell wie möglich los.«

»Und welchem Opa hast du dieses hübsche Hemd geklaut?«

Duke sah an sich herunter.

»Das ist meine Tarnung«, erklärte er mit einem geheimnisvollen Lächeln. »Damit täusche ich das Personal an der Sicherheitsschleuse.«

Im Auto klärte Bert Duke darüber auf, dass Con daran arbeitete, das GPS von Felix' Handy zu orten. Oder von einem Handy, das er kurz vor seinem Verschwinden angerufen hatte. Er hatte kaum zu Ende gesprochen, als er einen Anruf von Big J erhielt.

Während Bert telefonierte, hielt Duke Christinas Hand.

»Hey, Lady, I'm sorry!«, flüsterte er in ihr Ohr. Und dann küsste er sie wieder.

»Ihr zwei«, sagte Bert und drehte sich zu ihnen um, während Red von der Autobahn abbog. »Con hatte Erfolg. Sie konnte drei Handys orten, die sich in der Nähe von Westerholz befinden. Felix' Handy ist nicht dabei, das ist offensichtlich ausgeschaltet. Aber das erste gehört zu der Nummer, die Felix heute früh angerufen hat. Das zweite gehört zu einer Nummer, die mit der ersten in engem Kontakt steht. Es war in der Zwischenzeit in Flensburg, ist aber gerade wieder auf dem Weg nach Westerholz. Vielleicht sind das die Handys des Majors und seines Handlangers, beide telefonieren gelegentlich.«

»Great. Und wem gehört das dritte Handy?«

»Wollt ihr mal raten?« Bert lächelte grimmig.

Duke stöhnte. »Spann uns nicht auf die Folter, Bro.«

»Jessica Pohlmann.«

»What? Wie kommt die denn dorthin?«

Bert zuckte mit den Schultern.

»Keine Ahnung. Aber wenn ich raten dürfte, würde ich vermuten, dass unsere Lieblingsjournalistin Felix ausspioniert hat, ihm gefolgt ist und dabei selbst hopsgenommen wurde.«

»Und was jetzt?«, fragte Christina. »Wollt ihr der Polizei die Koordinaten geben?«

»Nein«, erwiderten Bert und Duke wie aus einem Mund.

Red lachte nur. Es war ein grimmiges Lachen.

»Lady, du hast tolle Ideen«, sagte er. »Aber eines musst du noch im Umgang mit uns lernen …«

»Keine Bullen«, sagten die drei im Chor.

»Aber das hier ist doch …«

»Wir regeln die Sache selbst.«

»Und das soll heißen?«

»Wir fahren hin.«

»Und spielt SEK, oder wie soll ich mir das vorstellen?« Christina wurde wütend. »He, ich weiß nicht, ob euch das klar ist, aber diese Leute sind gefährlich! Das ist nicht ein fremder Club, dem ihr die Kutten wegnehmen wollt oder …«

»Und wir sind keine Pfadfinder auf Schnitzeljagd«, sagte Bert.

»Ihr seid verrückt. Ihr seid völlig verrückt. Ihr wollt doch nicht allen Ernstes …«

Duke nahm ihr Kinn in die Hand und drehte ihr Gesicht zu sich.

»Listen, Lady, das ist unsere Angelegenheit, wir regeln das. Und mehr brauchst du nicht zu wissen, okay?«

»Duke, ich …«

»No.«

»Dann will ich mitkommen.«

»Christina.« Seine braunen Augen hielten sie förmlich fest. »No. Du bleibst im Clubhaus. Verstanden?«

»Aber …«

»Hey, das ist *unser* Job. Klar?« Sie wollte etwas entgegnen, doch er hob nur seinen Zeigefinger, und sie verstummte. »Glaube mir, wir kennen das Risiko und können damit umgehen.«

Was hatte Marion über das Holz gesagt, aus dem die Wizards geschnitzt waren? Verdammt hart sei es, vor allem ihre Schädel. Vielleicht sollte sie selbst die Polizei verständigen?

Christina holte tief Luft. Nein, das konnte sie nicht machen, das wäre Verrat. Aber die Option hatte sie. Für den Notfall.

57

Thomas klopfte an die Tür seines Chefs.

»Herein! Oh, Martens. Gut, dass Sie gleich kommen konnten. Setzen Sie sich. Einen Moment noch. Ich muss mir das hier noch einmal durchlesen.«

Thomas nahm auf dem Stuhl vor dem Schreibtisch Platz und sah aus dem Fenster, von dem aus man einen wirklich idyllischen Blick auf den Parkplatz und den Hinterhof hatte. Die Fassaden der Häuser zu den malerischen kleinen Höfen und zur Einkaufszone hin waren natürlich topsaniert und gepflegt, allesamt beliebte Foto-Objekte für Touristen. Doch die Rückseiten waren weniger schön: bröckelnder Putz, Fachwerkständer, die schon halb verrottet waren und von Eisenträgern abgestützt werden mussten, aufeinandergestapelte Kartons, überquellende Müllcontainer, Satellitenschüsseln.

Die zwei Seiten einer Stadt, dachte Thomas. Die schöne Fassade und der Rott, der dahintersteckt. Er bezweifelte, dass der Chef der in Luftlinie kaum mehr als zweihundert Meter entfernten Sparkasse einen ähnlich einladenden Blick hatte. Aber mit der Polizei konnte man es ja machen.

»So.« Schmidt schaltete den PC aus, und der bläuliche Widerschein auf seinen Brillengläsern erlosch. »Ich habe mir die Mail, die Sie mir geschickt haben, drei- oder viermal durchgelesen. Und ich habe mit Glasgow telefoniert.«

»Wie geht es Jörg?«

Schmidt wiegte seinen Kopf. »Sein Zustand hat sich gebessert, gelegentlich ist er sogar ansprechbar, aber die Ärzte haben noch keine Entwarnung gegeben. Der Kreislauf ist offenbar derzeit stabil, aber sie rechnen wohl jederzeit mit einem Nieren- oder Leberversagen aufgrund des Drogencocktails, den er sich gespritzt hat. Da war wirklich alles drin, was es auf der Straße zu kaufen gibt. Und das noch in hoher Dosis.«

Thomas schloss die Augen.

»Tut mir leid«, sagte Schmidt leise. »Er ist ein Freund von Ihnen, nicht wahr?«

Er nickte.

»Jörg war Samstag und Sonntag bei mir. Glauben Sie mir, er hat weder einen depressiven noch verrückten Eindruck auf mich gemacht.«

»Obwohl diese Mail schon ziemlich absonderlich ist, muss ich sagen. Aber ich sehe es wie Sie, Martens. Da stecken zu viele Details drin, die Kessler eigentlich gar nicht kennen dürfte. Und dann habe ich mit Professor Effenberger telefoniert. Er hat mir noch einmal bestätigt, dass aufgrund von Jablonskis Verletzung ein Einnässen zum Zeitpunkt des Todes sehr unwahrscheinlich ist. Kessler bietet hierfür eine plausible Erklärung. Und seine Schilderung, wie er den Mann auf dem Brachgelände neben dem Clubhaus der Wizards niedergeschlagen hat, deckt sich derart mit dem Fall Mark Hoffmann, dass ich davon ausgehe, dass Kessler für dessen Tod verantwortlich ist.« Schmidt rieb sich die Stirn, auf der kleine Schweißperlen glitzerten. »Das Unangenehme ist nur: Wenn diese Details stimmen, wie groß ist die Wahrscheinlichkeit, dass die Sache mit den Waffen, die offenbar von schottischen Kollegen verkauft und erworben wurden, frei erfunden ist?«

»Stimmt es denn, dass die schottische Polizei Leute hierher schickt, um Waffen verschrotten zu lassen? Das erscheint mir doch etwas …«, Thomas suchte nach dem passenden Wort, »… umständlich?«

»Doch, das kommt vor. Nicht oft, weil es natürlich mit erheblichen Kosten verbunden ist. Es handelt sich dabei um ein Programm der EU zur Förderung der besseren Zusammenarbeit der Polizei in Europa und zum gegenseitigen Erfahrungsaustausch. Offenbar fahren Leute von uns auch mal nach Frankreich oder Großbritannien, um dort Waffen verschrotten zu lassen.«

»Wer hat sich denn diesen Schwachsinn ausgedacht?«

Schmidt zuckte mit den Schultern.

»Fragen Sie nicht mich. Vermutlich irgendein Politiker in Brüssel. Wobei das Projekt nicht aus EU-Geldern finanziert wird, sondern von den Firmen. Das EU-weite Recht zur Demilitarisierung ist ein begehrtes Gut, und jede Firma möchte sich natürlich ein Stück von dem Kuchen abschneiden. Nur dass die Waffen dabei nicht wirklich verschrottet und dass sogar noch illegal Waffen erworben werden, das steht so nicht im Protokoll.«

»Und was sagen die Schotten dazu?«

»Mein Kollege in Glasgow, ein gewisser Frank Debbenshire, steht vor einem ähnlichen Rätsel wie ich. Da Kessler derzeit nicht vernehmbar ist, kann er auch nicht psychiatrisch untersucht werden, sodass immer noch die Möglichkeit einer Psychose im Raum steht. Aber Debbenshire ist meiner Meinung: Wenn so viele Details stimmen, weshalb sollten ausgerechnet diese Einzelheiten erfunden sein?« Schmidt seufzte. »Schnappen Sie sich Petersen und gehen Sie mit einem Team der Spurensicherung über das Gelände in der Batteriestraße. Drehen Sie dort jedes Steinchen um. Vielleicht finden Sie ja etwas.«

»Gut, mache ich.« Thomas stand auf.

»Wissen Sie, was mir am meisten Sorgen macht? Dieses Gewehr. Wenn das wahr sein sollte …« Schmidt sah Thomas über den Rand seiner Brille hinweg an. Er wirkte um Jahre gealtert. »Ich bin Polizist geworden, um die bösen Jungs hinter Gitter zu bringen. Nicht, um sie zu lynchen.«

58

Langsam und quälend kam Jessica zu sich. Es roch staubig und nach altem, trockenem Holz. Sie wollte schlucken. Ihre Kehle, ihre Zunge und ihre Lippen waren wie ausgetrocknet, doch es war nicht möglich. Etwas steckte in ihrem Mund. Was war das? Ein Stück Stoff? Sie wollte das Ding wegnehmen, doch sie konnte ihre Hände nicht bewegen. Sie befanden sich auf dem Rücken und fühlten sich seltsam an. Irgendwie taub. Auch ihre Füße waren nicht frei. Sie waren gefesselt. Ihr Herz begann zu rasen, und sie schlug die Augen auf.

Ich bin gefangen!, schoss es ihr durch den Kopf, und bei diesem Gedanken musste sie würgen.

Ruhig, Jessica, bleib ruhig. Wenn du dich jetzt übergeben musst, dann ist alles aus!

Sie schloss ihre Augen und versuchte, sich allein auf ihre Atmung zu konzentrieren. Denn eines war ihr vom ersten Augenblick an schmerzhaft bewusst: Dies hier war kein Traum. Aber wie war es dazu gekommen?

Jessica dachte nach. Und dann fiel es ihr wieder ein: Wie sie dem Taxi bis in den Wald gefolgt war, wie sie Schütze zur Hütte nachgegangen war, wie der Mann in seinen Wagen gestiegen war und sie ins Haus hatte sehen wollen. Und dann war sie betäubt worden.

Von ihrem »Informanten«. Offenbar hatte er sie die ganze Zeit über angelogen. Und die Wizards lachten sich eins.

Sie hätte über ihre eigene Dummheit heulen können.

Das nützt dir jetzt gar nichts, dachte sie. Denk lieber darüber nach, wie du hier herauskommst!

Sie lag auf der Seite mit dem Gesicht zu einer aus dunklen Brettern gebauten Wand. Über ihr war eine Decke aus dunklen, grob gehobelten Brettern. Sie lauschte. Sie hörte den keuchenden Atem eines Menschen. Von draußen waren Schritte zu hören. So als ob dort jemand auf und ab ging.

Vielleicht konnte sie es wagen …

Mühsam drehte sie sich um. Sie sah einen kleinen, höchstens acht Quadratmeter messenden Raum. Zwei schmale Pritschen mit olivgrünen Decken darauf. Auf einer davon lag sie, auf der anderen lag Schütze. Seine Augen waren geschlossen, in seinem Mund steckte ein Knebel, und seine Hände waren offenbar ebenfalls auf den Rücken gefesselt.

Er ist in der gleichen Lage wie ich, dachte sie verzweifelt. Wenigstens bin ich nicht allein.

In der Mitte der Hütte standen zwei Stühle und ein Tisch, darauf eine Thermoskanne, die zwei Becher, die sie auch durch das Fenster gesehen hatte, und ihre Tasche. Ein kleines Regal mit ein paar Blechtellern und -tassen stand an einer Wand. Sonst gab es nichts. Durch das schmutzige Fenster drang kaum Licht in die Hütte. Die Tür war geschlossen, doch die Bretter hatten sich verzogen, und zwischen den Ritzen fiel das Licht in dünnen Strahlen hindurch, in denen Staub und Pollen sichtbar wurden.

Gelegentlich sah sie einen Schatten vorbeigehen, der mit dem Klang der Schritte zusammenpasste. Sie wurden bewacht. Jessica starrte verzweifelt ihre Tasche an, die nicht einmal zwei Meter entfernt und dennoch unerreichbar war. Wenn sie die hätte, würde sie ihr Handy herausholen und die Polizei anrufen. Irgendwie.

Dann fiel ihr etwas ein. Sie hatte das Handy in ihre Hosentasche gesteckt, als sie aus dem Wagen gestiegen war. Vielleicht war es noch da?

Jessica verrenkte sich fast bei dem Versuch, mit den Fingerspitzen nach ihrer vorderen Hosentasche zu tasten. Es war da!

Sie unterdrückte nur mit Mühe einen Triumphschrei. Die Trottel hatten vergessen, ihr das Handy wegzunehmen!

Das Gerät aus der Hosentasche zu holen, kostete sie allerdings viel Schweiß. Ihre Hände waren gefühllose Klumpen, die ihr nur widerwillig gehorchten, ihre Arme kribbelten unangenehm, und immer wieder verkrampften sich ihre Muskeln wegen der unnatürlichen Haltung, die sie dabei einnahm. Sie unterdrückte die Schmerzensschreie, keuchte, biss auf den Knebel in ihrem Mund und hoffte, dass der Mann vor der Tür sie nicht hören konnte.

Bitte, lieber Gott, mach, dass er Kopfhörer im Ohr hat und über iPod Musik hört, bitte!

Als sie schließlich ihr Smartphone in der Hand hatte, liefen ihr vor Freude und Erschöpfung die Tränen über die Wangen. Obwohl sie jetzt vor der nächsten Schwierigkeit stand. Sie hatte ihr Handy, ja. Aber es war in ihrem Rücken. Sie konnte es nicht sehen. Wie sollte sie Hilfe herbeirufen?

Jessica schloss die Augen, als ihr angesichts dieser neuen Herausforderung schwindelig wurde. Dann stellte sie fest, dass sie mit vielen Verrenkungen das Display wenigstens zum Teil einsehen konnte.

Den Rest muss ich erraten, dachte sie, tippte die 110 ein und begann, eine Mitteilung zu schreiben. Draußen näherte sich Motorengeräusch. Sie hörte, wie ein Wagen bremste, ein Motor wurde abgestellt. Eine Autotür öffnete sich, und Stimmen kamen näher. Immer hektischer huschte ihr Daumen über das Display. Sie hatte gerade auf »Senden« gedrückt, als sich die Tür öffnete.

Der Mann mit dem Geländewagen war zurückgekehrt. Sein Blick fiel sofort auf sie. Und auf das eingeschaltete Handy hinter ihrem Rücken.

»Idiot«, zischte er seinem Komplizen zu. »Warum hast du sie nicht durchsucht? Wenn das der Chef erfährt …«

Rasch beugte er sich über sie und nahm ihr das Handy weg. Er las die Mitteilung. Dann schlug er ihr mit dem Handrücken so ins Gesicht, dass für einen Moment alles um sie herum verschwamm. Wie durch einen Nebel nahm sie seine Stimme wahr.

»Sie hat der Polizei eine Nachricht geschickt«, sagte er. Dann lachte er. Es war ein Lachen, das Jessica erschauern ließ. »An die 110. Unsere eifrige Reporterin hat nicht daran gedacht, dass die Einsatzleitzentrale keine SMS annimmt!«

59

Thomas und Peer standen an der Batteriestraße direkt vor dem Brachgrundstück mit dem halb verfallenen Fabrikgebäude darauf. Ein Flügel des rostigen schmiedeeisernen Tores hing schief in den Angeln, der andere lag im Gras. Trotzdem war das Grundstück kaum einsehbar. Dafür sorgte die hohe Mauer aus altersfleckigen roten Ziegeln.

Ein idealer Ort für heimliche Treffen und dunkle Geschäfte.

Wie lange es wohl noch dauern mochte, bis einer der lokalen Baugrößen wie Schümann sich dieses Grundstück unter den Nagel gerissen haben würde, um dort Luxuswohnungen, ein Hotel oder Geschäftshäuser zu bauen? Vom zweiten oder dritten Stockwerk würde man sogar die Förde sehen können. Und die Gegend war gar nicht mal schlecht: ruhig, grün, das Ostseebad mit seinem breiten Strand lag in Spazierweite. Nur die Nachbarn waren nicht so fein.

Thomas warf einen wütenden Blick auf das Clubhaus der Wizards. Das grüne Tor war geschlossen, der Totenkopf mit den langen Reißzähnen und den gewundenen Hörnern grinste hämisch auf ihn herab.

Grins du nur, dachte Thomas. Irgendwann kriegen wir euch, und dann müsst ihr Brüder hier verschwinden. Hoffentlich für immer. Der Gedanke, dass seine Schwester in diesem Clubhaus ein und aus ging, verursachte ihm Übelkeit. Wie hatte es nur dazu kommen können?

»Thomas? He, hörst du mir überhaupt zu?« Peer hatte sich vor ihm aufgebaut und zog ihn jetzt am Ärmel. »Um die Burschen kannst du dich bei nächster Gelegenheit kümmern. Jetzt geht es um etwas anderes.«

Thomas zwang sich, den Blick von dem Torbogen mit der Aufschrift »Wizards' Cave« abzuwenden.

»Was gibt's? Schon etwas gefunden?«

»Nein. Und wir werden auch nichts finden.«

Thomas bemerkte zu seiner großen Überraschung, dass die Leute von der Spurensicherung ihre Ausrüstung zusammenpackten und die Overalls wieder auszogen. Dabei waren sie erst vor einer halben Stunde gekommen.

»Warum …?«

»Ich habe Schmidt am Telefon. Wir sind raus aus dem Fall.«

»Was?« Thomas riss Peer förmlich das Handy aus der Hand. »Chef, habe ich eben richtig gehört?«

Er hörte Schmidt am anderen Ende seufzen.

»Glauben Sie mir, mir gefällt es auch nicht. Aber die Anweisung kommt von ganz oben.« Er seufzte wieder, und Thomas konnte förmlich sehen, wie der Chef sich die Stirn rieb. »Eine andere Abteilung wird sich um die Aufklärung kümmern, offenbar in Zusammenarbeit mit den Briten.« Er schnaubte.

»Wer's glaubt.«

»Uns sind die Hände gebunden. Tut mir leid. Aber ich habe etwas anderes für Sie. In der Leitzentrale ist eine SMS eingegangen. Jemand schreibt, er sei gefangen, und bittet um Hilfe. Normalerweise kümmern wir uns ja nicht darum, aber die beiden Namen haben mich doch aufhorchen lassen. Jessica Pohlmann und Felix Schütze.«

Es war ein Gefühl, als hätte Thomas mit der Zungenspitze die beiden Pole einer Batterie berührt.

»Wo?«

»In der Nähe von Westerholz. Sie schreibt von einer Waldhütte.«

»Wir machen uns auf den Weg.«

»Nehmen Sie zwei zusätzliche Streifenwagen mit und fordern Sie Verstärkung an, falls Sie welche brauchen. Ich schicke den Hubschrauber los, um das Gelände zu erkunden.« Schmidt machte eine kurze Pause. »Ich wusste, dass Sie sich dafür interessieren. Und es hat nichts mit dem Fall Jablonski zu tun. Wenigstens oberflächlich.«

Jetzt konnte Thomas das breite Lächeln auf dem Gesicht seines Chefs sogar hören.

60

Sie fuhren mit zwei Wagen los: in Berts Mercedes-Kombi, einer schwarzen Karre, die schon deutlich bessere Tage gesehen hatte, und in Renegades silberfarbenem acht Jahre alten A8. Da sie zu acht waren, konnten sie bequem sitzen. Trotzdem war es ein glücklicher Umstand, dass sie an keiner Polizeistreife vorbeikamen. Zwei Pkws, die auf polizeilich bekannte Rocker zugelassen waren und in denen obendrein mehrere muskulöse, schwarz gekleidete und zum Teil glatzköpfige Männer saßen, hätten ohne Zweifel das Misstrauen der Bullen erregt. Und bei einer Kontrolle hätten die Cops sich über die Teleskopschlagstöcke, Messer, das Pfefferspray und eine Axt gefreut, die sie im Kofferraum unter einer Decke gefunden hätten.

Bert bog bei Westerholz nach links ab, Con spielte via Freisprecheinrichtung Navi.

»Bei der nächsten Möglichkeit müsst ihr rechts abbiegen«, sagte sie. »Da liegt ein Gutshof oder so.«

»Wird gemacht.«

»Ich habe gerade eine SMS von der Journalistin abgefangen«,

sagte Con, während Bert den Blinker setzte und abbog. »Ein Notruf an die Polizei. Sie schreibt, dass sie mit Felix in einer Hütte bei Westerholz gefangen gehalten wird. Es seien zwei Männer.«

Gute und schlechte Neuigkeiten, dachte Duke.

Big J auf dem Beifahrersitz schnalzte mit der Zunge, Red stöhnte auf.

»Fuck. Dann haben wir gleich auch noch die Bullen am Hals.«

»Con, hör mal«, sagte Bert. »Schreibt sie wirklich nur von zwei Männern?«

»Ja. Bei der nächsten Möglichkeit musst du wieder rechts abbiegen. Das ist ein schmaler Weg, der direkt in den Wald führt.«

»Das nenne ich Glück im Unglück. Mit zweien werden wir wohl fertig. Wie lange wird es deiner Einschätzung nach dauern, bis die Bullen hier sind?«

»Locker fünfzehn Minuten. Vielleicht kommen sie auch gar nicht«, sagte Con. »Ich glaube nicht, dass die auf eine SMS schnell reagieren. Sie werden sie erst einmal prüfen, und das kann dauern.«

Bert grinste zufrieden. »Gut. Dann halt mal ein Ohr auf den Polizeifunk und gib uns Bescheid, wenn die Bullen anrücken, okay?«

»Kein Problem.«

»Wir parken an der Straße und gehen zu Fuß zur Hütte. Sonst werden die Kerle zu früh auf uns aufmerksam«, sagte Bert. »Bleib dran, Con, ich melde mich.«

»Okay.«

Bert bremste ab und fuhr den Wagen auf den schmalen laubbedeckten Streifen neben der Straße, Renegade parkte direkt hinter ihm. Sie stiegen aus. Duke dehnte seine Muskeln, während Bert und Renegade die Kofferraumklappen öffneten.

»Bedient euch, Bros«, sagte der President und griff selbst zur Axt.

Duke wählte ein Messer, dann gingen sie los.

Langsam pirschten sie sich vorwärts, bis sie sich der Hütte so weit genähert hatten, dass sie sie beobachten konnten.

Vor der Hütte parkte ein Geländewagen. Ein einzelner Mann

trieb sich vor der Tür herum. Er rauchte, ging dabei auf und ab und telefonierte. Duke konnte es kaum fassen. Das war Danny, der Exprospect, der ihn in seiner Anfangszeit hier in Flensburg absichtlich in einen Crash verwickelt und dabei sein Bike geschrottet hatte.

Bert deutete auf ihn und lächelte grimmig. Dann zeigte er auf Dannys linke Seite. Tatsächlich hing dort ein Holster, aus dem der Griff einer Schusswaffe hervorragte.

Damit war zu rechnen gewesen.

»Wann sind Sie hier?«, fragte Danny gerade seinen Gesprächspartner. »Gut. Bis dahin werden wir den Kerl wohl wachkriegen … Ja. Natürlich haben wir das.«

Er legte auf und verzog das Gesicht wie jemand, der etwas Wichtiges vergessen hatte und nicht wollte, dass ein anderer davon erfuhr. Er ging zum Wagen und holte etwas aus dem Kofferraum. Duke erkannte, was es war: schwarze Säcke, groß genug, um sie einem erwachsenen Menschen über den Kopf zu stülpen.

»He.« Danny stieß die Tür nach innen auf. »Das war der Major. Er ist in fünfzehn Minuten da. Bis dahin …«

Die Tür klappte langsam zu, und den Rest konnten sie nicht mehr verstehen. Der Platz vor der Hütte war leer.

Sie nickten sich zu und liefen geduckt zu dem Wagen, dann weiter zur Hütte. Duke nutzte die günstige Gelegenheit, zog sein Messer und schlitzte beide Hinterreifen des Geländewagens auf. Das Zischen ließ Big J herumfahren, dann sah er, wie der Wagen mit dem Hinterteil in die Knie ging. Er grinste breit und hob seinen Daumen. Dann standen sie auch schon, dicht an die Hüttenwand gepresst, bereit.

Und von da an ging alles blitzschnell.

Danny öffnete die Tür. Für den Bruchteil einer Sekunde starrte er Duke entgeistert an, dann traf ihn Dukes Faust mitten ins Gesicht. Danny taumelte zurück, Duke trat ihm das gestreckte Bein gegen die Brust, der Exprospect fiel rücklings zu Boden, wobei er einen Stuhl mitriss. Mit zwei schnellen Rechten kümmerte sich Hugger um ihn. Der Zweite hatte neben einer der beiden Pritschen gehockt, sprang auf und griff nach seiner

Waffe. Doch bevor er diese Bewegung beendet hatte, traf ihn Reds Faust mit der Wucht eines Schmiedehammers. Er jaulte auf, Blut schoss ihm aus der Nase. Ein weiterer Schlag, und er sackte zu Boden.

Sie fesselten beide mit Kabelbindern und schoben sie unter die Pritschen, wobei Danny noch je einen Tritt von Big J und Red kassierte.

Über ihnen kreiste ein Hubschrauber. Dann drehte er offenbar ab. Das Geräusch wurde leiser.

Bert und die anderen zogen sich zurück, und einen Moment war Duke mit den beiden Gefangenen allein.

Sie lagen gefesselt, geknebelt und mit einem Sack über dem Kopf auf den schmalen Betten. Die Journalistin zappelte, versuchte sich aufzurichten und zu schreien, etwas zu sagen. Duke presste ihr kurz die Hand auf den Mund. Sie keuchte erschrocken auf, sank zurück und hielt still.

Gut so.

Felix hingegen bewegte sich nur schwach. Duke ging neben ihm in die Hocke, prüfte seinen Puls, tastete ihn ab. Offenbar war er unverletzt, aber er wirkte benommen. Vielleicht hatten ihn die Typen betäubt? Er zog sein Messer, schnitt ihm die Hand- und Fußfesseln auf und verließ die Hütte.

Die Bros warteten draußen auf ihn.

»Alles klar?«, fragte Bert.

»Yepp.« Duke grinste zufrieden. »Die Bullen können kommen.«

Bert nickte. »Con hat sich gerade gemeldet. Die sind schon unterwegs. Hoffentlich nehmen sie auch dieses laufende Stück Scheiße mit, das mal Prospect bei uns war.«

Dann stiegen sie in ihre Wagen und fuhren los.

61

Vom Hochsitz des Majors aus hatte er einen guten Blick auf das Gelände der Waldhütte. Sein Ziel war dort. Er hatte gesehen, wie Bauer vor der Hütte telefoniert hatte. Doch das war noch nicht der ideale Zeitpunkt gewesen. Er fühlte es immer, wenn es so weit war.

Das Hades 11 stand bereit. Schon jetzt wollte er sich nicht mehr davon trennen. Es war ein Gefühl, als hätte er einen lang vermissten Bruder wiedergefunden. Als hätte er seine ganze Scharfschützen-Karriere lang genau auf dieses Gewehr gewartet.

Er setzte die Zieloptik auf. Die Welt um ihn herum verwandelte sich in eine unwirkliche Welt: scharfe Kanten, glatte Flächen, wo beim Blick mit den eigenen Augen Unebenheiten und Rundungen waren. Trotzdem hatte er den Eindruck, nie zuvor so intensiv gesehen zu haben. Das Gerät ließ alles Überflüssige weg. Was interessierten ihn Bäume, Sträucher oder die Farben der Uniformen? Übrig blieb nur das Wesentliche.

Streifenwagen mit Blaulicht und zwei Krankenwagen standen vor der Hütte. Zahlreiche bewaffnete Polizisten sicherten die Bretterbude, über den Baumwipfeln kreiste ein Hubschrauber. Von den acht Männern, die kurz zuvor die Hütte gestürmt hatten, war nichts mehr zu sehen. Zwei Polizisten führten einen der Adjutanten des Majors in Handschellen heraus. Er wirkte etwas benommen, schien aber sonst unverletzt zu sein. Und dann folgte Bauer, ebenfalls in Handschellen. Zwei Polizisten stützten ihn. Er ging etwas gebeugt, blutete aus der Nase, und seine Augenbraue war geschwollen. Sie bewegten sich auf den zweiten Streifenwagen zu, der etwa zehn Meter vom Hütteneingang entfernt parkte.

Er lächelte.

Das war der richtige Moment.

Er legte die Hand an den Abzug, sein Finger begann sich zu krümmen. Er sah Bauers Profil, die grüne Markierung der Zieloptik lag genau über seinem Ohr. Er atmete ein. Und wieder aus. Der Abzug klickte.

»Hoka hey«, flüsterte er.

Bauer sackte in sich zusammen, die beiden Polizisten warfen sich zu Boden. Noch bevor die anderen Polizisten hinter ihren Fahrzeugen in Deckung gegangen waren, hatte er bereits das Hades 11 in seine Einzelteile zerlegt und im Koffer verstaut. Er zog den Reißverschluss zu und schulterte die Tasche. An der Waldhütte begann eine Frau zu kreischen.

Er kletterte die Leiter hinunter.

Es dauerte noch ein paar Sekunden, dann drehte der Hubschrauber.

Instinktiv bewegte er sich von Stamm zu Stamm, nutzte jede sich bietende Deckung aus. Jahrelanges Training sorgte dafür, dass er nicht einmal darüber nachdenken musste. Und in seiner Tarnkleidung war er aus der Luft so gut wie unsichtbar.

Der Hubschrauber drehte in die andere Richtung und flog wieder zur Hütte zurück, als er den Mietwagen erreicht hatte. Er stellte die Tasche in den Kofferraum, zog seine Jacke aus, wendete sie ebenso wie seine Kopfbedeckung, die jetzt ein hippes Karomuster aufwies, und setzte eine Brille auf. Es war eine Ray-Ban mit einer schwarzen Fassung und regenbogenfarbigen Bügeln. Ein auffälliges Teil, wie es Designer oder Intellektuelle gern trugen. Dass es sich um unkorrigierte Gläser handelte, würde bei einer Polizeikontrolle nicht auffallen.

Er startete den Wagen und fuhr auf der Forststraße davon. Ihm kamen zwei Streifenwagen mit Blaulicht und Sirene entgegen. Er wich gehorsam nach rechts aus, und sie rasten an ihm vorbei, ohne ihn zu beachten.

Er lächelte.

Jetzt würde der Major seine Werbung haben. Diese Aktion würde in den Kreisen der Sniper rasch die Runde machen.

62

Thomas sah zu, wie ein Sanitäter Jessica half, auf die Trage zu klettern. Ihre Knie zitterten so stark, dass sie kaum aufrecht gehen konnte.

»Jetzt ist alles vorbei«, sagte der Mann.

Tatsächlich? Thomas wusste es besser. Es war noch gar nichts vorbei.

Da war der Tote, der gerade in den Leichenwagen verfrachtet

wurde, hingestreckt von einem Schuss, wie ihn nur ein Scharfschütze anbringen konnte. Der andere Gangster, der zum Verhör gefahren wurde.

Da war diese Hütte auf dem Gebiet des herrschaftlichen Guts der Familie von Warder. Johannes von Warder selbst, der völlig aufgelöst am Tatort erschienen war, seinen Chauffeur und den Mitarbeiter seines Freundes identifiziert hatte und sich – angeblich – nicht erklären konnte, was diese beiden Männer getan hatten. Noch dazu auf seinem Grund und Boden.

Thomas glaubte ihm nicht. Gern hätte er sich eine Weile mit von Warder unterhalten. Es gab so viele ungeklärte Fragen. Zum Beispiel, weshalb Jörg ihn in seiner E-Mail erwähnt hatte. Doch da war auch Schmidts resignierter Anruf vor wenigen Minuten. »Wir sind auch aus diesem Fall raus«, hatte er gesagt.

Das hinterließ ein schales Gefühl. Ein unbefriedigendes, schales Gefühl.

Jessica Pohlmann schlotterte immer noch am ganzen Körper. Bestimmt würde sie noch eine ganze Weile die Zeit wieder und wieder durchleben, als sie gefesselt, geknebelt und mit einem Sack über dem Kopf auf der Pritsche gelegen hatte. Und wie dann vor ihren Augen, nur wenige Meter entfernt, Daniel Bauer erschossen worden war. Darum würde sich vielleicht sogar ein Psychologe kümmern müssen.

»Strecken Sie Ihren Arm aus«, sagte der Sanitäter sanft zu ihr. »Ich lege Ihnen einen Zugang.«

Sie hob ihren Kopf, ihre Augen waren angsterfüllt.

»Wieso …?«

»Sie bekommen ein leichtes Beruhigungsmittel und Flüssigkeit. Dann geht es Ihnen gleich besser.«

Unter dem Einstich zuckte sie sichtlich zusammen.

»Was ist das?«

»Das ist nur die Kanüle. Ich fixiere jetzt den Zugang mit Pflaster. Sie können den Arm auch gern beugen, da ist keine Nadel mehr drin, sondern nur ein dünner flexibler Plastikschlauch. Und jetzt kommt die Beruhigungsspritze.«

»Besser?«, fragte der Sanitäter nach einer Weile.

Die Journalistin nickte.

»Was ist mit Felix Schütze?«, fragte sie. »Wie geht es ihm?«

»Ganz gut. Er spricht gerade mit der Polizei, dann wird er auch in ein Krankenhaus gebracht. Wie Sie.«

»Wo bringen Sie mich hin?«

»Nach Flensburg ins Diako.«

Sie lehnte sich zurück.

»War das eigentlich ein SEK?«

Thomas horchte interessiert auf.

Der Sanitäter runzelte verwirrt die Stirn.

»Bitte?«

»Ich spreche von den Leuten, die die Hütte gestürmt haben. War das ein SEK?«

Er zuckte mit den Schultern. »Keine Ahnung. Da müssen Sie die Polizisten fragen.«

Er lächelte Thomas kurz zu und machte ihm Platz.

»Ich kenne Sie«, sagte Jessica Pohlmann. Sie schien angestrengt nachzudenken. »Sie sind Herr Martens, nicht wahr? Sie haben versucht, Marks Tod aufzuklären.«

»Richtig.« Thomas lächelte. »Sie haben gerade von dem SEK gesprochen …«

»Ja. War es eins?« Wenn das Medikament sie beruhigen sollte, so hatte es zweifelsohne sein Ziel verfehlt. Die Journalistin wirkte im höchsten Grade aufmerksam, fast aufgekratzt. »Die Tür ging auf, es polterte, und dann kamen viele Leute herein. Keine Ahnung wie viele. Die beiden Kerle schrien auf, dann presste mir jemand seine Hand auf den Mund. Und dann waren sie alle wieder weg.«

»Ja, das war ein SEK.«

Die Lüge kam ihm glatt über die Lippen.

Das war ein weiteres Rätsel in diesem Szenario. Jemand hatte die beiden Entführer niedergeschlagen, mit Kabelbindern gefesselt und Schütze die Fesseln durchgeschnitten. Der Mann hatte sich bereits selbst befreit, als sie an der Hütte angekommen waren. Wer hatte das getan?

Ein SEK war es auf keinen Fall, sonst hätte Thomas von dem Einsatz gewusst. Eine andere Abteilung? Der BND? Ausgeschlossen war es nicht, aber das hier trug nicht die Handschrift einer professionellen Einsatztruppe. Es hörte sich eher an wie eine dieser spontanen Aktionen, wie sie Rocker für Bestrafungsaktionen oder bei Gangrivalitäten durchführten. Aber letztlich hatte Peer recht. Man konnte den Wizards schließlich nicht alles unterjubeln.

Vielleicht war es das Werk konkurrierender Waffenhändler? Aber seine Zweifel und Vermutungen würde er keinem Zivilisten auf die Nase binden. Und jemandem von der Presse erst recht nicht.

»Haben Sie Stift und Papier bei sich?«, fragte sie, und jetzt klang ihre Sprache etwas verwaschen, so als wäre ihre Zunge plötzlich schwer und ungelenk geworden.

Er tastete sich ab.

»Tut mir leid«, sagte er, und auch diese Lüge kostete ihn nichts. Nicht einmal den Hauch eines schlechten Gewissens.

»Ich möchte …« Ihre Lider begannen zu flattern. »… darüber … schreiben …«

»Das können Sie auch noch morgen. Jetzt ruhen Sie sich erst mal aus.«

Ihre Augen fielen zu, der Sanitäter maß ihren Blutdruck und klemmte ihren Zeigefinger in ein kleines elektrisches Gerät, das wie eine Wäscheklammer aussah. Augenblicklich erklangen regelmäßige Pieptöne. Er nickte zufrieden.

»Sie wird jetzt schlafen.« Er gab seinem Kollegen ein Zeichen. »Wir können los!«

»Fahren Sie ins Diako?«

»Ja.«

»Wir kommen dann etwas später nach.«

Thomas vergrub die Hände in den Hosentaschen und sah zu, wie ein Krankenwagen nach dem anderen den Forst verließ.

»Das hier stinkt doch zum Himmel«, sagte Peer düster und trat neben ihn.

»Ja. Da hast du verdammt recht. Aber du hast Schmidt gehört. Wir sind raus. Eine andere Abteilung übernimmt.«

Peer schnaubte wie ein Walross.

»Wenn dieser Fall jemals aufgeklärt wird, lasse ich mir eine Glatze scheren.«

Thomas biss die Zähne zusammen. Er war sicher, dass Peer seine Haare behalten würde, bis sie von selbst ausgefallen waren.

63

Christina war sauer, das war deutlich. Duke sah es an der steilen Falte zwischen ihren Augenbrauen, an der geraden Linie, die ihre Lippen bildeten. Und an der Art, wie sie ihre Arme vor der Brust verschränkte und am Türrahmen lehnte, während er telefonierte. Zugegeben, er hatte seit der Rückkehr mit den Brüdern mehr Zeit am Handy verbracht als mit ihr, aber da konnte er auch nichts dran ändern. Es war wichtig, jedes einzelne Gespräch – mit Laura, mit Millicent, mit Bert, mit Logan, mit Con.

Derzeit sprach er mit Trace und erfuhr interessante Neuigkeiten. Jörg Kessler war wieder weitgehend ansprechbar. Er hatte offenbar seine Aussage wiederholt und sich und seinen Kollegen George Mitchell schwer belastet. Die Bullen in Glasgow hatten Mitchell daraufhin vorläufig festgenommen. Aber die Wizards waren alle davon überzeugt, dass der Kerl nicht lange die schottische Justiz von der anderen Seite kennenlernen würde. Der Befehl zu dieser Waffenaktion war von ganz oben gekommen. Und diese Leute würden dafür sorgen, dass Mitchell mit einem blauen Auge davonkam. Alles andere wäre eine Überraschung.

»Kessler wird sich warm anziehen müssen«, sagte Trace gerade. »Dem wird ein Orkan um die Ohren wehen, sobald er aus dem Krankenhaus entlassen wird.«

»Yepp. Wenn es überhaupt dazu kommt. Wird er bewacht?«

Trace lachte grimmig.

»Flüchtig, so lässt es sich vielleicht am besten beschreiben. Aber keine Sorge, Bro, wir haben ein Auge auf ihn. Er liegt nur zwei Türen von Will entfernt.«

Will. Von Laura wusste Duke, dass es Will fast stündlich besser ging. Man könne förmlich zusehen, wie er die Kontrolle über

Muskelstränge zurückeroberte. Ein zäher Kämpfer, das war Will schon immer gewesen. Trotzdem lag noch ein langer Weg vor ihm.

Seine Gedanken kehrten wieder zu Jörg Kessler zurück. Auch vor ihm lag ein langer Weg. Psychiatrie oder Knast? Duke hätte nicht sagen können, welche Option er dem Cop wünschen sollte. Aus der Psychiatrie würde er wohl nie freikommen, dafür würden die Hintermänner des Auftrages sorgen. Im Knast wiederum waren Bullen alles andere als beliebt. Und in seinem Fall würde man sich bestimmt nicht lumpen lassen, irgendwelche Schläger zu bestechen.

Er seufzte.

»Alles gut?«, erkundigte sich Trace.

»Zum Teil.« Christina hatte gerade das Wohnzimmer verlassen. An ihren Schritten konnte er ihre Stimmung erkennen. Die Zeichen standen auch in Haus Fördeblick auf Sturm. »Lass uns Schluss machen. Ich melde mich, wenn es etwas Neues gibt.«

»Okay. Duke?«

»Was?«

»Kommst du zurück, jetzt, wo du das Erbe bekommst?«

Er schluckte. Das war eine Frage, die er sich stellte, seit er mit Millicent und Logan telefoniert hatte.

»Ich weiß es noch nicht«, sagte er wahrheitsgemäß.

»Ich verstehe.« Duke erahnte das feine Lächeln auf Traces Gesicht. »Die Lady wird dich in ihrer Nähe behalten wollen. Verlass dich drauf.«

Duke fuhr sich durchs Haar. »Da bin ich mir gerade nicht so sicher«, sagte er. »Aber ich schätze, ich werde es gleich herausfinden.«

»Dann viel Glück.«

»Danke, kann ich brauchen.«

Er unterbrach das Gespräch.

In der Küche klapperten Töpfe, deutlich lauter als unbedingt nötig.

Duke trat auf die Terrasse hinaus und zündete sich eine Zigarette an. Er inhalierte tief und blies den Rauch in den Himmel.

Das Gespräch, das er mit Christina führen musste, war unumgänglich. Trotzdem hätte er es gern noch hinausgeschoben. Bis morgen vielleicht. Oder …

If you love some, set it free. If it comes back, it's yours. If it doesn't, it never was.

Von wem stammte das? Von Granny? Oder aus einem Song? Er konnte sich nicht mehr daran erinnern.

Er drückte die Zigarette in dem Aschenbecher aus, der auf dem Terrassentisch für ihn bereitstand. Dann ging er in die Küche.

Er lehnte sich gegen den Türrahmen und sah einen Moment zu, wie Christina in einem Topf herumstocherte, als wollte sie mit dem Kochlöffel den Topfboden durchstoßen.

»Kann ich helfen?«

»Nein.«

Kurze, klare Antwort.

»Wir müssen reden, Christina.«

»Das sehe ich auch so.« Sie wandte sich zu ihm um. Die Falte auf ihrer Stirn war nicht verschwunden. Im Gegenteil. Rechts und links hatten sich zwei hinzugesellt. »Wer zuerst?«

»Du.«

»Okay.« Ihre Nasenflügel blähten sich, als sie Luft holte. »Ich bin auf deiner Seite, schon vergessen? Ich gehe nicht hin und petze meinem Bruder, was du oder die anderen machen. Ich stelle dir keine Fragen. Ich nehme vieles hin – dass du jeden Donnerstagabend im Clubhaus herumhängst, einen Teil der Wochenenden mit Rides oder Partys verbringst, auf denen Frauen nicht erwünscht sind, dass ich überhaupt erst fragen muss, um ins Clubhaus zu dürfen, und so weiter und so fort. Das kann ich alles noch irgendwie schlucken. Dass ich mich aber von dir wie das letzte Dummchen behandeln lassen muss, das geht zu weit. Da sträubt sich mir das Fell. Wenn du ein devotes Püppchen haben willst, musst du dich anderweitig umsehen. Ich habe nun mal einen Verstand, und ich nehme mir das Recht, ihn zu benutzen! Stellst du dir vor, ich soll in deiner Gegenwart das Denken ausschalten? Ich habe nichts, aber auch gar nichts getan, um einem von euch oder gar dem Club zu schaden. Ich habe lediglich nachgedacht. Soll ich das in Zukunft bleiben lassen? Soll ich dir zu Füßen sitzen, dümmlich lächeln und dir zu Willen sein, wenn dir gerade der Sinn danach steht, du zu Hause bist und zufällig nicht an diesem fucking Handy hängst?«

Er musste ein Schmunzeln unterdrücken. Es kam wahrlich nicht oft vor, dass Christina Kraftausdrücke benutzte.

»Du hast gute Arbeit geleistet, Christina. Das sage nicht nur ich, das sagen auch die anderen. Ohne dich wäre vieles unklar geblieben, und wer weiß, was mit Felix passiert wäre.«

»Und mit Jessica Pohlmann.« Ihre Augen blitzten. »Sie war auch dabei.«

»Ja, auch mit der. Und nein, ich will kein Dummchen an meiner Seite. Ich will eine Frau. Wie dich. Auch wenn das gelegentlich Zoff bedeutet. Aber das gehört irgendwie dazu, oder?«

»Wenn du meinst.«

Sie schwiegen einen Augenblick. »War's das?«, fragte er. »Darf ich jetzt?«

Sie nickte und verschränkte wieder die Hände vor der Brust. Duke holte Luft, seine Kehle war wie zugeschnürt.

»Okay. Ich musste gerade ein paar wichtige Telefonate führen.«

»Natürlich. Es gibt immer wichtige Dinge. Und dieses verdammte Handy …«

Er versuchte, nicht auf diesen Einwand zu achten.

»Erinnerst du dich noch an unser Gespräch vor ein paar Tagen?« Ein paar Tage? Es war Samstag gewesen. Das waren gerade mal vier fucking days. Es kam ihm wie eine Ewigkeit vor.

»Ja, daran erinnere ich mich.«

»Das gilt immer noch. Ich liebe dich, und ich werde dich nie belügen. Aber ich werde dir auch nicht alles erzählen. Was mit dem Club und den Brüdern zusammenhängt, bleibt dort.« Er räusperte sich. »Ich bin keine Mogelpackung. What you see is what you get. Und das heißt: Zuerst bin ich ein Wizard. Daran wird sich nichts ändern. Es wird mich nie ohne den Club geben. Es wird noch haufenweise Situationen wie diese geben – Ärger mit den Bullen, mit der Presse oder anderen Clubs, Verhaftungen, irgendwelche Dinge, die sofort geregelt werden müssen, Bros in Schwierigkeiten, die Unterstützung brauchen, Verleumdungen,

Rechtsstreitigkeiten. All das. Die Frage ist, ob du das akzeptieren möchtest. Oder kannst.« Duke wusste aus eigener Erfahrung, dass an diesem Punkt Beziehungen scheiterten. Oft scheiterten. Bei Weitem nicht alle Frauen waren bereit, ihre Männer zu unterstützen, ihnen den Rücken zu stärken – und im richtigen Moment in den Schatten des Clubs zu treten. Schon gar nicht Frauen wie Christina.

Sie blinzelte, öffnete den Mund, sagte aber nichts.

»Ich habe mit Logan und Millicent telefoniert. Jetzt, wo Money Mike tot ist, bin ich ein freier Mann, wie man so schön sagt, und der Erbstreit ist beigelegt. Logan hat mich gefragt, ob er mir die Unterlagen zuschicken soll oder ob ich nach Glasgow komme, um sie in seiner Kanzlei zu unterzeichnen.«

»Und was hat das mit mir zu tun?« Christinas Stimme zitterte.

Duke atmete aus.

»Ich möchte dir die Entscheidung überlassen. Möchtest du, dass ich bleibe, hier in Flensburg bei dir? Dann rufe ich Logan an, und er schickt mir den Erbvertrag, oder wie dieses Ding heißt, zu. Wenn nicht, kehre ich nach Glasgow zurück.« Er konnte sehen, wie ihre Augen feucht wurden, ihre Unterlippe begann zu zittern. »Denk in Ruhe darüber nach. Ich komme um zehn wieder, dann sprechen wir noch mal darüber. Okay?«

»Was …?« Ihre Stimme bebte. »Ich habe gekocht.«

Gern hätte er sie jetzt in seine Arme genommen und geküsst. Aber das wäre nicht fair gewesen. Für keinen von ihnen. Duke schüttelte den Kopf.

»Nein. Ich lasse dich allein. Ich denke, du brauchst einen klaren Kopf.« Und ich auch.

»Duke?« Er wandte sich noch einmal um. »Hast du dich denn entschieden?«

»Um mich geht es nicht, Lady.«

Er verließ die Wohnung, lief die Treppe hinunter und schwang sich auf den Sitz seines Bikes. Er startete den Motor, rollte auf die Straße und gab Gas. Die Maschine klang dumpf und tiefer als sonst, sie stöhnte. Er hätte schwören können, dass seiner »Predator« etwas wehtat.

Unsere Bikes, das sind wir …
Yepp, you are damned right, Bro.
If you love some …
Fuck. Und wie er diese Frau liebte.

64

Als Duke ging, ließ Christina sich auf einen der Küchenstühle sinken. Sie war unfähig, einen klaren Gedanken zu fassen. Was hatte er gesagt? Er überließ ihr die Entscheidung. Dabei ging es nicht wirklich um Glasgow oder Flensburg. Es ging um ihre gemeinsame Zukunft. Ob sie zusammenbleiben würden oder nicht. Und warum überließ er es ihr? Warum sollte sie diese Entscheidung treffen? Sie war wütend. Und gleichzeitig …

Es zerschnitt ihr das Herz. Ja, genauso war es.

Sie stützte den Kopf in die Hände und begann zu weinen. Sollte sie das wirklich immer wieder ertragen? Die Angst um Duke, wenn er mal wieder mit der Polizei in Konflikt geriet. Die Heimlichtuerei mit seinen Clubbrüdern. All die Dinge, von denen sie nichts oder nur wenig wusste. Konnte sie das aushalten? Wie schaffte Marion das oder Carina, Big Js Frau? Waren sie glücklich? Zufrieden? Oder war da auch eine unterschwellige Bitterkeit bei dem Gedanken daran, dass man diese Männer nie wirklich für sich haben konnte? Dass sie immer mit einem Gedanken bei ihrem Club und den anderen Brüdern waren? Dass es immer heißen würde »Wizards first«?

Die letzten Tage hatten ihr gezeigt, dass der Club mehr war als nur ein Hobby oder ein Verein. Er war nicht einmal ein Teil des Lebens. Er war ein Teil von Duke. Er gehörte buchstäblich zu ihm wie seine braunen Augen, die dunklen Haare und die Tätowierungen auf seiner Haut. Sie würde ihn nie und nimmer davon trennen können. Aber wollte sie das?

Nein. Dafür liebte sie ihn zu sehr.

Die Frage war nur, ob sie bereit war, das zu akzeptieren.

Christina stand auf und ging auf die Terrasse hinaus. Eine

Amsel saß im Apfelbaum und zwitscherte ihren Abendgesang, eine Katze strolchte durch das Gras. Auf dem Terrassentisch sah sie den Aschenbecher stehen, es roch immer noch leicht nach Nikotin.

Wenn Duke nach Glasgow zurückkehrte, gäbe es keinen Nikotingeruch in ihrer Wohnung, keine Zigarettenasche im Mülleimer. Kein Geruch von Motorenöl im Bad. Ihre Eltern wären erleichtert. Seit sie nach Flensburg gezogen war, hatten sie sie erst drei Mal besucht und dabei darauf geachtet, dass Duke nicht da war. Thomas wäre ohnehin froh. Seine Kollegen hatten zwar aufgehört, ihn mit »deine Schwester, die Rockerbraut« zu hänseln, aber er war in Dukes Gegenwart immer sehr angespannt. Vielleicht würde sie sogar wieder mit ihrer Freundin einen Kontakt aufbauen können.

Sie stellte sich ein Familiengrillen vor – Stefanie, Thomas, die Kinder, ihre Eltern und sie. Endlich wieder ohne Krampf, ohne großartige Planungen. Keine seltsamen Blicke, kein Spagat mehr.

Aber ein leerer Platz an ihrer Seite.

Sie würde wieder mit ihrem Auto unterwegs sein, statt hinter Duke als Sozia. Dabei mochte sie das Fahren mit dem Bike.

Den Motorradführerschein konnte sie natürlich auch so machen.

Aber würde es das Gleiche sein?

Nein.

Er würde fehlen. Beim Aufwachen, beim Essen, beim Schlafen, beim Denken. In jeder verdammten Sekunde würde er ihr fehlen.

Aber konnte sie es akzeptieren, dass es einen Teil von ihm gab, den er nicht mit ihr teilte? Würde sie damit auf Dauer zurechtkommen?

Unwillkürlich musste sie an einen Hund denken, angeblich den besten Freund des Menschen, und an einen Wolf. Den Hund konnte man erziehen, man konnte sein Verhalten weitgehend bestimmen. Das Tier nahm, was es kriegen konnte an Aufmerksamkeit und Streicheleinheiten. Wölfe konnte man nicht wirklich zähmen. Sie blieben immer Wildtiere, und doch gab es sie, Beziehungen zwischen Wölfen und Menschen, in denen der Wolf zum Begleiter wurde – ohne dass er dem Menschen gehörte.

Einander nah sein und trotzdem frei – ein Paradoxon? Nicht unbedingt. Vielleicht ist es die höchste Stufe der Liebe.

Christina kehrte in die Küche zurück und warf einen Blick auf die Uhr. Es war nicht einmal halb neun. Sie hatte keine Viertelstunde gebraucht, um ihre Entscheidung zu treffen.

65

Duke fuhr rüber nach Dänemark und an der Förde entlang, bis zu den kleinen Inseln, die Ochseninseln genannt wurden. Annis Kiosk hatte offiziell schon geschlossen, aber Anni räumte noch auf, und sie war so freundlich, ihm noch eine Flasche Bier zu verkaufen, ein alkoholfreies Flensburger.

Duke setzte sich an dem kleinen Anleger auf einen Stein und öffnete den Bügelverschluss. Das Wasser der Förde lag glatt zu seinen Füßen. Das kleine Boot, das tagsüber Touristen zu den beiden Inseln brachte, lag am Steg an der größeren Insel. Das gegenüberliegende Fördeufer war ein dunkler Streifen. Ein paar Segler kehrten in den Hafen zurück.

Er zündete sich eine Zigarette an.

Was, wenn Christina sich entschied, dass sie nicht unter diesen Bedingungen mit ihm zusammen sein wollte?

Dann werde ich nach Glasgow zurückkehren.

Vertrautes Terrain. Trace, Will, Flick und all die anderen. Rides zum Loch Lomond. Flensburg würde er wohl gelegentlich besuchen. Die Gegend gefiel ihm, und die Brüder hier waren großartig. Vielleicht würden sie sogar mal alle herkommen und umgekehrt die Flensburger in Glasgow empfangen.

Aber ohne Christina?

Mit dem Gedanken musst du dann wohl fertig werden, dachte er. So schwer es ihm auch fallen mochte. Auf keinen Fall wollte er sie überreden oder gar zwingen. Das hatte keiner von ihnen verdient.

Es war Zeit zurückzufahren.

Duke trank die Flasche leer und stellte sie Anni vor die Tür. Das alkoholfreie hatte immer noch besser geschmeckt als die meisten Biere in Schottland. Außerdem brauchte er einen klaren Kopf. Später, wenn Christina ihm ihre Entscheidung mitgeteilt hatte, konnte er sich mit Whisky betäuben.

Es war zehn, als er in die Batteriestraße einbog, und kurze Zeit später stellte er sein Bike in der Auffahrt ab. Er sah an der Fassade hoch. Durch das Küchenfenster im ersten Stock sickerte Licht aus dem Flur. Sonst war alles dunkel und still. Duke hängte seinen Helm an den Lenker und stieg die Stufen zur Haustür hinauf.

Es kam ihm vor, als hätte sich ihre Anzahl seit vorhin verdoppelt. Dann stand er vor Christinas Tür. Er hatte die Hand gerade erhoben, um zu klopfen, als sie bereits öffnete.

Klar, die Harley war natürlich nicht zu überhören gewesen.

»Ich habe mich entschieden«, sagte sie.

Duke schluckte und versuchte, in ihrem Gesicht zu lesen. Sein Herz schlug wie ein Dampfhammer.

»Lady, mach's nicht so …«

Da stellte sie sich auf die Zehenspitzen, schlang ihre Arme um seinen Hals und küsste ihn lange. Dann ließ sie ihn los.

»Ich möchte, dass du bleibst, Duke. Hier bei mir. Ich möchte neben dir aufwachen, mit dir lachen und mit dir streiten.«

»Wirklich?«

Christina nickte. Jetzt strahlten ihre Augen, die Falten waren von ihrer Stirn verschwunden.

»Vielleicht gibt es doch einen Gott«, murmelte er. Dann küsste er sie. Seine Zunge tastete über ihre Zähne und spielte mit ihrer Zungenspitze.

»Komm«, sagte Christina, griff seine Hand und zog ihn ins Schlafzimmer.

Es war weit nach Mitternacht, als sie nebeneinander auf dem Bett lagen. Bettdecken und Kissen lagen auf dem Boden neben ihrer Kleidung. Durch die offenen Vorhänge konnte er den Himmel sehen, an dem nur wenige Sterne sichtbar waren. Das Licht einer Straßenlaterne überstrahlte die meisten. Christinas Kopf lag auf seiner Brust, und er strich ihr sanft durchs Haar.

»Und die Erbschaftsangelegenheit ist bereinigt?«

»Yepp. Ich rufe Logan morgen an, dann schickt er mir diesen Vertrag zu.«

»Klingt es geldgierig, wenn ich dich frage, wie viel du geerbt hast?«

Duke grinste. »O yes, Lady. Gib's zu, du bist nur hinter meiner Kohle her!«

Sie knuffte ihn. »He! Was ich alles mit dir durchmachen muss, lässt sich nicht mit Geld aufwiegen.« Er konnte ihr Lächeln sehen. »Also wie viel?«

»Zweihunderttausend Pfund. Und wie es aussieht, muss ich nicht einmal Money Mikes Kredit zurückzahlen.«

Sie fuhr hoch.

»Zweihunderttausend? Das ist eine Menge.« Sie ließ sich zufrieden wieder auf seine Brust sinken und schmiegte sich an ihn. »Weißt du schon, was du mit dem Geld anfangen wirst?«

Er lächelte, als er antwortete.

»Yeah. Morgen ziehe ich los und kaufe ein breiteres Bett.«

Donnerstag, 18. Juli

66

Thomas saß an seinem Schreibtisch. Vor ihm lag aufgeschlagen die Akte, die den Namen »Daniel Bauer« trug, darunter lagen die Akten »Wolfgang Jablonski« und »Mark Hoffmann«. Diese beiden würden sie jetzt abschließen können. Simon Wagner, den sie bei der Waldhütte festgenommen hatten, hatte den Mord an Jablonski gestanden. Und Jörg hatte die Verantwortung für Marks Tod auf sich genommen. Zwei abgeschlossene Fälle, die miteinander zu tun hatten. Und einer, der mit den anderen beiden irgendwie zusammenhing.

Er sah die Fotos an. Er konnte es immer noch kaum glauben. Bauer war fünf Meter von ihm entfernt gewesen, als er plötzlich zusammengesackt war. Wie aus heiterem Himmel. Alles, was zu sehen gewesen war, war ein dünnes Rinnsal Blut, das aus seinem linken Ohr geflossen war.

Die Arbeit eines Profis.

Simon Wagner. Er hatte ihn sofort erkannt, als die Kollegen ihn in Handschellen aus der Hütte geführt hatten. Er war bei der Bundeswehr einer von zwei Soldaten gewesen, die sich immer im Dunstkreis von Major von Warder aufgehalten hatten. Unangenehme Typen, die unter den Soldaten den Ruf hatten, immer bis zum Äußersten zu gehen, ohne je dafür belangt werden zu können. Er war sich nicht sicher, ob Wagner ihn ebenfalls erkannt hatte, deshalb ließ er Peer allein das Verhör führen.

Sein Blick kehrte wieder zu dem Foto von Daniel Bauer zurück.

Warum hatte er sterben müssen? War er lästig geworden? Ein Sicherheitsrisiko? Hatte er gedroht, Wagner und von Warder auffliegen zu lassen? Wagner behauptete, dass er den Waffendeal gemeinsam mit Bauer geplant hatte, ohne Wissen seines Chefs. Bauer war eigentlich in der Immobilienfirma von Gerd Schümann beschäftigt. Außerdem war er Prospect bei den Wizards gewesen, bevor ihn die Rocker vor die Tür gesetzt hatten. Hing das alles miteinander zusammen? Aber wie?

Und was hatte es mit diesem Gewehr auf sich und der Wundermunition, von der Jörg geschrieben hatte? Sie hatten mit dem Chef von Köhler & Sohn gesprochen. Er hatte versichert, dass weder Gewehr noch Munition jemals im Werk hergestellt worden wären, das sei völlig unmöglich. Zum Beweis hatte er ihnen sogar die Produktionsprotokolle der letzten Monate gezeigt.

War Jörg doch verrückt? Mitchell hatte Jörgs Aussage nur zum Teil bestätigt. In entscheidenden Punkten hatte er widersprochen.

Das Telefon klingelte. Auf dem Display erschien die Nummer des Instituts für Rechtsmedizin.

»Guten Tag, Herr Martens«, sagte Professor Effenberger.

»Moin, Herr Professor. Ich hoffe, Sie rufen an, um mich glücklich zu machen.«

Der Professor lachte leise.

»Tut mir leid, Sie enttäuschen zu müssen, aber damit kann ich nicht dienen.« Die Stimme des Professors war ernst.

»Was ist los?«

»Daniel Bauer starb an einem Kopfschuss. Das Geschoss drang durch das linke Ohr ein und traf genau das Kleinhirn. Der Tod trat sofort ein. Wenn Sie mich fragen, die typische Handschrift eines Scharfschützen. Aber …«

»Aber?«

»Ich kann Ihnen keine Auskunft über das Geschoss geben. Der Schusskanal, das Geschoss selbst … Ich habe alles mehrfach untersucht. Doch mir ist so etwas noch nie untergekommen. Es passt in keiner Weise zu den gängigen Kalibern. Ich müsste noch mehr Tests machen, mehr Zeit haben. Aber die habe ich nicht.«

»Warum?«

»Man hat mir den Fall weggenommen, Herr Martens.« Die Stimme des Professors bebte vor Entrüstung und Zorn. »Vor fünf Minuten sind hier ein paar Herren vom BND gewesen und haben alle meine Unterlagen mitgenommen, inklusive der sterblichen Überreste von Herrn Bauer. Mit Genehmigung des Innenministeriums.«

Thomas schluckte. Irgendwie hatte er so etwas geahnt. Jedenfalls war er bei Weitem nicht so überrascht und erschüttert, wie Professor Effenberger zu sein schien. Das passte zu von Warder. Der Mann hatte schon immer ein Talent gehabt, dichte Netze zu weben. Warum nicht auch Fäden zum Innenministerium?

»Und jetzt?«

»Jetzt wird das ein Fall, den ich nicht abschließen kann. Was mich verärgert. Und dass ich dagegen gar nichts tun kann, macht mich wütend. Nun, ich wollte Ihnen gleich Bescheid geben. Ich nehme an, dass auch Ihnen der Fall Daniel Bauer bald entzogen wird.«

»Vielleicht sollten wir froh darüber sein«, sagte Thomas nachdenklich.

Der Professor schwieg einen Augenblick.

»Ja, vielleicht haben Sie recht. Wenn da nicht dieser Haufen ungeklärter Fragen wäre, unter denen ich in den kommenden Jahren noch in so manchem Traum begraben werde. Ich wünsche Ihnen einen guten Tag.«

»Danke, Ihnen auch.«

Thomas legte auf und sah nachdenklich aus dem Fenster.

Für einen kurzen Moment sah er vor sich Fäden, die sich von Schümann zu von Warder und zum Innenministerium spannten, ein ganzes Netz aus Fäden, in denen die Bürger hingen wie wehrlose Fliegen. Und im Hintergrund war ein Attentäter mit einem innovativen Scharfschützengewehr und verschoss ebensolche Munition, ohne dass eines von beiden offiziell existierte.

Er schüttelte den Kopf und versuchte, das Bild zu vertreiben. Das war krank.

Einfach nur krank.

67

Jessica saß in ihrer Küche und wartete auf den Lieferservice. Sie hatte eigentlich keinen Hunger, aber der Arzt im Krankenhaus hatte ihr empfohlen, in jedem Fall etwas zu essen, und sei es nur, um den Kreislauf nicht zu sehr zu belasten. Da sie sich nicht vorstellen konnte, sich an den Herd zu stellen und etwas für sich allein zu kochen, hatte sie bei einem Asia-Imbiss angerufen. Eine Schale Gemüsereis würde sie wohl runterkriegen. Vielleicht.

Sie zupfte nervös an ihren Haaren und versuchte, nicht an ihre Erlebnisse zu denken. Leicht gesagt. Manchmal glaubte sie, die Fesseln immer noch an ihren Hand- und Fußgelenken zu spüren. Und den Knebel in ihrem Mund.

Hastig griff sie zu dem Glas Wasser, das neben ihr stand, und trank ein paar Schlucke. Es war das Gefühl, nicht richtig schlucken zu können, das sie immer noch quälte. Und der Geschmack des Stoffes, den sie gern wieder loswerden wollte. Und natürlich der Moment, als ihr Informant tot zu Boden sank. Von einer Sekunde zur nächsten.

Darüber würde sie mit dem Psychotherapeuten sprechen. Hoffentlich bekam sie zügig einen Termin. Als sie in der Praxis angerufen hatte, hatte sie nur eine Nachricht auf dem Anrufbeantworter hinterlassen können.

Das Telefon klingelte. Ob er das schon war?

»Hallo?«

»Frau Pohlmann?«, erkundigte sich eine angenehme, ruhige Männerstimme. »Sie haben angerufen?«

»Ja. Nett, dass Sie sich so schnell melden und …«

»Das ist doch selbstverständlich«, sagte er, und sie konnte fast das Lächeln in seiner Stimme hören. »Immerhin sind Sie das Opfer eines Gewaltdelikts, da müssen wir schnell einschreiten.«

Jessica runzelte die Stirn. Hatte sie bei ihrem Anruf von ihrer Gefangennahme gesprochen? Möglich war es. Erinnern konnte sie sich allerdings nicht daran.

»Ich hoffe, dass Sie kurzfristig einen Termin für mich haben. Ich bin krankgeschrieben und könnte jederzeit kommen.«

»Kein Problem, Frau Pohlmann. In Ihrem Fall würde ich sogar einen Hausbesuch vorschlagen.«

»Hausbesuch? Ist das denn üblich?«

»Natürlich. Wenn man möchte, dass eine Person nicht mit den falschen Leuten spricht.«

Es dauerte einen Augenblick, bis Jessica den Sinn dieser Worte erfasst hatte. Ihr wurde schlagartig eiskalt. Sie warf einen Blick auf das Display ihres Telefons. Die Rufnummer war unterdrückt.

»Sie sind gar nicht Dr. Bremer, nicht wahr?«, flüsterte sie.

»Nein. Habe ich so etwas gesagt?« Die Stimme klang immer noch freundlich. »Verzeihen Sie, wenn ich mich nicht vorstelle. Aber ich denke, das geht zu weit.«

Ihre Lippen waren ohne jedes Gefühl. Trotzdem gelang es ihr zu sprechen.

»Was wollen Sie von mir?«

»Sie haben etwas, das Ihr Freund unrechtmäßig an sich gebracht hat. Ich möchte dafür sorgen, dass es sicher ist.«

Jessica schluckte.

»Ich weiß nicht, wovon …«

»Frau Pohlmann. Halten Sie mich nicht für dumm, das mag ich gar nicht. Sie wissen genau, was ich meine. Und Sie werden es mir geben.«

»Aber …«

»Glauben Sie, dass ich nur Ihre Telefonnummer kenne?« Sein Lachen jagte eine Gänsehaut über Jessicas Körper. »Ich weiß auch, wo …«

In diesem Augenblick klingelte es an der Tür. Jessica zuckte zusammen. Der Bote mit ihrem Essen! Vielleicht konnte sie ihn um Hilfe bitten!

»Erwarten Sie Besuch?«, fragte der Mann am anderen Ende der Leitung, während sie zur Tür rannte.

Sie erstarrte. Vor ihr stand ein Mann in einem dunklen Anzug und hielt ihr eine Tüte vom Asia-Imbiss entgegen. Das war nicht der Bote vom Lieferservice! Sie wollte schreien, doch aus ihrer Kehle kam kein Laut.

»Keine Sorge, Frau Pohlmann, das Essen ist bezahlt«, sagte der Mann am Telefon. »Geben Sie meinem Mitarbeiter, was ich haben möchte, und er ist sofort wieder weg. Dann können Sie Ihr Essen sogar noch warm genießen.«

»Und wenn ich nicht …«

»Dann müsste mein Mitarbeiter versuchen, Sie auf andere Art

zu überzeugen. Aber glauben Sie mir, das würde er nur sehr ungern tun. Und ich fürchte, Ihnen würde das gar nicht gefallen. Also seien Sie vernünftig.«

Jessica zitterte. Nie zuvor in ihrem Leben war ihr so kalt gewesen.

Welche Optionen hatte sie? Der Mann schob sie in den Flur und schloss die Tür hinter sich. Sanft und leise.

»Was …?«

»Mein Mitarbeiter hat genaue Instruktionen, Frau Pohlmann«, sagte der Mann am Telefon. »Sie haben fünf Minuten Zeit, um ihm die Fotos auszuhändigen. Danach darf er tun und lassen, was er für angemessen erachtet.«

»Gut.« Sie ging in die Küche. Der USB-Stick mit den Fotos lag auf dem Küchentisch. Sie hatte gerade darüber nachgedacht, ihn morgen oder nächste Woche zur Polizei zu bringen. Das würde sich jetzt erübrigen. Sie nahm das kleine Ding und reichte es dem Mann. Er nickte lächelnd. Dann drehte er sich um und verließ die Wohnung, ohne auch nur ein Wort mit ihr gesprochen zu haben.

»Ihr … er hat die Fotos.«

»Gut. Gut gemacht, Frau Pohlmann. Jetzt müssen Sie nur noch eins tun: schweigen. Ich weiß, dass es für eine Reporterin Ihres Ranges viel verlangt ist. Aber sollten Sie jemandem von den Fotos oder von diesem Gespräch erzählen, müssen wir dafür sorgen, dass Sie nicht mehr reden können. Sie erinnern sich vielleicht noch an Herrn Bauer? Er konnte bedauerlicherweise auch seinen Mund nicht halten. Ich glaube, Sie wissen sogar, mit wem er geredet hat.«

Jessica schrie auf, hielt sich aber sofort die Hand vor den Mund.

»Sie meinen … wegen mir?«

Der Mann lachte.

»Sie sind klug. Ich hoffe also, dass Sie unsere kleine Vereinbarung für sich behalten.« Sie nickte. »Frau Pohlmann? Haben Sie mich gehört?«

»Ja.«

»Was, ja?«

»Ich …« Sie begann zu stottern. »Ich werde mit niemandem darüber reden, ich verspreche es!«

»Gut. In diesem Fall haben Sie nichts zu befürchten, Frau Pohlmann, gar nichts. Sie können Ihr Leben so weiterleben wie bisher. Aber vergessen Sie niemals: Wir wissen, wo Sie wohnen. Ich halte meine Versprechen. Alle.«

Er legte auf. Das Besetztzeichen erklang im Hörer. Jessica sank zitternd auf den Stuhl und drückte mechanisch auf die Beendentaste.

Sie schrie auf, als das Telefon wieder klingelte.

»Ja?«

»Hier Dr. Bremer, guten Tag. Spreche ich mit Frau Pohlmann?«

»Ja.«

»Sie hatten um meinen Rückruf gebeten.«

Jessica fuhr sich mit der Zungenspitze über die Lippen. Sie zitterte so sehr, dass ihr das Telefon fast aus der Hand geglitten wäre.

»Das ist nett von Ihnen«, zwang sie sich zu sagen. »Aber das hat sich bereits erledigt. Ich habe schon einen Termin bei einem anderen Kollegen. Vielen Dank.«

Sie unterbrach das Gespräch und ließ das Telefon auf den Tisch fallen.

Dann stützte sie den Kopf in die Hände und begann zu weinen.

Sonntag, 21. Juli

68

Christina saß mit Con auf der Terrasse. Sie hatten grünen Tee getrunken, eine Mischung mit dem klangvollen Namen »Natsukaori«, die nach Erdbeeren schmeckte, und dazu Waffeln mit Marmelade und frischen Himbeeren gegessen.

»Das war lecker!«, sagte Con genüsslich und wischte sich mit der Serviette den Mund ab. »Ich glaube, ich habe schon seit Ewigkeiten keine Waffeln mehr gegessen.«

»Das Einzige, was ich backen mag«, gab Christina zu. »Kuchen und Torten sind nicht so mein Ding. Aber sag mal …«

»Wollen wir hineingehen?«

»Klar.« Christina wunderte sich zwar, denn das Wetter war nun wahrlich nicht oft so, dass man den Nachmittag draußen verbringen konnte, ohne stets bereit sein zu müssen, Kuchen und Sitzauflagen vor dem nächsten Schauer zu retten. Aber sie hatte gleich, als Con spontan angerufen hatte, den Eindruck gehabt, dass mehr als nur Langeweile oder Freundschaft hinter diesem Besuch steckte.

Gemeinsam trugen sie das Geschirr in die Küche und stellten es in die Spülmaschine, dann gingen sie ins Wohnzimmer.

»Möchtest du noch einen Tee?«, fragte Christina.

Con schüttelte den Kopf. »Ich möchte dir etwas zeigen.« Sie holte einen Laptop aus der Tasche, der kaum dicker als ein Schnellhefter war, sowie einen winzigen USB-Stick und setzte sich auf die Récamiere. »Setz dich neben mich.«

Christina ließ sich neben Con nieder und sah fasziniert zu, wie die schlanken Finger der Hackerin über die Tastatur flogen.

»Hier. Das ist es.«

Auf dem Bildschirm erschien das Foto eines Mannes, der Christina bekannt vorkam. Sie hatte das Gefühl, ihn erst kürzlich gesehen zu haben, auch wenn sie nicht wusste, wo sie ihn hinstecken sollte.

»Wer ist das?«

»Das, meine Liebe, ist Johannes Ernst von Warder. Alter Schleswiger Landadel. Die Familie besitzt mehrere Güter hier in Norddeutschland. Die von Warders sind seit Generationen erfolgreiche Pferdezüchter.«

»Schön. Ich mag Pferde. Aber …«

Con lächelte grimmig.

»Kommt er dir nicht bekannt vor?«

Christina runzelte die Stirn. »Irgendwie schon. Aber …«

»Ich helfe deinem Gedächtnis mal auf die Sprünge.« Con tippte etwas ein, und ein anderes Foto erschien auf dem Bildschirm. Es war eines der Fotos vom Mord an Wolfgang Jablonski. Und plötzlich wusste sie es. »Das ist …«

Con nickte grimmig. »Ja. Dieser Herr dort, der dem Mord zuschaut und von dem wir nur einen kleinen Teil seines Profils sehen, ist von Warder oder auch ›der Major‹ – wie er wohl in Anlehnung an seine Bundeswehrzeit immer noch genannt wird.«

»Wieso …?«

»Die Wizards haben mich darum gebeten, diesem ›Major‹ auf den Zahn zu fühlen. Dass die Waldhütte, in der Felix festgehalten wurde, auf seinem Grund und Boden steht, ist natürlich kein Zufall.«

»Aber die Polizei …«

»Was sollen die tun? Sie haben diese Fotos nicht. Und Simon Wagner, sein Chauffeur, nimmt die Schuld auf sich.« Con lachte bitter auf. »Die von Warders hatten schon immer ein Händchen für absolut loyales Personal. Das hat ihnen schon mehrfach den Hals gerettet. Zum Beispiel nach Ende des Zweiten Weltkrieges. Wenn stimmt, was ich vermute, dann hätte der Großvater von Johannes eigentlich vor ein Kriegsgericht gestellt und hingerichtet werden müssen. Aber das geschah nicht. Die von Warders haben ein erhebliches Vermögen angehäuft. Das Gut in Westerholz ist nicht ihr einziges hier in Norddeutschland, außerdem sind sie stille Teilhaber diverser Firmen – Lebensmittelhersteller, Textilfirmen. Und Rüstungsunternehmen.«

»Wie Köhler & Sohn?«

»Ja. Von Warder hält mindestens dreiundfünfzig Prozent der Firma über ein paar Strohmänner. Ich vermute, dass sein tatsächlicher Anteil noch weitaus höher ist. Aber um das herauszufinden, bräuchte ich mehr Zeit.« Con schüttelte angewidert den Kopf. »Man sollte meinen, dass man diese Typen irgendwann ausgerottet hat, aber die sind zäh. Und sie haben einflussreiche Freunde, ein Netzwerk, das so dicht ist, dass kein Herankommen ist.«

»Aber wenn die Polizei diese Fotos bekommt …«

»Was soll dann passieren? Nichts. Denn …« Wieder gab Con etwas in ihren Computer ein. Dann erschien ein weiteres Foto auf dem Bildschirm. Diesmal waren es drei Männer. In der Mitte stand von Warder, rechts von ihm Gerd Schümann, einer der größten und einflussreichsten Immobilienmakler und Bauunternehmer in Schleswig-Holstein. Den dritten Mann kannte Christina nicht.

»Wer ist das?«

»Das meine Liebe, ist Paul Otto Ohnesorge, aufstrebender Politiker und derzeit Sekretär des Oppositionsführers in Schleswig-Holstein. Man munkelt jedoch, dass er bei der nächsten Wahl zum Innenminister gekürt werden könnte. Ehrgeizig genug ist er. Und er scheut sich auch nicht, innerhalb seiner eigenen Partei schmutzige Wäsche zu waschen. Ein genialer Stratege und Redner, der jede Situation für sich zu nutzen versteht. Sie sind dicke Freunde, seit ihrer gemeinsamen Zeit bei der Bundeswehr. Zusammen bilden sie die ›Unheilige Allianz‹, wie Bert es treffend genannt hat. Unterstützt werden die drei noch von Ohnesorges Bruder Karl, der Verleger und Mehrheitseigentümer von siebzehn der fünfundzwanzig führenden Lokalzeitungen in Schleswig-Holstein ist.«

»Und warum erzählst du mir davon?«

»Die Wizards haben mich darum gebeten.«

»Wie bitte? Warum denn das?«

»Sie haben lange darüber beratschlagt. Aber diese Typen sind gefährlich, und du sollst wissen, mit wem du es hier zu tun hast. Denn bei deiner Neugierde und deinem Verstand würdest du früher oder später selbst dahinterkommen. Mit ungeahnten Folgen.« Con lächelte. »Mit diesen Argumenten hat Duke sie überzeugt.«

»Du warst dabei?«

»Oh nein, natürlich nicht. Die Beratung fand wie immer hinter verschlossenen Türen statt. Aber Bert und Big J haben es mir erzählt.«

Christina sah wieder das Foto an.

Politik, Immobilien, Waffen, Lebensmittel, Textilien und die Presse. Gemeinsam hatten die drei Männer einen Großteil des öffentlichen Lebens in ihren Händen.

Beim Anblick der grinsenden Gesichter lief ihr ein Schauer über den Rücken.

69

Duke kam mit zwei Gläsern Bier aus der kleinen Eckkneipe und stellte sie auf den braunen Tisch, dann ließ er sich auf einen der braunen Plastikstühle sinken. Es war ein toller Tag. Die Sonne schien, es war warm, von Osten wehte eine frische Brise herüber und ließ die Fahnen an der Museumswerft flattern. Segler liefen aus oder kehrten zurück. Und er ... er würde jetzt hier zu Hause sein. Ob für immer, stand natürlich in den Sternen.

Aber für lange Zeit.

»Cheers!«, sagte er und hob sein Glas.

»Cheers!«, erwiderte Felix. Sie stießen die Gläser aneinander.

Felix war am Donnerstag aus dem Krankenhaus entlassen worden. Wenn das Erlebnis und die Gefangenschaft Spuren hinterlassen hatten, dann jedenfalls keine sichtbaren.

»Das war ein ziemlich hartes Training heute«, sagte Duke. »Ich habe schon lange nicht mehr so geschwitzt.«

Felix lächelte schief.

»Tut mir leid. Aber da ist ziemlich viel Wut im Bauch, die ich loswerden muss.«

»Kein Problem.«

Jeder hatte seine Art, mit so etwas umzugehen. Jessica Pohlmann hatte einen Beitrag für den Rundfunk verfasst, in dem sie über die sinnvolle Arbeit der SEKs sprach sowie über den schrecklichen und sinnlosen Tod von Mark Hoffmann, der einem offenbar nicht mehr zurechnungsfähigen Cop zum Opfer gefallen war. Dass in dem Beitrag kein Wort zur Rehabilitierung der fälschlich verdächtigten Wizards gefallen war, war für diese keine Überraschung gewesen.

Felix starrte auf das Wasser hinaus, obwohl Duke sicher war, dass er weder die Segelyachten noch die Touristen wahrnahm, die vorbeischlenderten.

»Weißt du, was mich wirklich wütend macht? Ich habe den Eindruck, die Polizei will gar nicht alles wissen. Wenn ich von Jablonskis Geschäften erzähle oder den Zeichnungen, die ich in seinem Schreibtisch gefunden habe, hören sie zwar zu. Aber ich wette, dass sie mir nicht glauben.«

Duke verzog das Gesicht. Das konnte er sich lebhaft vorstellen. Entweder verschlossen sie die Augen vor der Wahrheit oder sie vertuschten sie.

»Was ist denn auf den Zeichnungen drauf?«

»Es sind Konstruktionspläne für ein Scharfschützengewehr. Und für Munition mit einem Pappmantel.«

Duke dachte an das, was Kessler ihm in Glasgow erzählt hatte.

»Vorstellbar?«

»Ja. Geradezu beängstigend vorstellbar. Aber keiner will davon wissen. Ebenso wenig von den seltsamen Materialbestellungen und erhöhten Stromkosten in der Firma. Im Grunde geringfügige Abweichungen, aber trotzdem auffällig. Wir produzieren eigentlich weder in der Nacht noch am Wochenende. Den Abrechnungen nach müssen wir das gelegentlich doch tun. Das läge an einem defekten Zähler, wurde mir erklärt.« Felix wippte nervös mit dem Knie. »Allein die Art, wie dieser Mann erschossen wurde …«

Con hatte es ihnen durchgegeben, als sie auf dem Rückweg von Westerholz waren. Sie hatte auch schnell herausgefunden, dass es Danny erwischt hatte. Ausgerechnet den Exprospect. Nicht, dass es einem von ihnen wirklich leid um ihn getan hatte. Aber sie waren sauer.

Fuckhead Danny hatte die zwölftausend Euro noch nicht zurückgezahlt, die der Wiederaufbau von Dukes Predator verschlungen hatte. Sie hatten sofort bei Burger King angehalten und sich dort so auffällig benommen, dass niemand Zweifel an ihrem Alibi haben konnte. Nur für alle Fälle. Den Scharfschützen hatte man natürlich nicht gefunden.

Am Nachbartisch erhob sich ein Mann und ging. Duke sah ihm über Felix' Schulter nach, und plötzlich fiel ihm der Typ vom vergangenen Sonntag ein.

»Hoka hey«, sagte er leise.

»Was?« Felix sah ihn überrascht an.

»Nichts. Ich habe mich nur gerade an etwas erinnert.« Wie lange war das jetzt her? Fünfzehn Jahre? Da war dieser Kerl, der sich auch für die Scharfschützenausbildung beworben hatte. Wie hieß er noch? Sie hatten ihn nur »Hoka« genannt, weil er nach jedem Schuss »Hoka hey« gesagt hatte.

Jakob? Jasper? Nein. Chester. Chester Williams. Chester hatte, im Gegensatz zu ihm selbst, die Ausbildung tatsächlich begonnen, und war – so hatte er mal gehört – wohl auch ziemlich gut in seinem Job gewesen.

Ein ehemaliger SAS-Scharfschütze taucht in Flensburg auf, und kurz darauf wird Danny von einem Scharfschützen umgelegt. Ein Zufall? Duke wollte nicht so recht daran glauben.

»Was ist mit dem Polizisten in Glasgow?«, fragte Felix und riss Duke damit aus seinen Gedanken.

»Kessler?« Er lachte auf. »Der ist immer noch auf der Intensivstation, wird aber wohl auf die Psychiatrie verlegt werden, sofern seine Nieren es schaffen. Vielleicht wäre das sogar besser für ihn. Ich schätze, im Knast wären seine Überlebenschancen deutlich geringer. Sein Kumpel ist übrigens gegen Kaution frei. Und er erzählt natürlich eine ganz andere Story.« Trace hatte ihm das gestern Abend erst erzählt. Gewundert hatte sich keiner von ihnen darüber. »Aber ein halber Sieg ist immer noch besser als eine Niederlage. Die Cops haben die beiden Bullen in Glasgow und hier einen der Waffenhändler. Du bist frei. Dabei sollten wir es bewenden lassen. Und den Rest vergessen.«

Wenigstens solange nicht daran gerührt wurde. Big J hatte Kopien der Fotos an zwei verschiedenen Orten deponiert. Für alle Fälle.

»Das ist dein Ernst?«

Duke nickte langsam.

»Es gibt Leute, mit denen man sich nicht anlegen sollte. Nicht, weil sie es nicht verdient hätten. Sondern, weil sie hinterhältig sind und über ein ausgedehntes Netzwerk verfügen.« Inklusive Sniper, fügte er in Gedanken hinzu.

Felix sah ihn sichtlich überrascht an. »Das wundert mich jetzt. Ich hätte gedacht, dass …«

»Was? Dass wir auf unseren schimmernden Harleys mit dem Zorn der Gerechten in den Kampf gegen das Übel zur Rettung der Freiheit ziehen?« Er lachte. »Oh nein, Kumpel. Wir sind Realisten. Wir wissen, wann es besser ist, die Füße stillzuhalten. Was nicht ausschließt, auf eine Gelegenheit in einer einsamen dunklen Gasse zu hoffen.«

Eine Weile schwiegen sie und sahen zu, wie die »Alexandra« den Hafen verließ.

»Eigentlich sollte ich dir dein Bier bezahlen«, sagte Felix mit leichtem Lächeln.

»Why?«

»Es mag sein, dass diese Pohlmann an einen SEK-Einsatz glaubt, aber ich weiß es besser.«

Duke schwieg und hob lediglich eine Augenbraue.

»Ich habe oft genug mit dir trainiert, Duke«, sagte Felix und senkte seine Stimme. »So einen Highkick trittst nur du, mein Freund.«

Duke antwortete nicht, sondern trank einen großen Schluck von dem kühlen, frisch gezapften Bier. Aber manchmal war keine Antwort auch eine Antwort.

»Ich habe mal irgendwo gelesen, wer einen Wizard zum Freund hat, braucht keinen anderen mehr.« Felix sah Duke an. »Es ist mir scheißegal, was die Medien über euch schreiben oder die Polizei sagt. Ich weiß es besser. Danke. Du hast etwas gut bei mir. Und deine Brüder auch.«

Über ihnen kreisten ein paar Möwen, die »Alexandra« blies zum Klang des Horns eine Wolke blauschwarzen Rauchs aus dem Schornstein.

Wir werden sehen, dachte Duke. Möglicherweise werde ich diesen Gefallen sogar mal brauchen.

70

Von der Terrasse des Schlossrestaurants hatte er einen herrlichen Blick über den kleinen See. Vor ihm auf einem Teller lag ein großes Stück der Spezialität des Hauses: hausgemachte Eistorte im Marzipanmantel. Sie war absolut köstlich, und er genoss jeden Bissen. Aber alles der Reihe nach. Zuerst widmete er sich dem Eis: Pistazie und Walnuss.

In den vergangenen Tagen war einiges passiert. Während der tote Daniel Bauer ebenso schnell wieder aus den Nachrichten verschwunden war, wie er hineingekommen war, hatte es unter der Oberfläche gegärt.

Ein paar Sniper hatten sich bei ihm gemeldet, ihm von den Gerüchten über das neue Gewehr und die neuartige Munition erzählt. Gerüchte, denen er neue Nahrung gegeben hatte. Gezielte Andeutungen. Die Sniper waren intelligent. Sie würden bald dahinterkommen, woher das Wundergewehr stammen musste. Die Auftragsbücher der Firma dürften sich in Zukunft gut füllen. So wie seine auch.

Zwei Geschosse hatte er noch. Er würde erst in den Süden fahren, dort ein bisschen Urlaub machen. Andalusien reizte ihn schon lange. Dann den nächsten Auftrag annehmen, das vorletzte Geschoss verwenden. Bis dahin würde niemand mehr in Flensburg an ihn denken. Abgesehen vom Major natürlich. Und im Herbst war die Zeit gekommen, sich neue Munition zu besorgen und seine Flensburger Spur endgültig zu verwischen. Er durfte kein Risiko eingehen.

Das letzte Geschoss hatte er bereits reserviert. Für McKinnley.

Die Torte war aufgegessen, auf dem Teller lag nur noch die Marzipanumhüllung.

Das Beste kommt zum Schluss. Wie im richtigen Leben.

Was ich noch sagen möchte …

Die Arbeit an diesem Roman war wieder ein Ride mit allen Höhen und Tiefen – Sonnenschein, freie Straßen und warmer Wind im Gesicht, aber auch holpriger Asphalt, Regen, Hagelstürme. Ein paarmal habe ich mich sogar verfahren und musste umkehren. Doch jetzt, zum Schluss, bleibt vor allem eins: Es hat Spaß gemacht. Und obwohl es manchmal anstrengend war und ich mir die Haare gerauft habe, habe ich diesen Ride genossen. Jeden einzelnen Augenblick.

Auf meinem Weg haben mich erneut zahlreiche Menschen begleitet: Ganz herzlich danken möchte ich allen, die mir bei der zum Teil umfangreichen Recherche geholfen haben. Besonders möchte ich die freundlichen Herren vom Flensburger Privatflughafen erwähnen, die geduldig meine Fragen beantwortet haben.

Ein riesengroßer Strauß geht an jede meiner Autorenkolleginnen Anni Bürkl, Susanne Lieder und Melanie Metzenthin. Sie haben sich nicht nur als Testleserinnen mit Rat, Tat und einem scharfen Blick um meinen Roman gekümmert, sondern mir auch als Freundinnen immer wieder mit Trostpostkarten, aufmunternden Worten und jeder Menge Humor beigestanden, wenn mich eins der drei Autorengespenster (namentlich der Fluch-der-ersten-Seite, die Midnovelcrisis und die Deadlinepanik) in seinem Griff gehabt hat. Ich danke euch von ganzem Herzen, dass ihr euch neben euren eigenen Projekten auch noch meinem Roman gewidmet habt. Es hat mir Spaß gemacht, und ich bin einfach nur froh, dass ich euch habe.

Dann ist da noch The One, der glücklicherweise auch bei diesem Roman an meiner Seite war. Ich danke dir für deinen Blick fürs Detail, dein Sprachgefühl, dein immenses Wissen zu allen möglichen Themen. Deine Inspirationen, deine Kritik. Und jede mögliche Form der Unterstützung, egal zu welcher Uhrzeit. Jemanden wie dich kann ich nur jedem Autor wünschen. Und ich hoffe, dass ich mich irgendwann revanchieren kann.

Und natürlich danke ich von ganzem Herzen meiner Familie, die mich wieder tapfer ertragen hat:

Marie-Madeleine: Danke für deine Ideen, dass du dich in deiner kostbaren Freizeit mit dem Zeug deiner Mutter beschäftigen magst, für deine Unterstützung im Haushalt. Und ich danke dir für zahllose Gespräche, in denen mir immer wieder klar wird, was für ein wunderbarer Mensch da heranwächst.

Joshua: Ich danke dir für die Geduld, mit der du deine Fragen zur Not drei Mal stellst, weil ich sie, versunken in meine Romanwelt, nicht sofort gehört habe. Für deinen unnachahmlichen Humor, deinen Charme. Und dafür, dass du mich am Star-Wars-Universum teilhaben lässt. Ohne dich würde ich Kit Fisto vermutlich immer noch für einen Revolverhelden halten.

Und dir, Jens-Michael, dir danke ich vor allem. Nicht nur, weil es ohne dich diese beiden wunderbaren Kinder nicht gäbe. Oder weil ich ohne dich niemals den Mut gehabt hätte, irgendwann vor langer Zeit ein Manuskript bei einem Verlag einzureichen. Ich danke dir, dass du da bist. Dass du mich aushältst, meine Launen und Schrullen erträgst, darüber schmunzelst und meinen Kopf im rechten Moment wieder geraderückst. Dass du immer dabei bist, egal was ich tue. Und dass du mit mir zusammen Motorrad fährst. Ich liebe dich.

Ich danke auch Ihnen, dass Sie sich auf diesen Roman eingelassen haben. Und es würde mich freuen, Ihnen bei meinem nächsten Roman wiederzubegegnen.

Ride safe.
Gby
Yvonne Asmussen
Hamburg/Flensburg, September 2014

PS: Über einen Besuch auf meiner Homepage www.yvonne-asmussen.de oder meiner Facebook-Seite Yvonnes Romanwelten, über Anregungen und auch Kritik freue ich mich.